【臺灣現當代作家研究資料彙編】74

蓉子

國立台灣文學館
出版

部長序

從歷史的角度檢視特定時代的文學表現，當代作家及作品往往是研究的重心；而完整的臺灣文學史之建構，更有賴全面與紮實的作家及作品研究。臺灣文學自荷蘭時代、明鄭、清領、日治、及至戰後，行過漫長的時光甬道，在諸多文學先輩和前行者的耕耘之下，其所累積的成果和能量實已相當可觀；而白話文學運動所造就的新文學萌芽，更讓現當代文學作品源源不絕地誕生，作家們的精彩表現有目共睹。相應於此，如何盤整研究資源、提升無論是專業學者或一般大眾資料查找的便利性，也就格外重要。

由國立臺灣文學館規畫、籌編的《臺灣現當代作家研究資料彙編》，即可說是對上述問題的最好回應。本計畫自 2010 年開始啟動，五年多來，已然為臺灣文學史及相關研究打下厚重扎實的基礎。臺文館不僅細心詳實地為作家編選創作生涯中的重要紀錄，在每一冊圖書中收錄豐富的作家照片、手稿影像，並編寫小傳、年表，再由學有專精的學者撰寫研究綜述、選刊重要評論文章，最後還附有評論資料目錄。經過長久的累積和努力，今年，已進入第六個年頭，即將完成總共 80 位作家的研究資料彙編。在本階段所出版的作家，包括詹冰、高陽、子敏、齊邦媛、趙滋蕃、蕭白、彭歌、杜潘芳格、錦連、蓉子、向明、張默、於梨華、葉笛、葉維廉、東方白共 16 位，俱為夙負盛名的重量級作者，相信必能有助於臺灣文學的推廣與研究的深化。

這套全方位的臺灣現當代文學工具書，完整呈現了臺灣作家的存在樣貌、歷史地位與影響及截至目前的相關研究成果，同時也清晰地勾勒出臺灣文學一路走來的變貌與軌跡，不但極具概覽性，亦能揭示當下的臺灣文學研究現況並指引未來研究路徑，可說是認識臺灣作家與臺灣文學發展的重要讀本依據，相信必能為臺灣文學研究奠定益加厚實的根基；懇請海內外關心及研究臺灣文學之各界方家不吝指正，以匯聚更多參與及持續前行的能量。

文化部部長 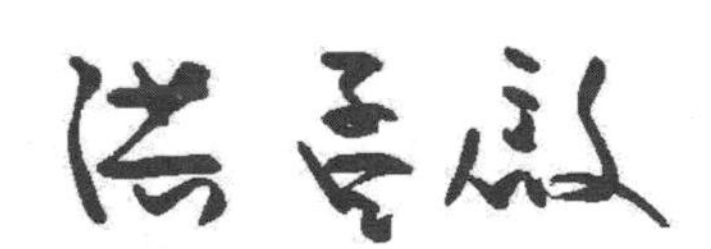

館長序

時光荏苒，「臺灣現當代作家研究資料彙編」第五階段已接近尾聲，16 冊圖書的出版，意味著這個深耕多年的計畫，又往前邁進一步，締造了新的里程碑。

「臺灣現當代作家研究資料彙編計畫」乃是以「臺灣現當代作家評論資料目錄」（2004～2009 年）為基礎，由其中所收錄的 310 位作家、十餘萬筆研究評論資料延展而來。為了厚實臺灣文學史料的根基，國立臺灣文學館組織了精實的顧問群與編輯團隊，從作家的出生年代、創作數量、研究現況……等元素進行綜合考量，精選出 100 位作家，聘請最適合的專家學者替每位作家完成一本研究資料彙編。圖書內容包括作家生平重要影像、文學活動照片、手稿或文物影像、作家小傳、作品目錄和提要、文學年表；另有主編撰寫的作家研究綜述，再從龐雜的評論資料中挑選具有代表性的評論文章，並附上完整的作家評論資料目錄。這套叢書不僅對文學研究者而言是詳實齊全的文獻寶庫，同時也為一般讀者開啟平易可親的文學之窗，讓大家可以從不同角度、多面向地認識一位作家的創作、生平與歷史地位。

本計畫自 2010 年啟動，截至目前為止，以將近六年的時間，完成了 80 位臺灣重量級作家的研究資料彙編，在本階段將與讀者見面的有詹冰、高陽、子敏、齊邦媛、趙滋蕃、蕭白、彭歌、杜潘芳格、錦連、蓉子、向明、張默、於梨華、葉笛、葉維廉、東方白共 16 人。這是一場充滿挑戰的馬拉松，過程漫長艱辛，卻也積聚並見證了臺灣文學創作與研究的能量。為了將這部優質的出版品推介給廣大的讀者，發揮其更大的影響力，臺文館於 2015 年 8 月接續推動「臺灣文學開講——臺灣現當代作家研究資料彙編行銷推廣閱讀計畫」，透過講座與踏查，結合文學閱讀、專家講述、土地探訪，以顯影作家創作與生活的痕跡，歡迎所有的朋友與我們一同認識作家、樂讀文學、親炙臺灣的土地，也請各界不吝給予我們批評、指教。

國立臺灣文學館館長

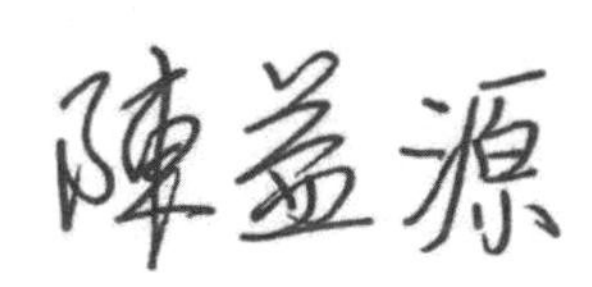

編序

◎封德屏

緣起

1995 年 10 月 25 日，在臺灣師範大學教育大樓的 201 室，一場以「面對臺灣文學」為題的座談會，在座諸位學者分別就臺灣文學的定義、發展、研究，以及文學史的寫法等，提出宏文高論，而時任國家圖書館編纂張錦郎的「臺灣文學需要什麼樣的工具書」，輕鬆幽默的言詞，鞭辟入裡的思維，更贏得在座者的共鳴。

張先生以一個圖書館工作人員自謙，認真專業地為臺灣這幾十年來究竟出版了多少有關臺灣文學的工具書，做地毯式的調查和多方面的訪問。同時條理分明地針對研究者、學生，列出了十項工具書的類型，哪些是現在亟需的，哪些是現在就可以做的，哪些是未來一步一步累積可以達成的，分別做了專業的建議及討論。

當時的文建會二處科長游淑靜，參與了整個座談會，會後她劍及履及的開始了文學工具書的委託工作，從 1996 年的《臺灣文學年鑑》起始，一年一本的編下去，一直到現在，保存延續了臺灣文學發展的基本樣貌。接著是《中華民國作家作品目錄》的新編，《臺灣文壇大事紀要》的續編，補助國家圖書館「當代文學史料影像全文系統」的建置，這些工具書、資料庫的接續完成，至少在當時對臺灣文學的研究，做到一些輔助的功能。

2003 年 10 月，籌備多年的「臺灣文學館」正式開幕運轉。同年五月《文訊》改隸「財團法人台灣文學發展基金會」，為了發揮更大的動能，開始更積極、更有效率地將過去累積至今持續在做的文學史料整理出來，讓豐厚的文藝資源與更多人共享。

於是再次的請教張錦郎先生，張先生認為文學書目、作家作品目錄、文學年鑑、文學辭典皆已完成或正在進行，現在重點應該放在有關「臺灣現當代作家評論資料目錄」的編輯工作上。

很幸運的，這個計畫的發想得到當時臺灣文學館林瑞明館長的支持，於是緊鑼密鼓的展開一切準備工作：籌組編輯團隊、召開顧問會議、擬定工作手冊、撰寫計畫書等等。

張錦郎先生花了許多時間編訂工作手冊，每一位作家的評論資料目錄分為：

（一）生平資料：可分作者自述，旁人論述及訪談，文學獎的紀錄。

（二）作品評論資料：可分作品綜論，單行本作品評論，其他作品（包括單篇作品）評論，與其他作家比較等。

此外，對重要評論加以摘要解說，譬如專書、專輯、學術會議論文集或學位論文等，凡臺灣以外地區之報刊及出版社，於書名或報刊後加註，如中國大陸、香港、新加坡等。此外，資料蒐集範圍除臺灣外，也兼及中國大陸、香港、新加坡、日本、韓國及歐美等地資料，除利用國內蒐集管道外，同時委託當地學者或研究者，擔任資料蒐集工作。

清楚記得，時任顧問的學者專家們，都十分高興這個專案的啟動，但確定收錄哪些作家名單時，也有不同的思考及看法。經過充分的討論後，終於取得基本的共識：除以一般的「文學成就」為觀察及考量作家的標準外，並以研究的迫切性與資料獲得之難易度為綜合考量。譬如說，在第一階段時，作家的選擇除文學成就外，先考量迫切性及研究性，迫切性是指已故又是日治時期臺籍作家為優先，研究性是指作品已出土或已譯成中文為優先。若是作品不少而評論少，或作品評論皆少，可暫時不考慮。此外，還要稍微顧及文類的均衡等等。基本的共識達成後，顧問群共同挑選出 310 位作家，從鄭坤五、賴和、陳虛谷以降，一直到吳錦發、陳黎、蘇偉貞，共分三個階段進行。

「臺灣現當代作家評論資料目錄」專案計畫，自 2004 年 4 月開始，至 2009 年 10 月結束，分三個階段歷時五年六個月，共發現、搜尋、記錄了十餘萬筆作家評論資料。共經歷了三位專職研究助理，近三十位兼任研究助理。這些研究助理從開始熟悉體例，到學習如何尋找資料，是一條漫長卻實用的學習過程。

接續

「臺灣現當代作家評論資料目錄」的專案完成，當代重要作家的研究，更可以在這個基礎上，開出亮麗的花朵。於是就有了「臺灣現當代作家研究資料彙編暨資料庫建置計畫」的誕生。為了便於查詢與應用，資料庫的完成勢在必行，而除了資料庫的建置外，這個計畫再從 310 位作家中精選 50 位，每人彙編一本研究資料，內容有作家圖片集，包括生平重要影像、文學活動照片、手稿及文物，小傳、作品目錄及提要、文學年表。另外每本書分別聘請一位最適當的學者或研究者負責編選，除了負責撰寫八千至一萬字的作家研究綜述外，再從龐雜的評論資料中挑選具有代表性的評論文章，平均 12～14 萬字，最後再附該作家的評論資料目錄，以期完整呈現該作家的生平、創作、研究概況，其歷史地位與影響。

第一部分除資料庫的建置外，50 位作家 50 本資料彙編（平均頁數 400～500 頁），分三個階段完成，自 2010 年 3 月開始至 2013 年 12 月，共費時 3 年 9 個月。因為內容充實，體例完整，各界反應俱佳，第二部分的 50 位作家，接著在 2014 年元月展開，第一階段出版了 14 本，此次第二階段計畫出版 16 本，預計在 2016 年 3 月完成。

首先，工作小組必須掌握每位編選者進度這件事，就是極大的挑戰。於是編輯小組在等待編選者閱讀選文的同時，開始蒐集整理作家生平照片、手稿，重編作家年表，重寫作家小傳，尋找作家出版品的正確版本、版次，重新撰寫提要。這是一個極其複雜的工程。還好這些年培養訓練出幾位日漸成熟的專案助理，在《文訊》編輯部同仁的協助之下，讓整個專案延續了一貫的品質及進度。

成果

雖然過程是如此艱辛，如此一言難盡，可是終究看到豐美的成果。每位編選者雖然忙碌，但面對自己負責的作家資料彙編，卻是一貫地認真堅持。他們每人必須面對上千或數百筆作家評論資料，挑選重要或關鍵性的評論文章，全面閱讀，然後依照編選原則，挑選評論文章。助理們此時不僅提供老師們所需要的支援，統計字數，最重要的是得找到各篇選文作者，取得同意轉載的授權。在起初進度流程初估時，我們錯估了此項工作的難度，因為許多評論文章，發表至今已有數十年的光景，部分作者行蹤難查，還得輾轉透過出版社、學校、服務單位，尋得蛛絲馬跡，再鍥而不捨地追蹤。有了前面的血淚教訓，日後關於授權方面，我們更是如臨深淵、如履薄冰，希望不要重蹈覆轍，在面對授權作業時更是戰戰兢兢，不敢懈怠。

除了挑選評論文章煞費苦心外，每個作家生平重要照片，我們也是採高標準的方式去蒐集，過世作家家屬、友人、研究者或是當初出版著作的出版社，都是我們徵詢的對象。認真誠懇而禮貌的態度，讓我們獲得許多從未出土的資料及照片，也贏得了許多珍貴的友誼。許多作家都協助提供照片手稿等相關資料，已不在世的作家，其家屬及友人在編輯過程中，也給予我們許多協助及鼓勵，藉由這個機會，與他們一起回憶、欣賞他們親人或父祖、前輩，可敬可愛的文學人生。此外，還有許多作家及研究者，熱心地幫忙我們尋找難以聯繫的授權者，辨識因年代久遠而難以記錄年代、地點、事件的作家照片，釐清文學年表資料及作家作品的版本問題，我們從他們身上學習到更多史料研究可貴的精神及經驗。

但如何在規定的時間內，完成每個階段資料彙編的編輯出版工作，對工作小組來說，確實是一大考驗。每一冊的主編老師，都是目前國內現當代臺灣文學教學及研究的重要人物，因此都十分忙碌。每一本的責任編輯，必須在這一年多的時間內，與他們所負責資料彙編的主角——傳主及主編老師，共生共榮。從作家作品的收集及整理開始，必須要掌握該作家所有出版的作品，以及盡量收集不同出版社的版本；整理作家年表，除了作家、研究者已撰述好的年表外，也必須再從訪談、自傳、評論目錄，從作品出版等線索，再作比對及增刪。再來就是緊盯每位把「研究綜述」放在所有進度最後一關的主編們，每隔一段時間提醒他們，或順便把新增的評論目錄寄給他們（每隔一段時間就有新的相關論文或學位論文出現），讓他們隨時與他們所主編的這本書，產生聯想，希望有助於「研究綜述」撰寫的進度。

在每個艱辛漫長的歲月中，因等待、因其他人力無法抗拒的因素，衍伸出來的問題，層出不窮，更有許多是始料未及的。譬如，每本書的選文，主編老師本來已經選好了，也經過授權了，為了抓緊時間，負責編輯的助理們甚至連順序、頁碼都排好了，就等主編老師的大作了，這時主編突然發現有新的文章、新的資料產生：再增加兩三篇選文吧！為了達到更好更完備的目標，工作小組當然全力以赴，聯絡，授權，打字，校對，重編順序等等工作，再度展開。

此次第二部分第二階段共需完成的 16 位作家研究資料彙編，年齡層較上兩個階段已年輕許多，因此到最後的疑難雜症，還有連主編或研究者都不太清楚的部分，譬如年表中的某一件事、某一個年代、某一篇文章、某一個得獎記錄，作家本人絕對是一個最好的諮詢對象，對解決某些問題來說，這是一個好的線索，但既然看了，關心了，參與了，就可能有不同的看法，選文、年表、照片，甚至是我們整本書的體例，於是又是一場翻天覆地的大更動，對整本書的品質來說，應該是好的，但對經過多次琢磨、修改已進入完稿階段的編輯團隊來說，這不啻是一大挑戰。

1990 年開始，各地縣市文化中心（文化局），對在地作家作品集的整理出版，以及臺灣文學館成立後對日治時期作家以迄當代重要作家全集的編纂，對臺灣文學之作家研究，也有了很好的促進作用。如《楊逵全集》、《林亨泰全集》、《鍾肇政全集》、《張文環全集》、《呂赫若日記》、《張秀亞全集》、《葉石濤全集》、《龍瑛宗全集》、《葉笛全集》、《鍾理和全集》、《錦連全集》、《楊雲萍全集》、《鍾鐵民全集》等，如雨後春筍般持續展開。

經過近二十年的努力，臺灣文學的研究與出版，也到了可以驗收或檢討成果的階段。這個說法，當然不是要停下腳步，而是可以從「臺灣現當代作家評論資料目錄」所呈現的 310 位作家、10 萬筆資料中去檢視。檢視的標的，除了從作家作品的質量、時代意義及代表性去衡量外、也可以從作家的世代、性別、文類中，去挖掘有待開墾及努力之處。因此這套「臺灣現當代作家研究資料彙編」，大部分的編選者除了概述作家的研究面向外，均有些觀察與建議。希望就已然的研究成果中，去發現不足與缺憾，研究者可以在這些不足與缺憾之處下功夫，而盡量避免在相同議題上重複。當然這都需要經過一段時間去發現、去彌補、去重建，因此，有關臺灣文學的調查、研究與論述，就格外顯得重要了。

期待

感謝臺灣文學館持續推動這兩個專案的進行。「臺灣現當代作家評論資料目錄」的完成，呈現的是臺灣文學研究的總體成果；「臺灣現當代作家研究資料彙編」的出版，則是呈現成果中最精華最優質的一面，同時對未來臺灣文學的研究面向與路徑，作最好的建議。我們可以很清楚的體會，這是一條綿長優美的臺灣文學接力賽，我們十分榮幸能參與其中，更珍惜在傳承接力的過程，與我們相遇的每一個人，每一件讓我們真心感動的事。我們更期待這個接力賽，能有更多人加入。誠如張恆豪所說「從高音獨唱到多元交響」，這是每一個人所期待的。

編輯體例

一、本書編選之目的，為呈現蓉子生平、著作及研究成果，以作為臺灣文學相關研究、教學之參考資料。

二、全書共五輯，各輯內容及體例說明如下：

輯一：圖片集。選刊作家各個時期的生活或參與文學活動的照片、著作書影、手稿（包括創作、日記、書信）、文物。

輯二：生平及作品，包括三部分：

1.小傳：主要內容包括作家本名、重要筆名，生卒年月日，籍貫，及創作風格、文學成就等。

2.作品目錄及提要：依照作品文類（論述、詩、散文、小說、劇本、報導文學、傳記、日記、書信、兒童文學、合集）及出版順序，並撰寫提要。不收錄作家翻譯或編選之作品。

3.文學年表：考訂作家生平所進行的文學創作、文學活動相關之記要，依年月順序繫之。

輯三：研究綜述。綜論作家作品研究的概況，並展現研究成果與價值的論文。

輯四：重要文章選刊。選收國內外具代表性的相關研究論文及報導。

輯五：研究評論資料目錄。收錄至 2015 年 11 月底止，有關研究、論述臺灣現當代作家生平和作品評論文獻。語文以中文為主，兼及日文和英文資料。所收文獻資料，以臺灣出版為主，酌收中國大陸、香港、日本和歐美國家的出版品。內容包含三部分：

1.「作家生平、作品評論專書與學位論文」下分為專書與學位論文。

2.「作家生平資料篇目」下分為「自述」、「他述」、「訪談」、「年表」、「其他」。

3.「作品評論篇目」下分為「綜論」、「分論」、「作品評論目錄、索引」、「其他」。

目次

【輯五】研究評論資料目錄

輯一◎圖片集

影像◎手稿◎文物

1931年，三歲的蓉子（中）與父親王貫之（右）合影。（蓉子提供）

1930年代後期，就讀江陰基督教輔實女中附設小學的蓉子（前排中）。（蓉子提供）

1954年夏，時年26歲的蓉子。（蓉子提供）

1955年4月14日，蓉子與羅門於臺北長安東路禮拜堂舉行婚禮，上右圖為蓉子婚紗照。（蓉子提供）

1958年，蓉子與羅門同遊南投日月潭。（蓉子提供）

1961年1月10日，以選文作者身分出席美國駐華大使莊萊德夫婦（Mr. and Mrs. Drumright）為慶祝第一本英譯詩選*New Chinese Poetry*（《中國新詩選》）問世，於臺北美國大使官邸（今光點臺北）所舉辦的茶會。右起：洛夫（後）、夏菁夫人、周夢蝶（後）、蓉子、楊牧（後）、范我存、余光中、羅門（後）、莊萊德夫人、紀弦（後）、胡適、莊萊德大使（後）、覃子豪、鍾鼎文（後）、羅家倫、夏菁（後）、鄭愁予。（文訊文藝資料中心）

1962年3月30日，與藍星詩社同仁宴請菲律賓文藝訪問團，攝於臺北中國觀光飯店。前排左起：覃子豪、蓉子、范我存；後排左起：周夢蝶、羅門、余光中、向明。（文訊文藝資料中心）

1965年5月，蓉子、謝冰瑩（中）、琦君（右）應韓國女苑雜誌社之邀，以「中華民國女作家代表團」身分赴韓國進行全國性訪問。（蓉子提供）

1965年6月，蓉子（黑板前立者）應僑務委員會之邀，擔任菲律賓華僑暑期文教新聞研習會文藝組講師，赴馬尼拉講學一個月。黑板前坐者為班主任施穎洲。（蓉子提供）

1965年10月，應「中華民國女作家代表團」訪韓行程，韓國女作家回訪臺灣，拜訪蓉子夫婦。左二起：蓉子、謝冰瑩、朴花城、崔貞熙、金淑經（後）、許世旭、羅門。（蓉子提供）

1966年12月，蓉子與羅門獲國際桂冠詩人協會（United Poets Laureate International）譽為「中國傑出文學伉儷」，由菲律賓駐華大使劉德樂（右）頒發菲國總統馬可仕金牌獎。（蓉子提供）

1960年代後期，蓉子與羅門拜訪蘇雪林（中），合影於臺南成功大學教職員宿舍。（蓉子提供）

1974年6月23日，以評審委員身分出席第一屆中國現代詩獎頒獎典禮，攝於臺北中山堂。左起：辛鬱、羅門（後）、蓉子、紀弦（後）、碧果、洛夫（後）、余素、周鼎、張默。（蓉子提供）

1977年7～8月，蓉子參加由畫家袁樞真領導的歐洲美術考察團，攝於古羅馬斷柱前。回國後發表多篇遊記，集結為《歐遊手記》一書。（蓉子提供）

1980年2月，與造訪燈屋的文友合影。左起：蓉子、羅門、溫瑞安、鄭明娳、林燿德。（蓉子提供）

1982年11月15日，應邀出席由文建會、中央日報社、中國婦女寫作協會合辦的女作家著作展。右起：邱七七、蓉子、王琰如（後）、張明、公孫嬿（後）、張秀亞、小民。（文訊文藝資料中心）

1983年12月15日，應邀出席青溪新文藝協會於臺北圓山飯店主辦的第三屆中韓作家會議。左起：艾雯、蓉子、趙文藝、劉枋、趙淑敏。（文訊文藝資料中心）

1985年4月，與文友合影於艾雯慶生會。右起：蓉子、龔書綿、劉呂潤璧、鐘麗慧、樸月、艾雯。（文訊文藝資料中心）

1985年10月25日，與藍星詩社同仁於臺北小統一牛排館聚餐。前排左起：周夢蝶、蓉子、羅門、余光中；後排左起：陳素芳、蔡文甫、范我存、張健、向明、黃用。（文訊文藝資料中心）

1988年1月25日，蓉子與羅門應菲律賓華文作家協會之邀，赴馬尼拉發表四場演講，於菲國總統府馬拉坎南宮前留影。（蓉子提供）

1988年4月14日，時值結婚33週年，蓉子詩集《這一站不到神話》獲第13屆國家文藝獎，與羅門合影於典禮會場。（蓉子提供）

1990年5月4日，應邀出席文訊雜誌社於臺北文苑舉辦的「五四文藝茶會暨作家珍藏書及年表展」。左起：羅門、蓉子、王萬福。（文訊文藝資料中心）

1990年9月8日，藍星詩社同仁於燈屋聚會，為即將赴香港擔任客座教授的張健送行。左起：蓉子、張健、羅門、余光中。（蓉子提供）

1991年4月23日，與造訪燈屋的文友合影。左起：黃德偉、陳慧樺（後）、鄭明娳、蓉子、羅門、林綠。（蓉子提供）

1991年11月11日，蓉子與羅門出席八十年度中山文藝獎頒獎典禮，攝於臺北中山堂。（蓉子提供）

1992年11月31日，蓉子與羅門應邀赴美國參加愛荷華大學舉辦的世界作家交流會，並贈送二人著作予該校圖書館。左起：圖書館中文部主任周欣平、羅門、蓉子、館長Shella Creth、副館長Ed Shreeves。（蓉子提供）

1993年7月28日，蓉子與造訪燈屋的聶華苓（右）合影。（蓉子提供）

1993年8月6日，蓉子（前排右六）與羅門（前排右八）應邀出席海南大學、海南日報社合辦的「羅門、蓉子的文學世界」學術研討會。（蓉子提供）

1994年6月20日，拜訪前輩作家冰心。前排左起：羅門、蓉子、冰心；後立者為陳祖芬。（蓉子提供）

1998年11月12日，與中國婦女寫作協會文友合影。前排左起：邱七七、蓉子、潘人木；後排左起：鮑曉暉、鍾麗珠、匡若霞。（文訊文藝資料中心）

2001年5月29日，東歐漢學家馮鐵（Raoul David Findeisen）（中）造訪燈屋，與蓉子、羅門夫婦合影。（蓉子提供）

2007年11月2日，應邀出席臺北詩歌節開幕活動「詩人進校園——讀我們的詩．唱我們的歌II」，由芝山國小六年級學生吟唱、演奏蓉子詩作〈一朵青蓮〉（李泰祥譜曲）。（蓉子提供）

2008年4月12日，應邀出席海南大學（圖書館、人文傳播學院、歷史文化研究基地）與海南詩社共同主辦的「羅門蓉子作品及創作活動週圖片展」。左起：羅門、蓉子、管管。（蓉子提供）

2013年5月17日，應邀出席中國婦女寫作協會年度大會。左起：李宗慈、古月、蓉子、丹扉、封德屏。（蓉子提供）

2013年10月7日，應邀出席文訊雜誌社主辦的九九重陽文藝雅集活動，與李啟端（中）、陳若曦（右）合影於臺大醫院國際會議中心。（文訊文藝資料中心）

2015年9月3日，參加文訊雜誌社舉辦的九九重陽文藝雅集「作家關懷列車」活動，與文友一同拜訪畢璞。前排左起：唐潤鈿、蓉子、畢璞；後排左起：吳穎萍、林少雯、封德屏、林黛嫚、劉靜娟。（文訊文藝資料中心）

1962年，席德進所繪之蓉子素描。（蓉子提供）

1961～1962年，蓉子與羅門共同負責《藍星詩頁》第28～45期編務。（文訊文藝資料中心）

1964、1971年，蓉子與羅門合編詩刊《藍星1964》、《藍星1971》。（文訊文藝資料中心）

1966年12月，國際桂冠詩人協會頒予蓉子夫婦的「中國傑出文學伉儷」獎狀與金牌。（蓉子提供）

1969年8月，第一屆世界詩人大會頒予蓉子夫婦菲律賓總統大綬勳章。（蓉子提供）

1976年6月23日，獲第三屆世界詩人大會國際男女桂冠獎。（蓉子提供）

1985年1月，蓉子發表於《藍星詩刊》第2號詩作〈火炎山——高速國道旁的司芬克斯〉手稿。（蓉子提供）

1985年2月27日，蓉子發表於《中國時報．人間副刊》8版〈探春〉手稿。（國立臺灣文學館提供）

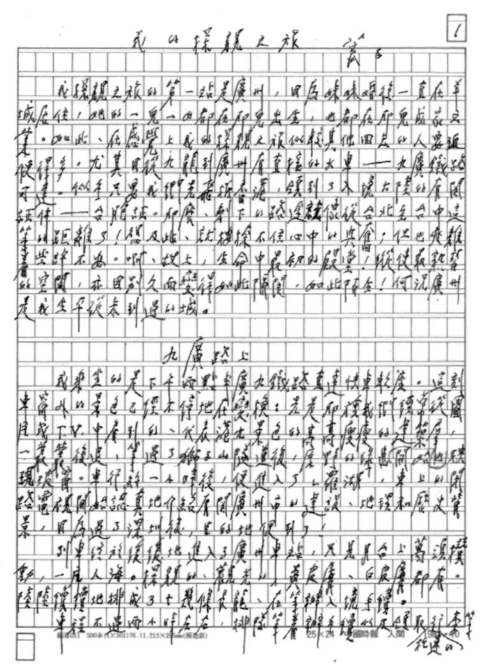

1988年10月，蓉子發表於《文訊》第38期〈被時間的老人戲弄了——我的探親之旅〉手稿。（文訊文藝資料中心）

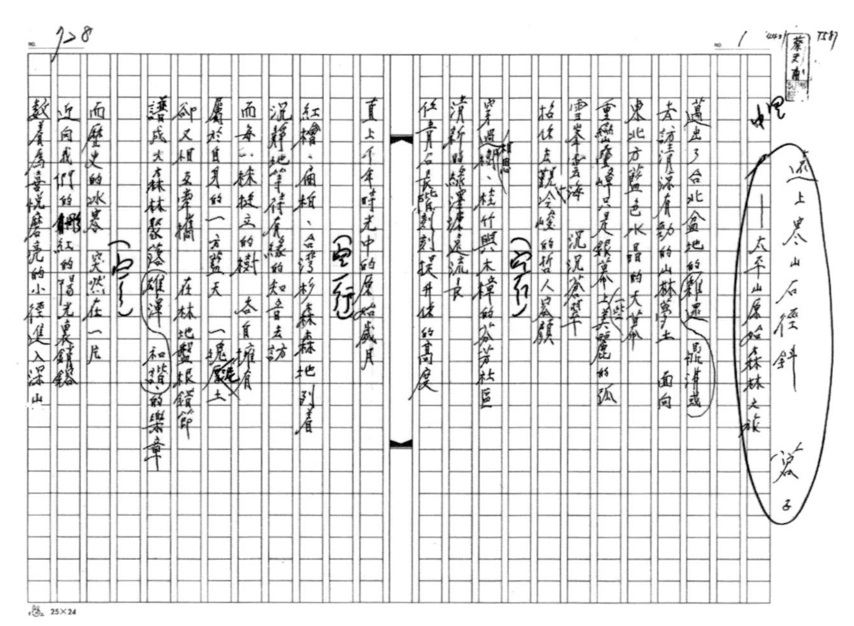

1992年3月12日，蓉子發表於《中華日報·副刊》11版詩作〈遠上寒山石徑斜——太平山原始森林之旅〉手稿。（國立臺灣文學館提供）

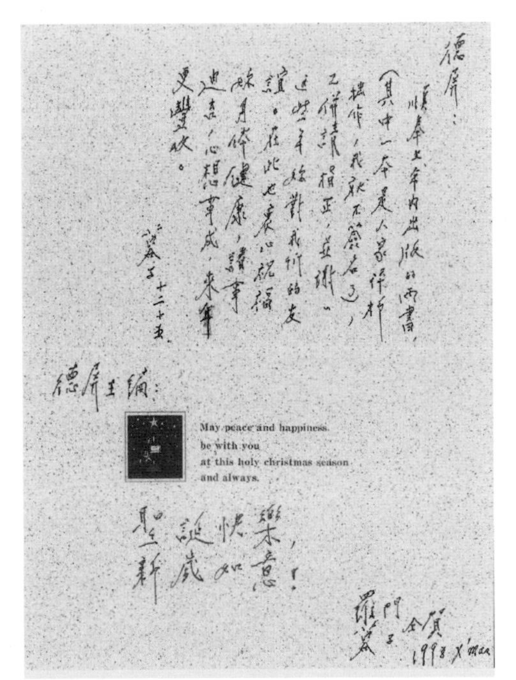
德屏：
順奉去年內出版的兩書，(其中一本是人家評析拙作，我就不簽名了)，乞併請指正，並謝謝近些年你對我們的支持。在此也衷心祝福你身體健康，諸事遂意，心想事成，來年更豐收。
蓉子 十二、十五

德屏主編：
May peace and happiness
be with you
at this holy christmas season
and always.
聖誕快樂，
新歲如意！
羅門 蓉子 全賀
1998 X'mas

1998年12月15日，蓉子致封德屏聖誕節賀卡。（文訊文藝資料中心）

文訊十年

變貌的繆斯
——淺談台灣詩壇近半世紀的演變
蓉子

面對一個即將走完的多采多姿而又劇變不已的廿世紀，承《文訊》主編邀稿，就讓我對已走了幾近半世紀的「詩路」，作一次小小的感性的回顧吧。

人說：「詩的起源幾乎和生命的起源同其古老」，又說：「詩和人類的精神世界是不能須臾或離的」。這樣的觀念對新新人類說，好像唐伯虎在講古；又好像古蹟已為千年塵沙掩埋，早就不合時宜了。

我是在本世紀五十年代初走上詩壇的，在那以前只是一個貪讀而不求甚解的讀者。不知為何？年少時一想到繆斯女神，心中便有美升起，在浪漫的彩色面紗的包裹下，我

25×10=300

1999年9月，蓉子發表於《文訊》第167期〈變貌的繆斯——淺談臺灣詩壇近半世紀的演變〉手稿。（文訊文藝資料中心）

笑

最美的是
最真。
啊！
你聰明的，
為甚麼編織你的笑？
笑是自然開放的小紅花，
一經編織
便揉皺了！

蓉子

一九五二、四、一九
二〇〇七、八、一四

2007年8月14日，蓉子重抄詩作〈笑〉手稿。（蓉子提供）

為尋找一顆星　蓉子

跑遍了荒涼的曠野，
為尋找一顆星。
為尋找一顆星，
跑遍了荒涼的曠野。
找不到那顆星，
找不到那顆星，
癡癡地坐着在河岸邊，
看青螢繞膝飛。
看青螢繞膝飛，
癡癡地坐着在河岸邊。

一九五二、三、三
二〇〇七、八、卅

2007年8月30日，蓉子重抄詩作〈為尋找一顆星〉手稿。（蓉子提供）

一朵青蓮

蓉子

有一種低低的迴響也成過往　仰瞻
祇有沉寒的星光照亮天邊
有一朵青蓮　在水之田
在星月之下獨自思吟

可觀賞的是本體
可傳誦的是芬美　一朵青蓮
有一種月色的朦朧　有一種星沉荷池的古典
越過這兒那兒的潮溼和泥濘而如此馨美

幽思遼闊　面紗面紗
陌生而不能相望
影中有形　水中有影
一朵靜觀天宇而不事喧嚷的蓮

紫色向晚　向夕陽的長窗
儘管荷蓋上承滿了水珠　但你從不哭泣
仍舊有蓊鬱的青翠　仍舊有妍婉的紅
從澹澹的寒波擎起

二○○七夏

2007年夏，蓉子重抄詩作〈一朵青蓮〉手稿。（蓉子提供）

不只是黃河流域　蓉子

2012年12月，蓉子發表於《文訊》第326期詩作〈不只是黃河流域〉手稿。（文訊文藝資料中心）

輯二◎生平及作品

小傳◎作品◎年表

小傳

蓉子（1928～）

蓉子，女，本名王蓉芷，籍貫江蘇漣水，1928 年 5 月 4 日生於江蘇揚州，1949 年 2 月來臺。

政治大學公共行政企業管理教育中心結業，巴西聖保羅大學哲學榮譽學位，英國國際學院榮譽人文碩士，世界藝術文化學院榮譽文學博士。曾任職交通部國際電信管理局，1975 年退休，專事寫作。曾任中國青年寫作協會、中國婦女寫作協會、中華民國新詩學會常務理事，詩研究委員會主任委員、亞洲華文女作家文藝大會主席。曾獲菲律賓總統馬可仕金牌獎、國際婦女桂冠獎、國際男女桂冠獎、國家文藝獎、文學成就金鑰獎、詩歌藝術貢獻獎、國際莎士比亞獎、亞洲華文作家終身成就獎。

創作文類以詩為主，兼及散文、論述。1951 年於《自立晚報‧新詩週刊》發表〈形像〉一詩，開始受到注目；1953 年出版第一本作品《青鳥集》，為臺灣光復後第一本女詩人詩集。後與詩人羅門結婚，以「詩人伉儷」身分多次出訪各國，共同參加藍星詩社、主持後期《藍星詩頁》及大型年刊《藍星 1964》、《藍星 1971》編務，獲「東方的白朗寧夫婦」美譽。

蓉子自幼生長於基督教家庭，早期詩作深受宗教影響，以活潑的句式、輕柔的節奏、明澈的意象、嚴謹的結構抒發內心情感，充滿理想、希望與熱誠，如《青鳥集》。婚後經歷生活與詩壇的環境變化，觀物態度與審美觀念亦有所調整，詩風明顯轉變，題材著眼於外部景物與客觀世界，藉由探索自然宇宙的奧祕，消弭都市文明與社會變遷帶來的紊亂與不安，如《七月的南方》、《蓉子詩抄》。在「家務」與「職務」的雙重責任下，蓉子省思女性受到的諸多限制，承襲婚前〈為什麼向我索取形像〉（即〈形像〉）、〈樹〉等作品所傳達的獨立性，進一步寫下了〈我的妝鏡是一隻弓背的貓〉、組詩「維納麗沙組曲」等，反映女性困境、尋求精神內涵，而〈一朵青蓮〉正是其突破重重障礙、塑造完整自我的象徵。鄭明娳評論：「蓉子在長年詩藝的創作中，不斷形構理想的女性典範，而她竟是同時身體力行的實踐在自我的修為上，她的詩作正是她精神努力的紀錄。所以把蓉子的作品跟她本人對照來看，可以見證她人格與詩格的雙美。」蓉子的後期詩作將理想融入現實，形式技巧化繁為簡、渾然天成，內容更加貼近生活，並隱含愛國憂民的深刻情懷，如《這一站不到神話》、《黑海上的晨曦》。

散文題材以抒情小品、遊記為主，詞句典麗精妙，反映詩人畢生錘鍊文字的功力。1977 年 7 月，參加由畫家袁樞真領導的「歐洲美術考察團」，後出版《歐遊手記》一書，對歐洲歷史、人物、風土民情加以考察，以詩心觀照，表現為文，是一本兼具文學性與藝術性的遊記。

蓉子長年於各大學校、詩社發表演講，擔任文藝營講師，推廣詩的藝術不遺餘力，1983 年 5 月起，應邀於《國語日報》開闢詩論專欄「少年繆斯」，針對詩的定義、本質、創作過程與方法詳加介紹，後集結詩論專集《青少年詩國之旅》，引領青年學子進入詩的國度。

作品收入英、法、德、日、韓、南斯拉夫、羅馬尼亞等外文翻譯詩選，蓉子筆耕文壇逾 60 年，素有「現代李清照」、「自由中國詩壇祖母輩的明星詩人」等美名，余光中更稱譽她為「詩壇上開得最久的菊花」，其文學精神誠如林燿德所言：「她對於生命中真善美的昂揚，對於文學創作的執著，對於名利淡泊不泥的率真，在在於詩中顯影出一個溫婉純潔的形象。蓉子之所以被形容為『永遠的青鳥』、更成為中國詩壇一朵不凋的青蓮，並不僅止於她是『自由中國第一位女詩人』這種紀錄上的意義，更在於她數十年毫無間斷而且高潮迭起的創作生涯，已帶給我們一種典範。」

作品目錄及提要

【論述】

青少年詩國之旅

臺北：業強出版社
1990 年 10 月，新 25 開，164 頁
青少年圖書館 10

本書為《國語日報》詩論專欄「少年繆斯」的文章集結。全書分「詩是什麼」、「詩的賞讀」二部，收錄〈詩是什麼〉、〈詩和美〉、〈美的感動〉、〈詩意〉、〈失去的詩〉等 62 篇。正文前有陳春雄〈出版緣起〉、蓉子〈自序〉。

【新詩】

中興文學出版社1953

爾雅出版社1982

青鳥集

臺北：中興文學出版社
1953 年 11 月，12×17 公分，106 頁
中興詩叢

臺北：爾雅出版社
1982 年 11 月，32 開，139 頁
爾雅叢書 115

本書為作者首部作品，也是臺灣戰後第一本女詩人詩集，集結來臺後 1949～1953 年詩作。全書收錄〈青鳥〉、〈寂寞的歌〉、〈為尋找一顆星〉、〈三光〉等 41 首。正文前有張道藩〈序〉，正文後有蓉子〈後記〉。

1982 年爾雅版：正文刪去〈起來，輝煌的太陽〉、〈豈能〉、〈愛情〉等四首，新增〈海的女神〉、〈虹〉、〈立足點〉等 11 首。正文前新增蓉子〈翩然飛回的「青鳥」──寫在新版《青鳥集》前〉，正文後新增「附錄」一輯，收錄番草〈晶瑩的珠串──讀《青鳥集》〉、蓉子〈青鳥遠去〉、「蓉子寫作年表」。

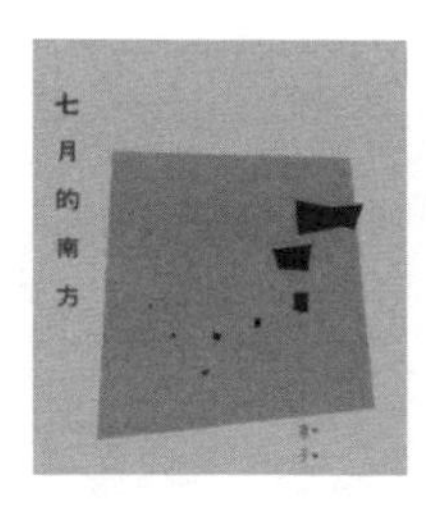

七月的南方

臺北：藍星詩社
1961 年 12 月，15×17.5 公分，75 頁
藍星詩叢

本書為作者經歷生活與詩壇的環境變化、沉潛數年後重拾詩筆之作品集結，期望以詩作同和諧、永恆的大自然產生聯繫。全書收錄〈序詩〉、〈三月〉、〈夢裡的四月〉等 24 首。正文後有蓉子〈後記〉。

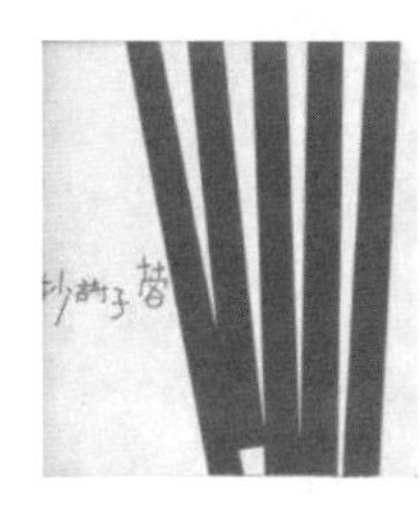

蓉子詩抄

臺北：藍星詩社
1965 年 5 月，15×17.5 公分，126 頁

本書集結 1962～1964 年詩作，透過對自然與都市生活的觀察，以交錯的表現手法描摹內心主觀感受。全書分「我從季節走過」、「亭塔、層樓」、「海語」、「憂鬱的城市組曲」、「一種存在」五輯，收錄〈我從季節走過〉、〈大地春回〉、〈三月無詩〉、〈四月的詠嘆〉等 49 首。正文前有蓉子〈詩序〉。

Sun Moon Collection（與羅門合著）／Angela Jung Palandri（榮之穎）譯

臺北：美亞出版社
1968 年 8 月，18 開，85 頁

本書為作者與丈夫羅門的英譯詩選《日月集》。全書分兩部分，第一部分收錄蓉子詩作“Introductory Poem”、“Poetry”、“Broken Mirror”等 19 首；第二部分收錄羅門詩作 18 首。正文前有 Angela Jung Palandri “Preface”、Robert J. Bertholf “Introduction”。

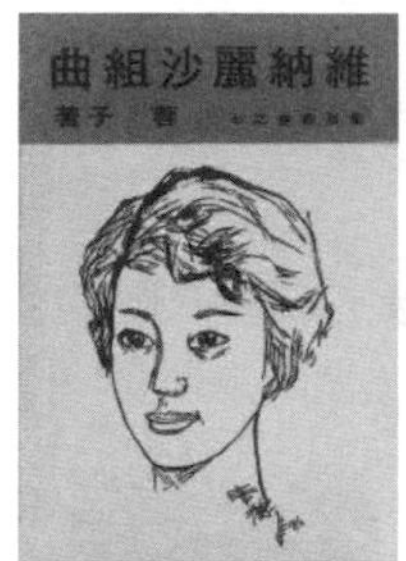

純文學出版社 1969

乾隆圖書公司 1978

維納麗沙組曲

臺北：純文學出版社
1969 年 11 月，32 開，98 頁
藍星叢書 7

臺北：乾隆圖書公司
1978 年 9 月，32 開，128 頁
女作家叢書 4‧新詩類 1

本書以「維納麗沙」做為現代女性形象投射，描繪其於擾嚷喧囂的年代堅毅前行、自我塑造的風景；另透過多元的表現手法，以不同形式詩作呈現各種自我與非自我的感受。全書分「維納麗沙組曲」、「奇蹟」二集，收錄〈維納麗沙〉、〈親愛的維納麗沙〉、〈維納麗沙之超越〉、〈關於維納麗沙〉等 34 首。正文後有蓉子〈後記〉。
1978 年乾隆圖書版：更名為《雪是我的童年》。正文與 1969 年純文學版同。正文前新增蓉子〈前言〉。

三民書局 1974

三民書局 2005

橫笛與豎琴的晌午

臺北：三民書局
1974 年 1 月，40 開，147 頁
三民文庫 185

臺北：三民書局
2005 年 2 月，新 25 開，162 頁
三民叢刊 297

本書以 1965 年訪韓國所感及臺灣的美麗風光為題材，並加入散篇詠物詩、詠史詩之集結。全書分「舞鼓 （訪韓詩束）」、「一朵青蓮」、「禱」、「寶島風光組曲」四輯，收錄〈古典留我〉、〈初旅〉、〈落階，遠眺〉、〈宋明衣冠〉、〈牡丹花——漢城德壽宮所見〉等 52 首。正文前有三民書局編輯委員會〈三民文庫編刊序言〉，正文後有蓉子〈集後記〉。
2005 年三民版：正文與 1974 年三民版同，部分詩作新增古遠清、朱徽等評論家詩評。正文前刪去三民書局編輯委員會〈三民文庫編刊序言〉，新增蓉子〈前言〉、周偉民，唐玲玲合著〈爐火純青的境界——《橫笛與豎琴的晌午》時期〉，正文後新增鄭明娳〈青蓮的聯想〉。

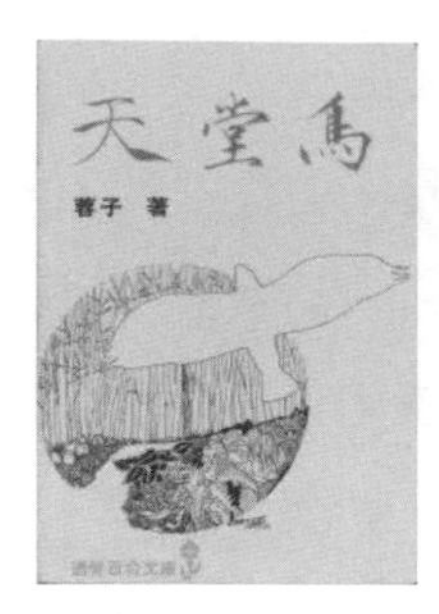

天堂鳥／詹崇新插畫

臺北：道聲出版社
1977 年 12 月，32 開，154 頁
道聲百合文庫 75

本書集結 1953～1977 年詩作。全書收錄〈傘〉、〈雖說傘是一庭花樹〉、〈傘的變奏——又名傘的魔術〉、〈傘之逸〉等 48 首，並以「小詩選」為題，另收錄小詩 34 首。正文前有殷穎〈「道聲百合文庫」序〉。

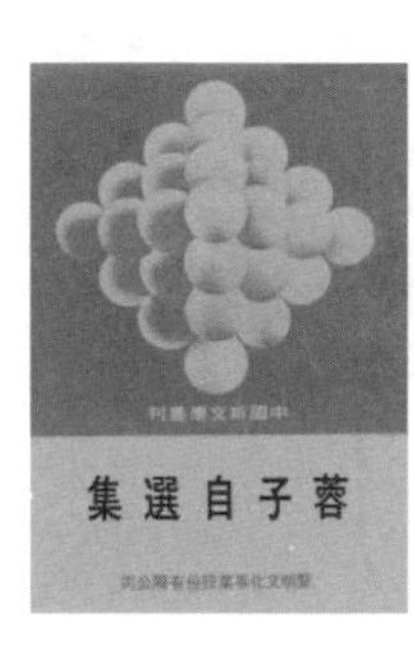

蓉子自選集

臺北：黎明文化公司
1978 年 5 月，32 開，298 頁
中國新文學叢刊 57

全書分「選自《維納麗沙組曲》」、「選自《橫笛與豎琴的晌午》」、「選自《蓉子詩抄》」、「選自《七月的南方》」、「選自《青鳥集》」、「選自《天堂鳥》」六卷，收錄〈詩〉、〈未言之門〉、〈朗頌會〉、〈心每〉、〈冷雨・冷雨〉等 110 首。正文前有作家照片、手稿與〈小傳〉，正文後附錄高歌〈千曲無聲——蓉子〉、「作品書目」、「作品評論引得」。

這一站不到神話

臺北：大地出版社
1986 年 9 月，32 開，222 頁
萬卷文庫 164

本書集結 1977～1986 年詩作。全書分「時間列車」、「茶與同情」、「當我們走過煙雲」、「揮別長長的夏天」、「只要我們有根」、「香江海色」、「紫葡萄的死」、「倦旅」、「愛情是美麗的詠歎」九輯，收錄〈時間的旋律〉、〈一種季節的推移〉、〈歲月流水〉、〈時間〉、〈水仙賛辭〉等 64 首。正文前有蓉子〈自序〉。

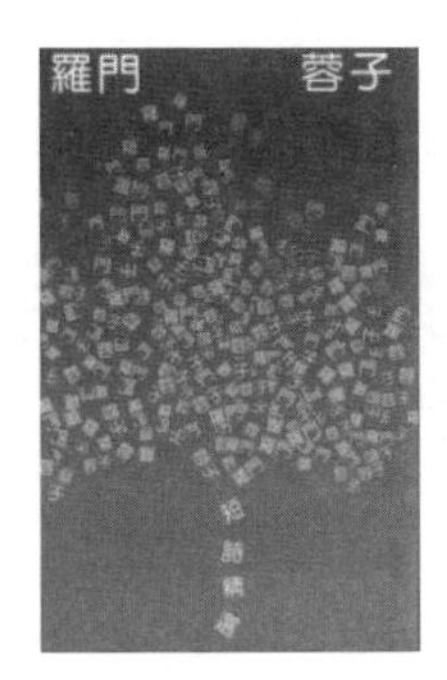

羅門‧蓉子短詩精選（與羅門合著）

臺北：殿堂出版社
1988 年 9 月，新 25 開，189 頁

本書精選作者與羅門詩作。全書分兩部分，「蓉子短詩精選」收錄〈青鳥〉、〈三光〉、〈笑〉等 29 首；「羅門短詩精選」收錄羅門詩作 44 首。正文前有作家照片、蓉子〈夢裡的四月〉、羅門〈鳳凰鳥〉、羅門〈詩的歲月——給蓉子〉、羅門〈假期——同蓉子旅遊南臺灣〉、羅門〈給「青鳥」——蓉子〉、羅門〈前言〉，正文後有「羅門‧蓉子簡介」。

文經出版社 1989

文經出版社 1995

只要我們有根

臺北：文經出版社
1989 年 9 月，25 開，186 頁
文經文庫 68‧中國現代文選系列

臺北：文經出版社
1995 年 11 月，25 開，186 頁
文經文庫 68‧國文課本作家精選 4

本書選輯作者前八冊詩集作品。全書分「為尋找一顆星」、「當木香花開時」、「雖說傘是一庭花樹」、「雪是我的童年」、「玲瓏小詩束」五輯，收錄〈只要我們有根〉、〈您的名字——獻給祖國的詩〉、〈十月〉、〈立足點〉、〈山岡二重唱——詩贈少年繆斯〉等 81 首。正文前有作家照片、手稿與吳榮斌〈「中國現代文選」總序〉、蓉子〈自序〉。正文後附錄高歌〈千曲無聲——蓉子〉、文曉村〈枝葉繁茂因有根〉、蕭蕭〈秋海棠的枝葉依然茁壯——〈只要我們有根〉賞析〉、「蓉子作品書目」、「蓉子寫作年表」。
1995 年文經版：正文與 1989 年文經版同。正文前〈「中國現代文選」總序〉更名為〈「國文課本作家精選」總序〉。

太陽與月亮（與羅門合著）

廣州：花城出版社
1992 年 3 月，32 開，241 頁

本書為作者與羅門詩作選集。全書分兩部分，「羅門詩選」收錄羅門詩作 55 首；「蓉子詩選」收錄〈青鳥〉、〈晨的戀歌〉、〈寂寞的歌〉、〈為什麼向我索取形像〉、〈笑〉等 57 首。正文前有「羅門簡介」、羅門〈序——我的詩觀〉、「蓉子簡介」、蓉子〈序——我的詩觀〉。

蓉子詩選／陳素琰編

北京：中國友誼出版公司
1993 年 7 月，25 開，182 頁
臺灣詩歌名家叢書

全書分「為尋找一顆星」、「七月的南方」、「自然的戀」、「只要我們有根」四輯，收錄〈為什麼向我索取形像〉、〈青鳥〉、〈菊〉、〈日曆〉、〈水的影子〉等 129 首。正文前有陳素琰〈從青鳥到弓背的貓——序《蓉子詩選》〉，正文後附錄高歌〈千曲無聲——蓉子〉、「蓉子小傳及創作年表」、「蓉子著作目錄」。

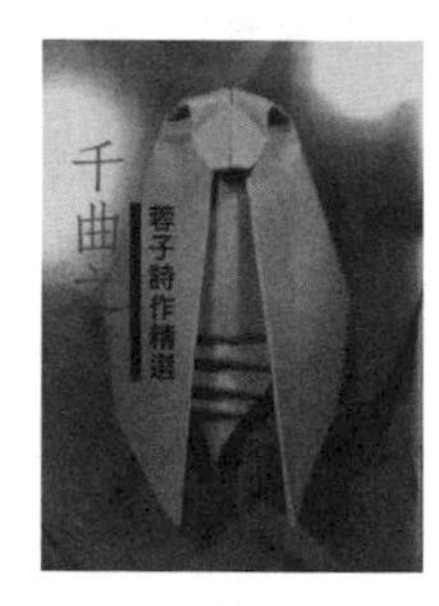

千曲之聲

臺北：文史哲出版社
1995 年 4 月，25 開，300 頁
文學叢刊 52

全書分「為尋找一顆星」、「看你名字的繁卉」、「吟罷苔痕深」三集，收錄〈小舟〉、〈為尋找一顆星〉、〈青鳥〉、〈晨的戀歌〉、〈為什麼向我索取形像〉等 147 首。正文前有蓉子〈序言〉。

蓉子詩選

北京：中國社會科學出版社
1995 年 4 月，25 開，246 頁
羅門、蓉子文學創作系列

全書分兩部分，收錄〈青鳥〉、〈晨的戀歌〉、〈我寧願擁抱大理石的柱石〉、〈為什麼向我索取形像〉、〈寂寞的歌〉等 138 首。正文前有蓉子〈我的詩路歷程（代序）〉，正文後附錄「蓉子簡介」。

黑海上的晨曦

臺北：九歌出版社
1997 年 9 月，32 開，217 頁
九歌文庫 475

本書集結 1963～1997 年詩作。全書分「海棠紅」、「寒暑易節」、「當時間隔久」、「櫻花薄霧外的山水盛宴」、「黑海上的晨曦」、「流水無相」、「奧祕」、「芸芸眾生」八卷，收錄〈海棠紅〉、〈變異的月亮〉、〈過年〉、〈曾經江南——記暮春之旅〉、〈旭海草原〉等 59 首。正文前有蓉子〈祈願有一個幸福理想的 21 世紀——《黑海上的晨曦》自序〉，正文後附錄鄭敏〈讀蓉子詩所想到的〉。

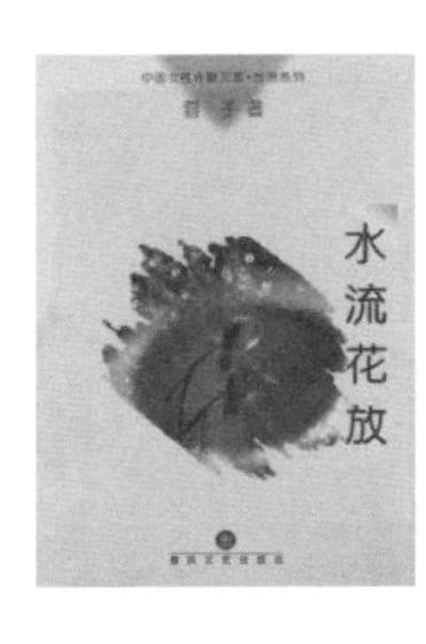

水流花放／古繼堂主編

瀋陽：春風文藝出版社
1998 年 5 月，25 開，224 頁
中國女性詩歌文庫・臺灣系列

全書分 12 卷，「卷一」以「小詩選」為題，收錄小詩 34 首，其餘 11 卷收錄〈笑〉、〈為尋找一顆星〉、〈生命〉、〈青鳥〉〈晨的戀歌〉等 103 首。正文前有古繼堂〈女性的魅力——《中國女性詩歌文庫・臺灣系列》序〉。

眾樹歌唱——蓉子人文山水詩粹

臺北：萬卷樓圖書公司
2006 年 6 月，25 開，163 頁
文學類 1088

本書精選作者的山水自然詩，加上部分未集結新作，展現詩人親近自然、熱愛旅遊的山水情懷。全書分「林芙之願」、「山的容顏」、「水的丰姿」、「非詩的禮讚」、「香江海色」、「神州之旅」、「南洋彩色」、「金閣寺」、「孔雀扇」、「伸入沙漠黃昏的路」、「北美洲的天空」、「維尼斯波光」、「月之初旅」、「蟲、魚、鳥、獸的世界」、「水流花放」15 卷，收錄〈林芙之願〉、〈沉默的輝煌〉、〈七月的南方〉、〈旭海草原〉、〈茶與同情〉等 65 首。正文前有蓉子〈前言〉。

蓉子集／吳達芸編

臺南：國立臺灣文學館
2008 年 12 月，25 開，145 頁
臺灣詩人選集 11

全書收錄〈為什麼向我索取形像〉、〈青鳥〉、〈立足點〉、〈生命〉等 45 首。正文前有黃碧端〈主委序〉、鄭邦鎮〈騷動，轉成運動〉、彭瑞金〈「臺灣詩人選集」編序〉、〈臺灣詩人選集編輯體例說明〉、「蓉子影像」、〈蓉子小傳〉，正文後有〈解說〉、「蓉子寫作生平簡表」、「閱讀進階指引」、「蓉子已出版詩集要目」。

【散文】

德華出版社 1982

純文學出版社 1984

歐遊手記

臺北：德華出版社
1982 年 4 月，25 開，237 頁
愛書人文庫 188

臺北：純文學出版社
1984 年 2 月，25 開，229 頁
純文學叢書 123

西安：西北工業大學出版社
2002 年 11 月，32 開，214 頁
中國人環遊世界叢書

本書為作者 1977 年參加「歐洲美術考察團」所記述之遊歷見聞，以豐富資料與圖

西北工業大學 2002

片描繪歐洲各大城市的歷史、人物、風土民情。全書收錄〈孟買的一日〉、〈我到達了羅馬〉、〈梵蒂岡的奇蹟〉等 21 篇。正文前有歐洲圖片、蓉子〈旅夢成真——代序〉。
1984 年純文學版：正文與 1982 年德華版同。正文前刪去德華版圖片、新增 11 張歐洲照片。
2002 年西北工業大學版：更名為《游遍歐洲》。正文刪去〈孟買的一日〉。正文前刪去德華版圖片，新增馬中欣〈蓉子的探險精神〉，正文後新增「附錄」一輯，收錄羊令野〈女詩人蓉子的《歐遊手記》〉、張堃〈不落俗的遊蹤〉。

（上）

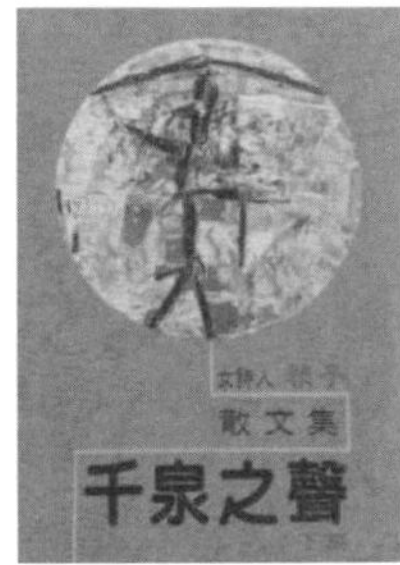
（下）

千泉之聲（上、下）

臺北：師大書苑
1991 年 1 月，32 開，232 頁、220 頁
師苑文學叢書 3、4

本書分上、下二集，內容涵括抒情小品、書評、遊記、雜文，以及 1965 年訪韓國、赴菲律賓考察心得。全書分「千泉之聲」、「慶州往事」、「寫不成的春天」、「你不是一株喧嘩的樹」、「茶香」、「我讀《花之夢》」六卷，收錄〈都是一隻小鳥闖的禍〉、〈比薩斜塔登臨記〉、〈兩座凱旋門〉、〈蒙芒特丘陵〉、〈夏日尼斯〉等 64 篇。正文前有蓉子〈自序〉。

蓉子散文選

北京：中國社會科學出版社
1995 年 4 月，25 開，224 頁
羅門、蓉子文學創作系列

全書收錄〈溪頭組曲——自然景觀〉、〈雨天的魅力〉、〈夜與晨〉、〈塔爾湖〉等 46 篇。

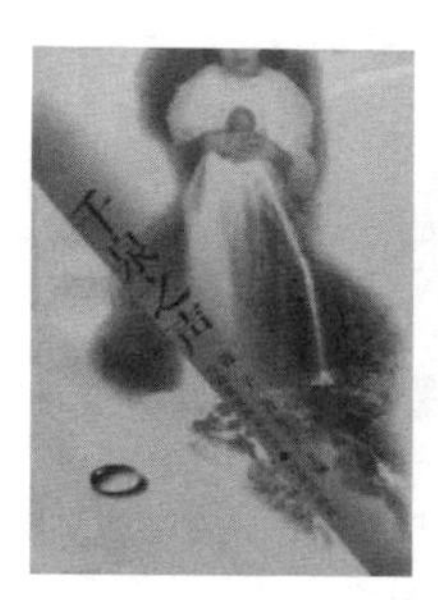

千泉之聲／常君實主編
北京：群眾出版社
1996年1月，32開，188頁
臺灣名家散文叢書

本書選輯師大書苑版《千泉之聲》文章。全書分「寫不成的春天」、「你不是一株喧嘩的樹」、「茶香」、「千泉之聲」四卷，收錄〈寫不成的春天〉、〈春天的頌歌〉、〈探春〉、〈夏就這樣來到〉等42篇。正文前有蓉子〈自序〉。

【兒童文學】

童話城／趙國宗繪圖
臺中：臺灣省政府教育廳
1967年4月，17.5×20.2公分，60頁
中華兒童叢書

本書為作者應「省政府兒童讀物編輯小組」主編潘人木之邀所作之童詩集。全書分三輯，收錄〈小頑皮〉、〈大母雞〉、〈小木馬〉等20首。正文前有編者〈給你介紹一位新朋友〉。

童話城／李泰祥簡譜；王文欣、羅子媛插畫繪製；謝順慧、林于君音樂作曲
新竹：交通大學出版社
2009年5月，22.5×15.7公分，136頁
交大浩然數位典藏

本書選輯臺灣省政府教育廳版《童話城》13首童詩，重新繪製插圖，將其中11首譜曲，並以光碟配套製作電子書。全書分「詩集」、「樂譜」兩部分，另收錄音樂家李泰祥早年為詩作〈青夢湖〉、〈一朵青蓮〉所作簡譜。正文前有〈作者簡介〉、蓉子〈關於兒童詩——代序〉。正文後有〈李泰祥小傳〉、蓉子〈後記——兼談《童話城》的出版始末〉、〈「浩然藝文數位典藏之學習與推廣計畫」之《童話城》再版計畫簡介〉。

文學年表

1928 年	5 月	4 日，生於江蘇揚州，本名王蓉芷。父王貫之，母石如玉（又名石冰心）。排行長女，下有二弟一妹。
1937 年	本年	插班就讀江陰基督教輔實女中附設小學五年級。
1939 年	本年	畢業於基督教輔實女中附設小學，入基督教輔實女中。
1941 年	本年	轉入揚州中學三年級。
1942 年	本年	畢業於揚州中學，入上海華東區基督教聯合中學。
1945 年	本年	高中三年級上學期結束，因上海華東區基督教聯合中學解散，轉入南京金陵女子大學服務部實驗科。
1946 年	本年	畢業於金陵女子大學服務部實驗科，入建村農學院森林系。
1947 年	本年	建村農學院森林系肄業，擔任教會小學六年級級任導師與中、高年級音樂教師，期間亦兼任家庭教師。
1948 年	本年	考入交通部國際電信管理局。
1949 年	2 月	隨交通部國際電信管理局先遷人員搬遷來臺。
1950 年	本年	開始進行詩的創作，陸續寫下數十首，除尚未成熟的習作，亦包括次年發表的〈形像〉、〈青鳥〉等詩。
1951 年	5 月	7 日，短篇小說〈覺醒〉發表於《中國一週》第 54 期，為生平第一篇發表作品。
	6 月	10 日，詩作〈夜行〉發表於《半月文藝》第 3 卷第 3、4 期合刊。
	11 月	26 日，詩作〈形像〉發表於《自立晚報・新詩週刊》第 4 期。
	12 月	3 日，詩作〈青鳥〉發表於《自立晚報・新詩週刊》第 5 期。

24 日，詩作〈懷念江南〉發表於《自立晚報・新詩週刊》第 8 期。

1952 年 1 月 7 日，詩作〈日曆〉發表於《自立晚報・新詩週刊》第 10 期。

21 日，詩作〈寂寞的歌〉發表於《自立晚報・新詩週刊》第 12 期。

2 月 4 日，詩作〈街頭暮色〉發表於《自立晚報・新詩週刊》第 13 期。

18 日，詩作〈馴馬〉發表於《自立晚報・新詩週刊》第 15 期。

25 日，詩作〈水的影子〉發表於《自立晚報・新詩週刊》第 16 期。

3 月 3 日，詩作〈為尋找一顆星〉發表於《自立晚報・新詩週刊》第 17 期。

17 日，詩作〈現實〉發表於《自立晚報・新詩週刊》第 19 期。

4 月 7 日，詩作〈童年〉發表於《自立晚報・新詩週刊》第 22 期。

15 日，詩作〈致詩人〉發表於《自立晚報・新詩週刊》第 23 期。

28 日，詩作〈笑〉發表於《自立晚報・新詩週刊》第 25 期。

5 月 5 日，詩作〈小詩一束〉（一～四）發表於《自立晚報・新詩週刊》第 26 期。

19 日，詩作〈立足點〉發表於《自立晚報・新詩週刊》第 28 期。

6 月 16 日，詩作〈小詩束（續）〉（五～七）發表於《自立晚報・新詩週刊》第 32 期。

30 日，詩作〈憶〉發表於《自立晚報・新詩週刊》第 34 期。

詩作〈小舟〉發表於《文壇》第 1 期。

7 月 7 日，詩作〈小詩束（續）〉（八～十）發表於《自立晚報・新詩週刊》第 35 期。

28日，詩作〈美〉發表於《自立晚報・新詩週刊》第38期。

詩作〈夏（兩章）〉（正午、納涼）發表於《當代青年》第4卷第5、6期合刊。

8月 11日，詩作〈虹〉、〈覓尋〉發表於《自立晚報・新詩週刊》第40期。

25日，詩作〈小詩束（續）〉（十一～十四）發表於《自立晚報・新詩週刊》第42期。

9月 15日，詩作〈晨的戀歌〉發表於《自立晚報・新詩週刊》第45期。

10月 6日，詩作〈草原上的英雄〉發表於《自立晚報・新詩週刊》第48期。

11月 3日，詩作〈雨〉發表於《自立晚報・新詩週刊》第52期。

17日，〈詩與社會教育〉發表於《自立晚報・新詩週刊》第54期。

詩作〈筆觸〉發表於《文壇》第3期。

12月 1日，詩作〈小詩束（續）〉（十六～二二）發表於《自立晚報・新詩週刊》第56期。

8日，詩作〈長堤〉發表於《自立晚報・新詩週刊》第56期。

15日，詩作〈休說〉發表於《自立晚報・新詩週刊》第58期。

16日，詩作〈楫〉發表於《野風》第48期。

29日，詩作〈鐘聲〉發表於《自立晚報・新詩週刊》第60期。

1953年 2月 23日，詩作〈自然的戀〉發表於《自立晚報・新詩週刊》第67期。

詩作〈午寐的海〉、〈航〉、〈無題〉發表於《現代詩》第1期。

詩作〈落〉發表於《文藝列車》第1卷第2期。

3月 9日，詩作〈我寧願擁抱大理石的柱石〉發表於《自立晚報・新詩週刊》第 69 期。

4 月 6 日，詩作〈小詩束（續）〉（二三～二八）發表於《自立晚報・新詩週刊》第 73 期。

5 月 詩作〈夏夜〉發表於《現代詩》第 2 期。

6 月 1 日，詩作〈岩石邊緣〉發表於《自立晚報・新詩週刊》第 80 期。

15 日，詩作〈是你的聲音在呼喚〉發表於《自立晚報・新詩週刊》第 82 期。

7 月 12 日，詩作〈小詩束（續）〉（二九～卅三）發表於《自立晚報・新詩週刊》第 86 期。

8 月 3 日，詩作〈蓮〉發表於《自立晚報・新詩週刊》第 88 期。

17 日，詩作〈流水之歌〉發表於《自立晚報・新詩週刊》第 90 期。

31 日，詩作〈樹〉發表於《自立晚報・新詩週刊》第 92 期。

詩作〈菊之什〉、〈落葉小唱〉、〈都是一樣〉、〈百合花〉、〈當木香花開時——擬一個小女孩的夢〉、〈詩簡〉發表於《現代詩》第 3 期。

詩作〈寂〉發表於《文壇》第 8 期。

9 月 7 日，詩作〈雲〉發表於《自立晚報・新詩週刊》第 93 期。

10 月 1 日，詩作〈水車〉發表於《野風》第 61 期。

詩作〈天和海〉發表於《文壇》第 2 卷第 2 期。

11 月 第一本詩集《青鳥集》由臺北中興文學出版社出版，為臺灣戰後第一本女詩人詩集。

本年 詩作〈告訴我〉發表於《幼獅月刊》第 12 期。

1954 年 2 月 詩作〈水珠〉發表於《現代詩》第 5 期。

3 月 詩作〈春〉發表於《幼獅文藝》第 1 卷第 1 期。

5 月 詩作〈白色的夢〉、〈現在〉、〈別守候在這溪邊〉、〈霧

		底悲哀〉、〈緘默〉發表於《現代詩》第 6 期。
	6 月	17 日，詩作〈登山〉發表於《公論報‧藍星週刊》第 1 期。
	7 月	22 日，詩作〈四月的歌〉發表於《公論報‧藍星週刊》第 6 期。
	秋	詩作〈預測〉、〈等待‧失望〉發表於《現代詩》第 7 期。
	冬	詩作〈十二月之歌〉、〈阿富羅底的嫉妒〉、〈誓〉、〈給〉、〈復活〉發表於《現代詩》第 8 期。
	12 月	9 日，詩作〈秋〉、〈秋日的晴空〉發表於《公論報‧藍星週刊》第 26 期。
1955 年	1 月	13 日，詩作〈當清澈的源泉流向我〉發表於《公論報‧藍星週刊》第 31 期。
	2 月	3 日，詩作〈葡萄尚未成熟〉發表於《公論報‧藍星週刊》第 34 期。
		17 日，詩作〈塑像〉發表於《公論報‧藍星週刊》第 36 期。
	春	詩作〈探尋〉、〈愛與夢〉發表於《現代詩》第 9 期。
	3 月	10 日，詩作〈初春〉發表於《公論報‧藍星週刊》第 39 期。
		24 日，詩作〈多惱河的微笑〉發表於《公論報‧藍星週刊》第 41 期。
	4 月	14 日，與韓仁存（詩人羅門）結婚，並於喜筵前舉行婚禮朗誦會。《公論報‧藍星週刊》第 44～45 期以特別報導刊出詩友們的賀詩誌慶。第 44 期收錄蓉子詩作“Merry Day”及羅門、蓉子〈謝詞〉。
		27 日，詩作〈塑像——致金門前線戰士〉發表於《正氣中華》3 版。
	冬	詩作〈啊！愛我〉發表於《現代詩》第 12 期。
	12 月	2 日，詩作〈木香花束〉（一～五）發表於《公論報‧藍星週刊》第 77 期。

		16 日，詩作〈木香花束〉（六～十）發表於《公論報・藍星週刊》第 78 期。
1957 年	7 月	19 日，詩作〈贈沉思——寫於她的結婚典禮〉發表於《公論報・藍星週刊》第 158 期。
	8 月	詩作〈不悉何故？〉、〈初晴的印象〉發表於《藍星詩選》第 1 輯。
	9 月	12 日，參加中國青年寫作協會為歡迎匈牙利反共詩人卜納德（Jenö Platthy）來臺訪問所舉行的茶會。
	10 月	4 日，詩作〈島上生活〉發表於《公論報・藍星週刊》第 169 期。
	11 月	詩作〈夏〉發表於《文壇季刊》第 1 號。
1958 年	2 月	24 日，〈您！歷史的創造者〉發表於《正氣中華》3 版。
	6 月	16 日，〈詩與心靈〉發表於《自由青年》第 19 卷第 12 期。 詩作〈玻璃杯〉發表於《文壇季刊》第 2 號。
	10 月	16 日，〈愛詩、便把生命獻給詩〉發表於《自由青年》第 20 卷第 8 期。
1959 年	1 月	詩作〈那鐘聲依然靜止〉發表於《文星》第 15 期。
	4 月	1 日，〈青年和詩〉發表於《自由青年》第 21 卷第 7 期。
	5 月	詩作〈一捲如髮的悲絲〉發表於《文星》第 19 期。
	本年	擔任中國詩人聯誼會會務委員兼資料組組長。
1960 年	5 月	26 日，詩作〈失題〉發表於《聯合報・副刊》7 版。
	6 月	詩作〈碎鏡〉發表於《現代詩》第 24～26 期合刊。
	10 月	10 日，詩作〈十月〉發表於《聯合報・副刊》7 版。 詩作〈七月的南方〉發表於《文壇季刊》第 8 號。 詩作〈亂夢〉發表於《藍星詩頁》第 23 期「女詩人專號」。
	11 月	詩作〈夏天的感覺〉發表於《中外文藝》。
	12 月	詩作〈荊棘樹〉發表於《幼獅文藝》第 13 卷第 6 期。

1961 年　1 月　10 日，以選文作者身分出席美國駐華大使莊萊德夫婦（Mr. and Mrs. Drumright）為慶祝第一本英譯詩選 *New Chinese Poetry*（《中國新詩選》）問世，於臺北美國大使官邸（今光點臺北）所舉辦的茶會。與會者有余光中夫婦、胡適、羅家倫夫婦、梁實秋、英千里、吳魯芹、美新處麥加錫處長、紀弦、覃子豪、鍾鼎文、羅門、洛夫、楊牧、鄭愁予、夏菁夫婦等。

詩作〈囿〉、〈歲闌〉發表於《亞洲文學》第 16 期。

3 月　6 日，詩作〈燈節〉發表於《聯合報・副刊》7 版。

與羅門主編《藍星詩頁》第 28～45 期，至 1962 年 8 月止。

5 月　詩作〈三月〉發表於《文星》第 43 期。

6 月　詩作〈海與企鵝〉發表於《藍星詩頁》第 31 期。

17 日，組詩「水上詩展」：〈眼睛〉、〈輕柔的眸影〉、〈混濁的眼神〉、〈冷漠的睛光〉發表於《現代知識週刊》第 13 期。

22 日，詩作〈初夏漫步〉發表於《聯合報・副刊》6 版。

26 日，詩作〈鄉愁〉發表於《縱橫特刊》。

詩作〈低沉的半徑〉發表於《藍星季刊》第 1 號。

7 月　詩作〈林芙之願〉發表於《幼獅文藝》第 15 卷第 1 期。

8 月　1 日，〈選後記〉發表於《自由青年》第 26 卷第 3 期「新詩園地」。

9 月　6 日，詩作〈紫色裙影〉發表於《聯合報・副刊》6 版。

7 日，詩作〈我們踏過一煙朦朧〉發表於《聯合報・副刊》6 版。

12 月　28 日，詩作〈飲的聯想〉發表於《聯合報・副刊》6 版。

詩集《七月的南方》由臺北藍星詩社出版。

詩作〈城市生活〉發表於《藍星季刊》第 2 號。

詩作〈紅塵〉發表於《藍星詩頁》第 37 期。

詩作〈多餘的四月〉發表於《文星》第 50 期。

1962 年 2 月 隨中國文藝協會外島訪問團赴馬祖參訪，後依此經驗寫下一系列有關海洋的詩作。

3 月 9 日，詩作〈從海上歸來〉發表於《聯合報・副刊》6 版。

21 日，詩作〈島外的島〉發表於《聯合報・副刊》6 版。

30 日，與藍星詩社同仁覃子豪、羅門、余光中、范我存、周夢蝶、向明於臺北中國觀光飯店宴請菲律賓文藝訪問團。

4 月 1 日，詩作〈在金色海岸——向 203 軍艦致敬〉發表於《聯合報・副刊》6 版。

詩作〈星辰之筵——於「藍星」歡宴菲律賓文藝訪問團的午筵上〉發表於《藍星詩頁》第 41 期。

5 月 7 日，詩作〈我從季節走過〉發表於《聯合報・副刊》6 版。

7 月 詩作〈夏，在雨中〉發表於《藍星詩頁》第 44 期。

詩作〈蹓冰者〉發表於《葡萄園季刊》第 1 期。

8 月 詩作〈露珠凝望——在每一顆新凝成的露珠裡星月存儲著它們的光輝〉發表於《婦友》第 95 期。

10 月 詩作〈長夏〉發表於《文星》第 60 期。

11 月 詩作〈我的妝鏡是一隻弓背的貓〉、〈D 大調隨想曲〉發表於《藍星季刊》第 4 號。

12 月 28 日，主持中國婦女寫作協會為歡迎胡品清回國執教，於臺北自由之家舉辦的茶會。

1963 年 1 月 20 日，應邀出席中國詩人聯誼會為歡迎來臺訪問的美國田園詩人傑西・史都華（Jesse Stuart），於臺北第一大飯店「漢宮花園」所舉辦的歡迎宴會。

詩作〈山鷹〉、〈我欲去參謁太陽神的居所〉發表於《文壇》第 31 號。

4月　21 日，詩作〈三月、投影在水上〉發表於《聯合報‧副刊》8版。
詩作〈二月無詩〉發表於《文星》第 66 期。
詩作〈海無遺跡〉發表於《葡萄園季刊》第 4 期。

6月　4日，〈在風裡，在山裡〉發表於《聯合報‧副刊》8版。
詩作〈四月的詠歎〉發表於《現代文學》第 17 期。

9月　6日，隨國際婦女崇她社（Zonta International）赴金門參訪。
詩作〈病〉發表於《現代文學》第 18 期。

11月　詩作〈幕落之後——悼詩人覃子豪〉發表於《文星》第73 期。
詩作〈初履金門島〉發表於《文壇》第 41 期。

1964年　1月　詩作〈聖誕節〉發表於《婦友》第 112 期。
詩作〈氣候〉發表於《葡萄園季刊》第 7 期。

3月　詩作〈也塑膠玫瑰〉發表於《藍星詩頁》第 56 期。

5月　詩作〈我無以膜拜〉發表於《文星》第 79 期。
詩作〈仙人掌〉發表於《文壇》第 47 期。

6月　14 日，詩人節，與羅門主編詩刊《藍星 1964》；主持年度詩人節慶祝大會「全國詩人專題座談會」，並接受臺灣電視公司為慶祝詩人節所安排的特別訪問。
組詩「憂鬱的城市組曲」：〈我們的城不再飛花〉、〈室窗閉塞〉、〈廟堂破碎〉、〈睡〉、〈選事〉、〈黑貓的五月〉，翻譯卜納德詩作〈布達佩斯之秋〉、〈太早的春天〉、〈大湖〉發表於《藍星 1964》。

7月　詩作〈禱〉發表於《葡萄園季刊》第 9 期。

9月　詩作〈湖上‧湖上〉發表於《文星》第 83 期。

10月　詩作〈都市〉發表於《現代文學》第 22 期。

12月　詩作〈輓歌——輓一齣悲劇的女主角〉發表於《藍星詩頁》第 57 期。

本年　擔任中國文藝協會詩歌創作委員會副主任委員。

1965 年　2 月　詩作〈上帝的帳幕〉發表於《文星》第 88 期。

〈澎湖一日去來〉發表於《文壇》第 56 期。

3 月　〈藍星 11 週年〉發表於《藍星詩頁》第 60 期。

5 月　10～19 日，應韓國女苑雜誌社之邀，與謝冰瑩、琦君以中華民國女作家代表團身分，代表中國婦女寫作協會赴韓國進行全國性訪問。

詩集《蓉子詩抄》由臺北藍星詩社出版。

6 月　1 日，於胡有瑞主持的臺灣電視公司「藝文夜談」節目中，談論訪韓觀感。

應僑務委員會之邀，擔任菲律賓華僑暑期文教新聞研習會文藝組講師，赴馬尼拉講學一個月。

組詩「畫像兩幀」：〈裸的畫像〉、〈袈裟〉發表於《劇與藝》第 2 卷第 3 期。

8 月　擔任中國文藝協會詩歌創作委員會副主任委員及《紀念國父百年誕辰文藝創作集》編輯委員。

9 月　〈菲律賓之行〉發表於《幼獅文藝》第 141 期。

10 月　〈訪韓十日記〉發表於《文壇》第 64 期。

12 月　〈塔爾湖〉發表於《劇與藝》第 2 卷第 4 期。

翻譯兒童文學《四個旅行音樂家》，由臺北國語日報社出版。

1966 年　3 月　詩作〈向日葵〉發表於《星座季刊》第 9 期。

4 月　24 日，應邀出席《徵信新聞報》為推動新文藝運動所舉辦的專題座談會。

5 月　3 日，為紀念五四文藝節，赴民防電臺發表專題演講。

詩作〈牡丹花園——對於生長我故土的眷念〉發表於《幼獅文藝》第 149 期。

7 月　〈概談現代詩難懂的問題〉發表於《星座季刊》第 10 期。

10 月　詩作〈冷雨・冷雨〉發表於《星座季刊》第 11 期。

12 月　與羅門獲國際桂冠詩人協會（United Poets Laureate International）譽為「中國傑出文學伉儷」，由菲律賓駐華大使劉德樂於大使館頒發菲國總統馬可仕金牌獎。

1967 年　1 月　與羅門應邀出席《幼獅文藝》於臺北中國大飯店舉辦的「新詩往何處去？」座談會，與會者有紀弦、余光中、鄭愁予、辛鬱、洛夫、商禽、楚戈、許世旭等。

組詩「維納麗沙組曲」：〈維納麗沙〉、〈親愛的維納麗沙〉、〈維納麗沙之超越〉發表於《純文學》第 1 期。

3 月　詩作〈三月詩箋〉發表於《幼獅文藝》第 159 期。

4 月　兒童文學《童話城》由臺中臺灣省政府教育廳出版。

組詩「維納麗沙組曲（續）」：〈關於維納麗沙〉、〈肖像〉、〈時間〉、〈災難〉、〈邀〉、〈登〉發表於《現代文學》第 31 期。

6 月　1 日，組詩「維納麗沙組曲」：〈維納麗沙〉、〈親愛的維納麗沙〉、〈關於維納麗沙〉、〈肖像〉、〈維納麗沙的世界〉、〈維納麗沙之超越〉發表於《自由青年》第 37 卷第 11 期。

7 月　詩作〈十二朵玫瑰——贈「星座」詩友並紀念我們的 Linen 婚〉發表於《星座季刊》第 12 期。

8 月　與羅門隨文藝界參加蘭陽地區的軍中文藝輔導。

9 月　4 日，詩作〈蘭陽平原——從蘭陽平原這隻初醒的眼睛去探視寶島美麗的丰采〉發表於《臺灣新生報・副刊》10 版。

14 日，詩作〈到南方澳去——寶島風光組曲之二〉發表於《臺灣新生報・副刊》10 版。

23 日，詩作〈礁溪的月色——寶島風光組曲之三〉發表於《臺灣新生報・副刊》10 版。

	10月	5 日，詩作〈五峰瀑布——寶島風光組曲之四〉發表於《臺灣新生報・副刊》10版。
1968年	3月	應邀擔任噴泉詩社於臺灣師範大學樂群堂舉辦的新詩朗誦比賽評審。
	5月	25日，詩作〈一朵青蓮〉發表於《中華日報・副刊》9版。 應邀出席臺灣師範大學英語學系於臺北耕莘文教院舉辦的中英文詩朗誦會。
	6月	21 日，詩作〈姜德比妣——南印女節的故事〉發表於《青年戰士報・新文藝》6版。
	7月	5 日，詩作〈也是月色，也是湖光——聽馬思聰小提琴演奏後〉發表於香港《中國學生週報》「美麗的臺灣」特輯。
	8月	應邀擔任臺北師範專科學校（今臺北教育大學）心潮詩社指導老師。 與羅門合著英文詩集 *Sun Moon Collection*（《日月集》），由臺北美亞出版社出版。（Angela Jung Palandri 翻譯）
	10月	詩作〈音樂盒子〉發表於《葡萄園詩刊》第26期。
	12月	詩作〈甘迺迪夫人的船〉發表於《幼獅文藝》第180期。
1969年	1月	詩作〈那年夏集〉發表於《現代文學》第36期。 當選中國青年寫作協會常務監事。
	2月	1 日，主持由《幼獅文藝》、《新文藝》、《作品》三家雜誌社於臺北作家咖啡屋燈樓合辦的「青年與文藝」座談會，與會者有余光中、楚戈、辛鬱、于還素、鳳兮、黃光學、南郭、董彭年、趙滋藩、程抱南、金開鑫、商禽、吳東權、劉錫銘、張菱舲、康芸薇、陳麗純、梅新、朱青海。 詩作〈親愛的老地球——擬太空人之旅〉發表於《幼獅文藝》第182期。
	3月	2 日，詩作〈溫泉小鎮——寶島風光組曲之六〉發表於《青

年戰士報・詩隊伍雙週刊》第 17 期。

11 日，與羅門應邀出席淡江文理學院（今淡江大學）英語寫作協會、英語學會、淡江出版社聯合為兩人舉辦的「詩人之夜」活動，談論並朗誦詩作。

詩作〈墾丁公園〉發表於《中央月刊》第 1 卷第 5 期。

詩作〈早夏之歌〉發表於《現代文學》第 37 期。

4 月　詩作〈朗誦會〉、〈髮憂〉發表於《幼獅文藝》第 184 期。

6 月　27 日，應邀成為中華民國筆會會員。

詩作〈未言之門〉發表於《幼獅文藝》第 186 期。

8 月　25～30 日，與羅門應邀出席於菲律賓馬尼拉舉辦的第一屆世界詩人大會，被譽為「大會第一文學伉儷」，獲頒菲總統大綬勳章。

11 月　詩集《維納麗沙組曲》由臺北純文學出版社出版。

1970 年　3 月　8 日，婦女節，應邀參加歷史博物館所舉辦的中國近代婦女文物藝術展覽。

29 日，青年節，應邀參加女青年會於海德公園所舉辦的座談會，與神學家、心理學教授座談論感情問題。

詩作〈我底傘〉發表於《落花生》第 1 卷第 8 期。

4 月　8 日，應邀至天主教主教公署，與修女們講談新詩。

〈寫不成的春天〉發表於《幼獅文藝》第 196 期。

5 月　獲英國國際學院榮譽人文碩士學位。

詩作〈春暖漢城——記遊踪〉發表於《婦友》第 188 期。

6 月　10 日，〈自然的鏡子〉發表於《中國時報》9 版。

15～21 日，應邀出席中華民國筆會於臺北中泰賓館舉辦的第三屆亞洲作家會議，並宣讀英文新詩論文。

27 日，應邀擔任復興文藝夏令營詩歌組主任。

7 月　〈品清的臉〉發表於《幼獅文藝》第 199 期「作家的臉」專欄。

本年　列名於英文版《世界名詩人辭典》。

1971年　1月　詩作〈歡樂年年——《十二月令圖》及《歲華紀勝圖》觀後〉發表於《中央月刊》第3卷第3期。

當選中國青年寫作協會常務理事。

3月　詩作〈燕子口的佇立〉發表於《中華文藝》第1期。

4月　19～24日，參加中國青年寫作協會主辦的「作家環島巡迴訪問座談」，由新竹至屏東共訪問十餘間大專院校，同行者有南郭、馮放民、段彩華、瘂弦、葉蔭。

應邀擔任文復會臺北市分會文藝研究促進委員會委員。

6月　與羅門主編詩刊《藍星1971》。

詩作〈眾樹歌唱——記溪頭臺大實驗林〉、〈城內城外〉、〈四月之鏡〉發表於《藍星1971》。

詩作〈蘭蕙謳歌〉發表於《中央月刊》第4卷第8期。

詩作〈山岡二重唱——詩贈少年繆斯〉發表於《文壇》第132期。

12月　詩作〈現象〉發表於《純文學》第60期。

1972年　3月　詩作〈金山・金山——青春的島嶼〉發表於《幼獅文藝》第219期。

詩作〈變異〉、〈南洋彩色〉發表於《現代文學》第46期。

1973年　1月　獲巴西聖保羅大學哲學榮譽學位。

2月　12日，應邀擔任中國文藝協會主辦的第26次「文學創作經驗專談講座」主講人。

19日，應邀於文復會臺北分會主辦的兒童文學創作研究會談論兒童詩。

4月　14日，應邀參加文藝作家海上聯誼會，乘九號驅逐艦航遊基隆外海。

應邀出席人與社會雜誌社舉辦的現代詩座談會。

6月 〈古典詩及現代詩創作精神探討〉發表於《人與社會》第 1 卷第 2 期。

7月 詩作〈回響〉發表於《文壇》第 157 期。

11月 11～17 日，應邀出席中國詩人協會於臺北圓山大飯店主辦的第二屆世界詩人大會。

應邀出席歷史博物館為配合世界詩人大會在臺召開，特別企畫的「中國現代詩畫聯展」活動。

1974 年 1月 詩集《橫笛與豎琴的晌午》由臺北三民書局出版。

6月 23 日，以評審委員身分出席第一屆中國現代詩獎頒獎典禮。

24 日，與羅門獲印度世界詩學會授予「東亞傑出詩人伉儷」榮銜。

詩作〈夏〉發表於《新文藝》第 219 期。

9月 11 日，詩作〈飄送心聲〉發表於《中國時報・人間副刊》12 版。

11月 應臺北市教育局之邀，擔任北市公私立國民小學兒童文學教師研習會講師。

12月 詩作〈詩劫〉，翻譯拉脫維亞流亡女詩人 Margarita Ausala 詩作〈或人〉發表於《藍星季刊》新 1 號。

1975 年 3月 應邀出席第二屆中國現代詩獎評審會議。

4月 獲「1975 國際婦女年」國際婦女桂冠獎。

應邀擔任中山學術文化基金會文藝創作獎評審委員。

因工作繁忙，身體不適，為專心從事藝文創作，向交通部電信管理局申請提早退休。

詩作〈忙如奔蝗〉發表於《秋水詩刊》第 6 期。

7月 自交通部電信管理局退休。

詩作〈四月的輓歌〉發表於《幼獅文藝》第 259 期。

9月 8 日，應邀擔任文復會主辦的第一期中國文學研究班講師。

29 日，應邀出席中國文藝協會與中國新詩學會合辦的「詩人蓉子之夜」活動。

詩作〈夏日異端——花藝之二〉、〈天堂鳥——花藝之三〉發表於《藍星季刊》新 4 號。

10 月　應邀擔任《抉擇月刊》所主辦的寫作班特約講師。

11 月　22 日，應邀出席洪建全教育文化基金會文學獎評審會議。

12 月　26～28 日，應邀出席道聲出版社於臺北淡水高爾夫俱樂部主辦的第一屆中國基督徒作家研討會。

詩作〈山就這樣走來——花藝之四〉、〈盛夏——花藝之五〉、〈吟罷苔痕深——花藝之六〉發表於《藍星季刊》新 5 號。

1976 年　1 月　詩作〈九降風〉發表於《秋水詩刊》第 9 期。

2 月　23 日，詩作〈傘〉發表於《聯合報・副刊》12 版。

4 月　25 日～5 月 2 日，應邀出席中華民國筆會於臺北舉辦的第四屆亞洲作家會議。

〈四月的輓歌——敬致哀思於　蔣公靈前〉發表於《婦友》第 259 期。

5 月　21 日，應臺北醫學院（今臺北醫學大學）北極星詩社之邀講談新詩。

6 月　1 日，應邀出席臺灣大學現代詩社主辦的第一屆現代詩歌實驗發表會。

2 日，詩作〈雖說傘是一庭花樹〉、〈傘的變奏——又名傘的魔術〉發表於《聯合報・副刊》12 版。

22 日，詩作〈長夏最後的花藝〉發表於《聯合報・副刊》12 版。

23～27 日，與羅門應第四屆亞洲作家會議大會主席卜納德之邀，出席為慶祝美國建國 200 週年，於馬里蘭州舉辦的第三屆世界詩人大會，與羅門分別獲大會傑出詩人獎及國際男女桂冠獎，會後於華盛頓我國駐美大使館接受「美國之音」記者專訪。

應邀出席「中華民國六十五年文藝巡迴講座」。

詩作〈菊和松的圖騰——花藝之七〉、〈一朵又美又真的山水仙——花藝之八〉發表於《藍星季刊》新 6 號。

7 月　詩作〈迎夏〉發表於《文壇》第 193 期。

9 月　應邀出席《中華文藝》舉辦的「當代女詩人作品展——繆斯的跫音」。

11 月　6 日，應邀出席洪氏教育文化基金會第三屆兒童文學獎評審會議。

1977 年　5 月　24 日，應藝術評論家顧獻樑教授之邀，與羅門赴清華大學講課。

7 月　參加由畫家袁樞真領導的歐洲美術考察團，回國後發表多篇遊記，後集結為《歐遊手記》一書。

詩作〈紐約、紐約〉發表於《藍星》新 7 號。

詩作〈夏日荷塘〉發表於《秋水詩刊》第 15 期。

8 月　29～31 日，與羅門應邀出席於臺北劍潭青年活動中心舉辦的全國第二次文藝會談。

9 月　應中國電視公司之邀錄製節目，與趙友培、彭歌、鄧昌國發表全國第二次文藝會談與會感想。

10 月　23 日，〈拉斐爾聖經〉發表於《基督教論壇》第 626 期。

詩作〈進入奧地利——美的禮讚〉發表於《藍星》新 8 號。

11 月　6 日，詩作〈傘之逸〉發表於《聯合報・副刊》12 版，〈摩西與大衛像——宗教與藝術點滴之二〉發表於《基督教論壇》第 628 期。

20 日，〈憐傷聖母子雕像——宗教與藝術點滴之三〉發表於

《基督教論壇》第 630 期。

21 日，〈青鳥遠去〉發表於《愛書人旬刊》第 57 號。

30 日，詩作〈您的名字——獻給祖國的詩〉發表於《聯合報・副刊》12 版。

12 月　4 日，〈《最後的晚餐》〉發表於《基督教論壇》第 632 期。

詩集《天堂鳥》由臺北道聲出版社出版。

1978 年　1 月　8 日，〈《樂園之門》〉發表於《基督教論壇》第 637 期。

15 日，詩作〈水仙費辭〉發表於《秋水詩刊》第 17 期。

28 日，於燈屋舉辦女詩人聚會，介紹回國進行研究工作的榮之穎與女詩人見面。與會者有沉思、夐虹、胡品清、陳秀喜、涂靜怡、雪柔、方娥貞、榮之穎等。

2 月　6 日，詩作〈駿馬〉發表於《聯合報・副刊》「八駿圖——聯副專題詩展」專輯，第 12 版。

3 月　詩作〈一朵鮮血染紅的玫瑰——鑑湖女俠秋瑾頌〉發表於《幼獅文藝》第 291 期「革命先列史詩展」。

詩作〈奔騰和凝固——寫尼加拉瀑布的兩種風貌〉發表於《藍星》新 9 號。

4 月　15 日，與羅門應邀出席《出版與研究》半月刊於臺北耕莘文教院主辦的「現代詩的未來發展」座談會。

5 月　9 日，應淡江文理學院兒童文學研究會之邀，前往講談兒童詩。

詩集《蓉子自選集》由臺北黎明文化公司出版。

〈談「愉快」〉發表於《婦友》第 284 期。

6 月　6 日，〈雨天的魅力〉發表於《中華日報・副刊》11 版。

10 日，應《聯合報》之邀出席於南投溪頭舉辦的「中國詩人的道路」座談會。

9 月　15 日，詩作〈藝術家〉發表於《中國時報・人間副刊》12 版。

詩集《雪是我的童年》（原《維納麗沙組曲》）由臺北乾隆圖書公司出版。

10月　7日，應邀出席為紀念已故詩人覃子豪逝世15週年，由書櫃雜誌出版社於臺北耕莘文教院二樓文藝廳主辦的覃子豪作品討論會。

12日，〈兩座凱旋門〉發表於《青年戰士報・新文藝》11版。

詩作〈時間的神話〉發表於《秋水詩刊》第20期。

〈詩意：翩翩飛來的蝴蝶〉發表於《幼獅少年》第24期。

11月　5日，〈聖彼得大教堂——榮美聖殿簡介之一〉發表於《基督教論壇》第680期。

〈美的感動〉發表於《幼獅少年》第25期。

〈秋語〉發表於《婦友》第290期。

12月　9日，應邀擔任臺灣大學現代詩社詩歌朗誦比賽評審。

詩作〈維尼斯波光〉發表於《藍星詩刊》新10號。

1979年　1月　15日，〈聖天使堡——歐遊小品〉發表於《聯合報・副刊》12版。

2月　4～5日，應邀擔任臺中市冬令自強活動幼獅文藝營講師。

18日，〈西斯廷教堂——教皇的教堂〉發表於《基督教論壇》第693期。

23日，詩作〈只要我們有根〉發表於《聯合報・副刊》12版。

3月　10日，〈春天的頌歌〉發表於《中華日報・副刊》11版。

〈青春的三月〉發表於《幼獅文藝》第303期。

4月　22日，〈聖保羅大教堂——榮美聖殿簡介之三〉發表於《基督教論壇》第704期。

〈美輪美奐的凡爾賽宮〉發表於《文壇》第226期。

5月　24日，〈夏天就這樣來到〉發表於《中華日報・副刊》11版。

6月　10日，與羅門應救國團高雄學苑之邀舉辦青年文藝講座。

7月　2～7日，以中華民國代表團國際關係組組長身分，出席於韓國漢城（今首爾）舉辦的第四屆世界詩人大會。

詩作〈佳洛水景色〉發表於《秋水詩刊》第23期。

8月　15日，〈夜與晨〉發表於《聯合報・副刊》8版「夜與晨」專題。

9月　5、7日，應邀於中華文化大樓演講「兒童詩的創作和欣賞」。

10月　8日，〈詩人大會在漢城——談議題「東方與西方的現代詩」〉發表於《臺灣新聞報》12版。

9日，〈詩人大會在漢城——其它有關議題介紹〉發表於《臺灣新聞報》12版。

31日，〈聖者的長袍〉發表於《聯合報・副刊》8版。

11月　18日，〈花聖瑪麗亞大教堂——最美麗的教堂〉發表於《基督教論壇》第734期。

12月　8日，詩作〈揮別古老的漢城〉發表於《聯合報・副刊》8版。

16日，〈道姆大教堂（米蘭）——石筍似的大理石迷宮〉發表於《基督教論壇》第738期。

31日～1月4日，應邀於道聲出版社主辦的「基督教兒童文學編、寫、譯講習班」講談兒童詩。

1980年　1月　23～24日，與文藝界人士應鐵路局之邀參觀北迴鐵路試車行。

翻譯柯漢夫人（Mrs. Dolores Cohen）詩作〈盾〉、〈湯〉發表於《秋水詩刊》第25期。

2月　4日，詩作〈大動脈——北迴鐵路巡禮〉發表於《聯合報・副刊》8版。

	4 月	13 日，〈母親的記憶〉發表於《中華日報・副刊》10 版。 〈中華民族魂〉發表於《藍星詩刊》新 11 號。
	7 月	11 日，〈千泉之聲〉發表於《聯合報・副刊》8 版。 12 日，〈農村新景象〉發表於《青年戰士報》11 版。
	8 月	17 日，〈谷中的教堂——記西班牙烈士谷大教堂〉發表於《基督教論壇》第 773 期。
	9 月	〈漢城的四大宮殿〉發表於《明道文藝》第 54 期。
	10 月	6 日，詩作〈揮別長長的夏天〉發表於《聯合報・副刊》8 版。 應邀擔任中華文化復興運動推行委員會臺北分會文藝研究促進委員會委員。 詩作〈早夏——記一九八〇年夏天〉發表於《秋水詩刊》第 28 期。
	11 月	11 日，〈古老聖經的新面貌——漫談現代中文譯本〉發表於《臺灣新聞報》12 版。
	12 月	8 日，詩作〈薄紫色的秋天〉發表於《聯合報・副刊》8 版。 〈板門店與華克山莊〉發表於《明道文藝》第 57 期。 〈少年書房——《楊喚詩集》〉發表於《幼獅少年》第 50 期。
1981 年	1 月	7 日，應邀出席臺灣大學文代會和現代詩社聯合舉辦的現代詩座談會。 詩作〈人世舞臺——悼伊朗廢王巴勒維〉發表於《藍星詩刊》新 12 號。
	2 月	詩作〈茶與同情〉發表於《現代文學》復刊第 13 期。
	3 月	10 日，〈〈雨夜〉的變調——擬詹布麥的自白〉發表於《聯合報・副刊》8 版。

	4月	應邀出席耕莘文教院主辦、藝術評論家吳翰書策畫之現代詩座談會。
	5月	25日，〈放舟萊茵河中流〉發表於《中國時報·人間副刊》8版。 應邀赴銘傳女子商業專科學校（今銘傳大學）寫作協會分會講詩。
	6月	23日，詩作〈鄉愁〉、〈心情〉、〈日本古城印象〉發表於《聯合報·副刊》8版。 詩作〈又是端陽〉發表於《中央月刊》第13卷第8期。 詩作〈石榴〉發表於《藍星詩刊》新13期。
	7月	16日，〈比薩斜塔登臨記〉發表於《自由日報》10版。 20日，應邀出席陽光小集舉辦的第一屆詩與民歌之夜朗誦會。 詩作〈白色的睡〉發表於《秋水詩刊》第31期。
	8月	應邀擔任大專學生復興文藝營與中小學教師復興文藝營講師。
	11月	2～3日，應邀出席青溪新文藝學會於臺北國軍英雄館主辦的第一屆中韓作家會議。
	12月	4日，應中國文化大學家政學系系主任侯翠杏之邀，擔任該系主辦的「美的系列」演講中「文學美」專題主講人。 12～13日，應邀出席於陽明山中山樓舉辦的「中華民國建國70年·全國第三次文藝會談」。 16～21日，應邀出席於臺北來來飯店舉辦的亞洲華文作家會議。
1982年	1月	15日，應邀出席笠詩社、創世紀詩社、藍星詩社、現代詩社、大地詩社、陽光小集六家詩社於臺北國軍英雄館七樓凱旋廳合辦的「中、日、韓現代詩人會議」，共有三國約八十

位著名詩人與會。

19 日，〈燈屋的故事〉發表於《臺灣時報》12 版。

詩作〈只要我們有根〉入選年度國中國文教科書。

2 月　1～3 日，與羅門應邀擔任澎湖冬令自強活動文藝研習營講師。

3 月　9～10 日，〈寫我十歲前的童年〉連載於《民生報》10 版。

10 日，〈你不是一株喧嘩的樹〉發表於《聯合報・副刊》8 版。

4 月　9～11 日，應新聞局之邀，南下參觀國家文化經濟建設成果。

12～16 日，應邀擔任中國青年寫作協會 71 年巡迴文藝座談東部地區主持人。

《歐遊手記》由臺北德華出版社出版。

5 月　4～5 日，應邀擔任成功大學第十屆鳳凰樹文學獎現代詩評審。

31 日，詩作〈金閣寺〉發表於《中央日報・晨鐘》10 版。

詩作〈一種季節的推移〉發表於《中外文學》第 120 期。

6 月　10 日，應邀由出席行政院文化建設委員會（今文化部）與中央日報社合辦的紀念詩人節座談會。

詩作〈當眾生走過〉發表於《藍星詩刊》新 14 期。

詩作〈林園意象〉發表於《現代詩》復刊號。

7 月　13 日，應邀擔任基隆暑期幼獅文藝營講師。

25 日，應邀擔任淡水大專復興文藝營講師。

〈路〉發表於《甘露》第 51 期。

9 月　6 日，詩作〈威尼斯波光〉發表於《中央日報・晨鐘》10 版。

10 月　28 日，〈翩然飛回的「青鳥」〉發表於《中央日報・晨鐘》10 版。

11 月　13 日，〈散文和詩〉發表於《中央日報・副刊》12 版。

15 日，應邀出席文建會、中央日報社、中國婦女寫作協會合

		辦的女作家著作展。
		詩集《青鳥集》由臺北爾雅出版社再度出版。
	12 月	22 日，〈歲末餘韻——送一九八二年〉發表於《中央日報・晨鐘》10 版。
		詩作〈礁石〉發表於《藍星詩頁》第 65 期。
1983 年	1 月	1 日，詩作〈陽光道路〉發表於《中國時報》14、15 版「72 年元旦之歌」。
		詩作〈蟲的世界——蚱蜢的畫像〉發表於《秋水詩刊》第 37 期。
		與洛夫、吳宏一應邀出席於新加坡舉辦的第一屆國際華文文藝營。
		詩作〈雀鳥的世界〉發表於《藍星詩刊》新 15 期。
	2 月	28 日，詩作〈詠國際風箏節〉發表於《中央日報・晨鐘》10 版。
	4 月	〈語文情〉發表於《宇宙光》第 108 期。
	5 月	應《國語日報》之邀，開闢「少年繆斯」專欄，訂於每個星期天為青少年撰寫詩論。
	7 月	11～12 日，〈童心和詩心——《從搖籃到再生》序〉（文愷著）連載於《中央日報・晨鐘》10 版。
	8 月	2 日，〈我與「青協」的回憶〉發表於《中央日報・晨鐘》10 版。
		隨中國婦女寫作協會前往臺北近郊與中部地區參訪農村建設。
		詩作〈花之頌〉發表於《秋水詩刊》第 39 期。
		〈我與「作協」的回憶 〉發表於《幼獅文藝》第 356 期「慶祝中國青年寫作協會成立 30 週年紀念特刊」。
	9 月	4 日，組詩「一組夏天的詩」：〈立夏〉、〈小滿〉、〈芒

種〉、〈夏至〉、〈小暑〉、〈大暑〉發表於《中央日報‧晨鐘》10 版。

10 月　17 日，組詩「秋詩六題」：〈立秋〉、〈處暑〉、〈白露〉、〈秋分〉、〈寒露〉、〈霜降〉發表於《中央日報‧晨鐘》10 版。

詩作〈紫葡萄的死〉發表於《宇宙光》第 114 期。

12 月　15 日，應邀出席青溪新文藝協會於臺北圓山飯店主辦的第三屆中韓作家會議。

1984 年　1 月　與羅門合撰〈賀秋水十週年紀念〉發表於《秋水詩刊》第 41 期。

2 月　《歐遊手記》由臺北純文學出版社出版。

3 月　30 日，〈也談李清照〉連載於《出版之友》第 28～29 期。

5 月　應文建會與青年寫作協會之邀進行全國性巡迴演講。

獲成功大學中國文學系第 12 屆鳳凰樹文學獎評審紀念獎。

6 月　8 日，詩作〈時間的旋律〉發表於《商工日報‧春秋》12 版。

8 月　20 日，詩作〈時間〉發表於《中央日報‧副刊》11 版。

11 月　應香港大學黃德偉之邀，前往該校參訪，於女詩人鍾玲之「現代文學」課程朗誦詩作；並應該校文社之邀，以「詩中的情感」為題發表演講。

12 月　11 日，詩作〈回去臺北〉發表於《中央日報‧副刊》12 版。

詩作〈意樓怨〉發表於《臺灣詩季刊》第 7 號。

本年　應邀擔任文建會委託東海大學創辦的文藝創作研習班詩組主任，為期半年。

1985 年　1 月　5 日，詩作〈勒馬洲山岡〉發表於《中國時報‧人間副刊》8 版。

29 日，〈牧童夢〉發表於《聯合報‧副刊》8 版。

詩作〈火炎山——高速國道旁的司芬克斯〉發表於《藍星詩

刊》第2號。

2月　26日，與羅英、劉延湘、齊邦媛、郭良蕙、姚宜瑛等十餘位女作家應邀參加《聯合報》、《聯合文學》合辦的「暖春之旅」活動，先後訪問臺北市私立愛愛院、聖道育幼院和陽明敬老院。

27日，〈探春〉發表於《中國時報‧人間副刊》8版。

3月　19日，詩作〈黃昏——老吾老以及人之老〉發表於《聯合報‧副刊》8版。

詩作〈上午的西門町〉發表於《鍾山詩刊》第5期。

應邀赴耕莘青年寫作會與臺灣師範大學噴泉詩社講課、論詩。

4月　詩作〈鹽竈下〉發表於《藍星詩刊》第3號「女詩人專輯」。

5月　4日，文藝節，與季紅、楊昌年、趙淑敏、季季等赴高雄市文化中心舉辦文藝座談會。

6日，詩作〈清晨——幼吾幼以及人之幼〉發表於《聯合報‧副刊》8版。

10～13日，應邀參加文建會與青年工作委員會合辦的「文化建設參觀座談」活動，由基隆至臺南，參觀全省著名的古蹟，並於成功大學舉辦座談會。

27日，詩作〈街頭——我繪香港小市民形象〉發表於《中央日報‧副刊》11版。

7月　1日，詩作〈廟街和玉——兼致女詩人鍾玲〉發表於《中國時報‧人間副刊》8版。

7日，為慶祝抗戰勝利40週年，以中國青年寫作協會‧詩研究委員會主任委員身分，策畫「遙遠的鼓聲」抗戰詩歌朗誦晚會，於臺北耕莘文教院舉辦活動。

		8 日，詩作〈遙遠的砲聲——寫於對日抗戰勝利四十週年〉發表於《中央日報‧副刊》11 版。
		組詩「兩極的愛」：〈清晨——幼吾幼以及人之幼〉、〈黃昏——老吾老以及人之老〉發表於《藍星詩刊》第 4 號。
	9 月	詩作〈秋光〉發表於《婦友》革新號第 1 期。
	10 月	詩作〈時間列車〉發表於《藍星詩刊》第 5 號。
		詩作〈歲月流水〉發表於《秋水詩刊》第 48 期。
	12 月	23 日，詩作〈倦旅〉發表於《中央日報‧副刊》11 版。
		詩作〈徹夜不熄燈火的長巷〉發表於《文學家》第 2 期。
	本年	應邀擔任文建會與高雄師範學院合辦的文學研習班詩組教師。
1986 年	1 月	22 日，詩作〈時間列車〉發表於《中央日報‧副刊》12 版。
	2 月	詩作〈不知名的小白花〉發表於《婦女雜誌》第 209 期。
	3 月	應邀擔任淡江大學「藝術與人生」系列課程講師。
		23 日，與邱七七、嚴友梅、趙淑敏於高雄文化中心、楠梓加工區舉行座談會。
	4 月	14 日，詩作〈香江海色〉發表於《中央日報‧副刊》11 版。
		23 日，詩作〈回大海去——迷途幼鯨的悲歌〉發表於《中央日報‧海外副刊》。
		詩作〈太空葬禮〉發表於《藍星詩刊》第 7 號。
	6 月	11 日，〈愛情已成古老神話〉發表於《中央日報‧副刊》12 版。
	9 月	24 日，〈這一站不到神話〉發表於《中央日報‧副刊》12 版。
		應邀擔任文建會主辦的青年文藝作品研討會講評人。
		詩集《這一站不到神話》由臺北大地出版社出版。
	10 月	15、20 日，應邀赴新象藝術中心出席「蓉子詩專輯」詩作朗誦節目。

〈《這一站不到神話》序〉發表於《藍星詩刊》第 9 號。

11 月　10 日，詩作〈伸入沙漠黃昏的路〉發表於《中央日報・副刊》10 版。

12～14 日，參加中華民國環境綠化協會與中國婦女寫作協會合辦的「綠化之旅」活動。

15 日，與趙寧、張大春應金石堂文化廣場之邀擔任 11 月分文學類新書品評會主講人。

18 日，應救國團北市團委會之邀，於臺北學苑演講「詩與散文」。

26 日，應邀出席「世界女記者與作家協會」中華民國分會成立大會，為創始會員之一。

12 月　1 日，應邀擔任文建會於臺南縣立文化中心舉辦的文藝創作研習班講師。

27 日～1 月 3 日，應邀出席於印度馬德拉斯（Madras）舉辦的第九屆世界詩人大會，於會中獲世界藝術文化學院頒授榮譽文學博士學位。

〈我的詩路歷程〉發表於《文訊》第 27 期。

本年　應邀擔任文建會委託臺灣師範大學舉辦的文藝創作研習班講師。

1987 年　1 月　〈新詩欣賞〉發表於《秋水詩刊》第 53 期。

2 月　8 日，詩作〈過年〉發表於《大華晚報・淡水河》10 版。

4 月　27 日，詩作〈今生師表——獻給趙麗蓮教授〉發表於《民生報・文化新聞版》4 版。

詩作〈孔雀扇〉發表於《藍星詩刊》第 11 號。

5 月　詩作〈夏荷〉、〈秋蓮〉發表於《藍星詩刊》第 13 號。

22 日，與余光中、鍾玲擔任高雄師範學院舉辦的中國文學獎現代詩組決審委員。

30 日，與羅門應邀參加新象小劇場推出的詩作朗誦表演活動。

與嚴友梅、白慈飄參加中國婦女寫作協會與中國青年寫作協會合辦的文藝巡迴講座，赴彰化、雲林、南投演講。

6 月　參加中國婦女寫作協會和中國青年寫作協會合辦的「金門文學之旅」活動，並舉行文藝演講座談會。

7 月　詩作〈最後的春天〉發表於《文星論壇》第 109 期。

9 月　應邀擔任文建會主辦的青年文藝作品研討會講評人。

28～30 日，擔任由中國青年寫作協會主辦的「詩的聲光」舞臺演出活動策畫人，表演者共有司馬中原、瘂弦、羅門、羅青、白靈五人。

1988 年　1 月　5 日，詩作〈遊園——繪林家花園全景〉發表於《藍星詩刊》第 14 號。

22～26 日，與羅門應菲律賓華文作家協會之邀，赴馬尼拉發表四場演講，受到耕園文藝社、現代詩研究會、千島詩社、中正學院等文藝界人士熱情款待，探討詩與藝術，交換創作經驗。

3 月　詩作〈變異的月亮〉發表於《文星》第 117 期。

4 月　14 日，詩集《這一站不到神話》獲第 13 屆國家文藝獎。

詩作〈一條河〉發表於《藍星詩刊》第 15 號。

5 月　7 日，與陳銘磻赴臺中豐原、清水擔任中國青年寫作協會年度巡迴講座主講人。

18 日，應《民生報》之邀擔任該報兒童文學徵文童詩組決審委員。

24 日，應邀接受臺灣電視公司「空中圖書館」節目訪問，談論詩集《這一站不到神話》。

9 月　4 日，詩作〈九廣鐵路〉發表於《中國時報・人間副刊》18 版。

8 日，應聘擔任高雄市立社會教育館 76 年度文藝系列講座主講人，演講「兒童文學與欣賞」。

闊別近40年，返回大陸探親。

為紀念蓉子獲得國家文藝獎與結婚 33 週年，與羅門合著詩集《羅門・蓉子短詩精選》，由臺北殿堂出版社出版。

10月 〈被時間的老人戲弄了——我的探親之旅〉發表於《文訊》第38期。

詩作〈探親〉、〈九廣鐵路〉發表於《藍星詩刊》第17號。

11月 14 日，主持中國婦女寫作協會於新聞局會議廳舉辦的秋季聯誼座談會。

應邀擔任東吳大學雙溪文學獎決審委員。

12月 2日，〈火車〉發表於《中央日報・副刊》16版。

25日，〈跌碎了！童年〉發表於《聯合報・副刊》29版。

1989年 1月 18 日，應邀赴中國時報社時報廣場演講「有情天地——詩的境界與創作」。

詩作〈親情〉、〈當時間隔久〉發表於《藍星詩刊》第18號。

詩作〈別情〉發表於《秋水詩刊》第60期。

2月 26 日，詩作〈櫻花薄霧外的山水盛宴——花季探陽明山國家公園之祕〉發表於《聯合報・副刊》27版。

春 負責策畫中國婦女寫作協會主辦的「春天的列車」巡迴文藝講座。

4月 與梁丹丰、曾昭旭應邀擔任光復書局主辦、耕莘青年寫作會協辦的「春暉文藝季系列講座——邁向 21 世紀的靈動」主講人，演講「文明故鄉」。

6月 18 日～21 日，擔任中國婦女寫作協會於臺北來來大飯店舉辦的亞洲華文女作家文藝交流會大會主席，與菲律賓、馬來西亞、泰國、香港各地與會的華文女作家交流。致詞文章〈超越性別限制，傳達時代聲音——「亞洲華文女作家文藝交流會」主席致詞〉後刊載於《文訊》第46期。

7月 詩作〈悲自由女神之死〉發表於《藍星詩刊》第20號。

9月 詩集《只要我們有根》由臺北文經出版社出版。

12月 12日，〈山色正美〉發表於《聯合報・副刊》29版。

1990年 1月 11日，〈辭歲〉發表於《聯合報・副刊》29版。

13日，〈噪音——都市的第一號殺手〉發表於《聯合報・副刊》29版。

詩作〈她的髮絲從未花白——獻給母親的詩〉發表於《藍星詩刊》第22號。

4月 9日，詩作〈詩人處境〉發表於《自立晚報・本土副刊》14版。

28日，應邀出席中央日報社舉辦的「婦女國是座談」，與會者有作家、教授、女立法委員、國民大會代表等數十位。

兒童詩〈太陽的節日〉發表於《幼獅文藝》第436期。

詩作〈你的時間〉發表於《藍星詩刊》第23號。

5月 4日，與羅門應邀出席文訊雜誌社於臺北文苑舉辦的「五四文藝茶會暨作家珍藏書及年表展」。

14日，〈我底工作坊〉發表於《中央日報・家庭》20版。

6月 17～19日，應邀參加國家文藝基金會舉辦的歷屆國家文藝獎獲獎人文化建設參觀聯誼座談會，參觀中部各地文化中心、美術館、鹿谷一帶的文物，並於南投溪頭舉辦文藝座談會。

7月 25日～8月11日，應邀參加太平洋文化基金會舉辦的「中華民國學人作家蘇聯、東歐文化訪問團」，先後參訪莫斯科、列寧格勒、華沙、東西柏林、德勒斯登、布拉格、布達佩斯、波斯多娜、維也納等城市。同行者有袁睽九、黃文範、丹扉、洛夫、林鈴蘭、張麟徵、黃秀日。

與羅門合撰〈藝術永遠與你同在——追思文友朱沉冬〉，發表於《藍星詩刊》第24號。

	8月	3 日，〈我正在讀的書——《新糧》〉（安德烈・紀德著）發表於《聯合報・副刊》29 版。
	9月	10 日，詩作〈黑海上的晨曦〉發表於《聯合報・副刊》29 版。 19 日，詩作〈沃拉村——謁鋼琴詩人蕭邦故居〉發表於《臺灣新生報・副刊》22 版。 23 日，詩作〈頌歌〉發表於《基督教論壇》第 1277 期。 〈走過記憶——我的尋根之旅〉發表於《幼獅文藝》第 441 期。
	10月	16 日，因參加蘇聯、東歐文化訪問活動，應邀出席《中央日報》與中華民國團結自強協會於中央日報社會議室合辦之「蘇聯東歐暨中國大陸見聞錄」會議。 《青少年詩國之旅》由臺北業強出版社出版。 詩作〈給蕭邦〉發表於《藍星詩刊》第 25 號。
1991 年	1月	《千泉之聲》（上、下）由臺北師大書苑出版。 詩作〈悲愴兩帖〉發表於《藍星詩刊》第 26 號。 〈克里姆林宮之旅〉發表於《幼獅文藝》第 445 期。
	2月	周偉民、唐玲玲《日月的雙軌——羅門、蓉子創作世界評介》由臺北文史哲出版社出版。
	3月	2 日，應邀赴基隆市文化中心於金山活動中心舉辦的「海闊天空話文藝」文藝營發表專題演講。
	4月	〈那發光的一隅——智障者的家和「方舟社區」之遠景。〉發表於《婦友》革新號第 68 期。
	5月	22～24 日，以歷屆國家文藝獎獲獎人之一的身分，應文建會與文藝基金會之邀赴金門參訪，並赴金門高中演講。 31 日，與羅門應李瑞騰之邀，赴淡江大學中國文學系舉辦作品與生活座談會。 與瘂弦、楊昌年擔任大馬文學獎評審。
	7月	詩作〈都市猖狂〉、〈流水無相〉發表於《藍星詩刊》第 28 號。

9 月　赴土耳其伊斯坦堡參加第 12 屆世界詩人大會。
〈蘇聯紀行〉發表於《繽紛》第 1 期。
與丘秀芷、邱七七、姚宜瑛、朱婉清、徐薏藍、嚴友梅擔任《我們的八十年》編輯委員（封德屏主編），由時報文化出版公司出版。本書為中國婦女寫作協會與行政院新聞局企畫主編，由蓉子提出原始構想，以老、中、青三代 47 位女作家不同的生活歷程和經驗，反映國家民族的真實歷史。

10 月　詩作〈獻給母親〉發表於《藍星詩刊》第 29 號。

12 月　17 日，與羅門應邀赴交通大學，於上下午各演講不同主題。蓉子講題為「什麼是詩？」、「旅遊中的詩情」，羅門講題為「詩能給人什麼？」、「談一首與上帝對話的詩——〈麥堅利堡〉」。
詩作〈憶——紀念《現代文學》創刊二十七載〉收錄於現代文學雜誌社編《現文因緣》。
〈白夜之都——列寧格勒傳奇〉發表於《繽紛》第 2 期。

1992 年　1 月　20 日，詩作〈海棠紅〉發表於《活水文化雙週報》第 14 期。
詩作〈西奧朵拉在宮中〉發表於《藍星詩刊》第 30 號。
應邀擔任臺北市立圖書館每月一書系列講座一月分主講人。

3 月　12 日，詩作〈遠上寒山石徑斜——太平山原始森林之旅〉發表於《中華日報・副刊》11 版。
與羅門合著詩集《太陽與月亮》，由廣州花城出版社出版。

4 月　詩作〈寒流〉、〈現象〉發表於《藍星詩刊》第 31 號。

5 月　與羅門應邀赴泰國曼谷出席「泰華文藝作家協會」成立晚會，並發表專題演講。

6 月　19 日，與羅門應邀出席中華民國新詩學會於臺北亨利餐廳舉行的詩學研討會，以「詩中的感情」為題進行發言，與會者有鍾鼎文、鍾雷、王祿松、文曉村等。

	7 月	詩作〈俠之義——因他們最高的道德情操是義，故詠之。〉發表於《藍星詩刊》第 32 號。
	8 月	與羅門合撰〈賀語——賀葡萄園詩社 30 週年慶〉發表於《葡萄園詩刊》第 115 期。
	秋	與羅門應邀赴美國參加愛荷華大學主辦的國際寫作計畫（International Writing Program），與來自世界各國的作家、詩人交流，共同研究、討論及朗誦詩作，接受電視專訪，並於克拉克學院講詩、於俄亥俄大學舉行個人朗誦會。 獲愛荷華大學國際作家工作室授予 I.W.P.榮譽研究員名銜。
	10 月	3 日，中華民國筆會主辦「詩的聲光——現代詩多媒體演出」，分別演出蓉子和羅門的同名詩作〈傘〉。
	12 月	25 日，與徐鍾珮分別以詩和散文成就獲中國青年寫作協會第一屆文學成就金鑰獎。
1993 年	7 月	詩集《蓉子詩選》由北京中國友誼出版公司出版。
	8 月	2 日，詩作〈夏（二章）〉發表於《聯合報・副刊》35 版。 9 日，與羅門應邀出席海南大學、海南日報社於海南大學邵逸夫學術中心合辦的「羅門、蓉子的文學世界」學術研討會。 與羅門應邀擔任《聯合文學》與臺灣省政府新聞處合辦的第九屆巡迴文藝營講師。
	10 月	4 日，應邀擔任《聯合報》第 15 屆小說獎附設新詩獎決審委員。
	11 月	5 日，詩作〈紙上歲月〉發表於《青年戰士報》17 版。
	12 月	8 日，詩作〈水流花放——一九九三秋末冬初記事〉發表於《中國時報・人間副刊》39 版。
1994 年	2 月	詩作〈寒暑易節〉發表於《皇冠》第 480 期。
	3 月	應邀擔任行政院新聞局推介優良中小學課外讀物評審委員。

	4 月	周偉民、唐玲玲主編《羅門、蓉子文學世界學術研討會論文集》由臺北文史哲出版社出版。
	5 月	〈生活散記——與春同行〉發表於《幼獅少年》第 211 期。
	6 月	20 日，與羅門應邀赴北京參加中國藝術研究院劉夢溪教授策畫主持的中印文學傳統研討會，會後由劉夢溪夫人陳祖芬陪同拜訪前輩老作家冰心。 29 日，與羅門會合周偉民、唐玲玲夫婦，應西安西北大學國際文化交流學院之邀，發表演講並參訪當地的名勝古蹟。
	7 月	4 日，與羅門應邀赴大陸成都出席四川海峽兩岸詩人交流會與四川文藝出版社舉辦的《羅門詩一百首賞析》新書發表會。
1995 年	4 月	詩集《千曲之聲》由臺北文史哲出版社出版。 詩集《蓉子詩選》由北京中國社會科學出版社出版。 《蓉子散文選》由北京中國社會科學出版社出版。 周偉民、唐玲玲《日月的雙軌——羅門、蓉子創作世界評介》由北京中國社會科學出版社出版。 余光中等著《蓉子論》由北京中國社會科學出版社出版。 蕭蕭主編《永遠的青鳥——蓉子詩作評論集》由臺北文史哲出版社出版。
	5 月	14 日，中國青年寫作協會於臺北國際青年活動中心舉辦「羅門蓉子創作大系」發表會暨羅門作品研討會。
	6 月	詩作〈奧祕〉發表於《臺灣詩學季刊》第 11 期。
	9 月	16～17 日，與羅門應邀赴臺南出席中華日報社舉辦的「臺灣文學的回顧與前瞻」研討會。
	10 月	1 日，詩作〈曾經江南——記暮春之旅〉發表於《聯合報・副刊》37 版。
	11 月	詩集《只要我們有根》由臺北文經出版社出版。
	12 月	6 日，應邀出席北京大學中國語言文學研究所、清華大學中

文系、海南大學、海南日報社、中國社會科學出版社、中國藝術研究院中國文化研究所、《詩探索》編輯部於北京大學賽克勒考古與藝術博物館合辦的「羅門蓉子文學創作系列」發表會及「羅門蓉子文學創作」座談會，會後應邀於北京大學中國語言文學系發表演講。

1996年 1月 常君實主編《千泉之聲》，由北京群眾出版社出版。

2月 5日，詩作〈日正當中，日已西沉——悼文友林燿德〉發表於《中華日報・副刊》14版。

6月 11日，詩作〈旭海草原〉發表於《聯合報・副刊》37版。

24～26日，〈詩與我・永不終止的歌吟〉連載於《中華晚報・副刊》第14版。

10月 應國際華文詩人筆會之邀赴廣東中山縣與佛山兩處開會，會後順道前往廣州探望胞妹王丹石。

12月 詩作〈時間〉、〈日往月來〉、〈我是在地的平凡信徒——記北大《創作系列》推介禮暨研討會〉、〈棄聖絕智〉發表於《臺灣詩學季刊》第17期。

1997年 1月 12日，詩作〈老〉發表於《聯合報・副刊》37版。

2月 9日，詩作〈城市不衰——給香港〉發表於香港《新晚報》。

3月 詩作〈我是在地的平凡信徒——記在「北大」舉辦的「文學創作系列」推介禮暨研討會〉發表於《詩雙月刊》第33期。

8月 8日，與羅門應邀赴馬來西亞吉隆坡參加當地的海南會館108週年紀念大會，並於馬來西亞華人文化協會、馬來西亞華文作家協會與海南會館合辦的講座發表專題演講。

9月 詩集《黑海上的晨曦》由臺北九歌出版社出版。

10月 謝冕等著《從詩中走過來：論羅門蓉子》由臺北文史哲出版社出版。

張肇祺《從詩想走過來：論羅門蓉子》由臺北文史哲出版社

出版。

1998年　1月　9日，〈那裡來的駱駝客啊？〉發表於《聯合報‧副刊》41版。

2月　21日，應邀赴陽明山擔任校園團契主辦的青少年飛揚文藝營講師。

3月　6日，接受佳音電臺「藝文櫥窗」節目訪問。

5月　19日，應邀擔任中國新詩學會年度優秀新人獎決審委員。

古繼堂主編詩集《水流花放》，由瀋陽春風文藝出版社出版。

9月　應邀擔任中國詩歌藝術學會主辦的「兩岸詩刊學術研討會」論文講評人。

11月　古遠清《看你名字的繁卉——蓉子詩賞析》由臺北文史哲出版社出版。

1999年　1月　16日，再度當選中國婦女寫作協會常務理事。

3月　詩作〈灰領人——兼送別1998年的時尚〉、〈一株無名的大樹〉發表於《藍星詩學》第1號。

〈對二十一世紀詩的希望〉發表於《創世紀》第118期。

朱徽《青鳥的踪跡——蓉子詩歌精選賞析》由臺北爾雅出版社出版。

5月　1日，應邀出席淡江大學中國文學系與漢學資料中心女性文學研究室合辦的中國女性書寫國際學術研討會，並與平路、李昂、張曉風、廖輝英主持「女性作家經驗談——性別與書寫的關係」特約討論。

〈再談「現實追尋和藝術轉化」〉發表於《葡萄園詩刊》第142期。

7月　12～13日，與司馬中原、陳若曦赴宜蘭中道中學擔任夏令文藝營講師。

應邀出席中國詩歌藝術學會主辦的兩岸女性詩歌學術研討會。

9月　詩作〈下雪的愛荷華〉發表於《藍星詩學》第3號。

〈變貌的繆斯——淺談臺灣詩壇近半世紀的演變　〉發表於《文訊》第167期。

10月　詩作〈災情湖——記大地震中遭難的日月潭兼致彼岸遊訪過明湖的繆斯們〉發表於《葡萄園詩刊》第144期。

11月　8日，應邀赴臺灣大學野鴨詩社演講。

12月　詩作〈大浩劫——九二一強震記〉發表於《藍星詩學》第4期。

2000年　2月　11日～3月2日，國立文化資產保存研究中心籌備處（今文化部文化資產局）於處展覽廳舉辦「『詩光・藝光・燈光』三重奏——羅門・蓉子詩與燈屋」特展，展後部分著作與資料由該中心典藏。

4月　謝冕等編《燕園詩旅——羅門・蓉子詩歌藝術論》由武漢長江文藝出版社出版。

5月　14日，行政院新聞局於臺北車站新光三越入口處舉辦「向資深作家致敬——資深作家作品回顧展」，蓉子的著作及手稿與羅門、王藍、向明、余光中、巫永福、杜潘芳格、周夢蝶、林海音等35位作家共同展出。

6月　詩作〈沙漠輓歌〉、〈歲月〉發表於《藍星詩學》第6號「蓉子特輯」。

8月　6日～10月1日，何創時書法藝術基金會於臺北何創時書藝館舉辦「紅塵戀戀——七夕情詩・書信大展」，蓉子的書信手稿與羅門、余光中、楊牧、羅青、洛夫、瘂弦、胡適、羅家倫、巴金、朱自清、丁玲、蕭乾、王文興、莊嚴、蘇雪林、林海音、羅蘭、林覺民、蔣中正、宋美齡等文化界、政治界人士共同展出。

〈名標彤史範，望斷白雲鄉——懷念漱菡〉發表於《文訊》第178期。

12 月　詩作〈長日將盡，世紀已老——描廿世紀末端景象〉、〈我如何選擇遺忘〉發表於《藍星詩學》第 8 號。

2001 年　1 月　5 日，應邀出席女書文化公司《臺灣現代女性詩選》、《女性詩學》新書發表會「臺灣女性文學願景」，擔任引言人。

〈從生活中思索，提煉詩情詩思——序張清香詩集《流轉的容顏》〉發表於《乾坤詩刊》第 17 期。

8 月　詩作〈閱讀亞歷山大三世〉發表於《葡萄園詩刊》第 151 期。

9 月　14 日，應邀出席由臺北市政府於市府中庭舉辦的國際詩歌節詩展朗誦會，與馬悅然、席慕蓉、商禽、朵思、蔣勳等詩人登臺朗誦自己的作品。

18 日，因納莉颱風來襲，嚴重影響國際詩歌節活動進行，原訂上午於國家圖書館舉行的「詩的聲音」研討會被迫取消，與羅門、羅智成、商禽、朵思、席慕蓉、向明等改赴此次各國來臺的詩人們下榻的國際大飯店進行詩歌朗誦會。

詩作〈桃芝劫〉、〈日蝕記——記病中心情〉發表於《藍星詩學》第 11 號。

10 月　26 日～11 月 4 日，應邀赴南京參加江蘇省哲學社會科學界聯合會、江蘇省臺港暨海外華文文學研究會合辦的江蘇籍臺灣作家訪鄉采風活動，同行作家有余光中、張默、司馬中原、段彩華、朱秀娟、陳若曦、張至璋、夏祖麗、張曉風、周嘯虹、歐銀釧、管家琪、應鳳凰。

11 月　2 日，與余光中、張默應邀出席東南大學華文詩歌研究所舉辦的詩歌座談會。

23～24 日，與羅門應輔仁大學外語學院康士林院長之邀，出席於該校國際會議展演中心舉辦的文學與宗教國際會議。

12 月　22 日，獲中國詩歌藝術學會第六屆詩歌藝術貢獻獎。

詩作〈初選新世紀——投票前夕選景〉發表於《藍星詩學》

第12號。

詩作〈「憂鬱」的言說〉發表於《創世紀》第129期。

2002年 1月 26日，詩作〈閱江樓——登斯樓而閱斯江（宋濂）〉發表於《聯合報・副刊》37版。

2月 12日，詩作〈周莊〉發表於《中國時報・人間副刊》7版。

6月 〈塔〉（評論王憲陽〈塔〉）、詩作〈際遇〉發表於《藍星詩學》第14號。

9月 詩作〈夏・水果・秋望〉發表於《藍星詩學》第15號。

11月 《游遍歐洲》（原《歐遊手記》）由西安西北工業大學出版社出版。

12月 詩作〈海上生明月——側記金門詩酒文化節〉發表於《藍星詩學》第16號。

2003年 3月 香港電視臺來臺製作燈屋藝文生活空間節目。

詩作〈際遇〉發表於《藍星詩學》第17號。

6月 〈小評尹玲的〈彷彿前生〉〉、詩作〈SARS〉發表於《藍星詩學》第18號。

9月 30日，詩作〈SARS後的香港〉發表於《藍星詩學》第19號。

10月 白內障手術後，雙眼視力恢復良好。

11月 與羅門赴希臘雅典旅遊，探訪年輕時代詩作中常寫到的「愛琴海」。

12月 〈引言——一本迻譯自小說家眼中的《莎弗》〉（Nancy Freeman著）發表於《藍星詩學》第20號。

2004年 1月 19日，詩作〈傘〉入選康軒文教事業公司編選的國中教科書。

5月 〈從時間中走過的身影〉發表於《文訊》第223期。

6月 14日，與羅門應邀赴北京清華大學演講。

8月 30日，應邀出席國軍第40屆文藝金像獎文字類複選評審會。

	9月	3 日，應邀出席世界女記者與作家協會中華民國分會年會與詩人羊令野逝世十週年紀念兼作品結集出版會。 10 日，應邀出席臺北國際詩歌節開幕酒會。
	10月	詩作〈逆旅〉、〈倦怠〉發表於《創世紀》第 140、141 期合刊。
2005 年	2月	20 日，〈沿溪行〉發表於《中國時報・人間副刊》E7 版。 詩集《橫笛與豎琴的晌午》由臺北三民書局出版。
	5月	〈忘了我的存在〉發表於《文訊》第 235 期專題「親情圖：作家用照片說故事」。
	7月	應邀擔任國軍第 41 屆文藝金像獎詩歌類複審委員。
	9月	詩作〈走進太魯閣〉發表於《創世紀》第 144 期。
	11月	20 日，參加周慧珠於臺北市立圖書館舉辦的潘人木追思會。
	12月	15 日，應邀出席中央大學中國文學系於臺灣師範大學國際會議廳舉辦的「永恆的溫柔——琦君及其同輩女作家學術研討會」。 詩作〈失傘記〉、〈假面・真情〉發表於《藍星詩學》第 22 號。
2006 年	6月	詩集《眾樹歌唱——蓉子人文山水詩粹》由臺北萬卷樓圖書公司出版。
	9月	29 日，詩作〈塵埃戰爭〉發表於《聯合報・副刊》E7 版。 30 日～10 月 2 日，應邀出席由國家臺灣文學館（今國立臺灣文學館）與靜宜大學合辦的臺灣女性作家文學研討會，發表論文〈詩中的感情世界〉。 〈《眾樹歌唱——蓉子人文山水詩粹》前言〉發表於《藍星詩學》第 23 號。
2007 年	6月	8 日，因曾捐贈作品與文物，應邀參加國立臺灣文學館第一屆文物捐贈特展。
	9月	26 日，與羅門應邀參加北京中國現代文學館舉辦的「于右

任・劉延濤・現代文人墨緣展」，詩作〈一朵青蓮〉墨寶、羅門詩作〈門的聯想〉墨寶與胡適、梁實秋、臺靜農等人的作品共同展出。

11 月　2 日，參加由趙州茶藝文會館與臺北芝山國小合辦的 2007 臺北詩歌節開幕活動「詩人進校園——讀我們的詩・唱我們的歌 II」，由芝山國小六年級學生吟唱、演奏詩作〈一朵青蓮〉（李泰祥譜曲）。

12 月　〈藍星瑣憶〉發表於《藍星詩學》第 24 號。

2008 年　4 月　海南海口市成立羅門蓉子詩的圖象燈屋（羅門蓉子藝文研究中心），與羅門應邀出席海南大學（圖書館、人文傳播學院、歷史文化研究基地）與海南詩社主辦的「羅門蓉子作品及創作活動週圖片展」。

6 月　與羅門應邀赴廣西欽州市於欽州學院舉辦的「世界華文文學家・欽州文藝家座談會」。

9 月　30 日，詩作〈雲譎波詭的辛樂克〉發表於《聯合報・副刊》E3 版。

12 月　15 日～1 月 20 日，詩詞書法於交通大學浩然圖書館主辦的「浩然藝文數位博物館成果展」展出，同時參展的還有羅門、管管等人的作品。

吳達芸編詩集《蓉子集》，由臺南國立臺灣文學館出版。

2009 年　4 月　4 日，應邀參加臺北縣政府、新店市圖書館、印刻文學雜誌於臺北碧潭舉辦的新店水岸文化節，與羅門、管管、向明、劉克襄等詩人分別於開幕活動朗誦詩作。

5 月　4 日，與羅門參加文建會與臺北市政府主辦、文訊雜誌社規畫執行的「青春的飛揚・思想的萌發——五四文學人物影像展」開幕典禮。

9 日，應邀出席文建會於臺北市捷運中山地下書街主辦的

「遇見臺灣詩人一百」活動開幕儀式。

19 日，與張默應邀參加文訊雜誌社為歡迎「菲華作家赴臺訪問團」舉辦的座談會，暢談過往與菲律賓華文作家的交往與互動。

兒童文學《童話城》由新竹交通大學出版社出版。

6 月 6 日，與羅門應邀出席畫家林壽宇於內湖學學文創展坊舉行的「理性的追索」展覽開幕茶會。

14 日，與羅門應邀參加「遇見臺灣詩人一百」於臺北當代藝術館舉行的後續座談與詩作朗誦活動。

11 月 25 日，獲頒國際莎士比亞獎。

2010 年 3 月 11 日，詩作〈年的風情——庚寅年歲首戲筆〉《聯合報・副刊》D3 版。

6 月 18～21 日，與羅門應邀出席海南師範大學、海南省文學藝術界聯合會、海南省作家協會於海南師範大學合辦的羅門蓉子 60 年詩歌創作研討會。

本年 交通大學浩然藝文數位典藏博物館分別為蓉子與羅門建置「永遠的青鳥：蓉子」與「羅門數位典藏」典藏網站，收錄二人生平經歷、作品目錄、活動紀錄、照片文物等數位資料。

2011 年 9 月 21 日，詩作〈擇衣〉發表於《中國時報・人間副刊》E4 版。

2012 年 1 月 17 日，獲亞洲華文作家基金會、中國婦女寫作協會、世界女記者與女作家協會中華民國分會主辦的亞洲華文作家文藝基金會終身成就獎。

〈我所親炙的「婦協」〉發表於《文訊》第 315 期。

6 月 2 日，與羅門應邀出席中華民國筆會於臺北紀州庵文學森林主辦的「我的文學因緣——羅門、蓉子」系列講座，由李瑞騰主持；座談文章〈詩路蹤跡〉後發表於《文訊》第 327 期。

7 月 2 日，詩作〈颱風泰利〉發表於《中國時報・人間副刊》E4 版。

	12 月	詩作〈不只是黃河流域〉發表於《文訊》第 326 期。
2013 年	4 月	14 日，應邀出席臺南大學博物館於臺南香雨書院主辦的「翠玉詩展——羅門蓉子 58 週年結婚紀念展×講座」開幕典禮，展覽至 6 月 28 日，展出二人詩作、裝置藝術、書籍與簡報。
	11 月	龍彼德《通向天堂的大門——東方勃朗寧羅門和蓉子傳論》由臺北萬卷樓圖書公司出版。
2015 年	3 月	喬紅霞《羅門蓉子研究書目提要》由北京國家圖書館出版社出版。
	9 月	3 日，參加文訊雜誌社舉辦的九九重陽文藝雅集「作家關懷列車」活動，與文友一同拜訪畢璞。

參考資料：

- 「蓉子寫作年表」，《青鳥集》，臺北：爾雅出版社，1982 年 11 月，頁 117～139。
- 蓉子，〈我的詩路歷程〉，《文訊》第 27 期，1986 年 12 月，頁 191～198。
- 夏聖芳，「附錄三：蓉子年表」，〈蓉子詩研究〉，南華大學文學研究所碩士論文，2002 年 6 月，頁 162～189。
- 呂淑端，「附錄：羅門與蓉子對照年表」，〈羅門與蓉子懷鄉詩研究〉，臺北市立教育大學中國語文學系碩士論文， 2008 年 6 月，頁 237～270。
- 網站：「閱讀華文臺北・華文文學資訊平臺——蓉子」。最後瀏覽日期：2015 年 6 月 30 日。

  http://demo.kidtech.com.tw/tpocl/content/writerTimeline.aspx?n=D0347
- 網站：「永遠的青鳥：蓉子」，交通大學浩然藝文數位典藏博物館，2010 年。最後瀏覽日期：2015 年 6 月 30 日。

  http://yungtze.e-lib.nctu.edu.tw/cht/bio/year.php

輯三◎

研究綜述

蓉子研究綜述

◎洪淑苓

一、前言

蓉子，本名王蓉芷（1928～），1953 年出版第一本詩集《青鳥集》即備受注目，迄今已出版詩集、散文集以及英、韓等外文譯本達 20 種以上，獲得「自由中國第一位女詩人」、「開得最久的菊花」、「永遠的青鳥」、「不凋的青蓮」之譽。[1]除《青鳥集》外，後來出版的《蓉子詩抄》、《維納麗沙組曲》、《這一站不到神話》等詩集，也都是擲地有聲，引起廣大回響；而單篇的〈青鳥〉、〈一朵青蓮〉、〈傘〉、〈只要我們有根〉、〈七月的南方〉、〈白色的睡〉、〈我的妝鏡是一隻弓背的貓〉、〈阿里山有鳥鳴〉等等，更是膾炙人口，引起多方討論，也廣為流傳。

無論是從創作的質與量，或從評論與研究的成果來看，蓉子在詩歌藝術上的成就早已受到肯定，無庸置疑。然而，除了女詩人的身分，蓉子參與臺灣的現代詩社群的經歷，以及她本身對於詩歌藝術的探索，也使得她成為現代詩壇一位極具代表性的人物。蓉子詩歌的成就、藝術特色、和現代主義思潮的關係、對女性主義的投映，以及她在詩史的定位，都是歷來

---

[1]這些稱號，歷來多為人沿用；就所知資料溯源：蓉子出版第一本詩集《青鳥集》時，覃子豪即撰寫〈評《青鳥集》〉，對此集讚賞有加，並有「這是自由中國許多詩集中值得一讀的詩集」之語，此後「自由中國第一位女詩人」之封號漸為後人沿用；而「開得最久的菊花」，則是余光中在〈女詩人王蓉子〉一文中對蓉子的讚譽；「永遠的青鳥」，見於向明〈永遠的青鳥〉、林野〈永遠的青鳥〉（原載《陽光小集》11 集，1983 年）的文章標題；「不凋的青蓮」，則見於蕭蕭〈一朵不凋的青蓮——蓉子〉。以上除林野外，皆可參見本書所錄相關篇章；而林野之文章，參見蕭蕭主編，《永遠的青鳥——蓉子詩作評論集》（臺北：文史哲出版社，1995 年 4 月初版），頁 39～50。

研究者熱衷探討的焦點，以下分別述評。[2]

二、蓉子與現代主義思潮——從《青鳥集》到《七月的南方》及其相關評論

據蓉子〈詩的火焰總在心中燃燒〉[3]，她自少年時期即喜好閱讀，從兒童讀物、基督教的《聖經》到著名的文學作品，全都成了她日後創作的養分。在小學、中學時作文課上，蓉子即是班上的小作家，作文總是得到老師的圈點，同學更是崇拜她。但初中二年級，她渴望寫詩的願望已經蠢蠢欲動，於是便在一次作文課上寫了一首「詩」來代替平日的作文，幸而當時的國文老師並沒有責怪她，反而稱讚了幾句，說她寫的「東西」不錯。從此，蓉子開始放膽去寫詩，初三的國文老師也給她莫大的鼓勵；到了初中畢業，蓉子已獲得「冰心第二」的雅號。蓉子自述，當時她就已經迷戀冰心的《春水》、《繁星》，也看了宗白華的《流雲小詩》和翻譯的泰戈爾《飛鳥集》等作品。這使得她早期的創作具有「小詩」、「新月派」的風格。

蓉子於 1949 年 2 月，隨工作單位到臺灣，不久，她就開始投稿。據資料所見，1951 年，蓉子第一篇正式發表的作品是小說〈覺醒〉，刊登於《中國一週》第 54 期（1951 年 5 月 7 日），而第一篇獲刊的新詩則是〈夜行〉，刊登於《半月文藝》第 3 卷第 3、4 期合刊（1951 年 6 月 10 日）；同年 11 月，《自立晚報》附設的《新詩週刊》第 4 期（1951 年 11 月 26 日）刊登蓉子的作品〈形像〉[4]，接著第 5 期也刊登她的〈青鳥〉。《新詩週刊》可說是戰後第一個專門刊登新詩的園地[5]，蓉子的詩連續兩期

---

[2]以下述評之文章，大多見於本書收錄；少數因篇幅所限而未能收錄者，因撰述所需，亦加以介紹。完整之研究書目，讀者可自行參閱輯五「研究評論資料目錄」。

[3]蓉子，〈詩的火焰總在心中燃燒〉；原題〈我的詩路歷程〉，《文訊》第 27 期（1986 年 12 月），頁 191～198；後收入封德屏主編，《文學好因緣》（臺北：文訊雜誌社，1988 年 7 月），頁 223～235。

[4]篇名原為〈為什麼向我索取形像〉，但刊登時改為〈形像〉；收入《青鳥集》時又改回〈為什麼向我索取形像〉。

[5]《新詩週刊》於 1951 年 11 月 5 日推出，由鍾鼎文、葛賢寧、紀弦三人主編，迄 28 期（1952 年 5 月 19 日）改由覃子豪接編，至 1953 年 9 月 14 日止，共推出 94 期。

獲刊，代表她啼聲初試，便受到肯定，此後作品便迭獲採用。1953 年 2 月，紀弦創辦《現代詩》，蓉子有〈午寐的海〉等三首詩刊登在《現代詩》第 1 期；直到第 12 期、第 24～26 期合刊本都有作品發表。1954 年 3 月，覃子豪、余光中等創立藍星詩社，蓉子加入，藍星詩社借《公論報》刊載《藍星週刊》，蓉子的〈登山〉即發表於《藍星週刊》第 1 期（1954 年 6 月 17 日），而後蓉子的作品大多發表在藍星詩社的刊物上。

蓉子初期創作有兩百多首，後選錄 41 首，在 1953 年 11 月結集出版為《青鳥集》[6]。《青鳥集》一出版，覃子豪有〈評《青鳥集》〉，除了讚賞蓉子「充分表現了特有的詩人氣質」、「具有獨立的人格與優美的情操」之外，也對於此集中的創作手法、藝術特質有所評斷，優點是想像豐富、富於含蓄和暗示、手法精細，但有時為了創造新手法，不免在詞彙和句法上有些生硬。[7]就創作藝術的優缺點而言，余光中〈女詩人王蓉子〉的看法大致類似，他對《青鳥集》的批評是：

> 一般說來，這些作品玲瓏而天真，在清淡中見出韻味……有些詩太淡、太稀了，如〈納涼〉諸作便是。……她早期的作品頗受《舊約》中重疊句法的影響，轉而推陳出一種簡短，樸素，略帶歌謠風的小詩。其中比較傑出的，都以結構取勝……蓉子早期的佳作頗能把握感覺的強度，例如她的〈寂寞的歌〉：……我們不能忘記，這是民國 41 年的作品，在那時，能說黃沙「打濕」衣袂，以及「點起一支」寂寞的歌，實在很夠「感覺」了。至於鍾鼎文先生所欣賞的〈為什麼向我索取形像〉和〈青鳥〉，紀弦先生所稱道的〈晨的戀歌〉等，都是臺灣詩壇最早的好詩。[8]

透過覃子豪、余光中，我們不難窺見《青鳥集》在 1950 年代受到注目

[6]蓉子，《青鳥集》，臺北：中興文學出版社，1953 年 11 月。
[7]覃子豪，〈評《青鳥集》〉；原載《新生報》南部版「西子灣副刊」，1954 年 3 月 12 日；後收入《覃子豪全集》（臺北：覃子豪全集出版委員會，1968 年 6 月），頁 391～394。
[8]余光中，〈女詩人王蓉子〉，《婦友月刊》第 83 期（1961 年 8 月），頁 12～13。

的原因，不只是因為「女詩人」，更因為詩集中的作品主題動人，具有溫婉蘊藉的風格；而向明〈永遠的青鳥〉在評介爾雅版的《青鳥集》時也指出，《青鳥集》初版的時代意義是，「這些詩發表的那個時候，正是很多大陸來臺青年，由於久居異地，而心情徬徨苦悶，難於排解的時候。《青鳥集》一出能使那麼多人喜愛，就是他們能在詩中找到精神上的鼓舞和發散。」[9]此外就戰後初期的新詩而言，《青鳥集》各篇在形式上、語言上的試練，其實也具有從「冰心體」、「新月派」轉化與再創發的意義。這一點也是向明等評論家都給予肯定的。

蓉子第二本詩集《七月的南方》[10]與《青鳥集》相距八年之久。從 1953 至 1961 年，在個人方面，蓉子由單身走入婚姻（1955 年與羅門結婚），在詩壇上，則是戰後現代詩論戰的第一個高峰期。1956 年，紀弦提倡「現代派」，在《現代詩》季刊第 13 期提出「主知」、「橫的移植」等「六大信條」；而次年（1957 年），覃子豪則在《藍星詩選》第 1 期，以「新詩六原則」回應。紀、覃的論戰，多少也涉及現代派和藍星詩社之間的權力拉鋸，而蓉子身為藍星詩社的一員，她的焦慮是：

> 對身為主婦的人來說：家是極為瑣碎而又現實的生活空間。每天除了上班，又必須親操井臼……因為時間和心情都被割裂而難以提升；加上不久後，詩壇又湧起一股現代化的潮流，便遽然沉默下來，很久不再提筆——每遇詩友問起，總覺無法交代。這種情形難免使人猜疑我是「江郎才盡」了，當年詩壇論戰時的驍將也是藍星同仁的黃用，就曾以較溫厚的語調為那時的我定位說：「對詩壇，蓉子已經貢獻過了。」[11]

所幸，《七月的南方》證明蓉子的苦思錘鍊，使她的詩藝更上層樓。

[9]向明，〈永遠的青鳥〉，《文訊》第 3 期（1983 年 9 月），頁 122。
[10]蓉子，《七月的南方》，臺北：藍星詩社，1961 年 12 月。
[11]蓉子，〈詩的火焰總在心中燃燒〉，封德屏主編《文學好因緣》，頁 229。

余光中在〈女詩人王蓉子〉的後半部，已經點出這種突破：

> 她的新作不再是理想國度飛來的青鳥，而是現實的風雨中的一隻風信雞。她的題材具體而複雜起來，她的表現手法也逐漸現代了。[12]

余光中此文中陸續指出的抽象、複雜、破碎、尖銳、悲劇性等手法與特徵，恰恰是現代主義詩歌的特質。此外，高歌〈千曲無聲——蓉子〉對此集亦讚賞有加。[13]而張健〈評《七月的南方》〉則給予此集頗為全面的觀照：

> 也許她不再是歌聲清泠的青鳥，而是領略過「現代」寒意的「企鵝」了。……處在這種隱微的矛盾中，她終於在閨秀作者的柔婉風範之外，更鑄就了一種不僅僅屬於個人的「清醒的痛苦」。[14]

「現代的寒意」概指在現代詩論戰中，所謂現代派的訴求、新詩的現代化等聲浪與批評，都曾給蓉子帶來刺激；而「企鵝」是取其作品〈海與企鵝〉，以面對未來徬徨焦慮的企鵝來替代溫和理性的青鳥。張健也指出此集作品的兩大類型，第一類承繼《青鳥集》的抒情，少數作品略帶「現代」色彩，但仍較溫和；第二類則顯然是蓉子近期所力求的變化，低沉、凝練、破碎、空虛，滿是焦慮、憂戚的情緒：

> 由此我們忽然警悟到：她的內斂，並不帶著與世界絕緣的意味。她雖然也對這個時代無可奈何——「時間傴迫著，擠我們於無窗的小屋」，但她並不作出世之想，而只是無聲的隱忍。……在〈碎鏡〉中，她更是焦

[12]余光中，〈女詩人王蓉子〉，《婦友月刊》第 83 期，頁 13。
[13]高歌（高上秦），〈千曲無聲——蓉子〉，《幼獅文藝》208 期（1971 年 4 月），頁 101～121；後收入蕭蕭主編，《永遠的青鳥——蓉子詩作評論集》，頁 465～477。
[14]張健，〈評《七月的南方》〉，《現代文學》第 12 期（1962 年 1 月），頁 88。

> 灼、憂惶……於是在「痛苦的雕像」前，她黯然地承受那破碎，那空虛。[15]

這裡所指陳的焦灼、憂惶、痛苦、破碎、空虛，莫不是屬於「現代」的感觸與處境；破碎，甚至是此集中常見的語法。張健更肯定〈七月的南方〉是一長篇佳構，無論是句法、節奏、鋪展都已達「飽和乃至盈溢之感」；但他又提醒蓉子應避免氣勢壓倒情韻的傾向。

從《青鳥集》到《七月的南方》的醞釀，可說是蓉子詩的「現代性」陣痛，而她終於以堅毅的創作精神，克服創作瓶頸與外界質疑的眼光，提交新的創作成果。

三、蓉子的女性自我與都市詩學——從《蓉子詩抄》到《維納麗沙組曲》及其相關評論

女詩人這個身分，一直是評論者看待蓉子詩的一個照面，特別是《七月的南方》的寫作歷程與背景，評論者幾乎都會從職業婦女在家庭、工作與自我之間的艱辛奮鬥切入，帶出對蓉子的肯定與佩服。而蓉子詩所投射的女性意識，往往也和都市的題材連結，呈現出一個職業婦女、現代女性、都會女性如何在種種壓力的夾縫中，以詩歌來完成自我。

第三本詩集《蓉子詩抄》便具有這樣的端倪。[16]瘂弦〈新詩品——評《蓉子詩抄》〉即說：「讀完這本詩集，使我們感覺到一個中國現代婦女如何在紛繁蝟集的世事中，為保持一顆澄明的心所做的種種掙扎和努力」，他看到了蓉子的努力，也體察到女詩人在現實世界中的難題。而他也敏銳地指出此集中的四輯作品各有特色，尤其是第三、第四輯：

> 第三輯「海語」，寫自然與人、神之關係，富哲學色彩乃冥想性質，特

[15]張健，〈評《七月的南方》〉，《現代文學》第 12 期，頁 90。
[16]蓉子，《蓉子詩抄》，臺北：藍星詩社，1965 年 5 月。

別對於海的擬人化的描寫，尤見功力，其手法與氣氛都是全新的；第四輯「憂鬱的城市組曲」，著重現代都市生活情態之刻繪，有一點點苦悶，有一點點矛盾，有一點點美，而角度則是純女性的。[17]

誠然，蓉子這種「女性／都市」的雙重連結，經常激發出雙重的藝術效果。很多評論者也都注意到，蓉子的女性獨立意識很早就萌發，譬如《青鳥集》裡的〈樹〉即云：

我是一棵獨立的樹——
不是藤蘿。

這個以獨立的樹自喻自我，不啻是蓉子內心的寫照。而恰恰也是藉由都市題材，蓉子的女性意識、女性自覺可以淋漓盡致地發揮出來。《蓉子詩抄》之後的《維納麗沙組曲》便是一部極為成熟與成功的代表作。[18]於此，鍾玲〈都市女性與大地之母——論蓉子的詩歌〉、林綠〈女性意識與女性自覺——論蓉子的詩〉二文對此都有精闢的見解。

當大多數評論者稱讚蓉子具有傳統中國婦女溫柔賢淑的美德時，對女詩人有整體研究的鍾玲則掘發了蓉子詩中女性獨立自主的意識，其〈都市女性與大地之母——論蓉子的詩歌〉云：

在體材與風格上，蓉子的詩有多面化的特色。包括描寫現代女性的內心世界、抨擊都市文明、歌頌大自然，還有旅遊詩、詠物詩、對時事或新聞人物之感懷等等。在體材上，她最突出的成就在以下兩方面：1.她的詩塑造了中國現代婦女的新形象；2.她表現了充滿生命力的大自然及豐盈的

[17]瘂弦，〈新詩品——評《蓉子詩抄》〉；原題〈新詩品——介紹兩本新出的詩集〉，《新文藝》第113 期（1965 年 8 月），頁 40；後收入蕭蕭主編，《永遠的青鳥——蓉子詩作評論集》，頁 263。
[18]蓉子，《維納麗沙組曲》，臺北：純文學出版社，1969 年 11 月。

人生觀。

她的組詩「維納麗沙組曲」描繪處於現代工商社會中的女性，一位獨立自主，不假外求的女性。……

維納麗沙這位蓉子心目中的理想女性有以下特色：堅強的、個人主義的、靠自己的、獨立的、有主見的。……然而維納麗沙追求獨立的過程並非一帆風順，她必須克服重重障礙，這首〈維納麗沙之超越〉就描寫她的奮鬥……[19]

不僅是內容、主題上受到注目，鍾玲也讚賞蓉子此詩所運用的寫作技巧：

〈維納麗沙之超越〉一詩中，女主角經歷的考驗，正巧符合「搜求神話」（quest-myth）基型的四個階段，即衝突本身（槍戰的場面），死亡（中彈死亡的同伴），英雄之失蹤（維納麗沙祈求勇氣），以及英雄地位之被認可（維納麗沙奇蹟般地克服一切障礙）。因此維納麗沙的形象暗合中世紀搜求神話中的英雄形象。不同的是，這是一位中國現代的都市女英雄，她擊倒的不是毒龍，而是現實世界及工商物慾文明。[20]

此外，〈我的妝鏡是一隻弓背的貓〉也被鍾玲評定為「巧妙地運用了鏡子意象，而貓又是最常被比作女性的動物。蓉子把這兩個限制自我發展，製造幻象的象徵，扭轉為反省自覺的象徵，反映出女性的困境，最後觸及反省的過程中，尋求自我的問題。無論是在主題處理，或表現技巧上，這首詩都屬佳作。」

同樣的，林綠〈女性意識與女性自覺——論蓉子的詩〉也是從女性主義的思想入手，解析蓉子詩中的女性自我。除了《青鳥集》、《七月的南

[19]鍾玲，〈都市女性與大地之母——論蓉子的詩歌〉，《中外文學》第 17 卷第 3 期（1988 年 8 月），頁 4～5。

[20]同前註，頁 6。

方》中的作品，林綠特別討論了「維納麗沙組曲」，他認為維納麗沙是堅強的、有主見的，並且是蓉子自我的認同；當很多「同伴」在現實中犧牲了，

> 蓉子希望能與維納麗沙一樣，很女鬥士似的，能夠到達理想的境界——「遙遠的地平線」。這條路當然是崎嶇的，除了時間、現實、都市喧亂等重量之外，還有「孤寂」的重量，故在建立自主的路上，維納麗沙得層層超越，不斷受磨練，接受挑戰。[21]

林綠由此肯定蓉子可以通過種種考驗，並說：

> 在男性中心的社會架構中，女性尋求獨立精神，本就是寂寞的大業，但卻也是不朽的盛事……維納麗沙在自我塑造中完成了自己，蓉子寫完「維納麗沙」，當也已建立女性自我，是一棵獨立的樹，不是藤蘿了！[22]

有關「維納麗沙組曲」的討論，也是研究者注意的焦點。李癸雲〈女人，你的名字？——蓉子詩作之「維納麗沙」意象研究〉則是先從心理學原型分析入手，以「阿尼瑪」這個女性原型概念來看維納麗沙的自我建構歷程，以此推論出：

> 從蓉子的〈為什麼向我索取形像〉到〈我的妝鏡是一隻弓背的貓〉，再到「維納麗沙組曲」，這一自我省思與探求的過程，明顯可見她從對鏡

[21]林綠，〈女性意識與女性自覺——論蓉子的詩〉，《「羅門、蓉子文學世界」學術研討會論文集》（臺北：文史哲出版社，1994 年 4 月），頁 36；後收入蕭蕭主編，《永遠的青鳥——蓉子詩作評論集》，頁 123。

[22]林綠，〈女性意識與女性自覺——論蓉子的詩〉，蕭蕭主編，《永遠的青鳥——蓉子詩作評論集》，頁 124。

像形象的抗議，到「維納麗沙」的自我塑造，已臻成熟而完整的自我表達。[23]

此外，何金蘭〈女性自我意識：主體／幻象／鏡像／主體——剖析蓉子〈我的妝鏡是一隻弓背的貓〉一詩〉亦以精神分析學理論中，拉岡的鏡像理論為起點，推及法國女性主義評論家伊蕊格萊在《另一女性之反射鏡》所提出的觀點，亦即女性成為父權制的鏡像，對蓉子這首詩加以細讀，藉此剖析〈我的妝鏡是一隻弓背的貓〉裡的每個字詞、語法和語言背後的主體思想都是反映被壓抑的女性自我，但也具有強烈的反抗性與自主性。何金蘭認為這首詩是不折不扣的女性主義詩，也符合用拉岡和伊蕊格萊理論來分析的一篇文本，其論文有此結語：

從上文的全詩分析中，我們可以清楚地看到此詩以「鏡／貓」作為媒介，再將「我」引入詩中。「我」的「自我意識」非常強烈，而這「自我意識」是明顯的「女性意識」，並且是受到限制、壓抑的父權社會中的「女性意識」。詩中有許多詞彙和語氣直接對此種現象加以指控，流露出作者的痛苦和無奈。「妝鏡」所映照全為「幻象」、「貓」從稍動轉為「靜止」、而「我」則從「形象變異」到「從未正確反映」，這種種進展讓原本「自我意識」明顯的「自我」或「主體」，經由「妝鏡」的「映照」而成為「似實實虛」的「幻象」，再加上「單調」「粗糙」的價值建構下，「主體」最終變成「捨棄」「有韻律的步履」的父權制「鏡像」而已。全詩即建立在「主體／幻象」、「主體／鏡像」的總意涵結構，同時也藉由文字明確地表達急掙欲扎擺脫此「鎖」而未得的無可奈何。[24]

[23]李癸雲，〈女人，你的名字？——蓉子詩作之「維納麗沙」意象研究〉，見其《結構與符號之間：臺灣現代女性詩作之意象研究》（臺北：里仁書局，2008 年 3 月），頁 146。
[24]何金蘭，〈女性自我意識：主體／幻象／鏡像／主體——剖析蓉子〈我的妝鏡是一隻弓背的貓〉一詩〉，《臺灣詩學季刊》第 29 期（1999 年 12 月），頁 157。

由以上可知，拜女性主義思潮之賜，使研究者對蓉子詩的解讀，增加更多探討的空間。

四、蓉子詩的自然與時間——從《橫笛與豎琴的晌午》到《黑海上的晨曦》及其相關評論

除了議題性，對蓉子詩的研究也有著重詩學本身的主題。這也是 1990 年代以後，現代詩學研究的新取向。蓉子詩主題的多面向，也使得研究者可以從不同角度來研究。譬如旅行、山水、自然、時間、哲理等，也都是可深入探討蓉子詩的詩學主題。

蓉子自述她喜愛大自然，也喜愛旅行，因此《橫笛與豎琴的晌午》收錄了不少旅行詩，包括訪韓詩束、「寶島風光組曲」14 首等。[25]而其中的〈溫泉小鎮〉頗受評論家青睞，彭邦楨〈論〈溫泉小鎮〉——蓉子作品〉[26]、蕭蕭〈一朵不凋的青蓮〉[27]等都曾對此詩加以賞析。蕭蕭的賞析中，特別指出〈溫泉小鎮〉這首記遊詩具有中國傳統溫柔敦厚的美意，而在都市緊張、喧囂、汙染的生活之後，尋求寧靜的溫泉小鎮安棲，正是都市人遠離山水後的渴望心情的表露。

對蓉子自然詩較為整體的研究，可參看潘麗珠〈蓉子自然詩美學探究〉。在此論文中，潘麗珠擇選 41 首相關作品，並以詩的內涵、修辭的視覺心理、音聲節奏與性靈境界來對此類作品加以剖析，指出其富於「美」的地方。其結論云：

> 蓉子的「自然詩」是以她宗教情懷般的對美、對自然的信仰，投注了個人長期的心力在光影意象、繽紛色彩、音聲節奏的營造上。可以說，蓉

---

[25]蓉子，《橫笛與豎琴的晌午》，臺北：三民書局，1974 年 1 月。

[26]彭邦楨，〈論〈溫泉小鎮〉——蓉子作品〉，《詩的鑑賞》（臺北：臺灣商務印書館，1971 年 8 月），頁 122～127。

[27]蕭蕭，〈一朵不凋的青蓮——蓉子〉，收入《中學白話詩選》（臺北：故鄉出版社，1980 年 4 月），頁 108～111。

子對自然的理念貫注於自然詩的「象、色、聲」，也可以反過來說，自然詩中的意象美、色彩美、節奏美成就了蓉子的詩藝境界！[28]

有關時間的探討，林燿德〈向她索取形象——論蓉子的詩〉首先注意到蓉子對於時間的感悟相當敏銳，其文云：

蓉子是一個樂觀的探索者，在生命情調上，多年來一直保持著進取的姿態。……如〈時間的旋律〉，她以貞靜而睿智的口吻道出對於時間的感悟……字裡行間出現的盡是智慧語而非自傷的輓歌。彷彿事不關己的敘述，本質上卻是一種高度的超越，其實自《青鳥集》始，她即已展開對於時空奧義的探索，企圖以去玄鉤沉的詩筆，點破人生的真相。[29]

林燿德又指出，蓉子對於時間的敏感，還展現在對於時事新聞、現實世界的感觸。因此她筆下的都市詩，可說充分擁抱了民國 70 年代的臺北；此外，她也擁抱了 1980 年代的世界，《這一站不到神話》詩集中[30]，〈太空葬禮〉反映的是 1986 年 1 月 28 日美國太空梭「挑戰者號」爆炸事件，林燿德認為：

蓉子能夠將寫作的範疇推展至此，和現代情勢同步，正證明她歷久不衰的探究心和原創力，仍不斷在「詩的國度」開疆闢土。[31]

---

[28]潘麗珠，〈蓉子自然詩美學探究〉，《國文學報》第 26 期（1997 年 6 月），頁 205；後收入潘麗珠，《現代詩學》（臺北：五南圖書出版公司，1997 年 9 月），頁 171。

[29]林耀德，〈向她索取形象——論蓉子的詩〉，《藍星詩刊》第 11 期（1987 年 4 月），頁 91～92；林燿德本名林耀德，多以筆名行世，故本文皆用林燿德。本篇為二篇合成，原題分別為〈詩的信仰——我讀蓉子之（一）〉、〈向她索取形象——我讀蓉子之（二）〉，《大華晚報》，1987 年 1 月 8～9 日，10 版。

[30]蓉子，《這一站不到神話》，臺北：大地出版社，1986 年 9 月。

[31]林耀德，〈向她索取形象——論蓉子的詩〉，《藍星詩刊》第 11 期，頁 97。

這個結語十分中肯，因為即使到了 20 世紀末，蓉子仍然有跟現實世界相應的作品〈長日將盡，世紀已老——描廿世紀末端景象〉與〈我如何選擇遺忘〉二首[32]，乃就「世紀末」這個特殊的時間意識抒發感想。

若欲窺見蓉子的時間詩學之整體風貌，洪淑苓〈蓉子詩的時間觀〉可資參考。本論文以「時間」為主題，探討女詩人蓉子作品中的時間觀及其美學。並依夏季詩、都市詩、山水詩及其它作品，觀察蓉子詩對「時間」的獨特感受與表現手法。結論發現：

> 其夏季詩的獨特美學、都市詩對生存情境的深刻觀照、山水詩對「永恆」的體悟，都有賴於她對「時間」的敏銳觀察與描繪。她的女性時間觀，更顯現「陰柔對抗」的力量，在時間中完成自我的靜默與堅持，尤能透顯女性特有的生命格調。她對時間的通透認識，則表現於對死亡的理性認知，因此把小我的生命視為宇宙生命的一部分，與時俱化，成為大自然循環的一節，生生不息；由此我們看到蓉子對人類命運的思考與關懷，可說相當富有歷史感與恢宏氣度。蓉子詩對「時間」主體的多樣而深刻的表現，確實不容忽視。[33]

從蓉子對時間主題的偏好，可知其具有深思熟慮的創作觀，此亦可參見蓉子《這一站不到神話》的〈自序〉。

五、蓉子詩的主題與藝術

整體來看，蓉子是一位抒情詩人，她對於自己的創作有極為深刻的思索。而評論者對她的研究，也常有綜合式的觀察，以詩藝、內涵、意境來貫串論文全文。另可注意的是，蓉子的名篇甚多，因此也常見單篇的賞析與討論。

---

[32]發表於《藍星詩學》第 8 期（2000 年 12 月），頁 54～57。

[33]洪淑苓，〈蓉子詩的時間觀〉，《臺大文史哲學報》第 56 期（2002 年 5 月），頁 390～391。

文學界對蓉子的注意與研究一直未曾間斷，直到 1990 年代起，更是屢見大型研討會與專書輯錄對蓉子及其詩作的研究成果。如 1991 年，周偉民、唐玲玲合著《日月的雙軌：羅門、蓉子創作世界評介》；1994 年有「羅門、蓉子文學世界」學術研討會暨其論文集；1995 年有蕭蕭主編《永遠的青鳥——蓉子詩作評論集》，以上三書皆屬文史哲出版社；《蓉子論》，中國社科院出版；2000 年，《燕園詩旅——羅門•蓉子詩歌藝術論》由武漢的長江文藝出版社出版。

周偉民、唐玲玲〈永遠飛翔的青鳥——蓉子〉對蓉子的創作觀與詩的藝術，依詩集出版順序給予仔細分梳，從蓉子對於詩的堅持，對於詩壇交流事務的熱忱，肯定蓉子應有「女詩人群中的無冕之王」之榮譽。[34]

潘亞暾〈求真、從善、揚美——蓉子短詩賞析〉，係從《羅門•蓉子短詩精選》一睹蓉子詩藝風采，因此以真、善、美的精神理念來分析蓉子短詩。他指出蓉子短詩的藝術特色是：

> 蓉子的短詩在藝術結構、氣氛的營造、意象的撞擊、語言的錘鍊諸方面，都形成了獨特的個性，總的看來，技巧與內容渾融一體。蓉子的詩不是簡單地循著以往抒情詩的舊轍去「觸景生情」，也不刻意地追求「情景交融」的和諧，並且無意在這遣詞造句上過分雕琢，它的成功，往往在於把現代生活的色彩、音響、節奏和現代人的思想感情融入詩的意象和境界。
>
> ……
>
> 在長期的藝術實踐中，蓉子逐漸形成意境悠遠、含蓄委婉、寧靜雋永的風格，詩中每每流露出一種訴諸於生命的哲思與靈性的祥光，詩的語言清新淡遠、自然和諧、凝練舒展。[35]

[34]周偉民、唐玲玲，〈永遠飛翔的青鳥——蓉子〉，《日月的雙軌：羅門•蓉子創作世界評介》（臺北：文史哲出版社，1991 年 2 月），頁 205～232（節錄）。

[35]潘亞暾，〈求真、從善、揚美——蓉子短詩賞析〉，《國文天地》第 51 期（1989 年 8 月），頁 86。

沈奇〈青蓮之美——詩人蓉子散論〉，分析多首蓉子名作，並認為蓉子的詩具有古典之美，就像她那首〈一朵青蓮〉所顯示的意境，令人激賞。沈奇認為蓉子的詩可分為兩類，一類是抒情之作，如〈青鳥〉、〈寂寞的歌〉等，這類作品：

> 多屬情感的自然流瀉，不抑不驅，不事塑砌，唯以真純的情感美、婉約的情緒美、流暢的音韻美和清明鮮活的人生感悟，和諧共鳴，感染讀者。[36]

另一類便是以〈一朵青蓮〉、〈我的妝鏡是一隻弓背的貓〉與〈白色的睡〉等為代表：

> 詩人的詩思，在這類創作中得到了很好的抒發和獨到的深入，情感、理性與信仰三者調和為一，理趣與情韻並重，著力於意象的營造，主體深隱洞明，有如月光溶於荷塘，撲朔迷離中有思的流光閃迴浸漫。在這裡，語言不再是單一的情感與音韻的載體，而成了自足自明的「詩想者」，有了更多的展延性，更多的想像空間。[37]

從另一方面來說，蓉子的名篇，往往引起各家討論，如〈只要我們有根〉，因為入選國民中學的國文課本，因此賞析的文章非常多，譬如蕭蕭《青少年詩話》即曾對此詩的內容與主題加以分析，認為蓉子藉詩歌安撫了當時因外交受挫、人心惶惑的情形，但只要國土仍在、民心穩固、文化深厚，仍然可以屹立不搖[38]；除了〈只要我們有根〉，蕭蕭也曾選析〈阿里山有鳥鳴〉，指出此詩尤能顯現蓉子詩歌創作的藝術之美，既寫出了時間

---

[36]沈奇，〈青蓮之美——詩人蓉子散論〉，《幼獅文藝》第 522 期（1997 年 6 月），頁 38。
[37]同前註，頁 30。
[38]蕭蕭，〈只要我們有根（蓉子）〉《青少年詩話》（臺北：爾雅出版社，2007 年 2 月），頁 113～119。

的推移，也點出空間的奧祕之美。[39]又如〈傘〉，因為內容清新、觀點圓融，所以也有不少喜好者與評論者；其中以羅青的賞析最為透澈，其〈蓉子的〈傘〉〉一文，從詠物詩的觀點談起，認為：

> 全詩主旨在闡明詩人對傘的感情，並以新鮮的觀點，在日常生活的平凡事物裡，發現詩意及美感。然後再把「傘」提高到象徵的層次，來表達詩人的觀念及感受。[40]

這個象徵層次，如同結論所言：

> 那是一個「開闔自如」的世界，只有在那個世界裡，我們才可以看到隱藏不為人知的詩人自我——「寧靜」而「自在自適」。[41]

又如〈一朵青蓮〉，可說討論者眾，獲得諸多肯定，具有經典性的位置；而較為突出的是例如〈我的妝鏡是一隻弓背的貓〉則批評角度不一，形成多音詮釋的狀態。以下就〈一朵青蓮〉與〈我的妝鏡是一隻弓背的貓〉的各家評論再予解析。

對〈一朵青蓮〉的賞析，除沈奇外，最早辛鬱即有〈自我的塑造與自我的否定〉[42]，此文評析蓉子〈一朵青蓮〉與沙牧〈死不透的歌〉；「自我的塑造」講的是蓉子，「自我的否定」講的是沙牧的作品。辛鬱認為蓉子透過對蓮的擬人化，展現的是「至美的人生觀」。而這首詩在感情上是凝練的，在結構上則是「有一定的時序的安排，在詩中，我們當可很清晰的看出，那是從夜間的靜止寫到白晝的躍動，然後又歸入向晚，這也就是

[39]蕭蕭，〈〈阿里山有鳥鳴〉品賞〉，張默、蕭蕭主編《天下詩選 1——1923～1999 臺灣》（臺北：天下遠見出版公司，1993 年 9 月），頁 211～212。
[40]羅青，〈蓉子的〈傘〉〉，《詩的照明彈》（臺北：爾雅出版社，1994 年 8 月），頁 83。
[41]同前註，頁 88。
[42]辛鬱，〈自我的塑造與自我的否定〉，《文藝月刊》第 1 期（1969 年 7 月），頁 83～87。

說，詩人是將整天的時間，投入對蓮（事物）的觀察，而後經過內心的醞釀，抽其精義而予以表現的。……在這情形下，我們也不難窺探詩人所兼具的古典精神的凝實與浪漫精神的璀璨。」

蓉子〈我的妝鏡是一隻弓背的貓〉究竟意旨如何？在早期評論者的賞析中，大多認為它反映普遍的人生困境之意。例如周伯乃〈論詩的具象與抽象〉即先以創作技巧分析此詩的優點：

> 作者透過貓來形容她的妝鏡，這是運用具象表現具象，而產生一種抽象感，這種方法一般詩人都不易把握，也不是常常能被運用的。……詩人把牠來形容她自己的形像（象）的變化，然後又用水流的形態來比喻那形像變化的外形，這是由外形的具象性到內在的抽象性，使讀者在感覺上有著一種交錯的美感。[43]

最後則詮釋這首詩具有的意義是：

> 命運使人生規範於某一種局限，這個局限不一定有固定的形式，但在隱隱中，它似乎是永遠在捉弄著人生……
> 最後一段……這可能是暗示一個生存在現代工業社會裡的人，有諸多真實的自我被扼殺的悲劇性，所以詩人嘆息著妝鏡從未正確地反映她的形像（象）。我相信，在此機械工業日夜爭吵的動亂的世紀裡，自我能不被完全扼殺，多少已經存有一點僥倖了。[44]

又如，蕭蕭在分析這首詩時，也不限於從女性的命運來解釋，他認為「『妝鏡』是女性的持有物，『弓背的貓』卻是詭異的徵象，兩者相聯繫，令人感覺一種未曾有的戲劇性即將展開。」這是說此詩自有其迷人深邃

[43]周伯乃，〈論詩的具象與抽象〉，《新文藝》第 142 期（1968 年 1 月），頁 104。
[44]同前註，頁 105。

處，而貓的眼瞳變換，以致妝鏡無法反映出人的正確形象，蕭蕭認為其中的含意是複雜的：

> 對鏡自憐，不能不歸之於命運，意興闌珊，所以慵困如長夏，慵困的是我，也是貓。所有的美只展現為如此一點的反映而已嗎？這不僅是古人「照鏡悲白髮」，歎年華消逝而已，又加上了對美的憐惜，對命運的抗議。
>
> ……
>
> 真正的我的形象又如何呢？變動不居的時間裡，我是否有確切的形象？也許這已不是這首詩所要了解的答案。這首詩有感性的歎辭，更多的卻是知性的分析，以女詩人寫妝鏡，不講胭脂紅粉，業已難能可貴，更能從時間的變貌中去尋求自我，蓉子是現代詩壇不凋的一朵青蓮，良有以也。[45]

可見男性評論者大多無意把此詩解作女性特有的思維。林煥彰〈欣賞蓉子的詩〉也將之引伸到「這即是作者在臨照鏡子時，對於流逝的時光，無法挽留的青春，引起的一陣喟嘆。更確切的說，是在參悟生命的過程中，對於光怪陸離的人間世界（鏡面）產生一種迷惑。」[46]但上文引述鍾玲、何金蘭，皆認為〈我的妝鏡是一隻弓背的貓〉是一首女性主義的詩，李元貞亦認為這是女性特有的經驗和呼喊：

> 蓉子這首詩的優點，在將如弓背的貓的妝鏡，來比喻女性的人生，不但形象美麗，而且含意生動。……最後女性的命運變得「無光」、「無影」，不過是「一迷離的夢」。詩人在此很深入地將一般女性的人生面

---

[45]蕭蕭，〈〈我的妝鏡是一隻弓背的貓〉導讀〉，《現代詩導讀（導讀篇一）》（臺北：故鄉出版社，1979年11月），頁85～86。

[46]林煥彰〈欣賞蓉子的詩〉，原載《臺塑企業》第3卷第8期（1972年8月），頁72。

> 貌，一步步地寫出來了。對於這樣的女性人生，詩人蓉子是很不甘心的，所以她最後以相當不平的口氣，為女性的命運下註腳：「也從未正確的反映我形象。」表現出蓉子以弓背的貓的妝鏡，來探索女性人生時，最後達到一種心靈的醒覺與不平，突破了傳統女性安於弓背的貓的妝鏡那種女性命運的無奈感。[47]

〈我的妝鏡是一隻弓背的貓〉引發評論者不同的詮釋，在在證明蓉子的詩藝高超，內涵豐富，經得起各方的討論。

六、結語

蓉子創作歷程長遠，她認真執著的精神，促使她出版每一部詩集都有其縝密的考量。而由評論與研究來看，蓉子的新作一出，無論是單篇或是詩集，總是引起廣泛的注意，評賞者眾。她的語言簡練，卻凝聚深沉的思想，因此總給人思考與反思的空間。她展現的是理性冷靜的美，富有深度與廣度。無論是從現代主義風格或是女性主義思潮看她的作品，都有獨特的嶄獲；這也是直到 20 世紀末，評論、研究蓉子詩作的，仍然大有人在，而且名家輩出。

數算起來，蓉子被當作研討會對象，或是專書探討對象，在現代詩人中可謂佼佼者。從成名作〈形像〉、第一本詩集《青鳥集》，通過現代主義浪潮考驗的《七月的南方》，代表女性新典型的《維納麗沙組曲》，到仔細自剖時間觀的《這一站不到神話》，蓉子永遠是評論者的焦點，足以成為現代詩典範人物。而對於蓉子詩作的研究，無論是單篇賞析、主題式評論、學術論文或學位論文，所應用的方法，有傳統式的詩話、點評，也有從創作藝術、修辭技巧、美學入手；亦有從詩學主題、當代文學思潮切入研究，偌多的研究方法與研究成果，恰恰揭示了蓉子的詩耐讀耐看，值

[47]李元貞，〈自由的女靈——談臺灣現代女詩人的突破〉，《解放愛與美》（臺北：婦女新知基金會出版部，1990 年 1 月），頁 175～176。

得歷來學者專家投以關愛的眼神。

蓉子以《青鳥集》奠定她在詩歌史上的地位，除了早期覃子豪、余光中、瘂弦對她的肯定，近期鍾玲《現代中國繆司——臺灣女詩人作品析論》[48]、張雙英《二十世紀臺灣新詩史》[49]、陳芳明《臺灣新文學史》[50]等論著，也都對她讚賞有加，肯定她對現代詩的貢獻。大陸詩壇與學界對蓉子的重視與研究，為數亦相當可觀。這在在證明蓉子在臺灣、兩岸，乃至全球華文界的詩歌史、現代文學史都占有一席之地。這本研究資料彙編，整理了 20 世紀到當今的蓉子研究成果，而就像 1980 年代女性主義熱潮興起，對蓉子的研究也促生新的角度，期許本書不只提供既有成果的鑑照，也可以激發對蓉子研究的新方向。

[48]見鍾玲，《現代中國繆司——臺灣女詩人作品析論》（臺北：聯經出版公司，1989 年 6 月），頁141～155。
[49]見張雙英，《二十世紀臺灣新詩史》（臺北：五南圖書出版公司，2006 年 8 月），頁 198～202。
[50]見陳芳明，《臺灣新文學史》（臺北：聯經出版公司，2011 年 10 月），頁 449～453。

輯四◎

重要評論文章選刊

《青鳥集》後記

◎蓉子

在揮汗如雨的夏夜，我把近年來陸續寫就的兩百多篇散葉子似的詩篇，一一收集謄抄在一起。如今秋天來了，我才整理選定了這一本詩稿，行將交排，心中的感情是難以言說的——那是興奮惶愧與不安交織成的心情。

我作品的發表，實在是一件偶然的事。在這裡我不得不感謝詩壇前輩及朋友們的鼓勵。沒有他（她）們的鼓勵，我不會在過去的兩年內發表這許多篇章，而這本小冊子也許永不會和讀者們見面的。

從小耽溺在翻譯小說的閱讀裡，我有過多的遐想與夢：書中理想的人物，高貴的靈魂使我欣羨而神往，我曾希望自己能代替他（她）們；山川的壯麗激起我對生命無窮的歡悅，我曾渴望以旅行做終身的職業；而每當聽到從熟練的手指間，黑白的琴鍵上流出震撼靈魂的樂音時，我也曾憧憬蕭邦和貝多芬的生涯。雖然幼年也曾學過一點鋼琴；然而做為一個苦難的中國老百姓，一個平常公務員的我，朝夕為了生活而工作，這些夢想的花朵已一瓣瓣凋落在冷硬的現實石板路上了！

現實所給予我的是人海的無休止的浪濤衝激，善美人性的淪喪，物慾的囂張，我為此而感到窒息的痛苦與孤寂，腳底下又是不停的戰爭，驪別與流亡——這些流動的生活——感情與思想。這一份憧憬，一份抑鬱及憂憤，使我不自禁的要寫詩。

我開始摸索詩的道路與門徑，記得童年最先接觸的詩歌，不是古詩，不是律絕；至於歌德、雪萊、拜倫的詩也都是後來的事了！而是很自然的接觸到的古希伯來民族的詩歌：那些莊嚴的頌歌，那些迎接勇士歸來的凱歌，那些靜默的祈禱如大衛王的詩篇，那些歌頌神聖愛情的如雅歌，它們沒有嚴整的句法，卻有真摯的情感，活潑的旋律，我雖未有心去模仿，它們卻多少影響了我。因此我覺得一首詩除了必須有內容，有意境外，也該帶著音樂的氣息，這種音樂的氣息與其是刻板的人工律韻，毋寧是自然的生命躍動。

這本與讀者第一次見面的詩集，是由初選的一百多篇內再選出來的 41 首，包括自民國 38 年到民國 42 年在臺灣這五年內的一部分東西，當然不能算是成功的作品，我只是在做著各種的嘗試，至於民國 38 年前寫的，那更是膚淺幼稚的著作，不足公諸於世的。由於個人修養的淺薄和技巧的拙劣，這本書給予讀者的貢獻也許是太微弱了，我僅僅把它做為我寫作道路上的里程碑，用以紀念我過去的摸索；徬徨與悠久的期待。更揭示我路途遙遠，我沒有理由滯步或自滿，這兒我虔誠的希望文壇前輩及讀者們善意的批評和指教。

最後我要感謝張道藩先生在序文內給我的鼓勵，葛賢甯先生主持的中興文學出版社給予出版上的便利，潘壘先生代為設計封面及文友們熱誠的協助，使這本小冊子得以順利問世，謹在此致深摯的謝忱。

民國 42 年 10 月 18 日臺北市

——選自蓉子《青鳥集》

臺北：中興文學出版社，1953 年 11 月

《維納麗沙組曲》後記

◎蓉子

這是我的第五本詩集，收入了做為本詩集重心的 12 首「維納麗沙組曲」和其它個別詩章共得 34 首——事實上我近四年間的作品不止於此，未收入此集但已先後發表過的作品至少還存有一半以上，諸如「訪韓詩束」，「寶島風光組曲」等，由於風格內容不全相似；同時因有些組曲還可以發展下去，我都把它們暫時抽出，留待以後另輯一集出版。

而收集在此的 34 首詩共分上下兩集：上集「維納麗沙組曲」本身是一組以維納麗沙為中心的連貫的組曲；而分開來每一節仍是一首完整獨立的小詩，說它們像 12 扇隨意開闔的門，無論何時，打開其中的任何一扇都能夠看到詩中主角維納麗沙部分的面影。當然，每多打開一扇門，你就更多了解她一些；可是對於我自己，這 12 首屬於組曲中的小詩就像 12 顆小小的珠璣，也許琢磨得尚不夠光澤渾圓，但它們形成的過程確如蚌中之珠，是一個人的性靈在感受外界砂粒侵入的痛苦後於悠長的歲月中逐漸形成的，那是一個孤困的生命向完美做無盡的掙扎！面對這世界急流的海洋，人得忍受無數次的波濤的沖擊，那不被海流捲走而猶然保持靈魂晶瑩的便需忍受痛苦的砂粒！可是誰會想到那光澤圓潤的珍珠竟是由這些令人極端不適的砂石吸收了痛苦的淚水所形成而終於貴重起來！至於下集「奇蹟」則包括了〈雪是我底童年〉，〈奇蹟〉，〈月之初旅〉，〈菲律賓〉，〈公保門診之下午〉，〈詩〉等 22 首各別的詩篇，有內心世界的描繪，也有現實世界的場景。它們雖不似上集諸章，那樣面對面地描繪「維納麗沙」，卻同樣地有其可了解的角度，有其不同的方向和功能。我願意透過生活中深淺巨細不同的感受來表現不同的形式和內容——包括對自我或對非自我的各種感受！雖然這不是極容易的事，因為做為一個人我們常常局限於固定的生活範疇，又受制於不寬廣的時間，而日常如藤蔓纏繞著我們身心的各種無意義的繁瑣復如此多——我常想，在這種情況之下，一個人要能很爽朗的生活下去已屬不易，更何況要嘔心瀝血地去創作！

做為一個詩人，有多少工作等待著他們在孤寂中完成？有多少需要克服的艱困！在時間重量的支解和人生搏鬥的殘喘之餘來寫詩，需何等的毅力和耐心！且需不斷地和時間抗衡，征服那許多無意義的喧囂和庸俗的掣肘。生命中不全是光輝四射的時光，不時地也會飄來灰黯的雲翳掩蔽你心中的光亮。而最多的時刻卻是沙漠般的長途，伴著無盡的寂寞和辛勞！不知是誰（好像是一位外國同業）說過：「詩人註定應卜居在人類（歡鬧）的外緣——外緣嘗是辛苦而無報償的地方，詩人的生命猶如放逐的生活。」以上句子中「歡鬧」兩個字是我自己加上去的，因為根據現實的經驗我以為詩人並不曾遠離人群，他居住在人間，生活在人群之中——若非這樣，他就不大可能寫出具有價值的詩篇；但有一點令我確信的，那就是詩人往往是被平凡的幸福遺棄了的人，他無法過一般人那種輕省的生活；同時他雖真正地生活在人群中，他的靈魂卻像是一個異鄉人，真像註定是卜居在人類歡鬧外緣的，有一種永恆的孤寂感。而他所說的放逐的生活想係指內心的感受而非一定指現實的情景。在另一方面詩人卻需付出雙重的憂勞和愁苦。一方面他必須在不斷地創作上獻出他的忠誠、才智與毅力，另一方面又需以其思想與才能去應付生活；應付現實上一切非詩的事情，應付許多意想不到的艱困和失望；應付這兩個不同的世界所帶來的種種矛盾，不適和衝撞——這真是一種疲於奔命的換軌啊！基於此，那些長年從事此種靈魂建樹工作的，那些繼續走此「窄門」而不終反悔的人，實應獲得社會的尊重和精神上的鼓勵而不是冷淡，諷刺或謾罵（諷刺自來你初起步時，局外人對你的不信任，冷漠來自你成名後和你一同走此窄路的伙伴，謾罵則來自真正的敵人）。

每一個詩人在年輕時都會有理想有夢，為遙遠的不可知的心靈的召喚而寫詩，希望一天能在他的同胞中激起美麗深遠的共鳴，由於這一切只是模糊的，不求甚解的，就以為所謂「成功」會在一朝突然奇蹟似地來臨，殊不知「創作」的艱苦實非一個好逸惡勞及心志不專的人所能長期忍受的，因為它是一種終身的契約。年少時，起初也許在熱情的鼓舞、夢的憧憬和成名的願望的激勵下，寫了數首或數十首甚至終於出了一本詩集（即使是相當美好的真實的詩），也不一定就能「長保此情不渝」，因為當他們了解創作的艱困和今日作者在社會的際遇時，稍一不堅定也許就放棄了（做為一個現代人，放棄詩實在是一件太容易的事！）。我永遠不能忘記當我出了我的第一本詩集——《青鳥集》後那危險的沉默時期，設若沒有八年後的第二本詩集《七月的南方》出現，此刻我早就不再是詩人了（相信當時在我沉默了那樣久後，很多朋友都以為我不會再寫了）！若說我底第一本詩集是多夢的心靈偶然的產物，則第二本詩集確然給我帶來了與現實掙扎的痛苦體驗，其結果是對於詩的愛更執著了一分，也更確定了一些；如今當我個人的第五本結集即將出版，不但對「詩」有了更多的認識；對「人」有了更多的了解；對自己也有了更多的確信。而一切歡悅中最大的歡欣是你深知你生命的源泉未曾枯涸，它仍在你心深處起伏波動，汩汩地流瀉……僅此已足，又何需「活動」，又何需「徵逐」，又何需用各種創作以外的方法去保持「詩人」的頭銜？——我想如果一個詩人創作力衰退了，他仍然可以從事一些其它對人真實有益的事情，但不必用一些牽強的「手段」來粉飾自己的「虛弱」，譬如說：吹噓，標榜，結黨甚至其它種種不應該是一個詩人所用的方法，那樣似愈顯出其人的可憐；而其人內心深處也一定感到這一切多麼無聊和蒼白！因為任何矯飾和做作都是不美的。而詩人又常是一個敏感的人，不是嗎？

多次地被人問起，為何要取「維納麗沙」這個名字？甚至有人把她和「夢娜麗沙」相混淆起來。其實取一個名字倒也不一定有甚麼深長的含意的。必須說明的是「維納麗沙組曲」中的女主角和「夢娜麗沙」全無半點相連相似之處——我絕非以蒙娜麗沙的藍本來寫維納麗沙的。她們是生活在兩個不同時代中的不同人物，蒙娜麗沙因一抹神祕的微笑而馳名，因達文西而不朽——我真羡慕畫中人那份安適與寧謐，好像世界從不曾攪擾過她一樣；我詩中的維納麗沙卻全不是這樣，她生活在一個擾攘喧囂的年代，在不停地跋涉充滿風沙的長途，但不忘自我塑造。這是一組自我世界的描繪，自我靈魂的畫像，一組孤獨堅定的徐徐跫音，當她走過山嶺平原所發出的一些真實回音……這一組曲曾於民國 56 年間先後發表在《純文學》、《現代文學》、《自由青年》等刊物上；並曾在民國 56、57 年那一段時期內，在各大專院校和詩人們自己主辦的朗誦會上多次地由我自己朗誦過，諸如臺大海洋詩社主辦的「維納麗沙之夜」，師大英語學會與耕莘文教院聯合舉辦的「詩交響樂之夜」，輔大的「新詩朗誦會」，淡江英語學會等專為羅門和我舉辦的「文藝之夜」，臺南成功大學邀請我們兩個專程前去主持的「詩人之夜」以及臺中東海柯美雪教授的英國文學史班上，還有藝術館和作家咖啡屋等場所，似乎曾經傳誦過一段日子；去夏並蒙現在美國奧立岡大學執教的榮之穎博士全部譯成英文，收集在我和羅門共有的英譯詩選《日月集》裡（美亞出版社出版）。至於下集「奇蹟」諸章則內容較為廣泛，不似上集那樣集中筆觸來表現一個人物：從〈雪是我底童年〉描寫一個從小失去母親的小女孩內心無告的淒苦及終於長成，如同一株孤獨的小松樹那樣長成就像是一個「奇蹟」，但有時也會覺憂勞成空，一切凋零如在「冷雨」裡，愛或美都不具形象，甚至最親近的人都不了解你，啊！生命豈不就是如此？年少時不住地向心中的完美掙扎，年長後又覺轉眼成空。〈朗誦會〉是表達詩人朗誦時的一種境界。〈不落之日〉與〈菲律賓〉等詩是想描繪呂宋島上特殊的風采的，然而無論就質或量來說，我都覺表現得不夠（為此，我希望有機會再去菲律賓一次，再有一次親身的體驗，好達成我寫〈菲律賓組曲〉的願望。四年前在馬尼拉雖曾逗留了一個多月，但那次係應聘去講課，因我原來的職業是「公」而非「教」，此番獨當一面唯恐誤人子弟，遂覺心頭責任重大，下課後寧多花一點時間準備講義，不敢多看風景！）。〈哀天鵝〉以後到〈那年夏集〉則已不是純粹的內心描繪，是寫自己所知道的人物和友人，〈那年夏集〉則是包含十餘個人物的大合唱，場景是去年夏天——去年真是一個熱鬧的夏天，有好友帶著一批學生從國外回來；有一對友人夫婦從菲律賓帶著全家移民美國；有女士帶著在國外結婚的丈夫回來省親；有男人獨去美國遊學兩載方回，害得他新婚的嬌妻在家日夜哭泣；有一位友人則帶著妻子和稚齡的兒女一塊兒遨遊歐美回來；有一隊美國來此訪問的教授，有一對環遊世界度蜜月的新人，還有幾位回國的學人……好像一下子他們都聚集在那年的暑假了，因此去夏的天空實在夠擁擠的了，而做為一個朋友的我，卻沒有足夠的時間去陪伴他們！〈偶然的假日〉便是寫一個終年忙忙碌碌的人偶然得到一次假日的舒暢，因為他可以好好地和朋友聊一晚天，痛痛快快地寫一天詩。〈公保門診之下午〉是基於現實的場景描寫一個病人的感觸——人真像一架機器那樣會用舊，甚至比機器更不耐勞苦和風霜。而〈旱夏之歌〉則描繪生之勞苦、繁瑣和心之乾旱。〈榮華〉一詩則覺得榮華本身也是一種虛空，可是還有不少的人在急急地追奔。〈未言之門〉與〈詩〉兩首不妨視為我用詩的形式表達的所謂「創作經驗」和對「詩」的詮釋。至於〈親愛的老地球〉和〈月之初旅〉兩首則表現人類探月以及初次登月後的感受，也許表現得並不成功，就像人類登月之旅僅僅是一個嘗試的開端。全世界所以如此注意並重視，因為「登月」成功開拓了人類新的境界，然而這新境界的開拓卻是化了多少人力、財力、時間與智慧以及冒險犯難的精神方達到！創作又何嘗不如此，必須不斷地開拓，不斷地實驗，不斷地去冒險——，也許這便是現代詩的創作精神吧！

原不想在過分忙碌的此時此刻出版這本詩集（如果稍緩一下，則時間和財力都可更從容些）。但為了配合詩社同人的一致行動，我仍勉力出版了。匆忙中如有錯誤，希望讀者諒我，更希望批評家給予我真誠的批評！

——民國 58 年 8 月 6 日晚於臺北

——選自蓉子《維納麗沙組曲》

臺北：藍星詩社，1969 年 11 月

詩的火焰總在心中燃燒

◎蓉子

童年的夢

寫作是我童年的夢，少年時代的憧憬和心靈深處的嚮往。當然，孩童的夢是不清晰的；年少時的憧憬和嚮往，也只是對寫作——這人間高遠的事懷著一種不甚了然的戀慕之情罷了！在家人和親友的心目中，這種無端的夢是當不了真的，不意它卻在我心中慢慢生根了！

由於八歲母親去世，小小的心靈常有一種無告的寂寞，於是書便成為我最親近的伴侶；從兒童讀物、基督教的《聖經》到著名的文學作品，全都成為營養自己的精神食糧。也許原本潛藏在天性裡的那顆詩的小種子，便是在這樣的「泥土」中深埋，而終於在日後慢慢發芽開花的。

我在小學四年級以前，各方面似乎在平均發展，並無突出之處，直到升入另一所學校的五年級後，我突然在作文上大放異彩。記得當時的國文老師是一位學究型的老派人物，教學十分認真。在我未轉入這個班級時，班上有一位品學兼優的同學，作文也經常列優等；可是當我來了之後，老師在第一次發回批改後的作文簿子，竟然在這位同學的本子上批寫：「宜借王蓉芷卷一閱」，想不到她真的走過來借我的作文簿子傳「閱」去了！此後我的作文也常常被「公布」在教室的牆壁上，我一下子成為眾所周知的人物。奇怪的是，這位借我作文去看的同學從未見她對這件事顯露嫉妒或不快過——每次都會把我的作文拿去仔仔細細地看，她那勤學的精神也常被老師舉為典範。

雖說那時我也不怎麼了然，一個人如果在作文上有所精進，未來也可以成「家」的——散文家。我總認為，作文只是學校訓練我們操縱文字的一種課程，它們既不像詩那般的高遠美妙，也不如故事那樣生動有趣——曾經聽故事是我書本以外的最大嗜好，常常自己也扮演說故事的人。直到我升入初中，心頭對文學的愛好方顯露而濃郁起來。尤其到了初中二年級時，我渴望寫詩的願望，似已無法隱忍；但卻乏人指導，於是甘冒被老師責罵的危險，在一次作文課上寫了一首「詩」代替規規矩矩的「文」繳了上去，目的只是為得到老師的指點。記得這第二位影響我的國文老師是一位穿長袍戴眼鏡，比較開明的男老師——那時，我們對老師都是心存敬畏的。好不容易等到作文簿子發下來，宛如獲得大赦般，老師不但不曾責備我的「異想天開」或「自作主張」，反而稱讚了我幾句，說我的「東西」寫得不錯。老師的這番鼓勵果真讓沉埋在心中的那顆小小的詩的種子，多少得到舒展而不至被瘐死。由於戰爭的播遷，到了初三我又換了一個學校，這次教我們國文的是一位女老師，姓劉，她不僅學問好，更寫得一手漂亮的毛筆字，對我尤其親切。記得國中畢業時，她以她瀟灑流利的書法，在我綠色的紀念冊上寫了一整頁勉勵我的話，猶記得其中有一段是這樣的：「別離了，不知何時再相逢，天南、地北、海角、天涯？希望你在文字上再下些工夫，一定是有希望成功的，何況你的性情又是極合乎文學的！要培養你的思想——精湛；要鍛鍊你的文筆——深刻，以後發為文章，必能……」。同時在學校的畢業紀念特刊上，同學們用「冰心第二」為我做文字畫像。坦白地說，那段時期我的確很迷冰心，美中不足的，冰心出版的詩集太少了——好像除了《春水》、《繁星》外，就找不到其他的單行本了，這無法饜足我的需要，於是我又找到宗白華的《流雲小詩》以及翻譯過來的泰戈爾作品如：《飛鳥集》、《新月集》、《園丁集》等。漸漸地我也喜歡上徐志摩、何其芳、馮至——尤其他那些具有哲思的十四行詩，其次則為陳敬容、陳夢家、康白情、林徽音、戴望舒等人；只是對他們印象的深刻不及前面的四位，此所以後來評論家每謂我的第一本詩集《青鳥集》有

「小詩」的形式，受「新月派」的影響等等。事實上，早年確曾模仿前輩詩人用小巧的詩型寫過數十首小詩，可是民國 42 年出版詩集時，由於某種原因，並未把它們收入集子裡。從此這些曾經發表過的小詩就一直擱在一邊，不曾結集。直到民國 66 年出版《天堂鳥》時（因為 1950 年代後，詩壇不再有人寫這類小詩了），我才將它們篩選後附在《天堂鳥》後面。

以上我之所以如此不厭其詳地敘說我的少年時代，因為那時刻的無心插柳——尤其幾位老師們的鼓勵，是決定我日後性向，終於開出文學之花的原因。而且堅信在今日文壇上卓然有成的作家們，也多半植根在他們的少年時代，在各自原始淳樸的心田，早已深深的埋下了藝術和詩的種子，等待著生命的春天放葩！

事實上，到了高中以後，我又變成了小說迷——大概這便是童年愛說聽故事的延伸吧！那段時期囫圇吞棗了不少 1930 年代小說家如巴金、茅盾、魯迅、周作人、盧隱等人的作品，以及翻譯過來的世界文學名著，像托爾斯泰的《戰爭與和平》、《安娜‧卡列尼娜》，屠格涅夫的《羅亭》，羅曼羅蘭的《約翰‧克利斯多夫》，勃朗特姊妹的《簡愛》和《咆哮山莊》，珍‧奧斯丁的《傲慢與偏見》……從而對小說家也十分佩服，覺得他們所從事的，是一項偉大的工程（指長篇小說）。但年輕時候，因覺得自己的人生經驗和學養都不夠，遂不敢輕易嘗試小說這方面的創作。

詩心的甦醒

倒是詩的火焰總是時明時暗地在心中燃燒著；可惜這段時期，我已得不到如國中及高小時候那樣影響深遠的國文老師，來對我進一步啓導，整個學校裡的氣氛是英文重於國文，因為那是為了因應戰爭歲月，由江浙兩省十餘所著名的教會學校所聯合組成的一所聯中，校舍設在上海英租界。因為是逃難時候，無論是教室或宿舍均因陋就簡，活動的空間狹小，既無校園，亦無操場，更無綠樹，那時我已深感都市生活的擠迫和單調，內心微弱的詩之火也幾頻熄滅了！後來我之所以選擇讀農學院森林系，大概有這樣一種潛在的心理因素在。因為我覺得樹木的丰姿是世上最美麗的，有時更勝過花朵！

大陸棄守前，我隨著服務不久的機關來到臺灣。雖然心中有離愁，而海島的美麗質樸風光，又給了我一份全新的感受，長久沉睡在心中的那顆詩的可貴的小種子，便很快地甦醒了。記得當初在撤退來臺的「中興輪」上，我便寫過一首描寫海景的詩；抵岸後才一週，我又寫下了一首題為〈臺灣吟〉的四行詩，時為民國 38 年 2 月，是我對臺灣的最初感受：「是美麗質樸的姑娘，為異邦人撫養成長（註：指日本人那一段統治時期）／如今雖然回到了自己的家／卻怯生生的不慣和姊妹來往」。現在看起來這首詩既幼稚，更缺乏藝術性，因此也從未發表過。其實 38 年甚至更早我曾寫過一整本的詩，經過再三修改後，曾把它們抄錄在一本精美漂亮的練習簿子中，還題名這些詩為「紅花集」，更在扉頁上寫著「讓紅花開遍了，生命永無止息」的話。這本既不成熟，也永不會印行的詩抄，僅僅是一個紀念，代表我長久以來的摸索和期待。

民國 39 年以後我因對島上的生活逐漸習慣，同時工作也不忙，有適度悠閒的心情來從事詩的醞釀和創作，自覺在這一年詩的技巧稍有進步。於是向一二文藝性刊物「投石問路」，但是意願不高，效果亦不大，即使刊用了亦不能因此就肯定自己真的具有「詩才」，總覺得必須尋求真正有經驗的詩人對我的作品加以判斷和指點。這種等待的心情是苦悶的，因當年的文壇還十分沉寂，和今日熱鬧的景象恰成對比，而詩人的足音尤其孤寂。這景況直到民國 40 年秋天才突破——我忽然在《自立晚報》上看到一大版的詩，於是開始密切的注意它起來，它就是自由中國最早出現的一份純粹的詩刊，且由當時幾位著名的前輩詩人如葛賢寧、紀弦、覃子豪、鍾鼎文等共同主持策畫，為荒蕪的詩壇提供了一塊美麗的詩園，怎不令所有愛詩的心靈欣喜！不過看到出現在前三期上面的作品，多為當時頗為知名的詩人，因此不敢期望自己的作品也能在上面發表——只希望幾位前輩詩人能夠對我的作品惠予評鑑，好讓自己知道，我究竟有沒有資格做繆斯的門徒。雖說從少年時代我已經如此地愛上了她，而且自我摸索了那麼久，對於詩卻全憑感興去創作，缺乏理性的批判能力。

於是我請一位朋友把我的幾首詩拿去請前輩詩人們指教，不意他們卻將我的一首〈為什麼向我索取形像〉猛地在《新詩週刊》第 4 期上刊登出來；緊接著第五期又刊出了我的另一首〈青鳥〉——這一驚喜對我真是非同小可！其對我的鼓勵力量不亞於今日人們所獲得的什麼大獎小獎。此後作品更源源不絕在《新詩週刊》和紀弦先生獨力創辦的《詩誌》和稍後的《現代詩》上出現，那時和我一同出現在這份具有歷史意義詩刊上的有方思與稍晚一兩期的鄭愁予和女詩人林泠，另有以寫童話詩而留下聲譽的楊喚。

我的第一本詩集《青鳥集》於民國 42 年由葛賢寧先生所主持的「中興文學出版社」給予出版。當年確是一件引人矚目的大事！詩集出版兩年後我才和羅門攜手步上「紅毯的那一端」。當詩友們寄望我能寫出更好更多的詩篇時，我卻令他們失望了！對身為主婦的人來說：家是極為瑣碎而又現實的生活空間。每天除了上班，又必須親操井臼，這對於從小未受過家事訓練的我來說多少是一大負擔，因為時間和心情都被割裂而難以提升；加上不久後，詩壇又湧起一股現代化的潮流，便遽然沉默下來，很久不再提筆——每遇詩友問起，總覺無法交代。這種情形難免使人猜疑我是「江郎才盡」了，當年詩壇論戰時的驍將也是藍星同仁的黃用，就曾以較溫厚的語調為那時的我定位說：「對詩壇，蓉子已經貢獻過了。」

我的「眼睛」

由於我的第二本詩集，遲至民國 50 年才出版，遂令一般人以為我停了八年才重拾詩筆，現在我重新翻閱手邊碩果僅存的一本《七月的南方》，發現收集在本集中最早的一篇詩是寫於結婚的民國 44 年，婚後隔了兩整年未寫，到民國 46 年又寫了好幾首，風格和青鳥時期已有不同；但尚未有重大突破。民國 48 年的〈一捲如髮的悲絲〉一詩已開始有蛻變的跡象，迨民國

49 年 6 月在《現代詩》發表〈碎鏡〉；同年 10 月在《藍星詩頁》女詩人專號上刊出了〈亂夢〉後，人們方才訝異於我已非《青鳥集》時代的我，無論是詩觀或詩藝都有重大轉變。集中〈白色的睡〉是詩評家認為比較成功，讓人有深邃感受的一首抒情詩。至於其中題為〈七月的南方〉的長詩，共 93 行——這樣的長度為我第一次嘗試，正如詩人張健的評語：「這首詩的鋪展，已有達到飽和乃至盈溢之感，以一位女詩人而能有如此渾厚的魄力，可謂鮮見。而在節奏上亦迭見起伏。」但是我自己最寄以厚望的卻是包含在「水上詩展」中的四首詩，第一首〈眼睛〉可視為「水上詩展」的序曲，整個組曲以眼睛為核心，深入三種不同形態的生命。意象交錯疊合，如以「輕柔的眸影」與「湖」的生命交映；以「混濁的眼神」投入挾泥沙俱下的大河；而用「冷漠的睛光」和深廣難測的大海相侔；而兩組意象交疊反映出三種不同的生命形象。惜這一組詩在當時並未能引起像別的詩那樣同等的反響。真的，就 1950 年代所出版的這兩本詩集來說：《青鳥集》宛如一塊幸運的磚石，帶我走上了幼年心中那高遠莫測的詩的長途；而《七月的南方》卻是我深心中所喜歡的一本詩集，好幾位朋友也都向我表示他們對這本集子的喜愛，就像高歌先生在一篇多年以前所寫的「專訪」中所說：「這充滿光、影，繽紛的色彩和聲音的詩集。洋溢著一股新鮮而說不出的詩味，一種生命的感覺時時流動其間……」。惜《七月的南方》早已絕版，目前就剩下我手上這本孤本了！

民國 51 年 2 月，生平第一次隨「中國文藝協會外島訪問團」乘軍艦赴馬祖訪問一週。看到在寒風中昂揚的士氣，淳樸的民情，還有部分荒涼的黃色山岡，竟使我想起小說《咆哮山莊》中的一些景色——其實戰地馬祖和「咆哮山莊」是毫不相關的，除了那清晨或暮色中咆哮的冷風。倒是由於這次訪問，我寫了一組有關海的詩，以及幾首較為人喜愛的作品如：〈夏，在雨中〉、〈我的妝鏡是一隻弓背的貓〉、〈看你名字的繁卉〉以及長詩〈夢的荒原〉等，均收集在民國 54 年 5 月出版的《蓉子詩抄》中。

一些驕傲

民國 54 年 5 月對我的意義是不凡的，在文藝節也是我生日那天，出版了新的詩集《蓉子詩抄》；一週後又隨前輩作家謝冰瑩教授、散文家潘琦君女士，應大韓民國文藝界邀請，前去作十天的訪問。那時出國訪問的人很少，中韓兩國文藝界也沒有今日這樣密切的交往，韓國人把這件事安排得非常慎重，也十分禮遇，從北部漢城到南部的釜山，我們訪問了包括梨花大學等各著名學校、報館、文藝社團。舉行座談甚至公開演講，並尋訪各地的古蹟名勝；而僑胞們的熱情最令人難忘。從韓國回來不數日，又僕僕風塵趕赴馬尼拉，因我那年夏天應邀擔任菲律賓華僑暑期新聞研習會文藝班主講，在那邊整整待了一個月。當時（1965 年）我的感覺是：在韓國愈是高級知識分子愈漢化，他們的衣著、居室、行為、禮儀、談吐處處流露古中國的流風餘韻，可說比當時我們國內更「東方」；而菲律賓正好相反，充滿了西班牙天主國家的色彩，在亞洲諸國中，好像是一個異數，原來他們早年為西班牙占領，後來又改屬美國，直到 1946 年才正式宣布獨立，影響其生活文化甚鉅。以上的種種見聞和感受，促使我回國後寫下十餘首「訪韓詩束」，以及幾首有關菲島的詩，並應《國語日報》之約翻譯了一本童話《四個旅行音樂家》。民國 56 年則應主持省政府兒童讀物編輯小組的潘人木女士之邀，為小朋友出版了一本兒童詩集《童話城》。接著民國 57 年則由美亞出版社為羅門和我出版了一本英譯詩選《日月集》，這本詩選係由美國奧瑞岡大學榮之穎教授獨力翻譯的。

民國 58 年我和羅門出席在馬尼拉舉行的首屆世界詩人大會，獲大會頒予傑出文學伉儷獎。同年出版《維納麗沙組曲》，由純文學發行。這本書的上輯係以「維納麗沙」為中心人物的 12 首小詩，它是一組向自我發掘的詩，根植於生活，卻又有著唯美的形象。頗引起一些朋友們的喜愛。下輯「奇蹟」含〈親愛的老地球〉、〈公保門診的下午〉、〈未言之門〉以及〈旅菲詩抄〉。前後才 34 首小詩；但自認為它在我眾多集子中，是較精緻的一本；但卻很早就絕版了。九年後，也就是民國 67 年，方由「乾隆圖書公司」重排重印（改名《雪是我的童年》），惜不久該公司又倒閉，我的《維納麗沙組曲》現在市面上仍不見蹤影！

民國 59 年，應邀參加在臺北的第三屆「亞洲作家會議」並宣讀有關詩的論文；列名倫敦出版的《世界詩人辭典》；暑假期間則應聘擔任「中國青年寫作協會」與救國團合辦的「復興文藝營」詩組組長。次年（民國 60 年）春，首度參加一次由臺北直到屏東的「作家環島巡迴訪問座談」，訪問對象為縱貫線上各大專院校及社會上愛好文藝的青年。本年並應聘擔任文復會臺北分會「文藝研究促進委員會委員」。有作品選入韓國尹永春教授編譯的《廿世紀詩選》。再次年（民國 61 年）作品分別選入中文的《中國文學大系》；韓文的《中國名詩選》和英文的《臺灣新詩選》以及由美國人王紅公與女詩人鍾玲合譯的「中國女詩人」——《蘭舟》。民國 62 年 2 月間，分別擔任「文協」所主辦一系列「文學創作經驗專題講座」主講之一員和在文復會主辦的「兒童文學研究會」講課；4 月間參加《人與社會》雜誌社策畫的「現代詩座談會」，並曾應邀赴基隆外海參加「中海」文藝作家海上聯誼會；11 月則出席由我國主辦的「第二屆世界詩人大會」。以上所述，意在截取生活中的一節橫斷面，讓有心的讀者能夠大略瞭解我在寫作以外還做了些什麼。

這樣到了民國 63 年元月，才由三民書局出版我的另一本詩集《横笛與豎琴的晌午》，內收民國 54 年訪韓後的那一系列作品「訪韓詩束」，以及甚受矚目的小詩〈一朵青蓮〉；還有 14 首「寶島風光組曲」等。同年和羅門獲印度「世界詩學會」頒「東亞傑出詩人伉儷」榮銜。並有作品刊載在盧森堡發行的《新歐洲文學季刊》。

民國 64 年是生活上的轉捩點，由於經濟起飛，社會進步繁榮，我服務了廿多年的國際電信機構業務也隨著直線上升，十分忙碌。我在生活、工作與理想的追求這三者間必須放棄一項。因為當時職務上的壓力相當重，於是我毅然向公家申請自願提早退休，為獲得從容的時間繼續走我詩的長途。退休後兩個月（我是 7 月奉准退休），也即 9 月 4 日起，我開始在當時的《青年戰士報》副刊每日撰寫有關詩創作的理論文章，是我詩創作本身以外的另一種嘗試；同時也擔任三種不完全相同性質的文學獎評審。而在退休前不久，自己也榮獲「一九七五國際婦女年」國際婦女桂冠獎。次年（民國 65 年）應美國詩人大會主席卡納德博士之特別邀請，和羅門一同出席為慶祝美國建國 200 週年召開的世界第三屆詩人大會。

民國 66 年，與散文作家葉蟬貞女士結伴，參加一藝術訪問團赴歐旅遊，一償嚮往多年的宿願。回來後曾陸續在各大報副刊和文藝性刊物撰寫歐西各地的風光、景物、民情、古蹟和文化、宗教與歷史；甚至有人視這些遊記是一種「藝術巡禮」，引起一些使人愉快的反響。兩年後，當時的「乾隆圖書公司」原打算出版我的這本《歐遊手記》，連預約書的大幅廣告都打出來了，不意書尚未付梓而公司已倒閉；到民國 71 年，「德華出版社」雖實實在在的印出了這本書，不知何故卻從未向市面上正式發行，更從未在報紙刊登過一次出書廣告。原來不久他們也因財務上的困頓而結束出版業務了！這情形讓人感到好無奈。但是，本年內道聲出版社出版了我的另一本詩集《天堂鳥》。卷首那一組四首寫「傘」的詩，尤其第一首最得詩評家好評，近後段有十首詠「花藝」的詩為我個人新嘗試，至於寫美國的幾首詩中，我個人比較重視〈紐約、紐約〉這首。

民國 67 年經由黎明文化事業公司出版了《蓉子自選集》，使我寫詩將近卅年的風貌，有了一個初步的綜合性的呈現！

民國 68 年以後我繼續寫作，也繼續從事一些文藝工作與活動。如本年內以「中華民國代表」及代表團「國際關係組組長」職分參加在漢城召開的「第四屆詩人大會」。民國 70 年則先後出席第一屆「中韓作家會議」，參加「全國第三次文藝會談」和「亞洲華文作家會議」；以及民國 71 年的「中、日、韓現代詩人會議」等。比這些會議更令人高興的是本年 11 月「爾雅出版社」重印了我絕版已廿多年的《青鳥集》；民國 73 年 2 月由林海音先生主持的「純文學」正式出版上市了我的散文遊記《歐遊手記》；而民國 75 年又承「大地出版社」出版我的最新作品《這一站不到神話》，顯示了與以前的作品不相同的風貌，它們表現了我前所未有的與現實生活的親和力，培養了我對周遭事物的關懷、關愛和憐憫，而且用最為樸素的手法將之表現成詩。我以為詩是與生命同步的，只要屬於自己的「時間列車」一天不停下腳步，詩也不會從人間消失。至於有關作品以外的種種切切，那就留給他人去煩心了！

——原題〈我的詩路歷程〉發表於 1986 年 12 月《文訊》第 27 期

——選自封德屏主編《文學好因緣》

臺北：文訊雜誌社，2008 年 7 月

評《青鳥集》

◎覃子豪*

蓉子最初發表詩，是在《新詩週刊》創刊不久，她的一為〈青鳥〉，一為〈為什麼向我索取形像〉這兩篇詩，不僅立刻為編者所注意，亦為讀者所愛好。繼後，就陸續的發表了〈為尋找一顆星〉和〈水的影子〉等詩。《新詩週刊》出版將近一百期，她發表了幾十首詩，都是精緻細膩的作品，她是《新詩週刊》傑出的新人之一，在兩年之中，讀者對於她的作品有著極為深刻的印象。

去年所出版的新詩集，是自由中國詩壇最多的一年。這一年中，出版的詩集有十餘冊之多，但在質和量的收穫上比較起來，質的收穫卻很可憐；而《青鳥集》卻在質的收穫上給自由中國詩壇爭來了光榮。

《青鳥集》在質的方面，給予讀者貢獻了什麼？正是我要在這篇文章裡所要評論的問題。中國新詩運動，已有三十餘年的歷史，一般關懷新詩的人，大多數認為詩壇情形混亂，新詩一直未尋得它應有的正確的道路。過去在大陸如此，現在自由中國也如此。許多人不免嘆息，認為新詩的前途，不可樂觀，而我的看法不同，我覺得自由中國的詩壇不僅在進步中，而新詩已找到了一個正確的方向；那就是新詩不僅從中國舊詩詞的陳腔濫調中擺脫出來，也未為西洋的形式所束縛，中國新詩已獲得了新的獨立的生命。雖然，在自由中國所出版的這些詩集中，不屬於陳腔濫調，標語口號的作品，便屬於專門模仿西洋詩壇納粹歐化的作品。然而，有的作品卻介於

*覃子豪（1912～1963），學名覃基，四川廣漢人。詩人、散文家、評論家。與鍾鼎文、余光中等人籌組藍星詩社，曾主編《自立晚報・新詩週刊》、《藍星季刊》、《藍星詩選》等刊物。

這兩者之間，既不屬於前者，陳腔濫調，標語口號之類，也不屬於後者，專門模仿西洋詩歐化作品之類。那就是，我所要介紹給讀者的《青鳥集》。

《青鳥集》的作者愛好新詩，已經有十多年，作者在〈後記〉裡說：在童年的時候，就接觸了詩，不是古詩，不是絕律，而是古希伯來民族的詩歌，是莊嚴的頌歌，勇士們的凱歌，大衛王的詩篇和歌頌神聖愛情的雅歌。她愛這些詩裡面，真摯的情感，活潑的旋律。她說：「我雖然未有心去模仿，它們卻多少影響了我。」我認為這正是她所受的外國詩中的好影響，唯其如此，她的作品才有一個真正的成就。

《青鳥集》所包括的並不是作者寫詩的全部作品，而是作者從全部作品二百餘首中，再選出來的作品；僅選了 41 首。現在就這 41 首中，來認識作者在詩製作上的收穫。在這 41 首詩中，作者充分地顯示了她特有的詩人的氣質。她有個詩人追求真善美的理想。她尋覓人性的完全（〈尋覓〉），她讚美嬰兒甜睡的酒渦，初戀女深深的眸子，老人淨潔的白髮。她認為這是至真，至善，至美的境界（〈三光〉）。她愛大理石的柱石，因為，大理石的柱石，不會說諂媚的語言，不會說虛謊的話，而大理石的柱石，冷冷的嚴峻的光輝，使她心折。（〈我寧願擁抱大理石的柱石〉）。她走進沙漠，唱起寂寞的歌（〈寂寞的歌〉），是「為尋找一顆星」。但這類理想的星，卻不易尋覓。只有寂寞地「看青螢繞膝飛」。於是她的希望，不斷的落下（〈落〉）。她的途徑仍是一個凹凸不平的沙漠，（〈海灘〉）。「當藍天布滿愁雲」（〈休說〉）的時候，她不想走出去了。然而，她仍然憧憬著她的理想，「不甘停留」；懇求在二千年前導引東方三智者，不避艱辛向聖地前行的那顆奇異的大星，繼續將她引領（〈鐘聲〉）。在這裡我們看出了作者內心生活的一個道路，在這冷酷的現實中，所有具有理想和懷抱的人所必有的感覺。而作者能將她的嘆息，哀愁，希望和理想，真摯的表現在詩裡，而成為極感人的詩篇。

作者是具有獨立的人格和優美的情操，她是一顆「獨立的樹，不是藤蘿。」（〈樹〉）作者以樹象徵自己，願以樹的濃蔭，來蔭庇行人的精神為人服務。作者也驕傲於她是「一顆獨立的樹，不是藤蘿」。這確也是值得為作者所驕傲。正如她懷有一顆明珠（〈他有一顆明珠〉）般的純潔的情操。這正是作者的詩人氣質，這氣質在一般詩人中卻很難發現，而顯示在《青鳥集》裡邊卻非常的濃厚。作者不僅具有一種崇高的思想，與真摯的情感，而在藝術的創造上，也充分地表現了她的修養和才華；她認識詩的本質，也把握了詩的本質。在《青鳥集》裡，許多是純淨的詩。如〈青鳥〉、〈為尋找一顆星〉、〈三光〉、〈五月〉、〈我寧願擁抱大理石的柱石〉、〈水的影子〉、〈晨的戀歌〉、〈催眠的歌〉等。在這些詩裡，作者將她崇高的思想，經過情感的淨濾很晶瑩的表現在詩裡，把她內在的真，表現為外在的美，故其作品能呈現出異常動人的光彩。她以一種物體來象徵她要表現物體的本身。是借物體來表現自己那種幽祕的感情。尤其是〈水的影子〉和〈五月〉二詩中，特別的明顯，因此，這些詩是極富含蓄和暗示的意味。

在內容上，想像極為豐富，新鮮，而在手法上是特別的精細的，就是〈午寐的海〉和〈樹〉兩詩。在〈午寐〉一詩，看她所描寫的海吧！

失散了你的
千萬頃綠葉，
凋落了你的
萬千朵玫瑰，
收斂起你
快樂的跳動著時
閃光的衣裙
和那不時露出的
黑色綢裡。

這些形象新鮮的句子，生動的寫出了海在午寐的風緻，這風緻是女性特有的表現。在〈樹〉中，她更用美妙的句子，表現她深沉的思想。

我知道有一日我的花冠也將凋落
而我並不感到心驚。
因為花朵的美麗只是樹身的一部，
生命的成長，蓬勃與凋萎
一如星月依循著自然的軌道前行，
遠勝過花朵的歡欣的——
是我能成為更大的樹，
陰庇更多的行人，
承載更多的歌聲。

歲月的逝去，青春的凋落，並不使她驚心，藝術將會隨著生命的成長而有更大的成就。作者在這幾句詩裡，表現了她的樂觀的人生觀和對於藝術的創造，是永恆不息的看法。總之，在《青鳥集》裡邊，最成熟的，最完美的詩，都是表現作者自己的人格，希望和理想。因為作者的內心生活，比現實生活要豐富得多。故作者長於抒寫自己主觀的情感，而不善於寫客觀的現實。因此，《青鳥集》裡，現實的氣氛，極為稀薄，例如：〈起來，光輝的太陽〉、〈豈能〉、〈旗〉。就有內容空洞和不自然的感覺。但這對於作者在詩的創造上，並無不好的影響。因為，真正的抒情詩，就是作者主觀的產物。《青鳥集》的缺點，是有許多詩句法生硬，是因為作者要揚棄那些爛熟的腔調，創造新鮮的表現方法。因而，在詞彙和句法上，不免有生澀的感覺。這個缺點，作者是容易改正過來的。

我很鄭重地把這本詩集推薦給讀者，這是自由中國許多詩集中值得一讀的詩集，讓讀者自己在《青鳥集》中玩味吧。

——1953年發表於《新生報》南部版西子灣

——選自覃子豪《覃子豪全集 II》
臺北：覃子豪全集出版委員會，1966年6月

女詩人王蓉子

◎余光中*

我是一棵獨立的樹——

不是藤蘿。

女詩人蓉子這兩行自白式的詩句，令讀者想起的不是在萊斯沃司島上彈琴的沙浮，也不是寫如排列得很整齊的巧克力糖之十四行詩的白朗寧夫人，而是具有清教徒意志的狄瑾蓀和非常斯托伊克的艾蜜麗・布朗黛（Emily Bronte 在英國文學史上亦以詩見稱，國人但知她的小說）。

蓉子是現代的，也是古典的。現代的是她的作品，古典的是她的為人；對於一位女詩人，這兩種精神的如此調和，是再理想不過了。如果反過來，為人「現代」而作品「古典」，那就不堪想像，也不敢領教了。在《文藝生活》第 2 期中，我曾經如此形容過蓉子：「中國古典女子的嫻靜含蓄，職業婦女的繁忙，家庭主婦的責任感，加上日趨尖銳的現代詩的敏感，此四者加起來，形成了女詩人蓉子。」我們可以想像，此四者是不容易取得和諧的（例如林泠婚後便無作品），而蓉子居然能加以某種程度的安排，實在難得。

蓉子本名王蓉芷，她出身於基督教的家庭，父親是一位扶助貧病的牧師，母親是一位教師，她是江蘇人，在江陰和上海讀過中學，並曾肄業於一家農家院。後來她曾做過小學教師，教堂風琴手，家庭教師，來臺灣後一直在交通部國際電臺工作，以迄於今。民國 44 年，她和羅門先生結婚，

---

*詩人、散文家、評論家、翻譯家。發表文章時為臺灣師範大學英語學系講師，現為中山大學榮譽退休教授。

詩人璧合，成為詩壇最富人情味的新聞。現在她除了不斷創作外，並與羅門先生主編已有三年歷史而從未脫期的《藍星詩頁》。

當前的詩壇已經充滿悅耳的女高音——蓉子、敻虹、張秀亞、鄭林、王渝、劉延湘等女詩人，把詩壇裝飾得非常生動。可是在十年前，臺灣的詩壇雖乏「萬綠」，卻已冒起了「一點紅」來，那便是我們這位女詩人蓉子了。我應該如何稱呼她呢？「女詩壇的元老」嗎？那未免有點不倫不類。「開得最久的菊花」似乎比較恰當。如果我們可以把新詩的論戰譬喻為秋天，則這朵可貴的白菊真從秋天的那邊一直開到秋天的這邊，而且還可以開到明年第一季的園遊會。

早在民國 40 年，蓉子的作品，如〈為什麼向我索取形像〉及〈青鳥〉等，即已出現在當時《自立晚報》的《新詩週刊》上。其後她作品發表甚多，終於在民國 42 年，由「中興文學出版社」出版了她的（名符其實的）處女詩集《青鳥》。顧名思義，這本詩集給讀者的正是一位女孩對理想的追求，幻滅，與自慰。一般說來，這些作品玲瓏而天真，在清淡中見出韻味，現在讀來，當然比較舊些。有些詩太淡了、太稀了，如〈納涼〉諸作便是。由於出身宗教氣氛甚濃的家庭，她早期的作品頗受《舊約》中重疊句法的影響，轉而推陳出一種簡短、樸素、略帶歌謠風的小詩。其中比較傑出的，都以結構取勝，例如〈為尋找一顆星〉、〈青春〉、〈休說〉諸首都屬此類。由此可見格律對初寫詩的作者未始沒有「訓練」之功。許多青年，一開始便寫所謂「自由詩」，結果在結構上永遠沒有把握。蓉子早期的佳作頗能把握感覺的強度，例如她的〈寂寞的歌〉：

走進無垠的沙漠了——
　濛濛的黃沙打濕我衣袂，
駱駝的腳步是那樣緩慢啊！
　我的心因悽涼而戰慄。

但我催不快跨下的牲口，

　須耐牠一步步走盡！

那麼——

讓我點起一支寂寞的歌，

　將無垠的沙漠劃破。

我們不能忘記，這是民國 41 年的作品，在那時，能說黃沙「打濕」衣袂，以及「點起一支」寂寞的歌，實在很夠「感覺」了。至於鍾鼎文先生所欣賞的〈為什麼向我索取形像〉和〈青鳥〉，紀弦先生所稱道的〈晨的戀歌〉等，都是臺灣詩壇最早的好詩。

可是蓉子的作品並非永遠是「閨秀」的，往往她的筆下竟聞風雷之聲，這是許多女詩人做不到的，舉幾個小例子：

我寧願擁抱大理石的柱石；

　它冷冷的嚴峻的光輝

使我心折！

——〈我寧願擁抱大理石的柱石〉

旗——你，自由與完美的象徵，

為你而戰，

義無反顧，

縱使踏過死底界碑！

——〈旗〉

不願做綠蔭下的池水一泓，

　寧願化身為一片雨雲，

加入海洋洪濤！

——〈不願〉

出版《青鳥集》後，女詩人漸漸沉默了。婚後她的作品更少，似乎她的潛力都灌溉了羅門先生的詩集《曙光》了。家庭主婦的繁忙，婚後心情的調整，美學信仰的轉變，以及整個詩壇的蛻變，都使她不能下筆，而有「欲說還休」之感。近一年多以來，忽然，如一隻自焚而復活的鳳凰，一個更成熟的蓉子出現了。她的新作不再是理想國度內飛來的青鳥，而是現實的風雨中的一隻風信雞。她的題材具體而複雜起來，她的表現手法也逐漸現代了。有時她能做到透過具體的高度抽象，例如她的〈白色的睡〉中首二段和末一段：

這是失去預言的日子
　在憂鬱藍的穹蒼下
我們採摘不到一束金黃
很多很淡的顏色湧升
　很多虛白　很多灰雲　很多迷離
很多季節和收割闊離

像滿園蘭蕊
你禁錮的靈魂
正翕合著一種微睡
一群白色音符之靜寂
——我的憂悒在其中
在紫色花蕊。

五月是火底眼眸
在喧呶的季節裡
她睫毛的陰影猶濃
　有甚深的期待……

最近她的產量頗富，作品經常發表在《藍星詩頁》、《中外文藝》、《現代知識》、《聯副》、《文壇》、《藍星季刊》等刊物。她的詩曾被選入彭邦楨、墨人合編的《中國詩選》，鍾鼎文、余光中等合編的《詩創作集》，上官予編的《十年詩選》，第 23 期《藍星》的女詩人專輯，以及余光中譯的 *New Chinese Poetry* 等。今年元月，美國駐華大使莊萊德夫婦曾以茶會招待自由中國的新詩人，蓉子是赴會的唯一女詩人。

蓉子蛻變後的新作，在感受的本質上是現代的，但因它太複雜、太尖銳、太緊迫、太強烈，遂使她的技巧似乎一時尚無法表現到無憾的程度。在十字架和水仙花之間，她徬徨著。在「羅門夫人」與「王蓉芷」之間，她迷惘著。在完整和破碎、虹和陰溝、青鳥和汽笛之間，她分割著自我。而這些矛盾，這些不欲擁抱而又無法躲避的現實的車禍，便是所以構成她近作中悲劇性之因素。她的表現手法是在進步中，她頗能把握紛繁的意象，使之突出而觸目，但在節奏上她尚在相當零碎的階段，似尚不能配合詩之建築的其他部分。我認為，如果蓉子能恢復她早期作品中那種結構感而錘鍊之使之支撐她今日豐富的意象，則她的現代化將會逐漸完成，而達到自給自足的金黃色的季節。讓我們預祝這朵「開得最久的菊花」終於成為一個最完整的輻射體。

——選自《婦友月刊》第 83 期，1961 年 8 月

永遠的青鳥

◎向明*

三十多年前，當筆者尚是一個青澀的文藝青年的時候，不知什麼原因竟然喜歡上了詩。但是當時的文壇沒有現今這麼蓬勃。從前在大陸出版的書又看不到，想要找些詩集之類的書來欣賞學習，可說難上加難。記得有一次一位女友把她老爸珍藏的普式庚詩集偷偷拿來給我看，我視若珍寶的捧讀了一夜，但不知是譯文太差，還是普氏的詩原本就不合我的胃口，讀了一夜也沒讀出個名堂，就把詩集奉還回去，後來不知從那個詩友那裡傳來了一本冰心的小詩集《繁星・春水》的手抄本。這是我第一次接觸到一位中國女詩人所寫的新詩，那些晶瑩含蘊的短句，確實使我喜愛了一陣子，當然自己也揀著喜愛的手抄了一些（這是我們那個時候為解決書荒和急切求知的一個窮方法，但不能不說那是一種非常可愛的行動。）

後來，總算一本空前未有的詩集出版了，那就是在民國 42 年底左右由中興文學出版社出版的蓉子的《青鳥集》。這本詩集薄薄的，小小的，外表極為樸素，但卻極其吸引人。封面是一整片灰藍色的天空，點綴著幾顆白色的星子，右下角一個雙手抱在胸前的女子，臨風披散著長髮，鼓膨了蘿裙，飄飄欲仙的向著左上角橫排的「青鳥集」三個大紅字在作飛升的祈禱。這本詩集出現之後，真不知風靡了多少喜愛文學和詩的朋友。甚至給心愛的人送禮物時，都會買這麼一本詩集來致贈。筆者民國 43 年過生日時，摯友啟倫兄就遠從花蓮的軍醫院寄來一本《青鳥集》作生日賀禮，並題字稱「願這些精美的詩句，啟迪你寂寞的人生。」至於集中很多句子，

---

*本名董平。詩人。發表文章時為《藍星詩頁》主編。

像「讓我點起一支寂寞的歌／將無垠的沙漠劃破」，「笑是自然開放的小紅花／一經編織／便揉皺了！」更是傳誦一時。

追究起來，蓉子這本處女詩集，當時會那麼受到歡迎，除了它是當時荒蕪的文壇出版的第一本女詩人詩集外，最主要還是它的內容確實有令人喜愛之處，分別是：

一、文字溫柔纖細

我們知道民國 42 年左右的那一段時間，臺灣的文學還沒有擺脫大陸時期因受戰亂而顯得粗獷的影響。尤其在詩方面，很多人還沉醉在口號式的呼喊。概念式的表達，光有衝動的熱情，而缺沉潛的藝術轉化。而蓉子的那種纖細溫柔的文字出現，無異是當時的一股清泉，給過分陽剛的臺灣新詩帶來滋潤和撫慰。譬如一再被人傳誦的〈笑〉這首詩：

最美的是
最真。
啊！
你聰明的，
為甚麼編織你的笑？
笑是自然開放的小紅花，
一經編織——
便揉皺了！

這短短的八行，給人的印象簡直是珠圓玉潤，一種完美真純的印象。尤其最後三句意象之新穎獨到，可說至今仍難找出堪與其比較者。

二、詩意清新煥發

我說的詩意就是詩中內涵所給人的感受。這種感受不論是正面或負面，都可表露出作者的功力來。蓉子在《青鳥集》中所給讀者的感受，無疑是正面且積極的，使人讀後有清新煥發的感覺。而在這些詩發表的那個時候，正是很多大陸來臺青年，由於久居異地，而心情彷徨苦悶，難於排解的時候。《青鳥集》一出能使那麼多人喜愛，就是他們能在詩中找到精神上的鼓舞和發散。像〈寂寞的歌〉這首詩，可說就給當時自感精神苦悶的一群帶來舒解：

走進無垠的沙漠了——
　濛濛的黃沙打濕我衣袂
駱駝的腳步是那樣緩慢啊！
　我的心因悽涼而戰慄。

但我催不快跨下的牲口，
　須耐牠一步步走盡！
那麼——
讓我點起一支寂寞的歌，
　將無垠的沙漠劃破。

又譬如〈小舟〉這首六行的小詩，也予許多自認卑微的人生，給予極大的肯定。

劃破茫茫大海的，
不是白晝的太陽
不是夜晚的星星，
也不是日夜吹著的風。

劃破茫茫大海的
是一隻生命的小舟……

其他如〈旗〉、〈不願〉、〈尋覓〉、〈我寧願擁抱大理石的柱石〉等都有積極的心理建設性。

三、取向層多面廣

詩的取向就從前的女性詩人言，很難擺脫閨怨，親情和時空感懷等少數幾類。總是在一種低沉窄狹的層面上運行。而做為一個現代女性，而又當時正值青春年華的蓉子，是完全不同的。她的詩觸角伸向極為寬廣的層面。由於她是一個基督徒，她的詩中自然離不了有宗教莊嚴虔敬的一面，但她並沒有忘記時代賦予的戰鬥勇氣，她高唱〈起來，輝煌的太陽〉，她呼籲「豈能讓故鄉在月影下迷離？／不，我們要帶著光明的白日歸去！」而站在一個女性的立場，她提出了現代新女性〈平凡的願望〉：

> 不甘於做奴婢
> 也不擬做女神
>
> 附庸
> 　太侮蔑；
> 至尊
> 　太寂寞。
>
> 啊！我們的願望，
> 不過是做你們弟兄似的姊妹。

以及「我是一顆獨立的樹／不是藤蘿」的心聲。

蓉子出版了這本詩集以後，詩壇的地位由此奠定，這以後她相繼推出了十本以上的詩集，風格也不斷的更新，至今創作不輟，早在十多年前，余光中即尊稱她為「開得最久的菊花」。現在她更被人恭稱為「詩壇的長青樹」。但是她這本最早最純美的《青鳥集》卻因時間的嬗遞而被淡忘了，除了在《蓉子自選集》中可以讀到選自這本集子中的九首詩外，其他的都因詩集絕版而看不到。爾雅出版社的隱地先生是個有心人，他在一位熱心讀者的建議下，重印了這本沉睡已久的詩集。並由作者將原來的 42 首作品，增刪成為本書的 48 首詩。保留了張道藩先生的原序，附錄了鍾鼎文（番草）先生的評論。

不可諱言，詩的追求是永無止盡的。讀慣了當前現代詩的人，再讀《青鳥集》中的作品，可能會感覺它不夠咀嚼，意象也不驚世駭俗。但誰也不敢否認，它仍然是一股清泉，是一隻永遠的青鳥，它的美就在它的清新脫俗，不染纖塵。這樣純真爽朗的詩永遠有它的一席地位。

民國 72 年 8 月 9 日燈下

——選自《文訊》第 3 期，1983 年 9 月

千曲無聲——蓉子

◎高上秦*

一、一朵不凋的菊花

民國 40 年到民國 60 年，廿載的物換星移，7300 個艱辛的日升或月落，中國現代詩的原野，從「一葉與萬籟俱寂」的清冷裡，「伸茁枝葉，鋪展藤蔓，垂下濃蔭」，終至「等待著花季來臨」——這一蜿蜒迴轉的坎坷景緻，真有幾人一攬了全部的霜寒與霧重，星冷與月殘？

當初執著滿懷理想與真誠，凜然走來的那些人，一個個在歲月的容貌下，剝蝕，凋零了。如今，當我們佇立在 1970 年代初始的今天，偶然回首，仍不免在心中引起那份深沉而巨大的動盪。當我們偶然翻到現代詩開拓時期的句子和名字，我們便一併踏入了時間冷冷的鄉愁之中……。

在那個山泉初湧的時代，我們雖可讀到信心，勇氣、真純、和愛……這些寶貴的字義，但我們也同時能輕易觸撫到那時的寂寞、寒涼和單薄；也就因此期待一位女性詩人的出現，幾乎是遙不可及的事實。

而蓉子卻為這種遙遠提供了相反的解釋。在現代詩壇上，她是與那個起步同時開始的一抹異彩和馨香，一汪在「第一個春天就萌芽了的泉水」。

往後的日子，我們也漸漸看到一些女詩人水仙般的冉冉升起了，開放了，吐露了或玲瓏、或清新，或婉約，或溫柔奇特的光華——林泠、李政乃、夐虹、鄭林、朵思、羅英、王渝、劉延湘、黑德蘭、洛冰……她們一

---

*高上秦（1944～2009），本名高信疆，另有筆名高歌，河南武安人。編輯家、詩人、評論家。《龍族》詩刊創辦人之一，並以主編《中國時報・人間副刊》聞名，開創臺灣副刊新格局。發表文章時為《中國時報・人間副刊》之「海外專欄」主持人。

個個旋舞而出，確曾譜出過詩人張默所說的「一片花團錦簇的盛宴」。可是，隨著年月的過去，我們也先後聽到她們珊珊的步履，漸行漸遠，終至漸漸無音。

可是蓉子，這位白萩筆下「自由中國詩壇祖母輩的明星詩人」，卻依然未改其性的，在詩的「未言之門」前，「傾聽且耐心地守候」著，依然細心觀看著「一顆種子從泥土出生的路徑與變化」，依然在現實的海流浮沫中，昂然獨立，砌塑她那愈來愈寬闊、愈瑰麗的天體。

將近十年前，詩人余光中就曾稱譽蓉子為當時詩壇「開得最久的菊花」；而今，事實證明了余光中的眼力，並且對這一比喻作了最好的肯定；就在最近，她還完成了〈十二月令圖〉的詩作，發表在《中央》月刊上。的確，她所跨越過的萬水千山，使她成為了那個傳奇，那朵真真實實，永不凋謝的菊花。

在這裡，且讓我們步入那個傳奇裡去吧；且去辨認一下，享有一霎的寧靜，品味它的風緻與芬芳，莊嚴與輝煌吧。

二、水的影子

那是民國 42 年，蓉子已經以「青鳥」的姿態，飛舞出她自己的藍天白雲了。

像所有天才早熟的詩人一樣，她的第一本詩集，使這個蓄著短髮、純真、美麗、圓圓面孔的少女，一瞬間便被人推舉了起來，造成那個年代裡，詩壇一盞美好的消息。

她的晶瑩明澈的詩風、虔誠智慧的語句、樸素的形式、真摯的情感、精緻的結構，為人們鋪展了一路輕歌低吟的青春，咏歎，與理想的追尋。

她的詩句，像那首具有相當「新月」詩韻的〈為尋找一顆星〉，不僅結構完美，而且運用疊句，亦十分成功，余光中曾特別談到過這首詩的傑出。她在〈晨的戀歌〉裡所寫的「猛記起你有千百種美麗，想仔細看一看你的容顏，日已近午，何處再追尋你的蹤影」，也曾使紀弦一歌三讚；而她的〈為什麼向我索取形像〉，在技巧、韻味、和純真的意境上所表現的才情，尤為當時寫〈山河詩抄〉的詩人鍾鼎文欣賞不已。

尤其，當她寫下：「走進無垠的沙漠了，濛濛的黃沙打濕我衣袂」，「那麼，讓我點起一支寂寞的歌，將無垠的沙漠劃破」（〈寂寞的歌〉），「啊！你輕捷的腳步為何不繫帶銅鈴」（〈晨的戀歌〉），「一切的紅花都是玫瑰，一切的玫瑰都不嬌美」（〈都是一樣〉）這些句字時，她是已經為著日後個人詩風的轉變，奠下相當好的基石了。

雖然，早期曾有人用「閨秀詩人」這個名詞來稱呼過她，但她事實上是有別於「閨秀詩人」的——這在她的《青鳥》後記裡，表白的很清楚：

「然而做為一個苦難的中國老百姓，一個平常公務員的我，朝夕為了生活而工作，這些夢想的花朵，已一瓣瓣凋落在僵硬的現實石板路上了」「現實所給予我的，是人海無休的浪濤衝擊，善美人性的淪喪，物慾的囂張，我為此而感到窒息的痛苦與孤寂。腳底下又是不停的戰爭，驪別與流亡——這些流動的生活——感情或思想。這一份憧憬，一份抑鬱及憂憤，使我不自禁的要寫詩」。

她的時代感覺，生活感覺，與現實的感覺，使她壓根兒脫離了「閨秀詩人」的嫻細柔弱。也沒有那種「起來慵整纖纖手」的無聊心緒；也沒有傳統女詩人「鏡水獨自消瘦」的自怨自憐的愁意，因而她的筆底常常流出一股剛強的英氣：「我是一棵獨立的樹——不是藤蘿」（〈樹〉）這正是她早年的自我素描。

當然，今天她仍然以如此的姿態傲立著；只是更超脫了，也更認清了自己生命的面貌；

維納麗沙
你不是一株喧嘩的樹
不需用彩帶裝飾自己
妳完成自己於無邊的寂靜之中

當蓉子以「水的影子」一樣的年華與才華，詩貌與容貌，波動起詩壇和文壇激賞的漣漪以前，她已經不止一次領略過「創造的狂喜」了。

蓉子是三代基督徒。這種環境，註定了她早年與宗教詩文、與翻譯作品的姻緣——在文學上，她最早接觸的，就是古希伯來民族的詩歌。這在她「青鳥」時期的詩作中，可以尋出顯著的脈絡；而宗教詩的活潑旋律和音樂氣息，更是一直流動在蓉子的創作精神之中。她曾在談到「詩的語言」這一問題時，對我表示：「有時候，為了表達某一心緒的動盪，我心中會首先響起一種應和的旋律，由這旋律發展下來就成了詩。有時就因為一首詩的音樂性找不到了，我就停止了它的創作。我的詩必須有我的感覺和旋律。」

這也是蓉子寫詩的忠實面。她從不勉強自己，且一開始的年代，就已如此。

那些較早的年輕日子，蓉子每逢主日清晨會踏著露珠，到父親教堂的園子去剪花、插花、拉動鐘聲，以及後來充當唱詩班的風琴手；週復一週，這種自然的景色，教堂的鐘聲，風琴的雅樂，彩色玻璃的光澤，信仰的虔誠與肅穆……也就一一啓開了她在美感生活裡的視覺和聽覺層面。「教堂」這個意象，自自然然成為了她對於「美」的第一個造型。

在民國 41 年的聖誕夜裡，蓉子曾寫過：「我仰望——教堂的尖頂上，有我昔日凝聚的愛，信仰與希望，今夜的鐘聲復使它們飛翔」；當她與羅門締結盟誓的日子，她也曾寫下過：「翠茂的園子，圍繞著這座肅穆的教堂，如海水簇擁著燈柱。我靜靜地來到裡面，盞盞乳白的燈，像我的夢在發光；還有那彩色的玻璃窗，直窺天國的奧祕。啊！每當我來到這裡；童年的回憶一再升起，多麼親切而滲和著憂情的愉快記憶啊！那是我父親的教堂，我們在其中長大」(〈夢裡的四月〉)。

這都深刻反映了：教堂在她早年的美感世界裡造型的經驗。

而當她長大到足夠能懂泰戈爾、冰心的詩和文章時，她就已初嚐了創造的快樂。

對於這兩個人，她曾極度喜愛，當時她正就讀初中二年級。在一堂國文課上，她初次以一首新詩代替了作文。老師給她的評語是「『東西』很好；字不好」。這也夠了，小學時候想當作家的夢想，已經被這一句話疏導向寫詩之路了。初中畢業那年，同學們還給了蓉子一個綽號：「冰心第二」。

蓉子的中學階段在江陰和上海間渡過。就這樣她在一個「遙遠的不可知的心靈」召喚中，寫詩，寫自己創作的喜悅和遐想。沒有一個人指導她，她也不想拿給人家看，只是獨自摸索著，嘗試著；她把所有這一過程裡的歡笑和寂寞，統統揉擷到一本最好的簿子裡，當作自己心靈珍愛的祕密，小心收藏。

「蓉子」這個名字的初見報端，是在民國 40 年左右。她已經來到臺灣了。

當時，《自立晚報》正為詩人們開放了第一個美好的園林：《新詩週刊》。由李莎、覃子豪、紀弦主持。蓉子的〈為什麼向我索取形像〉一詩就刊登在這個週刊的第 4 期上。

從那個時候開始，這位「出生於江北而長大於江南的女詩人」，就「從歌與絃合調的幸福中現身」了，就為詩壇繪出了一片澄澈和新鮮；一片長久守望的燈火。

三、維納麗沙的超越

「倘若我無真實的創作意欲，我就不勉強自己來發出聲響——即使那是不快樂和易引起誤估的」；蓉子，《七月的南方》後記。

《青鳥》出版以後，蓉子突然異乎尋常的沉默了下來。尤其在她婚後，在她從「王蓉芷」變成「羅門夫人」而後，她的一連三年多的緘默，固執而深沉，使她的名字彷彿跌入風後的行雲裡了；她的聲音變成一種餘韻，她的晶瑩明澈，也似已成了一份婉轉的回憶。

這段期間，詩壇上同時湧動了一股前所未有的，徹底「現代化」的急流。浪潮捲來，許多人都躍入了其中。那個曾有「水仙花詩人」之稱的黃用，就在此時坦白說過，蓉子已經貢獻過了——然而，蓉子真的已經貢獻完了嗎？

三年多的時間，蓉子負荷著內在和外在雙重的劇變，負荷著主婦的困惱與詩壇的風雲動盪；少女時代的夢幻遠了，寧靜安祥的日子遠了，那青鳥時期「多夢心靈的偶然產物」也遠了。

不曾遠去的，卻是蓉子對於自我和藝術的忠誠，對於創作的變化愈發堅實的默省。也唯其因為蓉子是一位忠於詩與自己的人，她才不致於這麼輕便的，就在那內、外雙重的劇變中求得妥協。她不是那種「隨聲附和」的人。一如她自己所說：「我願意更多地把握自己一些，而並不急於做一時的跳水英雄，去贏得片時的喝采；我願意更多顯露出自己的面貌，但必須先有靈魂和實質為後盾」。或許正由於她的這份執著和誠懇吧，她才終於涉過了「這沉默得如此的深潭」，終於能「站立得足夠的久，去看褪去了雲的詭譎假面的，廬山真貌」。

民國 49 年 6 月 1 日出版的《現代詩》上，刊出了蓉子的一首新作：〈碎鏡〉。她在一開始就寫下：「誰知我們能登陸明天——明天與明天，是叢生在我們航線上的，一些不知名的島群……」這首詩，明顯的標示出她從現實中掙扎出來的痕跡，風格也極不同，而後不久，她又完成了另一首成功的詩作：〈白色的睡〉，那裡面的句子，曾一再被詩評人引用了好久，她的詩思正如「鳥聲滴滴如雨，濾過密葉」，繆斯之於她，已進入「甚深的期待」。

該年 10 月，蓉子在藍星詩頁的女詩人專號上，發表了一首更形繁富、抽象而深刻的詩作：〈亂夢〉；這首詩的重要，不僅在於它曾牽動詩壇的驚訝，更由於它在蓉子個人的詩生命中，指出了一條更具體，更真實的道路：

向現實生活裡，開發全新的感覺。

三年多的沉默，冷靜了她，充實了她；自此而後，蓉子的詩作，無論是形式或內容，質或量，都愈益廣博，豐饒，成熟了。她已經擊破了艱困的外殼，「以新的感覺面對世界，像一隻羽化的蛾」。

從民國 49 年到 50 年，僅僅兩年間，蓉子的詩作豐收得令人側目，這使得詩人余光中選擇了自焚新生的「火鳳凰」來形容她。並在《文藝生活》和《婦友》上，兩次為文介紹蓉子的詩和人，且試圖為她畫像：「中國古典女子的嫻靜含蓄，職業婦女的繁忙，家庭主婦的責任感，加上日趨尖銳的現代詩的敏感，此四者加起來，形成了女詩人蓉子」。

那兩年，蓉子所煥發的熠熠光亮，替她贏來了較「青鳥」時期更多、更大的聲譽；而她真正光榮時日的開始，就在民國 50 年年底。那一個歲末，她為自己的創作世界，劃下一道永遠的分界線：她出版了《七月的南方》。

這充滿光、影，繽紛的色彩和聲音的詩集。洋溢著一股新鮮而說不出的詩味，一種生命的感覺時時流動其間。這本詩集把她的知名度，大大的推廣了一番。詩人張健、劉國全、藍采、張秀亞……等人，都曾一再在各刊物上，撰文評介。她的堅忍和沉默不曾白費。她已正式親炙了「一樹欲融的春天和逐漸上升的燦美」。

集中，她曾以〈城市生活〉一詩，首次展開對現代都市文明的解剖和指責，為她往後寫「憂鬱的都市組曲」打下頭陣。而〈七月的南方〉這首將近百行的長詩，更印證了蓉子氣度的渾厚，心智的壯闊，節奏處理的明快和想像的豐盈。在這首詩中，她意欲替「城市生活」的迷離混亂，尋訪一個出路——大自然的和諧與完整，壯麗與永恆。

這種對自然無限制的神往和痴情，匯入她以往強烈的宗教意識，再融和了如今日益高漲的、對於存在實況的全新感受，遂建築了她個人那座獨特豐美的「由聖經、自然與存在觀造成的三角塔」。

設若《青鳥》是一顆少女的心靈，對於整個世界和未知的最初觸探，最早的悸動與夢想，那麼，《七月的南方》便是一個成熟婦女對這一切漸進的反省與評價，了解與把握；直至《蓉子詩抄》出版，她對生命、對藝術的整個感受與認知，已達到了一個顛峰。她的創作層面前所未有的遼闊、交錯和深透，她的技巧內容也層層推進，層層更新，直窺入詩的「準確」和「完美」,「張力」和「密度」的更高陳義。

《蓉子詩抄》出版於民國 54 年文藝節，它為蓉子陳示出一個「花與果俱熟的季節」。內容分為「我從季節走過」、「亭塔、層樓」、「海語」、「憂鬱的都市組曲」、「一種存在」等五輯。其中，〈海語〉完成於民國 51 年初次隨「中國文協」赴馬祖訪問之際，對於「海」和「戰鬥」這些相當男性的物象，呈現了一種新的神奇與嫵媚；而「憂鬱的都市組曲」卻是她首次以如此整體的、深入的眼光與心情，寫下了她「從少年時代就無法建立起情感」的現代人生活重要場景:「都市」。

「我們的城不再飛花，在三月，到處蹲踞著那龐然建築物的獸，沙漠中的司芬克斯，以嘲諷的眼神窺你」,「我常在無夢的夜原上寂坐，看夜底的都市，像一枚碩大無朋的水鑽扣花，正陳列在委託行的玻璃窗櫥裡，高價待估。」……她已征服了女性詩人的界限，征服了自己心靈的界限，鑄造了更具社會性和時代感的詩篇。

這本詩集佳句琳瑯，幾乎每一俯仰，都有令人喜悅，令人震動而激歎的詩句；詩人瘂弦曾對其作了相當高的評價，海外的一份《光華日報》，也曾刊登了一篇文章，指出她藝術的成就，「已是一種完成」。

倘若你偶然地閒步來此
你就聽見溫柔的風中正充滿
你名字的回音……

蓉子已經走到垂實成穗的一刻了，她的〈看你名字的繁卉〉一詩，正透露了她那一年代的真情實境。

那一年，蓉子曾隨「婦協」的中國女作家三人訪問轉到了韓國，也曾赴菲講學了一個多月。生活面的擴大，時空的變換；韓國人對詩人的看重，菲律賓藝文界和華僑社會對她的推崇，無不使她得到了極大的鼓勵。

回國後，她開始寫下「訪韓詩束」,「旅菲組曲」，並在民國 56 年，與羅門一併獲得了國際桂冠詩人學會頒贈的「中國傑出文學伉儷獎」，以及菲律賓總統馬可仕的一項「金牌獎」，她十多年的努力獲得了初次的報償。

同一年，潘人木主持的「中華兒童叢書」，希望她為我們的兒童們寫點詩作，使他們幼小的心靈也能享有一份美的感動，一份神祕的喜悅。於是一年以後，她的《童話城》詩集印行了，這雖然是一本把握孩童心情而寫的清新美麗的詩作，但卻不失詩的語言與本質。——自從楊喚以後，在中國，這是我們贈給兒童的第一本童話詩集。

一年多以前，她再次出版了《維納麗沙組曲》，風格又是一次迴轉。前半部幾乎全部是她個人的寫照；後半部，卻是她「透過生活中深淺巨細不同的感受」，所表現的不同內容和形式的詩作。

在生活，工作，現實的牽扯和理想的追求間；在家務與職務的雙重壓力下，蓉子不斷證明自己的心靈；在時間的碎片中，竟一再創造了藝術的完整，這真不是一件輕易可就的事！那說明了她生命的泉源仍未枯竭，仍在心神深處起伏波動，涓涓湧出……

「詩與藝術使生命產生耐度，在時間裡不朽」。蓉子的這一句話，也正為她自己作了一番恆久的闡釋。

四、若我是翼我就是飛翔

時間的壓力，經常在蓉子的詩路上構成障礙，但蓉子每回都終於跨越過去，邁入更廣闊的原野。

如今，蓉子似乎進入了第二度的沉默期，她甚少有作品問世。對於這一事實，她不願意作過多解釋，她只是說：

「我需要重新考慮」

這種再思考意味著什麼呢？我們檢視她一年多前所寫的〈一朵青蓮〉,

檢視她最近的〈十二月令圖〉詩作，它們是否也代表了一種詩意的宣言？

——回歸東方！

這不是臆測，在我訪問蓉子的過程中，她曾表示自己的氣質是較東方的。目前的沉默，可能正是這種走回東方的一項準備；雖然她也說：「將來我若需要大量寫詩，也許更該接近現代和『大我』，更該破除往日詩中對音樂性的要求」，但那並不能完全解釋作她將澈底的西化。

里爾克在《奧斯之歌》裡說過：「一切靜默，但在沉默中，進行著新的初始，含意，與變化」——當蓉子「通過崎嶇，通過自己，通過大寂寞」之後，她或將真正進入她的「詩」中，成為那：

若我是翼我就是飛翔　是漣漪就是湖水
是波浪就是海洋
是連續的蹄痕就是路徑。

——原載《幼獅文藝》第208期，1971年4月

——選自蕭蕭主編《永遠的青鳥——蓉子詩作評論集》
臺北：文史哲出版社，1995年4月

評《七月的南方》

◎張健*

八年前出版《青鳥集》的作者蓉子女士，如今又推出了另一詩集《七月的南方》。在這裡，她無異告訴讀者：這些詩的吟成，正象徵了由少女而臻於一成熟婦人的微妙歷程。也許她不再是歌聲清泠的青鳥，而是領略過「現代」寒意的「企鵝」了。部分少女時代的夢幻、柔情，幾已如遙遠的陳跡，如「朝露未斂前走過的長長的路」；雖然在詩人靈魂深處，那仍是無以割捨的，無奈現實的破碎的鏡面卻閃閃逼人！處在這種隱微的矛盾中，她終於在閨秀作者的柔婉風範之外，更鑄就了一種不僅僅屬於個人的「清醒的痛苦」。如何融匯二者而賦予「顯露自己面貌」的創境，則是作者在醞釀其藝術時所面臨的最大考驗。

卷首的〈序詩〉，其使命顯然不在多所表現，而只是作一種悠緩的剖示：

> 但是——我底夢呢？
> 我的乃一束馨美的小白花朵
> 未在夏日繁花如星的枝頭開放！

一則說明了作者並不慣於在創作方面爭奇鬥妍，即使是在夏日的林園中；一則更透露了她的精神狀態，那是內斂的，只企求個己的獨立完整，而不必盛放在枝頭以炫人。〈三月〉、〈夢裡的四月〉這些仍較近早期格調的

*詩人，發表文章時為松山初級中學（今松山高級中學）教師，現為臺灣大學中國文學系退休教授。

抒情作，似乎恰如其分的為此種傾向作了一淡彩的描繪，雖然它們在全集中所占的分量並不重。（其中唯〈三月〉中的「殘酷的真實」一語，頗與全詩氣氛扞格，也許因創作的時間較晚，作者心緒上，意念上時有波動之故。）〈白色的睡〉是更成功的表徵，投入了較多擾人的陰影，而亦有深邃的感受。讀至：

密葉灑落很多影子
很多影子　很多萎謝　很多喧嚷
我柔和的心難以承當！

尤使人低徊不已。

我們可以說：《七月的南方》集中大致包羅了兩類詩：一類是較清明的，「嚮往」多於鬱怨；一類則較為低沉，那是痛苦的凝集，柔情轉捩為沮喪，虛幻取代了幽謐。而〈白色的睡〉則介乎二者之間，在那低柔的奏鳴中，頗得「哀而不怨」的醇渾之境。

在前一型的作品中，季節感甚為濃郁，對大自然流露著有節制的傾心，而其渲染之空間則頗為遼闊：

我願意看更多的葉子匯合成一片歡悅的海洋；

——〈初晴印象〉

我是過早地渴望——
急速駛過這夏日洶湧的海洋；

——〈夏〉

觸目盡是招展的紅裙在
無邊的長廊上翩舞！

——〈夏天的感覺〉

旗的晴空永恆的蔚藍

——〈十月〉

椰子樹的巨幹靜靜地支撐南方無柱的蒼穹

——〈七月的南方〉

其中（七月的南方）是最長的一首，也是作者有所專注藉以寄寓其響往之心懷的。這首詩的鋪展，已有達到飽和乃至盈溢之感，以一位女詩人而能有如是渾厚的魄力，可謂鮮見。而在節奏上亦迭見起伏，（如自「南方喚我！」之後的幾個驚歎句的安排，效果卓然。）使全詩不致癱瘓。此詩予人之綜合感覺為：歡愉的奔赴，爽颯的成熟以及新藝綜合體的場景。然就全詩所欲表現者而論，似乎尚有凝縮的可能。作者是深諳含蓄的，有時卻又不吝作一番闊放的展露，致有氣勢壓倒了情韻的傾向。（〈冷漠的晴光〉亦復如此。）

〈燈節〉、〈十月〉在時間上較確定，本是即興詩的類型，但由景而情，其抒寫卻擴展至「等待下一個年的緩步，凝望那預言成真的日子」。〈林芙之願〉的韻味亦較近作者早期詩什，這些都可以說是頗為傳統的作品。雖然亦已有了「現代」的淡影，讀來卻依然清新舒暢。

但作者近年來所著力的創作，卻無疑是第二類的作品，從〈亂夢〉發表開始，蓉子已給予詩壇一大驚訝。誰信「這沉默得如此的深潭」竟是一位女詩人所面臨、所欲「涉過」的！但做為一職業婦女，蓉子終於這樣沉痛地吟出：

社會、社會不讓我們
看它底眼睛

由此我們忽然警悟到：她的內斂，並不帶著與世界絕緣的意味。她雖然也對這個時代無可奈何——「時間傴迫著，擠我們於無窗的小屋」，但她並不作出世之想，而只是無聲的隱忍。也許，南方真還有著一束「永不凋殘的希望」吧。同時，她又是一位富於自覺而不屑在喋喋中揮霍光陰的家庭主婦，你可以傾聽她的喟歎：

早晨的沁冷為廚房烘焦
剩下正午　剩下夜

她痛心於這「襤褸的年代」，但猶懸掛著未來：「我們卻不悉以何種顏色塗繪未來」(〈海與企鵝〉)。在〈碎鏡〉中，她更是焦約、憂惶：

誰知我們能登陸明天——
明天與明天　是叢生在我們航線上的
一些不知名的島群！

在此「紅塵」中，她只覺得「日子擺成戰陣等我」，或則「在微雨中哭泣，在吊鐘花之間徘徊」，而歸結到「世界就是如此」，於是在「痛苦的雕像」前，她黯然地承受那破碎，那空虛。雖然蓉子並不是一個絕望的宿命論者，她的希望卻是那麼遙遠，她的痛苦也正在於那距離——一面是「夢中的蘭蕊」，一面是「一堆破碎的幻」，除了邀來陽光「為我們的陰暗鍍金」，她只有相信自己「會站得足夠的久」，看世界最後的「廬山真貌」！

最後完成的這些詩，實在是一個詩人的痛苦經驗的再現。在「水上詩展」的四首詩中，她又以較柔和蕩漾的情調來抒發，頗見幽怨之致。而以眼睛為核心，探入三種不同型態的靈魂，更是一種別具慧心的嘗試：

我們是萬千花汁中的一滴
我們是萬千喧囂中的一點

卻只能任「季節開放　季節萎落——在牠冷漠的圓面上」，那是何等樣的惆悵！

蓉子是一位基督徒，雖然像在〈城市生活〉一類的詩篇中，我們完全無法為宗教保留一點空隙，但在〈鐘聲靜止〉,〈一捲如髮的悲絲〉等詩中，宗教的肅穆氣氛確能感知。作者卻並不易於背叛她做為詩人的職分，因此她並不熱中於歌頌，當她不覺得值得歌頌時。她只是關切那鐘像「石像般冷寂」，同時領悟到死的嚴峻和神祕。這是凄苦的世代——「陰鬱無告的眼光來自四方」！宗教陪同她對人生，但不能絕對的籠罩她，使她忘懷成熟的籲求。其實，她在〈白色的睡〉、〈夢裡的四月〉與〈七月的南方〉等詩中，不都微微顯示了一虔信者的情操麼？

她珍惜夢憶，她企求和諧寧謐的預言；幾乎在每一首詩中都有著尊嚴，人性的尊嚴——即使面臨著創痛時。她的詩向以自然為本色。但在晚近的作品中，蓉子似乎困惑於如何鍛鍊一種新的節奏。收在《七》集中的後三首詩，尤其予人急促騷擾之感，這在某種意義來說，正是表裡的一致化；但問題在於：表現破碎是否必須出之以破碎的句法與語調？就全體而言，作者仍能維持其一貫的處理上矜持，但逐句讀去，不免有些梗喉。我個人的偏見，認為像〈白色的睡〉那樣的節奏略加變化，亦同樣可以用於較強烈的題材上，而那給予讀者的藝術上的滿足，將更為豐富。不知作者以為然否？

同時，在後期的詩作中，不可否認的，概念式的詩句稍多，而有了敘過於抒的現象，這對於詩的質素來說，可能是一種貶損。如〈亂夢〉本是不可多得的成功作，但：

迷濛的始終不能清晰

明晰的卻是殘缺、謊言和醜惡

這二行，如果能以較含蓄的表現取代，全詩將更少瑕疵。又如「歎息寓居在你金色的羨慕裡」一句，以兩個抽象名詞為骨幹，雖譬喻得好，亦終缺乏一種親切感。在其他詩作中，蓉子又喜歡把「美麗」，「凋穢」，「完美」，「破碎」等抽象名詞作累積的或對比的呈現，這樣的作法也許有作者不得已的苦衷，但除了予人主題明確的印象外，亦頗損詩的品味。更多直覺的，切身的感受，或夢幻的，擬感的情境，當遠勝這類觀念性的字群。

隨之而來的一種現象是：作者好作列舉式的重疊式的安排。〈紅塵〉是一個典型。第一、二段完全如此。而且其用詞又多是抽象的或泛義的具象。它們的原來作用也許在給予讀者一種錯綜的輪廓；亦可能是作者胸中盈溢的聲音已按捺不住，而任其形成一種自由的傾訴。如在〈七月的南方〉中，此種遣使法似有其必要，但作者也應該慎防讀者的煩膩。在〈十月〉、〈紫色裙影〉中也有，如「多一份紅色歡悅，色彩便明悅」和其下的一行——「多一份藍色沉鬱 容顏遂滯黯」，雖然針對「紫色」作一種情調上的抒寫（作者寫詩，時時常樂於借重她心靈上的調色盤，但除了〈白色的睡〉等數首，往往運色太濃，太繁蕪，似乎「顏色未全融化」），二者的後半卻不免對比得太呆滯，遠遜於後段的：

當晚風的裙褶愈益擴大
我遂等比例地瘦削。

綿長的造句，自鑄的詞語，以及和盤托出的比喻（如「慾的泥濘」、「深淵的藍眼睛」、「白色霧氣的頭巾」），也是本集若干作品的特色。在這方面我懷疑蓉子是否在無意中略受羅門的影響。其實簡截而帶點英氣的短句，本是蓉子所擅長的，在《七》集中也仍有參差錯落的運用；反之，若干長句雖亦能造成節奏上的波瀾，卻使人考慮到是否可以壓縮，譬如某些形容詞可以儉省，某些連珠式的意象也可以酌予割愛，那樣也許反能使一般的詩篇更清朗，更集中，更楚楚動人。作者偶而融入舊詩詞的片語或短句，隨手拈來，頗覺親切自然。而在自鑄的辭彙中，少數似稍生澀，如

「創鉅」,「柔遂」,「層重」,「水塵」等。有些語句的結合亦頗欠流利，如「那些被搬移內臟之不適」、「因夏大聲喧嚷」;等「沒有潤澤渾圓露滴」亦遠不如「推開這雲濃霧重」合乎生理上的自然腔調;中國詞句的構成，文字之奇偶數的安排每有莫大關係，猶如英語中的 Syllable。凡此種種，都不過是捫蝨之談;其實作者寫這些詩都是在公餘或忙完家務之後，自然沒有較多的時間去注意細微末節的修飾。但嚴肅的批評每是苛求的，我們只是盼望蓉子在更上一層樓的過程中，能給予她的讀者更足欣慰的成果罷了。

正如作者在後記中所說的:她只是把「面對生存和現實」所「裕下的時間，精力和愛奉獻給繆斯。」因此她不會「為賦新詞強說」,(試想當今有多少不誠實的「現代主義者」!)當她有所創，必是有所感。《七月的南方》的出版，一則是近年來第一部女詩人的專集，顯示了閨秀作者的新路向，一方面也正可使人告慰:只要生命本身一日擁有意義(蓉子雖深切感受到現代之不幸，卻從未否定了生命的意義),詩的生命也將一日不會凋萎。

值得順便一提的是韓湘寧所設計的封面:除了那大片怡人的橙黃象徵了「南方」和集中繁富的意象美之外，更假少量的黑色保留了一份淡味的鬱苦，足供欣賞者默默的品嘗。它不僅配合了作者的詩心，或且更是一則寓意深微的「預言」。

——選自《現代文學》第 12 期，1962 年 1 月

新詩品
評《蓉子詩抄》

◎瘂弦*

蓉子的這本詩集一共收集了 49 首短詩，這些作品大多寫於民國 51 年至 53 年之間，並按照性質的不同將全書分為五輯：第一輯「我從季節走過」，氣氛溫柔，調子舒緩，多為抒情之作；第二輯「亭塔、層樓」，意象較為朦朧，遣詞用句新雅樸素，並有一種獨語般的韻緻；第三輯「海語」，寫自然與人、神之關係，富哲學色彩乃冥想性質，特別對於海的擬人化的描寫，尤見功力，其手法與氣氛都是全新的；第四輯「憂鬱的城市組曲」，著重現代都市生活情態之刻繪，有一點點苦悶，有一點點矛盾，有一點點美，而角度則是純女性的；第五輯「一種存在」，寫心靈中比較形而上的一面，相當抽象，形式簡約，精神上仍是閨秀的。這是作者特有詩風的一種演進和發展。

讀完這本詩集，使我們感覺到一個中國現代婦女如何在紛繁蝟集的世事中，為保持一顆澄明的心所做的種種掙扎和努力。廿世紀是一個急驟變化的世紀，社會結構的轉變使家庭的形態與上一代迴然相異，正如蓉子所說，我國古代女詞人或女詩人那種「倚遍欄干只是無情緒」的優閒倦慵是早已經過去了，在匆忙而多元的職業生活中，「蹴罷秋千，起來慵整纖纖手」或「薄霧濃雲愁永晝，瑞腦銷金獸」的情致可能永不再來。在這種狀況下，一個家庭婦女如何迎向一種全新的生活，不以跳舞、打麻將或「串

---

*本名王慶麟。詩人、評論家、編輯家。與洛夫、張默共同創辦《創世紀》詩刊，並主編《聯合報》副刊 21 年，建立臺灣副刊鼎盛時代。發表文章時為《幼獅文藝》編輯委員，現為加拿大華人文學學會主任委員兼《世界日報》「華章」文學專版主編。

門兒」來麻醉自己，進而建立一己的心靈世界和精神秩序，實為現代智慧婦女最重要的課題。從這個觀點上來看，蓉子的這本詩集的意義不單是文學的、美學的，甚且成為社會和教育的了。

生活的創作就是詩的創作，一個詩人不可能脫離生活去進行創作，詩的生活的投影和回聲，詩是詩作者性格與氣質的象徵。基於這種認識，蓉子認為浪漫派那種狂熱、激情、造作、矯飾，以及對於「靈感」的依賴迷信都已不適於這個時代。今日的詩應該是理念的花朵，是靜觀冥想後的產物，其特色該是凝練、精純，如深海中的珊瑚，在時間的苦修中緩緩形成。正如德國詩人里爾克所說的，詩是詩人的靈魂最豐盈、最寧靜，最明澈的時刻所創造。因此詩人要懂得守候的意義，一首詩在產生之前所需要的「閒暇」（醞釀期）對詩人來說並非奢侈，但是現代生活中，試問有多少「閒暇」供我們底詩人去守候？因此，現代詩人只是以「時間的碎片來創造藝術的完整」（《蓉子詩抄》序言），這之間，特別對一個女性作家而言，就存在著一個小小的悲劇。

是以她在一首題為〈夢的荒原〉的詩中寫道：

這是誰的坐姿？　如此美麗的謙遜之姿！
這圓座為誰？　為妳——
愛與美的女神以及妳永恆的憂悒

就用寬闊的絲帶束我風信子的長髮
在初夏鬱悶的愛琴海上　從泡沫誕生時
因風將我吹送
一粒飄泊的微塵　一枝翠色的菱荷
如此地嚮往陸地
便是悲劇！

「如此嚮往陸地，便是悲劇！」事實上人生的興味也全部在於這點「嚮往」上，這點「悲劇」上，這點「執著」上，所謂一種以有涯追無涯，一種明知不可為而為的精神！而作者在這首詩中，不但深刻地表現她個人主觀的內心感印，並呈現一種「交錯感」，這種「交錯」，使她的詩在想像上更為無限。而我們也可以體察出，從《青鳥集》（民國 42 年）到《七月的南方》（民國 50 年）再到《蓉子詩抄》，作者的藝術創作過程是多麼的艱辛！往往情形是這樣的：寫作歷史較久的人常因「城府」過深而陷於技巧的停滯狀態，但是蓉子即不然，雖然在「詩齡」上她遠較時下的一些詩人為高，但是在求新、求變、求嘗試和求創造方面，蓉子一向不甘後人，故多少年來，她始終保有她美好的名聲不墜。作者在本集的〈自序〉中表示：藝術貴創造，創造就是永續不斷的嘗試，如果吾人總用同一種模式去鑄造產品，雖較討巧而容易滿足一般習慣性的讀者，那無異違背了藝術創造的本意。等到有一天藝術成為流行病，成為呼拉圈，成為「速朽」的東西，那便是創作者的悲哀了。

事實上蓉子的這種觀念應驗在她的作品上。如一隻飛翔在天空中的青鳥，蓉子深深地體驗到 A. 紀德的超越哲學，她隨時「占有」隨時「放棄」，而隨時創作自己。在《詩抄》中，蓉子幾乎澈底擺脫了她早期作品中那種過於散文化的傾向，而強化了詩的張力，不管是高潮的鋪設，語字的鑄造，層次的安排，都益臻謹嚴，給人以前所未有的密度之感。在題材方面，蓉子也不再局限於一個女孩子的「心靈的小園」，除了具有高度主觀的作品之外，還透過作者冷靜的觀點，描寫了大自然的各種風貌，並嘗試一些她過去從未涉獵過或從不喜歡的事物，如「憂鬱的城市組曲」一輯便是。這種情形，是目前女性作家中比較少有的。

我們的城不再飛花　在三月
到處蹲踞著那龐然建築物的獸——
沙漠中的司芬克斯　以嘲諷的眼神窺你

自晨迄暮

……

我常在無夢的夜原上寂坐

看夜底的都市　像

一枚碩大無朋的水鑽扣花

正陳列在委托行的玻璃窗裡

高價待估。

——〈我們的城不再飛花〉

這首詩不管在氛圍上以及音節上都超越一般閨秀作家慣性的角度，而試著去征服一些更博大、更深沉、更具思想性和傾向性的事物了。

「詩與藝術使生命產生耐度在時間裡不朽。」這是蓉子女士的人生觀和藝術觀，做為一個忙碌的職業婦女，做為一個女詩人，她為我們的詩壇提供的已經夠多，是的，她一直在克盡她對詩藝術應盡的「德行」。

——原載《新文藝》第 113 期，1965 年 8 月 1 日

——選自蕭蕭主編《永遠的青鳥——蓉子詩作評論集》
臺北：文史哲出版社，1995 年 4 月

都市女性與大地之母

論蓉子的詩歌

◎鍾玲*

蓉子（1928～），原名王蓉芷，江蘇人。臺灣女詩人中，以她作品最豐，詩齡也綿延長達近四十年。她在渡海來臺第二年，即 1950 年，就開始發表詩作。1953 年出第一本詩集。至 1987 年共出十本詩集：《青鳥集》（1952 年）、《七月的南方》（1961 年）、《蓉子詩抄》（1965 年）、《童話城》（1967 年）、《維納麗沙組曲》（1969 年）、《橫笛與豎琴的晌午》（1974 年）、《天堂鳥》（1977 年）、《蓉子自選集》（1978 年）、《雪是我的童年》（1978 年）、《這一站不到神話》（1986 年）。

她的作品從 1950 年代起，即引起許多詩家評家的觸目。評論過她詩的作家包括覃子豪、紀弦、余光中、張健、瘂弦、菩提、琦君、高歌（即高信疆）[1]。她也是海外最負盛名的臺灣女詩人，曾多次到國外參加國際詩人會議。榮之穎（Angela C.Y. Jung Palandri）英譯過蓉子及羅門的詩，出《日月集》；朱麗亞・林（Julia Lin）曾以英文作專論，探討蓉子的詩歌[2]。

在體材與風格上，蓉子的詩有多面化的特色。包括描寫現代女性的內心世界、抨擊都市文明、歌頌大自然，還有旅遊詩、詠物詩、對時事或新聞人物之感懷等等。在體材上，她最突出的成就在以下兩方面：1.她的詩塑造了中國現代婦女的新形象；2.她表現了充滿生命力的大自然及豐盈的

---

*作家，發表文章時為香港大學中文系（今中文學院）英制講師，現為澳門大學鄭裕彤書院院長。

[1]〈作品評論引得〉，《蓉子自選集》（臺北：黎明文化公司，1978 年 5 月）。

[2]《日月集》（臺北：美亞出版社，1968 年 8 月）； Julia Lin, “A Woman’s Voice: the Poetry of Yungtzu”, *Women Writers of 20th Century China*, ed. Angela Jung Palandri (Eugene, Oregon: University of Oregon, pp. 136-162)。

人生觀。

她的組詩《維納麗沙組曲》[3]描繪處於現代工商業社會中的女性，一位獨立自主，不假外求的女性。這多少與現代女性在經濟上可以不需要依賴男性有關。蓉子描繪她的成長、堅強、自重、能堅守孤寂。她最大的特色是獨立性，〈維納麗沙的星光〉中，她說：「你自給自足，自我訓練，自我塑造」(《維納麗沙組曲》，頁 24～26)。蓉子的組詩反映出 20 世紀中葉，中國女性的新形象。

《維納麗沙組曲》深刻而廣泛地探索一位現代女性精神上的成長和發展。維納麗沙這位蓉子心目中的理想女性有以下特色：堅強的、個人主義的、靠自己的、獨立的、有主見的。而根據李美枝在〈社會變遷中中國女性角色及性格的改變〉[4]一文中的分類，這些個性上的特色應屬於男性所有。然而維納麗沙追求獨立的過程並非一帆風順，她必須克服重重障礙，這首〈維納麗沙之超越〉(《蓉子自選集》，頁 30～31）就描寫她的奮鬥：

美麗的維納麗沙
你有難以止息的憂傷
當「現實」的槍彈一陣掃蕩
哀哉　我們的同伴有多人中彈
多人受傷多人死亡。

在大批的被「俘虜」之前
死啊，死是可讚美的！
——我底維納麗沙就這般地祈求
孤絕中的勇氣　絕望中的意志
讓我也能這樣伸出筆直的腿

[3]蓉子，《維納麗沙組曲》(臺北：藍星詩社，1969 年 11 月)。
[4]李美枝，〈社會變遷中中國女性角色及個性的改變〉，臺灣大學人口研究中心編，《婦女在國家發展過程中的角色研究會論文集》(臺北：臺灣大學人口研究中心，1985 年 7 月)，頁 461。

如在夢中行走的維納麗沙

走出狹谷　躲過現實洶湧的浪濤

逃過機器咬人的利齒

滑過物慾文明傾斜的坡度

——奇蹟似地走向前

走向遙遠的地平線！

蓉子這首〈維納麗沙之超越〉不能算是西方激進的女性主義作品，詩中的維納麗沙雖為姊妹們的犧牲而憂傷，但她沒有為她們奮鬥，只追求一己之自由與解脫。但是《維納麗沙組曲》著於 1967～1969 年，美國的女性主義當時尚未盛行，蓉子能塑造出一個有男性特色的獨立女性形象，在臺灣來說的確是走在時代的先端。

〈維納麗沙之超越〉一詩中，女主角經歷的考驗，正巧符合「搜求神話」（quest-myth）基型的四個階段[5]，即衝突本身（槍戰的場面），死亡（中彈死亡的同伴），英雄之失蹤（維納麗沙祈求勇氣），以及英雄地位之被認可（維納麗沙奇蹟般地克服一切障礙）。因此維納麗沙的形象暗合中世紀搜求神話中的英雄形象。不同的是，這是一位中國現代的都市女英雄，她擊倒的不是毒龍，而是現實世界及工商物慾文明。

1950 年代末期及 1960 年代初期，女詩人如林冷、敻虹多寫婉約風格的抒情詩。朵思、羅英等寫受存在主義、現代主義影響的西化詩體。唯有蓉子著眼現實問題，審視都市文明的缺陷。蓉子早在 1962 年左右，即已批評都市空氣的汙染：「煤煙的雨，市聲的雷」。她這首〈我們的城不再飛花〉（《蓉子自選集》，頁 202～203）全面抨擊現代都市的工商業文明，其腐化、汙染、孤寂、虛無：

[5]Northrop Frye, *Anatomy of Criticism: Four Essays* (Princeton: Princeton University Press, 1957), p. 192。

我們的城不再飛花　在三月
到處蹲踞著那龐然建築物的獸——
沙漠中的司芬克斯　以嘲諷的眼神窺你
而市虎成群地呼嘯
自晨迄暮

自晨迄暮
煤煙的雨　市聲的雷
齒輪與齒輪的齟齬
機器與機器的傾軋
時間片片裂碎　生命刻刻消褪……

入夜，我們的城像一枚有毒的大蜘蛛
張開它閃漾的誘惑的網子
網行人的腳步
網心的寂寞
夜的空無

我常在無夢的夜原上寂坐
看夜底都市　像
一枚碩大無朋的水鑽扣花，
正陳列在委托行的玻璃櫥窗裡
高價待估。

這首詩不但在題材上是女詩人的一種突破，其詩藝技巧亦可圈可點。詩分四段，每段呈現都市文明的一個片面。第一段的「獸」、「司芬克斯」、「市虎」象徵都市的冷漠與機械的橫行。第二段中對仗的文法及重覆的詞語仿傚都市生活的單調，及其機械化的基調。第三段的蜘蛛比喻，象徵都市中個人心靈必然墮入的陷阱——孤寂。第四段較有女性口味的「水鑽扣花」意象，暗示商業文明的腐蝕力。因此，蓉子用明喻、暗喻、文法結構各種技巧，成功地呈現她的主題——對現代文明相當全面的抨擊。

蓉子筆下的女性也顯示女性天賦的敏感，及她對自己外形的自覺。這首〈紫色裙影〉（《蓉子自選集》，頁 225）的結尾，寫出女性自覺其衣著與女性風貌之間，有密切的關係：

> 穿上了紫色裙
> 長得端淑　短得窈窕
> 當晚風的裙褶愈益擴大
> 我遂等比例的瘦削
> 從此僅能穿窄窄的裙裾
> 裙角凝重　不再飄揚

蓉子筆下的女性，有一共同的特色，即相當矜持，神態大多「端淑」及「凝重」。最明顯的例子是〈夢的荒原〉（《蓉子自選集》，頁 190～197）中，愛神的造形。這位「阿富羅底」應該是希臘的 Aphrodite，因為蓉子描寫她「愛琴海上從泡沫誕生……」。希臘的愛神是愛慾的象徵，令男人神魂顛倒的對象。而蓉子筆下的愛神，不但周圍沒有男性，常守孤獨，而且亦非千嬌百媚。她很「莊穆」，是「端淑的神」。而詩中更描寫她在「蓮座」上，因此她的愛神形象，毋寧說是更接近中國觀音菩薩。蓉子的理想女性有現代女性的獨立性，但在個性上卻很保守，有傳統中國婦女端淑、自制、自重、矜持這些特點。故可說是一種過渡時期的女性形象。

縱觀蓉子的詩，可說是十本詩集中找不到一首所謂「情詩」，即找不到一首個人色彩濃厚，深刻描寫愛情體驗的詩，而其他臺灣女詩人幾乎個個都寫過不少以愛情經驗為主題的詩。蓉子這方面的緘默可說是個奇特的現象。蓉子也有以第一人稱寫的詩，詩中的「我」向「你」說話，但這類詩中的「我」，態度大多冷凝。她以母親為傾訴對象的詩，則為少數的例外，可說是感情澎湃，如這首〈雪是我的童年〉[6]：

> 母親，因你世界隕落在明麗初夏
>
> 那沉重和悲苦如此壓抑著我底成長
>
> 孤寂啊！海洋。

〈為什麼向我索取形像〉(《蓉子自選集》，頁 245）應該是一首處理個人情感的詩。詩中的「你」，對女主角「我」有仰慕之意，但女主角對這位仰慕者的態度，不但冷靜，而且拒人，更甚者，她懷疑他的動機，認為他之接近她只不過要「在生命的新頁上，又寫上幾行」，他的目的是為了裝飾自己，錦上添花。此詩流露出女主角對情感抱自衛、保守的態度，很符合前文所論傳統淑女的形象。

蓉子的冷凝態度不僅用於觀照別人，也用於觀照自己。因此她詩中常出現反省及自覺意識。她在 1986 年的作品〈時間列車〉[7]中，把宇宙比作一個水晶球，透過此球，她觀察世界，也觀察自己：

> 整個宇宙：花鳥　月亮　星辰……
>
> 都突然停住　靜止於一點
>
> 如一座龐大透明的水晶球
>
> 我們便能更清楚地透視這世界
>
> 甚至也包括了自己

她在著稱的詩〈我的妝鏡是一隻弓背的貓〉(《蓉子自選集》，頁 179～180）中，巧妙地運用了鏡子意象，而貓又是最常被比作女性的動物。蓉子

---

[6]蓉子，《雪是我的童年》(臺北：乾隆圖書公司，1978 年 9 月)，頁 33～34。
[7]蓉子，《這一站不到神話》(臺北：大地出版社，1986 年 9 月)，頁 8～9。

把這兩個限制自我發展，製造幻象的象徵，扭轉為反省自覺的象徵，反映出女性的困境，最後觸及反省過程中，尋求自我的問題。無論在主題的處理，或表現的技巧上，這首詩都屬佳作。

……

我的妝鏡是一隻命運的貓
如限制的臉容　鎖我的豐美於
它底單調　我的靜淑
於它底粗糙　步態遂倦慵了
慵困如長夏！

捨棄它有韻律的步履　在此困居
我的妝鏡是一隻蹲踞的貓
我的貓是一迷離的夢　無光　無影
也從未正確的反映我形像

此詩正如《維納麗沙組曲》，也是中國女性在女性自覺此一主題上的突破之作。

而蓉子的另一大成就是在詩中呈現了澎湃的生命力及豐饒的大自然。這一點可見於下列作品中：〈七月的南方〉(《蓉子自選集》，頁 209～216)、〈十月〉(頁 217～219)、〈到南方澳去〉(頁 87～88)，〈阿里山有鳥鳴〉(頁 104～107)，〈墾丁公園〉(頁 110～112)，〈夏・在雨中〉(頁 153～154) 等，皆為詠臺灣山水的詩。

〈七月的南方〉這首長詩顯出蓉子的魄力與氣度。女詩人長詩寫得好的可說非常之少。高歌讚美這首詩說：它「印證了蓉子風度的渾厚、心智的壯闊、節奏處理的明快和想像的豐盈」，並歌頌了「大自然的和諧及完整、壯麗與永恆」(《蓉子自選集》，頁 294)。

詩人及評論家張健（1939～）評蓉子此詩說：「這首詩的鋪展，已有達到飽和及至盈溢之感，以一位女詩人而能有如是渾厚的魄力，可謂鮮見。」[8]在西方現代主義流行的 1950 年代末期及 1960 年代，蓉子與方思一樣，在精神上屬古典主義（Classicism），追求平衡與和諧。

蓉子歌頌的自然，不是狂野危險的蠻荒，而是常見遊客蹤跡的風景區，或豐饒的田園。在詩集《七月的南方》、《蓉子詩抄》、《橫笛與豎琴的晌午》中呈現的自然，大多充滿生機，燦爛奪目的色彩躍然紙上：

到光豔的南方去
看顏色們朗笑著　繁英將美呈現：
為淺紅的桃金孃　深紅的太陽花
似軟鐲的牽牛黃　丁香紫　石竹白
綠微紫色的風信子　七彩的剪絨

——〈七月的南方〉，《蓉子自選集》，頁 213

而豐饒的收成更突出了大地女神（地母，mother earth）生生不息的形象：

這是宇宙不熄之火
是成熟的豐饒姊妹
使空氣裡溢滿了成熟的香氣——

——〈七月的南方〉，《蓉子自選集》，頁 215

沒有一位臺灣詩人能如此有力地呈現大地的母性與豐饒。蓉子更賦大地以神性，〈看你名字的繁奔〉中的「你」即為一顯靈的大自然之神：

[8]張健，〈評《七月的南方》〉，《現代文學》第 12 期（1962 年 1 月），頁 89。

假如你偶然閒步來此
你就聽見溫柔的風中正充滿
你的名字的回音……

從春到夏每一夢魘
都有你名字靜美的回馨
從二月的水仙到川流的六月蓮菱

——《蓉子自選集》，頁 174～175

因此蓉子筆下的大自然已有豐富的神話色彩，呈現了地母的基型。

比喻的技巧是詩藝重要的環節之一。蓉子運用比喻的技巧非常高超；例如她〈肖像〉中這兩句：

你在雛菊與檀香木之間打著鞦韆
在過往與未來間緩緩形成自己

——《蓉子自選集》，頁 35

第一行寫一個小女孩在花園中打鞦韆的形象，雛菊與檀香木可以是園中花樹，因此單是第一行，本無特別的含義。但第二行一出現，由於兩行的對仗手法，潛藏的含義則呼之欲出。雛菊暗示「過往」的她，稚氣而可愛，檀香木則暗示「未來」的她，典雅而成熟。打鞦韆的搖擺動作更暗示人成長的過程，是由自己過去與現在的經驗交織而成。因此，蓉子以高明的對仗手法，以短短的兩行，顯示極豐富的內容。

在她最近出的詩集《這一站不到神話》中，她仍展示這方面的特長，如〈忙如奔蝗〉（頁 163）中這兩行就比得很技巧：

雲，只有輕盈時才亮麗

一沉重便都墜落成惱人的雨

蓉子 1982 年的作品〈當眾生走過〉是她的最佳作品之一，其長處也在其複雜而統一的比喻手法：

大地裼觀音般躺著
只有遠天透露出朦朧的光

風是琴弦
沙痕是誰人走過的腳印無數？

聽，突然間琴音變奏
你熟稔的痕轍已換
於是風又轉調　同樣地
將前代的履痕都抹掉
——當眾生走過。

——《這一站不到神話》，頁 22～23

此詩分為三小節，詩中出現三組比喻：1.大地比作觀音的明喻，2.風比作琴弦的暗喻，3.沙痕比作人跡的暗喻。而三個比喻的設想都很妥貼，例如第二個比喻中，風是觸覺，琴是聽覺，表面上似乎不能並比，但以琴弦的音樂來比擬沙漠的風聲，又非常妥貼。第一小節展現第一個比喻，第二小節展現第二、三個比喻。而第二、三個比喻至此已合成一個複雜的比喻了，因為沙痕是風吹出來的，因此琴弦與人的腳印也相應地產生聯想。即人生之旅似乎受命運琴弦的控制。到了第三小節，更進一步發展第二、三個比喻，並把時空無限地擴充，「前代」二字點出此詩主題是寫一代代人類的生生死死，後浪推前浪。最後一行「眾生」與第一個比喻的「觀音」首尾呼應，全詩平添一層佛教悲天憫人的情懷。這首詩呈現了廣闊的視野，複雜的內涵，全仗蓉子能巧用比喻之功。

蓉子有時也相當注意節奏。早在 1952 年，她的〈為尋找一顆星〉(《蓉子自選集》，頁 250～251）就以重複整行的手法，製造歌謠的效果。

跑遍了荒涼的曠野
為尋找一顆星。
為尋找一顆星，
跑遍了荒涼的曠野。
找不到那顆星，
找不到那顆星，
痴痴地坐著在河岸邊，
看青螢繞膝飛。
看青螢繞膝飛，
痴痴地坐著在河岸邊。

這首短詩有五四時代格律詩的痕跡，但排行與重覆安排得很巧妙，層層推出追尋的過程與失望的情緒，重覆之處又方好強調了尋求的渴念，長途之跋涉及失望與痴迷的心態。再加上以意象為中心，「曠野」、「星」、「河岸」、「青螢」一連串意象襯托出孤獨而蒼涼的內心世界。這是一首傑出的以意象喻心境的詩。

蓉子對於音律有時也下很深的工夫。如〈維納麗沙的世界〉(《蓉子自選集》，頁 46）中的結尾兩行：

維納麗沙，你就這樣的單騎走向
通過崎嶇　通過自己　通過大寂寞……

由「單騎走向」起一連排三個「四字辭」，就增加了典重的意味。最後一行以「通過」為排比，平仄相間：「XX平平，XX仄仄，XX仄平仄」，極富音律起伏之美。可見在音律方面，蓉子是可以做到極考究的。

蓉子又常借用臺灣當代詩人的辭語入詩，尤其是鄭愁予的句子。她的〈從海上歸來〉(《蓉子自選集》，頁 162）有這樣兩行：

從海上歸來

我有太多的珍貝欲數……

與鄭愁予的〈如霧起時〉[9]之中：「我從海上來，你有海上的珍奇太多了……」非常相類。鄭詩作於 1954 年，蓉子詩作於 1962 年。

1985 年蓉子在香港大學演講時，她盛讚鄭愁予的詩〈當西風走過〉(《鄭愁予詩集》，頁 149)。大概蓉子對此詩深深喜愛，所以此句變成她下意識的一個句型，當她處理時間意識之時，常會用此句型來表現。此句型她用過十句以上：「每當風聲走過」(〈碎鏡〉,《蓉子自選集》，頁 234)；「每回西風走過／總踩痛我思鄉的弦」(〈晚秋的鄉愁〉,《蓉子自選集》，頁 159)；「每回我走過……惜我只倥傯走過」(〈每回我走過〉,《這一站不到神話》，頁 165～166)；「我從季節走過……如此筆直地走過……走過……」(〈我從季節走過〉,《蓉子自選集》，頁 147～148)；「很多的面容走過」(〈三角形的窗〉,《蓉子自選集》，頁 183)；「死神打後窗走過……她的棺木將從我門旁走過」(〈死神打後窗走過〉,《蓉子自選集》，頁 198～200)；「當眾生走過」(〈當眾生走過〉,《這一站不到神話》，頁 22～23)。她還常以此句型為詩的題目，甚至為一輯之名，如「當我們走過煙雲」(《這一站不到神話》，第三輯)。用得既多，就有幾處不夠精確，例如說，「煙雲」就不能走過，比較適宜的動詞應是「踏過」、「穿過」或曰「走過煙雲的邊緣」。

蓉子有些詩句有散文化的傾向，太過直說，沒有借重意象、比喻，故

[9]鄭愁予，《鄭愁予詩集 I（1951～1968）》(臺北：洪範書店，1979 年 9 月)，頁 99～100。

沒有含蓄之美，如前面引用過的〈時間列車〉中：

我們便能更清楚地透視這世界

甚至也包括了自己

這兩行簡直就是散文了。但蓉子有時也進行文字的試驗，一反以上的大白話散文方式。如在〈紫色裙影〉(《蓉子自選集》，頁 223）中如此描寫紫色的裙子：

這深深淺淺不同希望與失望的靜靜動動

以燈暈搖漾著夜色至於七彩

第一行共 17 字，非常之長，其中用了八個疊字，以及「希望」與「失望」的對仗，不但太過堆砌，且與全詩之風格不符，而第二行的兩個虛字：「以」及「至於」，用意不明確。「以」可能指「映射」，「至於」大概指「幻化為」。詩中用虛字如不慎重，易導致涵意的含混。

在蓉子的〈未言之門〉(《蓉子自選集》，頁 9）中，用了文言語法，且多排比：

我曾嘆息於

那門一啓一閉之際　偶爾哭泣於

那門一開一闔之間　往往驚心於

那門一旬一訇之時

「我」的動作，用了「嘆息」等三種不同的動詞。門的動作，用了「啓」等六種不同的動詞。詞彙上變化多姿。在整齊的排列上，有類似門一開一閉的視覺效果，而且用文言的文法，句子比較簡練，尤適合門一開一閉的快速動作。這幾行在文字形式的試驗上，非常成功。總的來說，在文字方面，蓉子的詩寫各種風格的文體，且富試驗性，但水準不一。

在臺灣諸女詩人中，以蓉子處理的題材最多面，視野最廣。她處理的主題包括哲思、親情、大自然的讚頌、女性的形象、旅遊、詠物、以詩論詩（ars poetica），社會現實素材，都市文明之批判、環境保護主義、名人事跡有感等等。但是她以名人事跡為主題的詩，卻大多流於片面、流於膚淺。名人周圍，一定有尖銳的名利貪求與權力鬥爭。在蓉子詩中，各種私隱和陰謀好像統統不存在，她的人物都深情而單純。〈甘迺迪夫人的船〉（《雪是我的童年》，頁 83～85）把甘迺迪夫人寫成甘迺迪總統死後，沉痛憂傷，但因與希臘船王結合而重獲幸福：

甘迺迪夫人的船
像一艘霧舟　正逡巡於
暴風雨中的愛奧麗亞海上
等待著地中海的陽光

………

千樹中最嬌的她
曾曳華衣登臨　於幸福時光
然後她復登臨　暫避北美洲的驚風駭浪
因她突然變成悲劇旋風的中心！

現在她不再以貴賓之姿登臨
那豪華精緻的海舟
因原屬歐納西斯的船
此刻也屬於她。

但願那是永久的棲息　於

芳郁燦美的幸福　願
七海的豔陽洗淨她憂愁的裙衣
彌補她曾哭泣的沉痛！

蓉子在此詩中把甘迺迪夫人刻畫為遭難的童話公主，完全沒有觸及一些眾所周知的新聞材料；如船王與她的結合，多少也是財富與名位的結合。而甘迺迪總統生前風流成性，夫人過得也未必是幸福時光。另外一首詩〈愛情已成古老神話〉（《這一站不到神話》，頁 209～213）中，把溫莎公爵夫婦的愛情寫成「他倆的愛情始終如一　應驗了／我東方人『海枯石爛』的誓言」。

而溫莎公爵於 1986 年方過世，公爵夫人即發表了他在放棄王位後給她的情書。這些情書顯示他們兩人關係之微妙複雜，也流露了公爵個性的軟弱及依賴性。蓉子沒有挖掘這些豐富的一手資料，把複雜的政治歷史事件，微妙的兩性關係，處理得太單純化了。

自 1950 迄今年，蓉子發表詩作已近四十年。她創作的取向有一特色，即幾乎不受什麼當時流行文體的影響。1950、1960 年代流行意象密集的晦澀文體，存在主義思想及自我內在的挖掘，蓉子則不受影響，寫自己古典均衡風格的詩。1970 年代鄉土文學盛行，蓉子也沒有跟風。她優勝的詩作有高歌所說的這些特點：「晶瑩明澈的詩風，虔誠智慧的語句，樸素的形式，真摯的情感，精緻的結構」（《蓉子自選集》，頁 287）。早期的詩能開風氣之先，尤以在 1960 年代即已塑造一獨立、自主、自覺的現代都市女子形象，在女性文學史上，應有其突出之地位。後期的詩亦不乏比喻精美之作。但總體而言，文字與音律有水準不一的現象。題材方面，政治時事一環處理得最弱，但在其它題材方面，在哲思，以詩論詩，都市文明之批判等，都有可圈可點的佳作。在大自然及女性形象兩方面的主題，則有劃時代的突破之作。

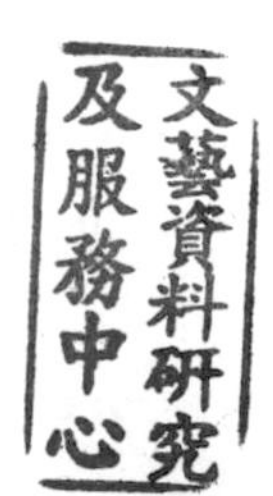

——選自《中外文學》第 17 卷第 3 期，1988 年 8 月

女性意識與女性自覺

論蓉子的詩

◎林綠*

女性意識（women's consciousness）與女性自覺（women's self-awareness）可以說是二而一的事。或又可稱之為女性意識提升（consciousness-raising），朱麗葉‧米雪兒（Juliet Mitchell）的定義是：「把女性隱藏的憂慮轉化成社會問題的共覺意義的過程，把憤怒、渴望、宣洩痛苦的掙扎解放出來，使之成為政治的一環」[1]。稍後蕭華特（Showalter）在她著名的論文〈女性主義詩學的建立〉中一方面提倡女性評論，一方面強調女性作家應以女性的經驗書寫文本的意義，不要依賴男性的模式或理論[2]。

蓉子被譽為「自由中國最先出現的女詩人」[3]，1950 年正式發表作品迄今，詩齡已逾 40 年，可謂詩壇的長青樹。她與詩人羅門結婚後，有「中國白朗寧夫婦」之美譽，傳為佳話。1967 年《星座詩刊》登了一篇署名衣凡評介蓉子作品的論文，約一萬多字，題目很長，有點拗口：〈詩壇上一座由聖經自然與存在觀造成的三角塔〉[4]。這篇文章大體上屬於傳統式的詮釋性批評，其中有一段話，可引用為我論文的開場白：

---

*本名丁善雄。詩人，發表文章時為臺灣師範大學英文研究所教授，現為中國文化大學英國語文學系兼任教授。

[1]參閱 K. K. Ruthven, *Feminist Literary Studies: an Introduction* (London: Cambridge UP, 1984), p.71.原文出處為：Juliet Mitchell, *Woman's Estate* (Harmondsworth: Penguin, 1971), p.61.

[2]Elaine Showalter, "Toward A Feminist Poetics", Elaine Showalter ed, *The New Feminist Criticism* (New York: Pantheon, 1985), pp.125-143.

[3]張默等編，《八十年代詩選》（臺北：濂美出版社，1976 年 6 月），頁 383。

[4]衣凡，〈詩壇上一座由聖經自然與存在觀造成的三角塔〉，《星座季刊》第 12 期（1967 年 7 月），頁 23～33。

> 像蓉子那樣擁有一個極富於展布性與擴張力的龐大的創作面，在世界古今中外的女詩人當中，確是罕見的……無論是上帝、自然、時空、生存、死亡、天國、都市、永恆、戰爭、幻滅、空無……等重大標題，乃至細微的事物，如一片落葉、一扇窗、一盞燈、一聲鐘響、一朵雲、一陣風以及家庭的一切瑣事、都是她創作的對象……。同時蓉子能越出她柔性的創作世界，而適度地掌握住那個是女性詩人所不易掌握住的剛性創作世界，也是一項傑出的表現。（頁 32）

這段話其實是延伸了余光中更早時寫的一篇詩評〈女詩人王蓉子〉中的觀點。余光中說：「蓉子的作品並非永遠是『閨秀』的，往往她的筆下竟聞風雷之聲，這是許多女詩人做不到的。」[5]這「風雷」之聲，就是衣凡所謂「剛性」世界，是屬於男性作家的題材與內容，「女」作家少見。基於這個「男／女」的觀念，美國的榮之穎翻譯羅門蓉子作品出版專書時冠予《日月集》之名，顯示了男性中心（androcentric）的意識形態（榮之穎是位女教授，這本書出版於 1968 年）。[6]而兩年前海南大學的周偉民唐玲玲夫婦，合評了羅門蓉子的詩，周論羅門唐評蓉子，1991 年書出版時用的也是《日月的雙軌》這含有男生為尊女性為卑的意識形態的記號[7]。故「女」詩人蓉子題材的非「閨秀」、「婉約」風格，三十多年前就已讓余光中大吃一驚，故曰「竟聞風雷之聲」，隨後亦引來衣凡的「剛性創作世界」之讚。

事實上蓉子早在第一本詩集《青鳥集》（1953 年）時代，就已宣告世人，她不要做男人的附屬品，她要獨立、要尋找、建立「自我」（Selfhood）——一個完整的女性自我。這在女性主義尚未流行之際，當真是頗為「前衛」。《青鳥集》中有這麼一首詩，名之為〈樹〉，乃 1953 年 2

---

[5]余光中，〈女詩人王蓉子〉，《婦友月刊》第 83 期（1961 年 8 月）。

[6]榮之穎 Angela Jung Palandri, *Sun Moon Collection: Selected Poems of Lomen and Yungtze*, (Taipei: Mei-Ya, 1968.1)。本書印有中文「日月集」字樣。

[7]周偉民、唐玲玲，《日月的雙軌：羅門蓉子創作世界評介》（臺北：文史哲出版社，1991 年 2 月）。

月所作，時蓉子尚未婚（《青鳥集》同年 11 月出版），前面幾行如下：

> 我是一棵獨立的樹——
>
> 不是藤蘿。
>
> 從日光吸收能力，
>
> 從大地吸取養料，
>
> 伸展無盡的枝葉，
>
> 在無邊的空氣之海。
>
> 我的根幹支持著我，
>
> 成為一個彩色的華蓋。[8]

「不是藤蘿」，是很清楚的訊息。藤蘿依附樹此原型，中西文學中常見，此種男強女弱，女附屬男的男性中心思想，正是男性稱「詩人」，女性得稱「女」詩人的父權社會的產品。蓋「詩人」或「作家」，原是男性的稱呼，女性若從事同樣的活動，乃是特殊例子，得冠予「女」字形容之，以示分別。而「女」詩人或「女」作家，出自男性之口，又隱隱含有讚美之意，因乃十分難得之故。另外，英詩中的「婚讚」傳統（Epithalamy），榆樹與藤蘿（elm and vine）的套語，在在都明示了丈夫是強壯的榆，妻子是柔弱的藤蘿，後者依賴前者是天經地義的事[9]。

蓉子要做獨立的樹，要擁有自己的「根幹」，建造自己「彩色的華蓋」，此種強烈的尋求獨立自主，不假外求的女性意識，用「日月」來形容她與羅門，對她而言，當是心有戚戚焉。值得注意的是，蓉子寫〈樹〉時是結婚之前，亦即在年輕時就立志做完整的我。做「詩人」，不做「女」詩人。此時蓉子 25 歲，寫詩已四年，作品甚多，據她自己說是兩百多首[10]，

[8]蓉子，《青鳥集》（臺北：中興文學出版社，1953 年 11 月），頁 100。
[9]K. K. Ruthven, *Feminist Literary Studies: an Introduction*, p.77.
[10]蓉子，〈後記〉，《青鳥集》，頁 104。

而羅門的第一首詩〈加力布露斯〉發表於 1954 年[11]，比《青鳥集》的出版還晚了一年。可見蓉子「女性意識」的形成，並非因結婚的「妻子」角色所影響。「妻子」是「藤蘿」，是不完整的，蓉子追求完整的自我，遠在變成「妻子」之前，這一點在研究她的詩時是很重要的，因為結婚後的女性，扮演「妻子」乃至「母親」的角色之後，如果產生女性意識的話，多因此角色之衝擊所引起的省思及行為。蓉子顯然不是。

鍾玲曾肯定蓉子兩個突出的成就，一是她的詩塑造了中國現代婦女的新形象，二是她表現了充滿生命力的大自然及豐盈的人生觀[12]。同時鍾玲又很納悶：「縱觀蓉子的詩，可說是十本詩集中找不到一首所謂『情詩』，即找不到一首個人色彩濃厚的，深刻描寫愛情體驗的詩……蓉子這方面的緘默可說是個奇特的現象」[13]。事實上一點也不奇特，蓉子既有那麼強烈的完整自我性及獨立精神，傳統的「愛情是女人的全部」自非她所喜，何況「情詩」易令人聯想到「女」詩人這個記號，以及「閨秀」、「婉約」等等加諸女性的二元對立指涉：如陽剛／閨秀，豪邁／婉約，立志做獨立的樹的她，自是多方避免，甚至心理抗拒之（「樹」這象徵，在佛洛依德的心理學中是「陽」，眾所周知，此處略過）。蓉子在《這一站不到神話》的自序中曾如此表白：

> ……人總不能永遠在戀愛中，不食人間煙火的……除了兩個人的小世界外，我們有更多的人、更多的事要關懷……雖然從來我就不是一個長於寫情詩的人，但經粗略的統計，情詩在我十本詩集中，還是以第一本詩集《青鳥集》所占百分比較高，約占全書五分之一強，其後就愈來愈少了[14]。

[11]羅門，《羅門自選集》（臺北：黎明文化公司，1975 年 12 月），頁 1。
[12]鍾玲，〈都市女性與大地之母——論蓉子的詩歌〉，《中外文學》第 17 卷 3 期（1988 年 8 月），頁 4～21，引文見頁 5。
[13]同前註，頁 9。
[14]蓉子，《這一站不到神話》（臺北：大地出版社，1986 年 9 月），頁 10～11。

《青鳥集》共 41 首，五分之一強，只得八、九首，其後幾乎很少，可見愛情、結婚對蓉子而言，只是女人的過程之一，是生活的一部分，重心擺在自我、自主的蓉子，做「詩人」比做「女」人（譬如男女愛情）重要而有意義得多，故情詩少其他題材多，在豐富而多樣性的題材中，我們看到蓉子反映了女性困境、女性自覺、尋求自我等問題，例如《七月的南方》（1961 年）[15]中的一些詩——

櫻花謝落
多彩的康乃馨不絕如縷
杜鵑如血　榴花似火
更有深夢一般的茉莉……

但是——我底夢呢？
我的乃一束馨美的小白花朵
未在夏日繁花如星的枝頭開放！

——〈序詩〉，頁 1

這是失去預言的日子；
　在憂鬱藍的穹蒼下
……
一群白色音符之寂靜
——我的憂悒在其中
在紫色花蕊。
……
　很多影子　很多萎謝　很多喧嚷
我柔和的心難以承當！

——〈白色的睡〉，頁 15

[15]蓉子，《七月的南方》（臺北：藍星詩社，1961 年 12 月）。

我乃一無聲的空白

一孤立在曠野裡的橋

一擱淺了的小舟

有迷失在水天間的那種沮喪！

——〈亂夢〉，頁 51～52

總是零　總是負數

總是逆風而行

且不住地死亡

這種持續的死、使我衰弱

——〈碎鏡〉，頁 55

婚後的蓉子，生活在都市裡的蓉子，有憂悒、空白、無法突破困境（「擱淺了的小舟」）、日子是負數……等等找不到自我的女性自覺。「女性」是什麼？顯然在蓉子的腦裡反覆出現。西蒙・波娃的一篇文章〈布魯東或詩歌〉（1949 年），特別批評了詩人把女人當作一切，是真、善、美的化身，是靈感、是謎、是救星。波娃評曰：女人對男人而言什麼都是，就是不是她自己[16]。這使我們想起徐志摩。徐志摩是理想主義者，追求美好，把「美好」投射在陸小曼身上，視她為「愛、自由、美」的化身，以致為她忙碌為她犧牲，而我們知道，偏偏陸小曼並不是「男人」徐志摩所想像的樣子，堪謂可悲[17]。

話說蓉子察覺到了女性所受到的諸多限制，時時思索反省，於是寫下了〈我的妝鏡是一隻弓背的貓〉此類女性自覺意識強烈的詩，收入《七月的南方》後出版的《蓉子詩抄》（1965 年）裡[18]。這首頗具代表性的作品，美國一位女學者朱麗亞・林（Julia C. Lin 中文名林明暉）竟視為冷漠的幽

[16]西蒙・波娃 Simone De Beauvoir “Breton or Poetry,” Robert Con Davis ed, *Contemporary Literary Criticism* (New York: Longman, 1986.9), pp.182-187.

[17]林綠，〈徐志摩與哈代〉，《文學評論集》（臺北：國家書店，1977 年 8 月），頁 1～22。

[18]蓉子，《蓉子詩抄》（臺北：藍星詩社，1965 年 5 月），頁 110。

默（dry humor）[19]，真是大大錯過了了解蓉子的良機！倒是鍾玲特別提道，這首詩「巧妙地運用了鏡子意象，而貓又是常被比作女性的動物。蓉子把這兩個限制自我發展，製造幻象的象徵，扭轉為反省自覺的象徵，反映出女性的困境，最後觸及反省過程中，尋求自我的問題」[20]。下面是結尾的兩節：

我的妝鏡是一隻命運的貓
如限制的臉容　鎖我的豐美於
它底單調　我的靜淑
於它底粗糙　步態遂倦慵了
慵困如長夏！

捨棄它有韻律的步履　在此困居
我的妝鏡是一隻蹲居的貓
我的貓是一迷離的夢　無光　無影
也從未正確的反映我形像。

蓉子在《蓉子詩抄》序文中坦認：「做為一個生活在現代的婦女，生活面是多元而且匆迫的。生活與現實上的一切往往用千手來牽妳扯妳，要求妳的注意……在家務與職業的雙重壓力之餘，試問我們能有多少『閒暇』來從事於創作？我所說的『閒暇』，並不單指時間；更包含了不為紛紜世事所擾亂了的澄明如水的心」。可見「女」詩人蓉子尋找正確的自我形象之心路歷程之艱辛，除了家務、職業之外，都市文明也是一種壓力，她說「我與都市為鄰／鄰室常喧鬧，欲淹沒我／以其喧騷，我與都市為伍／都市常

[19]Julia C. Lin（林明暉）, *Essays on Contemporary Chinese Poetry* (London: Ohio University Pres, 1985.1), p.80.
[20]鍾玲，〈都市女性與大地之母——論蓉子的詩歌〉，《中外文學》第 17 卷 3 期，頁 10～11。

凶暴」[21]。但是，這並非意味突破遙不可及，三年後，蓉子寫出〈一朵青蓮〉來象徵她終於突破了重重阻礙，建立了自我，一朵完整的青蓮，不再是前面所提過的尚未開放的無名小白花——

有一種低低的回響也成過往　仰瞻
只有沉寒的星光　照亮天邊
有一朵青蓮　在水之田
在星月之下獨自思吟。

可觀賞的是本體
可傳誦的是芬美　一朵青蓮
有一種月色的朦朧　有一種星沉荷池的古典
越過這兒那兒的潮濕和泥濘而如此馨美！

——1968 年[22]

以「青蓮」象徵自己，很是符合蓉子的名字。蓉者，出水芙蓉也，與蓮是一樣的，清淨香潔，不染塵埃，超凡脫俗而有孤高之氣質，這正是女性自我的展現，不依附別物，而且可以「傳誦」，就像詩歌一樣可以流傳千古。「女」詩人蓉子至此終成了「詩人」，成為「自己」，這也是蓉子特別重視這首詩的原因。蓉子在《蓉子自選集》（1978 年）中，選了這首詩抄下前面兩段做為手跡，「傳誦」之意不言而喻[23]。

不過談到「正確的自我形象」，就必須談談「維納麗沙」。這是一組詩的名字，稱為組曲，共 12 首，表現的正是女性從少女到婦女追求獨立的過程，可以說是一首很完整的組詩。此書原由純文學出版社出版，列為「藍星叢書之七」，時為 1969 年。數年後再版時，發行 3,000 冊，書名改為

[21]蓉子，〈白日在騷動〉，《蓉子詩抄》，頁 92。
[22]蓉子，《橫笛與豎琴的晌午》（臺北：三民書局，1974 年 1 月），頁 40。
[23]蓉子，《蓉子自選集》（臺北：黎明文化公司，1978 年 5 月），見〈手跡〉頁。

《雪是我的童年》[24]，蓋《維納麗沙組曲》收錄了兩輯，除此 12 首主題詩一輯外，尚有另外一輯 22 首別類的詩，〈雪是我的童年〉為其中一首，改名稱是為了其它原因，與詩無關。且說「維納麗沙」這洋味十足的名字很容易引起誤會，故蓉子在〈後記〉中說明「維納麗沙」與「夢娜麗沙」無關。她說：「我詩中的維納麗沙……生活在一個擾攘喧囂的年代，在不停地跋涉充滿風沙的長途，但不忘自我塑造。這是一組自我世界的描繪，自我靈魂的畫像，一組孤獨堅定的徐徐跫音，當她走過山嶺平原所發出的一些真實的回音。」[25]

名字只是符號，倒也不必斤斤計較。只是這「維納麗沙」在我看來，卻有其特殊的象徵。就似「青蓮」被「傳誦」一樣，達文西的「夢娜麗沙」以藝術而永恆，「維納麗沙」極可能是蓉子潛意識中的美與愛的女神「維納斯」（Venus），兩者結合，遂成「維納麗沙」，一個完美的婦女形象，一個可以「傳誦」的不朽的形象（蓉子這組詩的創作時間是 1965 年至 1968 年左右，客廳擺著一大石膏像，正是維納斯！而英文版《日月集》所刊的蓉子照片，背景亦是此石膏像）。

「維納麗沙組曲」含有自傳性質應該是可以確信的，這從前面所引〈後記〉中的暗示可推敲出來，至少朱麗亞・林是持這個看法的。[26]這組詩的第一首重複了作者早期《青鳥集》中「樹」的志願——

維納麗沙
你不是一株喧嘩的樹
不需用彩帶裝飾自己，

你靜靜地走著

---

[24]蓉子，《維納麗沙組曲》（臺北：純文學出版社，1969 年 11 月），此書後更名《雪是我的童年》。收入林綠主編之《女作家叢書》（臺北：乾隆圖書公司，1978 年 9 月）。
[25]蓉子，《維納麗沙組曲》，頁 95。
[26]Julia C. Lin（林明暉）, *Essays on Contemporary Chinese Poetry*, p.80.

讓浮動的眼神將你遺落
因你不需在炫耀和烘托裡完成
——你完成自己於無邊的寂靜之中。

——〈維納麗沙〉，頁3

這棵追求獨立的樹，在人生的過程中，免不了會遭遇阻礙，譬如第一首〈親愛的維納麗沙〉描述年少已逝，已進入中年（「已經是正午了」），尚不能企求得「澄明如水的心」（見前引《蓉子詩抄》序文），所以她說：

維納麗沙
此刻竟長伴擾攘、喧囂
任歡悅和光華在煩瑣裡剝落！

但維納麗沙是堅強的、奮鬥的、有主見的，在〈維納麗沙的超越〉裡，蓉子認同了維納麗沙，她寫道：

美麗的維納麗沙
你有難以止息的憂傷
當「現實」的槍彈一陣掃蕩
哀哉　我們的同伴有多人中彈
　多人受傷多人死亡。
……
讓我也能這樣伸出筆直的腿
如在夢中行走的維納麗沙
走出峽谷　躲過現實洶湧的浪濤
逃過機器咬人的利齒
滑過物慾文明傾斜的坡度

——奇蹟似地走向前

走向遙遠的地平線！

——頁 6～7

很多「同伴」在現實中犧牲了，蓉子希望能與維納麗沙一樣，很女鬥士似的，能夠到達理想的境界——「遙遠的地平線」。這條路當然是崎嶇的，除了時間、現實、都市喧亂等重量之外，還有「孤寂」的重量，故在建立自主的路上，維納麗沙得層層超越，不斷受磨練，接受挑戰，個中滋味——

且無人知那寂寞的高度　獨目的深度

以及河流永不出海的困慵

維納麗沙　你就這樣的單騎走向

通過崎嶇　通過自己　通過大寂寞……

——〈維納麗沙的世界〉，頁 23

我們當然知道蓉子這詩句所欲傳達的訊息，這在第一首〈維納麗沙〉中已表露出來了：「你不需要在炫耀和烘托裡完成，你完成自已於無邊的寂靜之中」。在男性中心的社會架構中，女性尋求獨立精神，本就是寂寞的大業，但卻也是不朽的盛事，是故蓉子一再強調：

沒有人為你添加什麼　維納麗沙

……

你自給自足　自我訓練　自我塑造

——〈維納麗沙的星光〉，頁 25

這是「維納麗沙組曲」的最後一首，我們討論至此，用這些句子來當結尾也是很恰當的。維納麗沙在自我塑造中完成了自已，蓉子寫完「維納麗沙」，當然也已建立女性自我，是一棵獨立的樹，不是藤蘿了！

——選自蕭蕭主編《永遠的青鳥——蓉子詩作評論集》

臺北：文史哲出版社，1995 年 4 月

女性自我意識：主體／幻象／鏡像／主體

剖析蓉子〈我的妝鏡是一隻弓背的貓〉一詩

◎何金蘭*

一

西蒙・德・波娃（Simone de Beauvoir，1908～1986）於 1949 年出版的《第二性》（*Le deuxième sexe*）討論長久以來從生物學、精神分析法、歷史唯物論等觀點對女性的看法。她認為在歷史上，女性都被貶為男性的物件，女性只是男性的「另一身」，否定女性自己有本身主觀性及對本身行為負責的權利；女性所扮演的角色，幾乎全是父權制所指定、派給。她同時也指出女性在此被分配到的身分、地位中，遭遇到的各種困難、痛苦[1]。德・波娃的女性主義論述對後來的許多理論深具啟發性。1968 年 5 月學運發生後，其最具體和深遠的影響力，一是許多新的西方文學理論興起，二是新的觀念開始受到肯定。

新法國女性主義正是學運之後開始盛行的理論，特別注意到男性主體是如何將女性置於其等級秩序的負面角色之上，將女性與一切「非男性」範疇相聯繫，以保證自己所謂的核心地位和權力。艾蓮妮・西蘇（Hèlène Cixous）於分析此種父權制思想時，曾列出相當於男性／女性隱藏之二元對立：

---

*筆名尹玲。詩人，淡江大學中國文學系教授。

[1]參考 Simone de Beauvoir, *Le deuxième sexe*, Paris: Editions Gallimard，1949 年初版，1976 年版。

她在哪裡？
積極／消極
太陽／月亮
文化／自然
白晝／黑夜
父親／母親
腦／心
理智／敏感
理解／感覺
形式　凸形　臺階　進展　種子　發展
內容　凹形　基地——支撐臺階、容器
男性
女性

構成菲勒斯中心系統的此二元性對立，明顯地帶有價值評判，每一組都被分析為一個等級：正面／負面評價清楚，永遠可以追溯做為基本的典型；「女性」一直被視為負面、消極、無力的那一方，父權之下，男性一定是勝利者。西蘇的理論可歸納為解放此種語言中心的意識形態，推翻其與菲勒斯中心主義之合力壓迫，以及令女性長久以來保持沉默的父權制二元性系統；要確立女性為生命之源、權力及能量，發展新女性化語言：「女性文本必具極大的顛覆性」[2]。

二

在臺灣，女性學開始於 1980 年代中期，女性意識亦僅於 1980 年代末期才被大力推動。因此，臺灣的女性文本是否具有「極大的顛覆性」，不但

[2]參考 Toril Moi 著；陳潔詩譯《性別／文本政治：女性主義文學理論》（臺北：駱駝出版社，1995 年）第二部分第六節「埃萊娜・西佐斯：幻想的烏托邦」，頁 93～118。

易引起懷疑和好奇，同時也是值得研究和探討的課題。

小說方面，早期郭良蕙的《心鎖》和後來李昂的《殺夫》可能是較易讓讀者想到的具顛覆性文本。至於詩方面，傳統中——無論是古典詩或現代詩——對女性作者／女性文本／女性角色理想化的美定為溫柔婉約，且長久以來幾乎成為此領域之標準的狀況之下，進入女性作者現代詩文本來探索內涵的女性意識，相信不僅可以發現其中尚未被大量研究挖掘的特質，更能為臺灣現代詩壇女性書寫建構真實的面貌。

自女性意識被大力推動之後，創造新女性化語言，改造意象，由過去長久的被動變成主動，傳統的委婉轉為剛強；尤其值得注意的是，主題方面，不但遠遠超過前輩女性詩人所寫的範圍，有些甚至亦越出男性詩人習慣性的以為和想法，突破大部分詩作作者所使用的題材。隨著女性學的興起和整個社會的改變，1990 年代開始之後，現代詩女性文本中出現許多描寫女性身體經驗如月經、懷孕、生產等事，尤其是男女肉體的接觸、感官的歡愉等，更是在以前的女性書寫詩中不可能以直接、赤裸的手法來表達的主題。

阿翁作品〈肉體〉[3]一詩，描述的是歡愉的男女主角，但令人耳目一新的，是詩中那種快樂的、解放的、無憂無慮的、完全沒有傳統中女性顧忌的「女性意識」:「儘將冬日纏綿在床上／將長長的愛戀做心願／變做做一對共生的懶蛇／彎入的線條／怎麼摸了幾千百次／仍然新鮮」。女主角甚至寧願「沉淪」，讓「天地」、「父母」或「家國」離棄亦無所謂：「爽而脆的肉體／使我日夕沉酣／如果／這就是沉淪的意義／且讓天地從此離棄我們／父母或者家國——／我們是沉重時代的仙人／輕輕升到天上去」。在詩的第三段中，作者更將是細節毫無遮掩的加以敘述：「爽滑的肉體／你帶著光澤／在清晨閃一閃又將我嵌進來／無間的／接觸／說修了幾千幾萬年的福／才一吋一吋地／縮短著你與我的差距／暈眩的／碰撞／彼此扶住　滾動

[3]收入阿翁，《光黃莽》（臺北：作者自印，1991 年 9 月），頁 41～42。

清涼／凝止／摸娑著／天帝的喃喃咀咒」。整首詩完全是歡樂情調，作者坦蕩地描述自己的感覺、經驗，絲毫不受社會傳統觀念的影響。

以語言的聲調音效創造全新的語言、全新的意象，以身體器官各種現象做為題材，或描述女性的經驗，或抨擊傳統父權社會對女性的各種控制，來表達全新的女性意識：主動、剛強、顛覆、解構。例如江文瑜的〈妳要驚異與精液〉[4]：「身為女人的妳對做愛總是無比驚異／率將鼓舞歡送衝鋒陷陣的兵隊精液／在暗潮洶湧的陰道浮沉驚溢／千萬支膨脹盛開的雞毛撢矗立勁屹……」，「每日用妳喉嚨尖聲喃喃的頸囈／冥想創造精液／求驚」全詩均以ㄐㄧㄥ ㄧˋ做為每一行詩最後二字的諧音文字增加語音的趣味，並以女性的主動性強調效果，因此，不論是在題材上或表達手法上，都具有顛覆性，同時也達到作者瓦解父權制男女關係的目的。

三

從上文所引之〈肉體〉與〈妳要驚異與精液〉二詩來看，〈肉體〉中作者完全解放式的自由書寫、描述自身快樂情境，與〈妳要驚異與精液〉中用帶挑釁意味的語言文字直接、主動抨擊父權性愛，的確令閱讀者感受到全新的閱讀樂趣，以及明顯清楚的「女性意識」。由於此二詩分別於 1991 年和 1998 年出版，因此，讀者必然會尋問，在女性學尚未在臺灣興起和發展之前，女性作者詩中的女性意識是否也如此清晰；更重要的一點是，上述二詩的作者即論述者所呈現於詩中的「主體」相當明確，無論是〈肉體〉的「我」或是〈妳要驚異與精液〉的「妳」，表現出來的都是強烈的「自我」，在早期的現代詩文本中，女性作者是否也會如此呈現「自我」的「主體」，當然，可能是以另外一種方式進行？

在許多傑出女性詩人的文本中，我們發現有不少明顯呈現「自我」的詩作，例如林泠的〈不繫之舟〉：「沒有什麼使我停留／——除了目的／縱

[4]收入江文瑜，《男人的乳頭》（臺北：元尊文化公司，1998 年 11 月），頁 25。

然岸旁有玫瑰，有綠蔭，有寧靜的港灣／我是不繫之舟」[5]，詩中的「我」，不受任何事物束縛，即使是世人所追求的美好事物：「玫瑰」、「綠蔭」和「港灣」，她所表達的是「完全自由」的女性意識：「不繫」，與一般人傳統的想法正好相反。又如夐虹的〈我已經走向你了〉一詩，有更清楚和更成熟的體現：「你立在對岸的華燈之下／眾弦俱寂，而欲涉過這圓形池／涉過這面寫著睡蓮的藍玻璃／我是唯一的高音」；詩的最後兩句再重複一次：「眾弦俱寂／我是唯一的高音」[6]，「我」在詩中不但是「高音」，而且還是「唯一的高音」，更特別的是在「眾弦俱寂」的境況之中，如此清醒、特出、高貴、掌握全局的魄力，比起傳統中悲歎命運的女性意識，當然是值得讚歎和注意的。

這兩首創作於 1950 年代和 1960 年代初的詩，使用的寫作手法自然與 1990 年代的完全不同。楊牧認為「意象和譬喻的完整，象徵的圓融，是林泠詩最令人讚歎的特色之一」[7]，而且「婉約優柔和純真矜持頗能代表大部分林泠詩的風格和體裁」[8]。至於夐虹，「年輕時代的夐虹寫了許多意象輕巧、意蘊深遠的作品，〈我已經走向你了〉、〈水紋〉都屬於這一時期的作品，余光中曾指出這兩首詩的意象都很高明，而且善於收篇。如〈我已經走向你了〉的末段，是聽覺意象，以武斷的對照取勝」[9]。意象輕巧完整、象徵深遠圓融、婉約優柔、純真矜持，是這兩首詩的優點和特色，任何人都會接受和承認，然而我們要特別指出的，即使作者「年輕」，風格「婉約」，其文本所呈現出來的「自我」和「主體」的「女性意識」，其堅持、強烈和明顯，並不會比前文所舉之 1990 年代例子遜色；坦蕩、直接、赤裸與含蓄、間接、矜持這兩種相反的表達手法，當然會賦予讀者完全不同的

---

[5]見《林泠詩集》（臺北：洪範書店，1998 年三版），頁 22～23。
[6]見張默、蕭蕭編，《新詩三百首（1917～1995）》（臺北：九歌出版社，1995 年 9 月），頁 551～552。
[7]楊牧，〈林泠的詩〉，《林泠詩集》，頁 14。
[8]同前註，頁 4。
[9]〈鑑評〉，張默、蕭蕭編《新詩三百首（1917～1995）》，頁 557。

閱讀樂趣。因此，創作進行的方法固然會因時代、世代、社會、環境、民族的不同而有所差異，但是創作者個人的個別因素和其個人整體背景也是其表現特色的影響元素之一。

四

為了能更進一步探討女性詩人文本中的意識與意涵，我們擬於此舉「元老級的女詩人蓉子」[10]〈我的妝鏡是一隻弓背的貓〉一詩做為詳細的分析對象。此詩文本如下：

我的妝鏡是一隻弓背的貓
不住地變換它底眼瞳
致令我的形像變異如水流

一隻弓背的貓　一隻無語的貓
一隻寂寞的貓　我底妝鏡
睜圓驚異的眼是一鏡不醒的夢
波動在其間的是
時間？　是光輝？　是憂愁？

我的妝鏡是一隻命運的貓
如限制的臉容　鎖我的豐美於
它底單調　我的靜淑
於它底粗糙　步態遂倦慵了
慵困如長夏！

捨棄它有韻律的步履　在此困居

[10]此句引用李元貞〈從「性別敘事」的觀點論臺灣現代女詩人作品中「我」之敘事方式〉，收入《近、現代中國文學與文化變遷》（臺北：學生書局，1996 年 12 月），頁 408。

我的妝鏡是一隻蹲居的貓
我的貓是一迷離的夢　無光　無影
也從未正確的反映我形像。

此詩在林煥彰的〈欣賞蓉子的詩〉中，被認為是「其結構的緊密、節奏的飄逸、意象的完美，與乎其意境之深邃來說，在在都顯示為其不可多得的傑作」[11]。然而林煥彰在此文中認定此詩是「作者在臨照鏡子時，對於流逝的時光，無法挽留的青春，引起的一陣喟嘆」[12]，並且於文末有下列一段文字：「這首詩雖然只是以女性對於年華之消失而體悟出生命的真諦，但在男性來說，有很多對於其命運、前途不懂得改變、創造，只一昧的迷戀著他目前的小有成就，甚至於被其自我優越的心理作祟作蒙蔽的，不也同樣可以女性之過分寵愛妝鏡的自我毀棄來相提嗎？」[13]。林煥彰以詩作的作者「靈活地描述她日夜臨照的妝鏡」[14]而肯定「妝鏡」＝女性臨照＝過分寵愛之物，因而害怕「年華之消失」、「自我毀棄」等，但在同一段文字內，提到男性時，卻以「目前的小有成就」、「自我優越的心理」來描述，很明顯的區分出男／女性在日常生活以及對生命意義完全相反的作法和結果。文中另有一行說明「『我的妝鏡是一隻命運的貓』，至此，作者已更明確的把女性的一生都浪擲於面對妝鏡的作為指示出來」[15]，更明指女性虛耗一生的行為就因妝鏡一物。

周伯乃在〈蓉子的〈我的妝鏡是一隻弓背的貓〉〉則指出「那面妝鏡」又是用來反射人生的歲月，光輝、和憂愁的種種內在情緒的變化」[16]並比較

[11]見林煥彰，〈欣賞蓉子的詩〉，原載《臺塑月刊》第 3 卷第 8 期（1972 年 8 月），後收入蕭蕭主編《永遠的青鳥——蓉子詩作評論集》（臺北：文史哲出版社，1995 年 4 月），頁 380。
[12]同前註，頁 383。
[13]同前註，頁 383。
[14]同前註，頁 381。
[15]同前註，頁 383。
[16]見周伯乃，〈蓉子的〈我的妝鏡是一隻弓背的貓〉〉，原載於《新文藝》第 142 期（1968 年 1 月），收入蕭蕭主編《永遠的青鳥——蓉子詩作評論集》，頁 364。

深入去說明「時間」、「光輝」、「憂愁」的可能指涉；對於詩中的最後三行，周伯乃認為「這可能是暗示一個生存在現代工業社會裡的人，有諸多真實的自我被扼殺的悲劇性，所以詩人嘆息著妝鏡從未正確地反映她的形象」[17]。比較重要的是，周伯乃接著提到「在此機械工業日夜爭吵的動亂的世紀裡，自我能不被完全扼殺，多少已經存有一點僥倖了。而如果能夠完全顯示自我，認知自我的，似乎是杳杳無幾的」[18]。周伯乃清楚的感受此篇女性作者的女性書寫中所欲展現的「自我」，以詩作寫成的日期[19]以及周伯乃此文的刊登日期（1968 年 1 月）而言，是那個時代令人注意的書寫和分析。只可惜的是，「蓉子的詩和胡品清以及其他女詩人的作品一樣，總是帶著濃重的女性的典雅與溫淑」[20]除了是周伯乃對蓉子的詩及女詩人作品的確定之外，也是長久以來一般評論認為是女性詩人應該有的風格。

鍾玲在評論這首詩時，特別指出蓉子「巧妙地運用了鏡子意象，而貓又是最常被比作女性的動物。蓉子把「這兩個限制自我發現，製造幻象的象徵，扭轉為反省自覺的象徵，反映出女性的困境，最後觸及反省過程中，尋求自我的問題」[21]。鍾玲於〈都市女性與大地之母——論蓉子的詩歌〉一文中清楚說明「鏡／貓」不但「製造幻象」，並且「限制自我發展」，並宣示了蓉子於「反省過程」、「尋求自我」的問題，同時也在另一段文字中認為蓉子「詩中常出現反省及自覺意識」[22]這一點在林綠後來的〈女性意識與女性自覺——論蓉子的詩〉中也有提到：「蓉子察覺到了女性所受到的諸多限制，時時思索反省，於是寫下了〈我的妝鏡是一隻弓背的貓〉

[17]周伯乃，〈蓉子的〈我的妝鏡是一隻弓背的貓〉〉，蕭蕭主編《永遠的青鳥——蓉子詩作評論集》，頁 365。
[18]同前註，頁 365～366。
[19]據蓉子自己對我們所作的說法，約寫成於 1966（民國 55）年。
[20]周伯乃，〈蓉子的〈我的妝鏡是一隻弓背的貓〉〉，蕭蕭主編《永遠的青鳥——蓉子詩作評論集》，頁 366。
[21]見鍾玲，〈都市女性與大地之母——論蓉子的詩歌〉，原載《中外文學》第 17 卷第 3 期（1988 年 8 月 1 日），收入蕭蕭主編《永遠的青鳥——蓉子詩作評論集》，頁 97。
[22]同前註，頁 96。

此類女性自覺意識強烈的詩」[23]。鍾玲與林綠二位評論者文中所提及的幻象，自我、自覺意識等問題，正是我們下文從此詩中所要探討和分析的元素。

五

從這首詩的標題「我的妝鏡是一隻弓背的貓」來看，除了「我的」表示主有形容詞外，「妝鏡」和「貓」是此句的名詞，同時也的確是使人聯想到女性的用物和動物。波特萊爾（Charles Baudelaire，1821～1867）在《惡之華》（*Les Fleurs du Mal*）中即有三首〈貓〉[24]，以頁 61、62 的那首最能容易看出貓和女性的比擬：

> 來！我美麗的貓，到我熱戀的心上；
> 　　收起你腳上的利爪，
> 並讓我沉入你漂亮的眸中，
> 　　揉合著金屬和瑪瑙。
>
> 當我的手指悠閒地撫摸
> 　　你的頭和有彈性的背，
> 當我手掌愉悅地陶醉
> 　　於輕觸你荷電的身軀，
>
> 我就看見精神上我的女人。她的眼神，
> 　　像你，可愛的動物，
> 深邃而冷漠，銳利如魚叉，

[23]見林綠，〈女性意識與女性自覺——論蓉子的詩〉，選自《羅門、蓉子文學世界學術研討會論文集》，收入蕭蕭主編《永遠的青鳥——蓉子詩作評論集》，頁 117。

[24]見波特萊爾，《惡之華》（*Les Fleurs du Mal et autres poèmes*）, Paris: Garnier-Flammarion, 1964 年，頁 61、75、89，三首〈貓〉。

而且，從腳至頭，
一種微妙氣質，一股危險幽香，
漾盪於她褐色軀體四周。

從撫摸貓的軀體直接轉至她的軀體，以貓的眼睛明比她的眼神，貓也和她一樣帶有神祕性，讓人難以捉摸。在此詩中，貓即女性的比喻非常清楚。

「妝鏡」一詞除了令人想到女性攬鏡自照之外，更讓我們想到法國精神分析學理論中，拉岡（Jacques Lacan, 1901～1981）的「鏡像階段」（Le Stade du Miroir）：嬰兒與大人同時出現於鏡前，但尚未能區分鏡像與己身，以及自己的鏡像和大人的鏡像；稍後才會區別鏡像與自己的身體，最後才察覺出影像是「自己的」。這鏡像階段雖然展開主體形成的前景，卻並未使主體出現，嬰兒於此時所找到的自己，只是一個幻象或想像。他須從想像界（I'imaginaire）進入象徵界（le symbolique），也就是說從想像的主體過渡向真實的主體[25]。從拉岡的鏡像我們也想到法國女性主義評論家伊蕊格萊（Luce Irigaray）的父權反思，在《另一女性之反射鏡》（*Speculum, de l'autre femme*）中，她認為女性提供一個沉默的地方，讓父權制思想家豎立他的論述性架構；事實上是男性以其父權體制的角度、觀點來建構女性，使女性成為父權制的鏡像；當女性一起發言時，「女性話語」會出現，然而一旦有男性在場便立即消失。因此，女性的主體喪失，只能依照男性的標準而存在，抑壓自己以映照男性的偉大傑出，成為男性的鏡子，也就是父權制鏡像[26]。

經過上文對「妝鏡」和「貓」的解讀，我們將以「發生論結構主義」詩歌分析方法[27]進行整首詩的探討，釐清全詩的意涵結構。

[25]參考〈雅克・拉康〉，收入《結構的時代——結構主義論析》（臺北：谷風出版社，1986 年 12 月），頁 102～121。
[26]參考 Luce Irgaray, "Speculum, de l'autre femme", Paris: Les Editions de Minuit, 1974 年。
[27]「發生論結構主義」（stucturalisme gènètique）是呂西安・高德曼（Lucien Goldmann, 1913～

〈我的妝鏡是一隻弓背的貓〉共分四節，第一節三行，第二節五行，第三節五行，第四節四行。

正如前面所言，詩中出現的主要角色，除「妝鏡」和「貓」之外，還有「我」，因此，「我」在詩中所扮演的，到底是真的「自我」？是「主體」嗎？或只是每當「我」坐於鏡前才出現於鏡中的「幻象」？或甚至只是父權制下的「鏡像」？或如克莉斯蒂娃（Julia Kristeva）所說的，置身於「男性」價值的建構中，成了問題的「女性主體」？[28]

在詳細的閱讀和細膩的分析之下，我們尋釐出此詩最主要的意涵結構為「實／虛」，或更精準的說，是建立在「主體／幻象」、「主體／鏡像」之上，作者在全詩的發展中，企圖在「幻象」裡尋找「自我」的「主體」，最終是在父權制社會中，女性遭受的困境令此「主體」更傾向於一「幻象」，或只是一「鏡像」，一個男性價值建構下的「女性主體」，詩中的許多部分（微小）結構更襯出總意涵結構的明顯。全詩文本的分析如下：

第一節有三行：

第一行

「我的」：主有形容詞，指明「妝鏡」是屬於「我」的。「我」在此出現以顯示詩中主人翁。「妝鏡」：凸顯詩中主人翁用以自照的用物，同時亦表達主人翁「我」能出現的空間只在「鏡」中，換句話說，只是「鏡」中的「幻影」或「幻象」，因此，「妝鏡」是一個使詩中「主體」同時成為「幻象」的重要媒介。

「是」：明顯清楚的比喻，並且是「肯定」的「等同」。

「一隻」：部分結構，說明「貓」的數量。

1970）所建立的一套研究方法。請參閱拙著《文學社會學》第五章「文學的辨證社會學——高德曼的『發生論結構主義』」（臺北：桂冠圖書公司，1989 年 8 月），頁 73～136，有詳盡的闡述和分析。筆者曾以此方法剖析東坡詞以及洛夫、向明、林泠、羈魂（香港詩人）、淡瑩（新加坡詩人）等詩人的作品。

[28]見克莉斯蒂娃，〈婦女的時間〉，收入張京媛主編《當代女性主義文學批評》（北京：北京大學出版社，1992 年 1 月），頁 351。

「弓背」：貓的姿態。貓何時會弓背？形容貓並不是溫馴地、服貼地靜躺、靜坐、靜睡，而是在動態當中，並且是心中起伏、洶湧時的動態。此元素標示「我」臨照「妝鏡」時的所見所感；並非平靜的心情，並非只為看見「鏡外」的「我」、為之妝扮而已。

「貓」：貓於此詩中具有多重意義：1.等同「妝鏡」；2.令人聯想到「女性」；3.貓於詩中的樣貌、姿態、各種不同的心境、動作等都表達「我」不同的「困境」，因而衍生出將「主體」化為為「幻象」的「動力」。

第二行

「不住地」：加強上述「動力」的持續、長久、永不停止。

「變換」：重要的動詞，加上前面「不住地」三字，更強調了「眼瞳」不得不變、並且「變換」「迅速」的實情；同時預先說明下一句「我的形象變異」的重要原因。

「眼瞳」：貓的「眼瞳」一向予人「神祕」之感，或如上文所引波特萊爾「揉合著金屬和瑪瑙的漂亮眸子」。「神祕而美麗的眼瞳多變」，在這一節詩中（或全詩亦如此）「眼瞳」是「它的」、即是「貓的」，而「貓」等同「妝鏡」、「妝鏡」又是詩中「我」唯一能出現的「空間」，因此，「變換眼瞳」令人想到此「空間」的「變換」，「空間變換」會讓我有較多「活動」的機會嗎？此句引起讀者的想像。第三行描述此「變換」產生的結果。

第三行

「致令」：指出貓眼瞳不住變換的結果。

「我的形象」：正是此詩最主要的元素，「主體」或「自我」重視的就是「形象」，「我的形象」顯現出來的，是我所要我所願的嗎？在這一句裡並沒有說清楚，但卻讓讀者知道，由於上一行「貓眼變換」，引起「我的形象」也「變異」了。「形象」同時也是「鏡中」「幻影」。

「變異」：一如上一句的「變換」，「變異」是此詩的重要動詞，明確地告訴讀者，因「貓眼變換」，「我的形象」也無法不「變異」，「異」字比「換」更清楚地說明「異樣」，不是正常應該有的「形象」。

「如水流」：「如」為比喻詞，「水流」呼應上一句的「不住地」，從「水流」的速度可以想見「不住地」的速度，同時也讓讀者想像「我的形象」「變異」之快。

整首詩以第一節三行的詩句最重要，總意涵結構「主體／幻象」隨著「我」、「妝鏡」、「形象」、「變異」而表達得清楚透澈：「主體」並不能自由的出現，必須透過「妝鏡」才能看得見，但透過「妝鏡」所映照出來的只是一個幻影或幻象，因為，只要「主體」不在「鏡前」，只要「主體」沒有「妝鏡」，「主體」的「形象」就無法顯現；更嚴重的是，「主體」的「形象」會因「妝鏡」的「變換」而跟著「變異」，完全無法抵抗其影響。從這一點，讀者可以看出「妝鏡」是作者書寫時生存的社會；父權制社會裡，女性的「形象」只是隨時受到影響而「變換」成男性要求的「鏡像」罷了。後面三節的詩句是對這總意涵結構作更細的描繪。

第二節有五行：

第一行：對「貓」作更詳細的描寫和形容：重複「貓」是「弓背」的，再加上「無語的」，兩種不同的樣子。

第二行：「寂寞的」，第三種樣子。「貓」即「妝鏡」，「妝鏡」即「我」的「空間」，「弓背的」也許還可以看出「貓」「不安」的心情，但「無語」和「寂寞」則可想見「貓」的「無可奈何」，一如在第一節中所言，「貓」的不同狀態都暗示「我」不同的「困境」：「我」的「空間」是要「我」「無語」、令「我」「寂寞」。

第三行：第一節中提及「眼瞳」，於此句的「變換」是「睜圓」動詞，為何「睜圓」？因為「驚異」。然而，原本「睜圓」應該是「清醒」時才會做的動作，在這一句中所看到的卻是「不醒」的「夢」，這種完全相反、矛盾衝突的詞語更能凸顯「我」的痛苦：「我」要的是「醒」，但被要求的是「不醒」，再加上「夢」這個名詞所指的也只是睡覺時所「看到」、在現實中完全「不存在」的事物，因此也只是「幻象」而已。即使「睜圓驚異的眼」，看到的、擁有的，也只不過是觸不到、摸不著的「幻象」。「貓眼」

（也是「妝鏡」）此處用「一鏡的」，是直接畫等號之外，更能讓讀者感受到「眼睛如鏡」，映現眼中一如映現鏡中的「幻象」，眼睛闔上，稍離鏡前，一切都不存在的意涵結構。

第四行：由於是眼、是鏡，因此，縱使是「不醒的夢」，也能看到有物「波動」於「其間」；此為部分結構，藉以說明「主體」所見到的與其原來希望擁有的是否一致，或正好相反。

第五行：「時間」，如果是「自己的時間」、「自由的時間」，應該是「我」想要有的。「光輝」，如果是「自我的光輝」、不是襯映男性的光輝，應該也是「我」希望有的。然而，如果不是「我」想擁有的「時間」和「光輝」，它給「我」的，是否傳統中大部分女性都要忍受的「憂愁」？這一句的三個名詞都以問號作結，可以想見作者的焦慮、疑惑，擔憂，並加強女性於其「空間」中多重的不安和困惑。

第三節有五行：

第一行：再重複一次「妝鏡」是「貓」，此處的「貓」加上了「命運的」形容詞。長久以來，女性對於被壓抑的「自我」無法按照自己意願做事過日子或單純的做「我」時，都會用「命運」一詞來一輩子忍受下去。故「命運的貓」所要表達的正是在父權制社會裡女性全因「命運」而遭受到的剝奪、控制，換言之，原本的「主體」完全成為「鏡像」，依照男性所強求的那種「鏡像」。

第二行：「限制的」正是父權制的框限，「妝鏡」即「貓」即此「限制的臉容」，也等於「狹小的空間」，下一句即用「鎖」這個強烈的動詞，「我的豐美」原本是「主體」認知的詞彙，也就是作者的「自我」意識，然而因「妝鏡」的「限制」而被「鎖」住，無法呈現，無法發揮，此句及後面三句是控訴父權制社會中女性受到壓抑的狀況。「主體」成為「鏡像」。

第三行：「它的單調」是「限制的臉容」的「單調」，此可恨的「單調」卻「鎖」住「我的豐美」這個優點，並將我另一優點「我的靜淑」「鎖」「於它底粗糙」。這幾句的語氣全是控訴的語氣，然而我們於此卻碰到作者在寫自己的美好時，第一次用「豐美」這一個比較豐富、厚實、寬廣的詞彙，第二次用了「靜淑」這兩個字，此詞彙是傳統社會中父權制觀念下的女性特點和優點，其實就是男性價值建構下的「女性主體」，因而難免於「自覺意識」裡摻入了父權制的觀念，不知不覺中成為「鏡像」。

第四行：「粗糙」即指控「妝鏡」或「貓」或「限制的臉容」，貶意比上一句的「單調」強烈許多，並且給人一種直接的、毫不掩飾、毫無懼怕的感覺。由於「空間」即「環境」如此「單調」「粗糙」，「鎖」住「我」的全部優點，因此才有這一行的第二句出現：「步態遂倦慵了」。這一句的主詞到底是「貓」還是「我」，作者並沒有明示；由於整節的第一句用了「命運的貓」，因此「貓」的「步態倦慵」彷彿是合理的解釋；但是第二句「如限制的臉容」是用「如」字比喻「命運的貓」，並接著指控它「單調」「粗糙」，因此「步態倦慵」的主詞又彷彿是「我的豐美」和「我的靜淑」中的「我」。模稜兩可的寫法正好賦予讀者理解的自由。若認為主詞是「貓」，那是因為它「單調」和「粗糙」才會「步態倦慵」；若認為主詞是「我」，這一句正可凸顯出「我的優點」「我的才能」全被「單調」「粗糙」「鎖」住，我的「步態」「遂」「倦慵」「了」，是傳統社會中「女性」被「框鎖」之下，真正的「主體」不得不成為「鏡像」的結果。「遂」和「了」兩字為部分結構，加強總意涵結構的變化和因果關係。

第五行：再出現一次「慵」字，與「困」字合在一起。「慵困」的無奈和厭煩比「倦慵」更具強度。「慵」字在文學中似乎也常和「女性」有關聯：「嬌慵」、「慵懶」、「慵散」，但這幾組形容詞比較偏向「嬌態」，而此詩中用的「倦慵」和「慵困」卻是表達「苦悶」這一面。「長夏」令人想到烈日、悶熱、窒息、侷促，「長」字更加強其令人難耐的程度，句中用一「如」字，使「慵困」的難以忍受等同長長的炎悶的夏日。「如」是部分結構，句尾的「驚嘆號」也是，都是同時增加「慵困」和「長夏」的令人煩悶。

這第三節的詩句清楚表達「女性」的「自我意識」，同時指控父權社會對女性才能的種種限制，令女性的「步態」無法瀟灑自在如她所願、如她所能以及對「女性」身處於男性建構的價值觀念下，如何從「自我」的「主體」轉化為「鏡像」的深切體認。

第四節有四行：

第一行：「捨棄」、「有韻律」、「步履」正是上一節指控「單調」「粗糙」之後的直接後果，「有韻律的步履」比「步態遂倦慵了」更清楚的說明自己的才華，而「捨棄」二字又比「遂」「了」二字更能表達心內的痛苦以及父權限制下「女性」必須「做」的「事情」。此句出現的「它」與後半句及下一句的內容對照，應該是「貓」；然而，一如上一節中第二句「如限制的臉容」的「如」字，「如」可以是接連第一句的直接比喻，也可以是無關的「比如」「限制的臉容」的意思，因此，第三節中的「它」可以是「貓」的，也可以是「臉容的」，「步態」可以是「貓」的，也可以是「我」的。引申到這第四節的第一行，「它」可以是「貓」的，也可以是「我」的，「在此困居」同樣也是可以同時指「貓」和「我」；這一行的「捨棄」和「困居」，就是明顯的受到壓抑的「女性」，不得不做（無法選擇）的動作；它正好明確地讓我們看到有「才能」的「女性」，如何「捨棄」真正的「主體」，完全「困居」，變成虛有的「幻象」或被指定、分派的「鏡像」。

第二行：因上一行的「困居」，這一行清楚地說出「蹲居的貓」，「蹲居」雖比「困居」在「困」的程度上要輕些，然而比我們所知道的「靈巧的」、「敏捷的」、「詭譎的」、「善變的」、「神祕的」、「精銳的」貓恰恰相反；而且這隻原本是「弓背的」、後來變成「無語的」、「寂寞的」、「命運的」、最後成為「蹲居的」貓，從最早還稍有「動作」，最後全然「靜止的」貓，它的改變比任何語言文字都更實在地告訴讀者「主體／幻象／鏡像」一層一層的變化，這種變化是必然的，無可避免的進程。

第三行：由於上述的進程，因此這隻貓只是「一迷離的夢」：「迷離」是模糊不明、無法辨認，「夢」更是只出現於睡覺時無法摸觸之物，完全是「幻」象。從第二節第三行「不醒的夢」進展到最後一節第三行「迷離的夢」，使原來彷彿還可瞧見有物「波動其間」的情況，變成「無光」「無影」，也就是說，完全瞧不見任何物體波動，成為絕對的「幻象」。

第四行：「從未」指出殘酷的事實；「正確的」指所見全係「不正確」，是「虛假」嗎？或是「浮幻」？「反映」是有進行的「動作」，「我」「形象」指「主體」的「真正面貌」、「真正的自我」、「真實的我」。這最後一行在前面多行的描述、控訴之後，非常直率地告訴讀者「女性」在真實的現實中，所遭受到的確確實實的待遇。因此，這一行詩所表達的，除貫穿全詩的總意涵結構「主體／幻象」、「主體／鏡像」之外，更清楚地傳出作者心中無奈的吶喊、沉重的苦悶以及十分直接的指控。「也」字在此句中是部分結構，加強父權社會對「女性」造成「鏡像」的巨大力量。

六

從上文的全詩分析中，我們可以清楚地看到此詩以「鏡／貓」做為媒介，再將「我」引入詩中。「我」的「自我意識」非常強烈，而這「自我意識」是明顯的「女性意識」，並且是受到限制、壓抑的父權社會中的「女性意識」。詩中有許多詞彙和語氣直接對此種現象加以指控，流露出作者的痛苦和無奈。「妝鏡」所映照全為「幻象」、「貓」從稍動轉為「靜止」、而「我」則從「形象變異」到「從未正確反映」，這種種進展讓原本「自我意識」明顯的「自我」或「主體」，經由「妝鏡」的「映照」而成為「似實實虛」的「幻象」，再加上「單調」「粗糙」的價值建議下，「主體」最終變成「捨棄」「有韻律的步履」的父權制「鏡像」而已。全詩即建立在「主體／幻象」、「主體／鏡像」的總意涵結構，同時也藉由文字明確地表達急欲掙扎擺脫此「鎖」而未得的無可奈何。小的部分結構則用來增加此意涵結構的程度和力量。此詩正是呈現上文提及之拉岡和伊蕊格萊理論的一篇文學文本。

從此詩中提及二次的「我的形象」，令人想起蓉子另外一首詩〈為什麼向我索取形像〉：

為什麼向我索取形像？
　為在你的華冕上，
鑲嵌上一顆紅寶石？
　為在你生命的新頁上，
又寫上幾行？

為什麼向我索取形像？
　如果你有那份真，
我已經鐫刻在你心上；
　若沒有——
我恥於裝飾你的衣裳。
為什麼向我索取形像？
　歡笑是我的容貌，
　寂寞是我的影子，
　白雲是我的蹤跡，
更不必留下別的形像！

——1950 年 11 月

在這一首詩中，蓉子更直接的質問「你」「為什麼向我索取形像」，並且揭發「你」可能是為了要在其「華冕上鑲嵌上一顆紅寶石」，為了在其「生命的新頁上又寫上幾行」，坦白說明「我恥於裝飾你的衣裳」。這些詩句指控「你」在父權制社會中對「我」的「索取」，強迫「我」為「你」裝飾、增加偉大光采的光芒，並於詩末表明「我」是「白雲」，「不必留下別的形像」，鮮明的「女性意識」，堅強的「自我主體」，更拒絕成為父權制所要求的「鏡像」形象，正如李元貞所說的，此詩「刻畫出父權制鏡像之外女人可能的形象，已露出女人獨立自主的能力」[29]。如此飛揚的「女性自主

[29]李元貞，〈從「性別敘事」的觀點論臺灣現代女詩人作品中「我」之敘事方式〉，《近、現代中國

意識」，出現在 1950 年的詩作中，不知是否可視為「具顛覆性的文本」？

西蒙・德・波娃於 1966 年訪問日本時一次演講中，曾指出弗吉尼亞・伍爾夫《自己的房間》小書寫得極妙：「這個房間是一種現實同時也是一種象徵。要想能夠寫作，要想能夠取得一點什麼成就，你首先必須屬於你自己，而不屬於任何別人」[30]。我們完全同意這種說法，自己屬於自己，有自己的空間，自己的時間，不必扮演任何別人的「幻象」或「鏡像」，在每一個領域中不斷努力，認同在不同階段裡的自我，一如李元貞在〈亮麗的深秋〉中的詩句：

大膽地認同深秋的亮麗吧
五十歲停經的女人正想快樂地慶祝
不再流血的身體是一種年齡的恩賜[31]！

並且擁有完全的自由，可以自由的遨遊，可以自在的「旅行」，如尹玲的〈雲在旅行〉：

雲不需要飛機
也不需要翅膀
更不需要雙足
雲能天天逍遙自在
雲　到處旅行[32]

正如西蘇所說的：「飛翔是婦女的姿勢——用語言飛翔，也讓語言飛

文學與文化變遷》，頁 409。
[30]見德・波娃，〈婦女與創造力〉，收入張京媛主編《當代女性主義文學批評》，頁 143。
[31]見李元貞，〈亮麗的深秋〉，收入江文瑜編《詩在女鯨躍身擊浪時》（臺北：書林出版公司，1998 年 11 月），頁 22。
[32]見尹玲，〈雲在旅行〉，刊於《臺灣詩學季刊》第 24 期（1998 年 9 月），頁 81。

翔」[33]，唯有清楚的「女性自我意識」，自己完全屬於自己，自在地飛翔，體認「自我主體」，堅決拒絕成為父權制或任何一人的「幻象」與「鏡像」，女性書寫才能取得更高的成就，女性文本才具有長久以來缺乏的「極大的顛覆性」。

參考書目：

- 蓉子，《千曲之聲》，臺北：文史哲出版社，1995 年 4 月。
- 蕭蕭主編，《永遠的青鳥——蓉子詩作評論集》，臺北：文史哲出版社，1995 年 4 月。
- 林煥彰，〈欣賞蓉子的詩〉，蕭蕭主編《永遠的青鳥——蓉子詩作評論集》，臺北：文史哲出版社，1995 年 4 月，頁 379～383。
- 周伯乃，〈蓉子的〈我的妝鏡是一隻弓背的貓〉〉，蕭蕭主編《永遠的青鳥——蓉子詩作評論集》，頁363～366。
- 鍾玲，〈都市女性與大地之母——論蓉子的詩〉，蕭蕭主編《永遠的青鳥——蓉子詩作評論集》，頁 89～110。
- 林綠，〈女性意識與女性自覺——論蓉子的詩〉，蕭蕭主編《永遠的青鳥——蓉子詩作評論集》，頁 111～126。
- 張默、蕭蕭編，《新詩三百首（1917～1995）》二冊，臺北：九歌出版社，1995 年 9 月。
- 阿翁，《光黃莽》，臺北：作者自印，1991 年 9 月。
- 林泠，《林泠詩集》，臺北：洪範書店，1998 年三版。
- 敻紅，〈我已經走向你了〉，張默、蕭蕭編《新詩三百首（1917～1995）》，頁 551～552。
- 江文瑜，《男人的乳頭》，臺北：元尊文化公司，1998 年 11 月。
- 李元貞，〈亮麗的深秋〉，江文瑜編《詩在女鯨躍身擊浪時》，臺北：書林出版公司，

[33]見西蘇，〈美杜莎的笑聲〉，收入張京媛主編《當代女性主義文學批評》，頁 203。

1998 年 11 月，頁 22。

・李元貞，〈從「性別敘事」的觀點論臺灣現代女詩人作品中「我」之敘事方式〉，《近、現代中國文學與文化變遷》，臺北：學生書局，1996 年 12 月。

・何金蘭，《文學社會學》，臺北：桂冠圖書公司，1989 年 8 月。

・何金蘭，〈洛夫〈清明〉詩析論——高德曼「發生論結構主義」方法之應用〉，《臺灣詩學季刊》第 5 期，1993 年 12 月，頁 104～112。

・何金蘭，〈「發生論結構主義」詩篇分析方法——及其在中國詩歌上之實踐〉，彰化師範大學「第二屆現代詩學會議」，1995 年 4 月 29 日。

・何金蘭，〈剖析向明〈門外的樹〉之意涵結構〉，《臺灣詩學季刊》第 11 期，1995 年 6 月，頁 139～146。

・何金蘭，〈繫與不繫之間——剖析林泠的〈不繫之舟〉〉，臺北：淡江大學「第二屆東亞漢學國際學術會議」，1997 年 11 月 14 日及 15 日，後刊於《臺灣詩學季刊》第 22 期，1998 年 3 月，頁 7～12。

・何金蘭，〈剖析香港詩人羈魂〈看山・雨中〉和〈鑿〉二詩〉，韓國江原大學校「第三屆東亞漢學國際學術會議」，1998 年 9 月 25～26 日。

・何金蘭，〈存活於「虛無」中之「實在」——剖析羈魂〈一切看來是那座實在〉一詩〉，香港中文大學「香港文學國際研討會」，1999 年 4 月 15～17 日。

・何金蘭，〈屈服抑或抗拒？——剖析淡瑩〈髮上歲月〉一詩〉，淡江大學「中國女性書寫國際學術研討會」，1999 年 4 月 30 日～5 月 1 日。

・尹玲，〈雲在旅行〉，《臺灣詩學季刊》第 24 期，1998 年 9 月，頁 81。

・陳潔詩譯，《性別／文本政治：女性主義文學理論》，臺北：駱駝出版社，1995 年 6 月。

・〈雅克・拉康〉，《結構的時代——結構主義論析》，臺北：谷風出版社，1986 年 12 月。

・張京媛主編，《當代女性主義文學批評》，北京：北京大學出版社，1992 年 1 月。

・陳引馳譯，《女性主義文學批評》，臺北：駱駝出版社，1995 年 7 月。

・克里斯多娃，〈婦女的時間〉，張京媛主編《當代女性主義文學批評》（北京：北京大學出版社，1992 年 1 月)，頁 347～371。

- 西蒙・德・波娃，〈婦女與創造力〉，張京媛主編《當代女性主義文學批評》，頁 143～160。
- 埃萊娜・西蘇，〈美杜莎的笑聲〉，張京媛主編《當代女性主義文學批評》，頁 188～211。
- De Beauvoir, Simone, *Le deuxième sexe*, Paris: Editions Gallimard，1949 年初版, 1976 年版。
- Baudelaire, Charles, *Les Fleurs du Mal et autres poèmes*, Paris: Garnier-Flammarion, 1964 年。
- Irigaray, Luce, *Speculum, de l'autre femme*, Paris: Les Editions de Minuit, 1974 年。

——選自《臺灣詩學季刊》第 29 期，1999 年 12 月

論〈溫泉小鎮〉
蓉子作品

◎彭邦楨*

那兒並無風景　無繽紛的林木
亦無城市的喧鬧　無耀眼的霓虹
只有白色蒸氣的氤氳　終年瀰漫
是小鎮居民唯一的財富。

一些小雞雛　一些孩童
孩子們在溫泉邊迅快地長大
老人們在長年的氤氳中銀鬚似雪。

鎮上唯一的大街通往山的起頭
偶一過客從街心走過
他（她）們便一齊睜大眼睛凝望
任如何狡黠的陌生人也無法從他們眼中隱藏！

我忽想在此住下　變成他們中間的一員
脫盡了臺北的繁華和激揚
選一個南方清新的小鎮住下

像單純的居民一樣質樸
我只要有那淡泊的雲天和一襲時間寬大的衣袍
我便有了足夠的安適和富庶

---

*彭邦楨（1919～2003），湖北黃陂人。詩人，評論家。發表文章時為詩宗社社務主任委員。

蓉子的詩，一向有著至麗而自然的意味，這是向來為我們詩壇所稱道的。今天讀她發表本刊的這首〈溫泉小鎮〉，就益見她所具有的風貌。在感情上說，我是非常喜歡它的，好像她所寫的這個地方是我們曾經去過的。

我們知道一個小鎮是無特異的風采的，這並不是說它就不具某種風采的情調。正因為如此，我倒認為它還具有風采中之風采與情調中之情調的，這就是她的作品所有的特色。蓉子是一個很平易近人的詩人，在今日的女詩人群中，她是最無一絲半縷的矯揉的病態美的，自然而來，也自然而去，無論年老一輩與年輕一輩的詩人都易與她相處，這是做人的成功，也是她寫詩的成功。這並不是說她在做人與寫詩方面都無缺失，否則就無她持有的特性。

她曾出版有《青鳥集》、《七月的南方》、《蓉子詩抄》等詩集，與她的夫婿羅門是被喻為我們今日詩壇的「勃朗寧夫婦」的，正因為他們伉儷情深，如切如磋，就像「關關睢鳩，在河之洲」而為我們所羡慕的對象一樣。當然夫妻是一回事，而詩又是一回事的，但好在他們卻得著了「珠聯璧合」的妙諦。

蓉子的詩，最近又有許多轉變，既不像《青鳥》時代的少女，也不像《七月的南方》時代的少婦。這也就是說，她已經是更圓潤與成熟了，是一枚更耐咀嚼的果子。為了詩品起見，讀者應先讀她這首詩，而後再來看我的這篇詩品的。所謂「品」，就如「品味」、「品茗」、「品花」、「品酒」、「品香」一樣。同時也是含味著真人的「人品」，真詩的「詩品」的境界的。她在其第一節詩裡說：

那兒並無風景　無繽紛的林木
亦無城市的喧鬧　無耀眼的霓虹
只有白色蒸氣的氤氳　終年瀰漫
是小鎮居民唯一的財富。

這節詩，是很值得品味的，似乎並無驚人的筆觸，亦無綺麗之處，我認為這就是「至麗而自然」的寫照。所謂「那兒並無風景」，我認為就有綺麗的風景在這座小鎮的背後：「無繽紛的林木」，我認為就有綺麗的林木有這座小鎮的背後的。因為一個有溫泉的地方就有山水，一個有山水的地方就有林木。只是一個小鎮並不像一個城市，為了美化與綠化的目的，要把林木與風景移植在城市裡來。可說一個小鎮的限度，就只止於淳樸的限度，如再把林木與風景植在鎮上，這豈非多此一舉。所謂「亦無城市的喧鬧，無耀眼的霓虹」，這是寫實。「只有白色蒸氣的氤氳……是小鎮居民們唯一的財富」，這兩句詩是很生動活躍的，不說溫泉，而說「白色的蒸氣」為象徵，這就是「點睛」之筆，是一淨化一個物象的表現。同時又把「瀰漫的白色蒸氣」而象徵為「小鎮居民唯一的財富」，是遠比富有土地萬頃而具有人生的意味的。這也就是說，人的財產，這豈不就像一些白色蒸氣而上升為雲的嗎？

第二節到第三節詩，是刻畫小鎮居民土生土長，土生土活的全部過程，也就是說他們生於斯而息於斯的處境，而他們並無過多的奢望。但帶給他們些許詫異的感覺的，就是那遠自城市而來小鎮上的過客們，以不屑的眼光在看他們，而使他們感到有些不太自在。所以「他（她）們便一齊睜大眼睛凝望，任如何狡黠的陌生人也無法從他們眼中隱藏！」這也就是說：過客們，你（妳）們為什麼要以這種眼光來看我們呢？我想這是純樸善良小鎮的居民與狡黠的城市過客的不同之處。可說在蓉子的眼光裡是唯一在愛他們的，這就可以看出一個詩人的詩品與人品來。

第四節詩到第五節詩是寫她的感受，我認為這兩節詩寫得很好，也有許多妙趣，但我為了要再品起見，我認為其中是可以省略一些語意來寫的。在第四節裡她說：

我忽想在此住下　變成他們中間的一員
脫盡了臺北的繁華與激揚

選一個南方清新的小鎮住下

這一節詩，在這三行裡是有很多值得評價的，因為我認為寫得平實而近人，也寫出她一個詩人所具有純粹的愛心。住在城市裡就有時會感到不如住在鄉村，她想住在這裡，「變成他們中間的一員」，這是在她的內在裡正想企求點什麼？雖說她並沒有說在紙上，但在言外之意裡她卻企求孕育她所有的一個世界。也就是說做為一個詩人在本質上的存在，常常會感到一首詩並不能代表甚麼，但有時又會感到一首詩就能代表甚麼？可說這就是某種存在上的矛盾。她之所以不願住在臺北，而願「選一個南方清新的小鎮住下」，這就是說在「臺北」與「小鎮」有個選擇，在做為人的價值與詩的價值的過程上也該有個選擇的？

像單純的居民一樣質樸
我只要有那淡泊的雲天和一襲時間寬大的衣袍
我便有了足夠的安適和富庶。

第四節詩，可說這就是蓉子所具有女性的光彩。因為她畢竟不是一個脂粉氣的女人，而是一個昇華為靈的詩人；因為她不僅是一個已昇華為靈的詩人，而且還願孕滿腹「時間寬大的衣袍」而做為一個本色的女性的。

總之，她這首小詩，雖然某些地方運用了一些散文筆觸，但在全部的過程上仍是很玲瓏出色的，其可讀性，還遠勝一般只重意象表達而不重特質的作品之上的。所以我要在這裡推許她是我們詩人中的名家之一的。

——1969年3月2日《詩隊伍》發表

——選自彭邦楨《詩的鑑賞》
臺北：臺灣商務印書館，1971年8月

一朵不凋的青蓮——蓉子

◎蕭蕭*

蓉子，本名王蓉芷，民國 17 年 5 月出生於江蘇省一個教會家庭，在戰火中，斷斷續續完成高中教育，並曾在一所農學院森林系讀一年級，民國 38 年 2 月隨交通部國際電臺來臺北籌備處工作。次年即開始創作，作品發表於當時《自立晚報》的《新詩週刊》，及紀弦主編的《現代詩》上，為政府來臺後，中國詩壇第一位女詩人，至今仍不斷創作，已有 30 年寫詩經驗，白萩曾喻為「自由中國詩壇祖母輩的明星詩人」。

第一本詩集於民國 42 年出版，取名《青鳥集》，集中〈青鳥〉、〈為什麼向我索取形像〉等詩，都是民國 39 年的作品，知性與感性融合無間，頗能掌握詩的精粹性，毫無贅辭廢字，以〈青鳥〉為例：

從久遠的年代裡——
　人類就追尋青鳥，
青鳥，你在那裡？

青年人說：
　青鳥在邱比特的箭簇上
中年人說：
　青鳥伴隨著「瑪門」。
老年人說：

*本名蕭水順。發表文章時為再興中學教師，現為明道大學中國文學系國學研究所講座教授兼人文學院院長。

別忘了，青鳥是有著一對

會飛的翅膀啊……………

十分簡易的比喻，刻畫出人類追求的理想隨年華逝去而改變，人類所追尋的理想到底是什麼，理想到底在何處？「青鳥」，就是這份理想的象徵，青年追尋愛情而老年時唯恐時光悄然流逝。具體而可感的詩句，不說教的文詞，卻令人深深感動。

「為什麼向我索取形像？」她的回答讓人由衷感佩：「歡笑是我的容貌。寂寞是我的影子，白雪是我的蹤跡，更不必留下別的形像！」也許就是這份女性的執拗，使她在女性詩人中另有一種剛柔並濟的面貌，超脫乎所謂「閨閣詩人」的稱號，成為詩壇上長青的一棵樹，一朵不凋的青蓮。

蓉子的詩，充滿了溫和、謙恭、體諒，對人性與生命的禮讚。這也許跟她三代以來都信仰基督的家庭有關。很早很早以前，蓉子是唱詩班的風琴手，曾閱讀希伯來民族的詩歌，在一種肅穆的宗教氣氛中長大，這些早年人格教育的薰陶，如今都呈現在她的詩中，成為清純詩風的根源。

蓉子於民國 44 年，與本名韓仁存的詩人羅門結婚，為中國詩壇一大盛事，曾於民國 58 年同赴馬尼拉參加第一屆「世界詩人大會」，被譽為「大會第一文學伉儷」，獲馬可仕總統頒給大綬勳章。民國 63 年，又獲「世界詩人學會」頒贈「東亞傑出的中國白朗寧夫婦」榮銜，一時成為佳話。白朗寧（1812～1889）是英國詩人，1846 年與女詩人伊利莎白・巴勒特結婚，住在義大利的佛羅稜斯，才氣英邁，刻畫入微，一般稱譽為莎士比亞以後第一人。

蓉子的重要詩集有：《青鳥集》、《七月的南方》、《蓉子詩抄》、《童話城》、《維納麗沙組曲》、《橫笛與豎琴的晌午》、《天堂鳥》等。

〈**維納麗沙**〉[1]

維納麗沙

你不是一株喧嘩的樹

不需用彩帶裝飾自己。

你靜靜的走著

讓浮動的眼神將你遺落

因你不需在炫耀和烘托[2]裡完成

——你完成自己於無邊的寂靜之中

——錄自蓉子詩集《維納麗沙組曲》

解說

「維納麗沙」，確實很容易讓人聯想到達文西的名畫《夢娜麗沙的微笑》，但作者卻鄭重否認這種相連相似性，蓉子表示絕非以夢娜麗沙的藍本來寫「維納麗沙」，因為她們是生活在兩個不同時代的不同人物，夢娜麗莎因一抹神祕的微笑而馳名，因達文西而不朽，畫中的她擁有一份讓人羨慕的安適與寧謐，好像世界從不曾攪擾過她一樣。蓉子認為她詩中的維納麗沙卻全不是這樣，她生活在一個擾攘喧囂的年代，在不停地跋涉充滿風砂的長途，但不忘自我塑造。

換句話說，這是一個想像中的人物，蓉子將她安排在擾攘的現代生活中，物質欲望與精神生活失調，道德價值必須重估的時代，維納麗沙要由自我肯定中去完成自己，使自己不受外在情勢的壓迫與誘惑。這其中充滿了蓉子自己的投影，如果說「維納麗沙」就是蓉子生命的寫照亦無不可，她自己也承認：「這是一組自我世界的描繪，自我靈魂的畫像，一組孤獨堅定的徐徐跫音，當她走過山嶺平原所發出的一些真實回音……」

[1]維納麗沙：這是蓉子 12 首「維納麗沙組曲」中的第一首，「維納麗沙」是蓉子創造的詩中主角，與世界名畫《夢娜麗沙的微笑》並無相連相似的地方。

[2]烘托：作畫或作文時，從旁邊著意渲染，使主體或主旨自然顯明的方法，叫做烘托。

因此，從這首詩，我們可以學習到：主體轉位的優點，譬如說：「你不是一株喧嘩的樹，不需用彩帶裝飾自己」，對維納麗沙而言是一種褒揚，一種稱讚，而維納麗沙可以是作者自己的寫照，也可以不是，讀者願意做更多的描摹與揣測，但如果說成：「我不是一株喧嘩的樹，不需用彩帶裝飾自己」，讀者必定不敢苟同，甚至於拒絕這種誇張自大的說法，因此就無法令人感動，更不可能讓讀者在無形中接受你的思想。另外，把自己所思所想轉位給另一個形象，詩人更可以客觀地描繪他，甚而採取批判的態度，在描繪與批判的過程，思想得以修正而更趨圓滿、成熟。所以，詩人的感情、思想，必要藉著特殊的形象來傳達，蓉子以維納麗沙代替自己，又以樹的純靜樸實來傳述維納麗沙。在這裡，「喧嘩的」樹，是一個特殊的修飾語，喧嘩不是指著聲音的吵雜，而是一種俗氣而華麗的裝扮，以「聲」代「色」，更可以感受到「喧嘩的樹」的那種俗不可耐。

第一段只是靜態的展覽，第二段才是動態的完成，即使是「動」也非「浮動」，第二句「讓浮動的眼神將你遺落」，實際上是說浮動的眼神不可能注意到你，因你的沉著、寧靜，與他們不同。你也不須自我炫耀，或借著他人來烘襯自己，在無邊的寂靜中有一份自我肯定與塑造的能力。這一段強調「靜」正與上段的「喧嘩」相呼應。整首詩可以看出詩人對喧鬧中自我控御的定力的禮讚。

〈溫泉小鎮——記四重溪〉[3]

那兒並無風景　無繽紛[4]的林木

亦無城市的喧鬧和耀眼的霓虹

只有白色蒸氣的氤氳[5]終年彌漫

是小鎮居民唯一的財富

---

[3]四重溪：是屏東縣境的溫泉名勝。

[4]繽紛：花木眾多茂盛的樣子。

[5]氤氳：煙氣升騰的樣子，通「絪縕」、「煙熅」。

一些小雞雛　一些孩童
孩子們在溫泉邊迅速地長大
老人們在長年的氤氳中銀鬢似雪

鎮上唯一的大街通往山的起頭
偶有過客從街心走過
他（她）們便一齊睜大眼睛凝望
任如何狡黠[6]的陌生人也無法從他們的眼中隱藏！

我忽想在此往下　變成他們中間的一員
脫盡了臺北的繁華和激揚
選一個南方清新的小鎮住下

像單純的居民一樣質樸
我只要那淡泊的雲天和一襲時間寬大的衣袍
我便有了足夠的安適和富庶

——錄自蓉子詩集《橫笛與豎琴的晌午》

解說

詩，有時可用來記遊，〈溫泉小鎮〉就是一首記遊的詩。

記遊詩的要素有二：一是必須寫出當地的特色來，不管是外在景物的傑出風格，或是詩人特別挖掘出來的內在特質。二是寫景之外，還要有所感興，中國古典詩所講求的情景交融，物我合一的境界，即記遊詩的最高境界，因此，有情無景，非記遊詩，有景無情，也不能算是記遊詩的佳作。

中國古詩人的記遊詩，多為山水之作，遊山玩水之餘不僅寫出了山水之貌，更培養了山水之情。今人所寫的記遊詩有了更開闊的層面，海內外交通的發達，觀光事業的勃興，都促使詩人的視界、胸懷更加拓寬，記遊

[6]狡黠：狡滑聰慧。

詩的面貌與風格也就更加繁多。

蓉子的詩具有中國傳統溫柔敦厚的美意，記遊詩的選材，自然也能符合這一特質。尤其是在都市緊張、喧囂、汙染的生活之後，尋求寧靜的溫泉小鎮安棲，正是現代都市人遠離山水後的渴望心情的表露。

首段平鋪直敘，切合溫泉小鎮樸實無華的風光，她告訴我們小鎮的風光並不特別美，林木也不特別茂盛，不能開出奇花異草，但重要的是她沒有都市的喧鬧與奢華，溫泉的氤氳則是當地居民的財富。開門見山，這是一個溫泉小鎮。

第二段寫出小雞雛、小孩童、老人，頗似〈桃花源記〉中，黃髮垂髫，怡然作樂情景，選取這三個意象，讓人感受到小鎮的寧靜、安祥與和平，引發無限嚮往。

第三段則告訴我們：此地過客不多，對於外來的事物，當地居民充滿好奇。詩人以陌生人的狡黠襯出他們的純樸，正因為他們的質鈍，更能配合此地的風光，因此詩人願意與他們為伍，成為他們中間的一員。

這三段很能給出溫泉小鎮的全貌，首段是全景，水氣氤氳中可以看見樸實而平凡的山林，次段則是小小的特寫，雞、小孩、老人，怡然自得的樣子，三段則以遊客與當地居民相互探詢的眼光，比較出溫泉小鎮的單純與憨直。

最後，詩人引發久居的念頭，也可以說是對溫泉小鎮最大的嚮往，詩人的願望是：「只要那淡泊的雲天和一襲時間寬大的衣袍」，這是此詩最好的一句，「淡泊的雲天」顯現了空間的遼闊和心境的恬靜，「時間寬大的衣袍」又有悠遊、從容的感受，這就是安適，這就是富庶，今人滿足。四重溪在詩人的筆下，就像是世外桃源，引領我們進入一個氤氳，芬芳的世界。

——選自蕭蕭、楊子潤編著《中學白話詩選》

臺北：故鄉出版社，1980 年 4 月

蓉子自然詩美學探究

◎潘麗珠*

壹、前言

長期閱讀蓉子的詩歌作品，深感她的「自然詩」與她的宗教生命、人文關懷息息相關，與她對美的追求、美的堅持也密不可分。蓉子從來不隨波逐流，她的〈維納麗沙〉寫著：「維納麗沙／你不是一株喧嘩的樹／不需用彩帶裝飾自己，／你靜靜地走著／讓浮動的眼神將你遺落／因你不需在炫耀和烘托裡完成／——你完成自己於無邊的寂靜之中。」自述了她面對世俗趨勢與時代潮流的態度。她的確是溫婉寧靜的，但溫婉寧靜中有靜水深流的動力、堅持不懈的韌性，就像大自然中恆定的光，雖遇黑夜，星在天際；又像暖陽，祥光照耀時，不忘提供綠蔭供人休憩。她的「自然詩」充滿光的意象，色彩繽紛，音聲泠泠，活潑而沉潛，顯現了她的性靈之美，一種活力飛動卻深沉靜照的生命情調，塑造出與自然同一的精神氣韻、與宗教同德的藝術境界。本文嘗試由外緣的探討，討論蓉子其人、「自然詩」的義界、「美學批評法」的意義，再進入內涵的深究，析論蓉子「自然詩」的意象美、色彩美、節奏美及境界美。以下，分別探究之。

貳、外緣的探討

所謂「外緣」，和「文本」（Text）的關係遠而和作者的關係近，所關心的

---

*發表文章時為臺灣師範大學國文學系副教授、教育部《人文及社會學科教學通訊》主編，現為臺灣師範大學國文學系教授。

課題包括：1.「蓉子」其人；2.「自然詩」的義界；3.「美學批評法」釋義。

一、關於「蓉子」

蓉子是一位非常溫厚婉約的人！

蓉子，本名王蓉芷，西元 1928 年生於江蘇。她出身於基督教家庭，父親是一位扶助貧病的牧師，母親是一位教師。她在江陰和上海讀過中學，並曾肄業於一家農學院；後來她做過小學教師，教堂風琴手。來臺灣後，於 1955 年 4 月 14 日與羅門結婚，共同攜手營造燈屋之美。

臺灣女詩人中，以她的詩歌作品最豐富，詩齡綿長超過四十年。她天性對詩充滿嚮往與愛，年紀很輕的時候，非常喜歡冰心女士滿富哲理和晶瑩情感的詩集《春水》和《繁星》，「慢慢地自己也禁不住手癢起來，因為往往心裡有很多感觸，催迫著自己，不吐不快。」[1]1951 年，〈為什麼向我索取形像〉第一次公開發表在《新詩週刊》第 4 期，對蓉子來說這是莫大的鼓舞，受到葛賢寧、鍾鼎文、覃子豪、紀弦等前輩詩人的肯定，詩壇從此有了一朵「開得最久的菊花」。[2]四十多年來，蓉子出版了《青鳥集》、《七月的南方》、《蓉子詩抄》、《童話城》、《日月集》、《維納麗沙組曲》、《橫笛與豎琴的晌午》、《天堂鳥》、《蓉子自選集》、《雪是我的童年》、《這一站不到神話》等詩集，並獲獎多次，不愧是現代詩壇中「永遠的青鳥」。

關於蓉子與其詩作，詩評家們有眾多的評論。鍾玲說：

> 在題材上，她最突出的成就在以下兩方面：1.她的詩塑造了中國現代婦女的新形象，2.她表現了充滿生命力的大自然及豐盈的人生觀。[3]

張漢良認同《七十年代詩選》所言，他引用說：

---

[1]引自蓉子，〈我的詩路歷程〉，《蓉子詩選》（北京：中國社會科學出版社，1995 年 4 月），頁 1。
[2]余光中先生語。見於余光中，〈女詩人——蓉子〉，余光中等著《蓉子論》（北京：中國社會科學出版社，1995 年 4 月），頁 5。
[3]引自鍾玲，〈都市女性與大地之母——論蓉子的詩歌〉，《蓉子論》，頁 6。

在現代新審美觀與新的觀物態度的影響下，她逐漸更換了自我的坐姿，逐漸遠離了《青鳥》時期那單純雋永與可愛的抒情世界，也像其他的現代詩人，強調深入的思考與知性，向內把住事物的真實性，追求精神活動的交感作用，使作品在現代藝術的新領域裡塑造交錯繁美與帶有奧祕性的意象，獲致其更純的深度與密度。[4]

高歌（即高信彊）說：

而宗教詩的活潑旋律和音樂氣息，更是一直流動在蓉子的創作精神之中。……這種自然的景色，教堂的鐘聲，風琴的雅樂，彩色玻璃的光澤，信仰的虔誠與肅穆……也就一一開啟了她在美感生活裡的聽覺和視覺層面。[5]

唐玲玲說：

蓉子的詩洋溢著一種新鮮的活動，想像豐富，詩味濃郁，節奏感強。在她的詩中，透過詩的語言傳達心靈的顫動，憶舊的餘弦，音樂美是她詩的語言特徵。[6]

蓉子自己在提到比較喜歡和滿意的作品時也說：

它們是從我靈魂深處投射出來的，也是一個有理想的孤困的生命在向完美做無盡掙扎的過程，感受是較為深刻的——人生本來就是一場不斷蛻變與掙扎的過程。[7]

---

[4]引自張漢良，〈導讀〈一朵青蓮〉〉，《蓉子論》，頁 44。
[5]引自高歌，〈千曲無聲——蓉子〉，《蓉子論》，頁 92。
[6]引自唐玲玲，〈蓉子詩歌的藝術風格〉，《蓉子論》，頁 186。
[7]蓉子，〈我的詩路歷程〉，《蓉子詩選》，頁 6。

歸納這些說法，除了肯定蓉子的詩歌藝術性（鍾玲提到她在題材方面的成就，張漢良論及她的詩歌意象，高歌和唐玲玲指出她詩作的音樂性），多少也觸及她的詩歌美的成因（她的觀察、她的信仰、她的執著），尤其她的自然詩，許多的詩評家都會提及[8]，事實上這也是她長期耕耘的一個現代詩主題，而她自己也親口對筆者表達寫作自然詩時的歡喜（1997 年 2 月下旬的訪談），這便構成本論文極好的研究課題。

二、「自然詩」義界

何謂「自然詩」？誠然作品的分類是一項艱難的工作，卻也是本文下節「內涵的深究」之根基，必須正視。蓉子的自然意識幾乎是無詩不在的，這與她的宗教信仰、人生態度以及美的追求有關，儘管如此，我們還是為了論文質的精緻的因素，在認可主題學（Stoffgeschichte）的前提下，嘗試界定「自然詩」的名義。本文所謂的「自然詩」是指：以描繪大自然為主的詩，特別是歌詠山水物種的作品。以此定義考索蓉子的詩歌作品，她的「自然詩」應該包括以下諸作：

0. 一朵青蓮
1. 晨的戀歌
2. 石榴
3. 色蕾們都醒了
4. 三月
5. 夏（之一）
6. 夏，在雨中
7. 藝術家
8. 非詩的禮讚
9. 回歸田園

[8]除了鍾玲、高歌、唐玲玲外，潘亞暾、黃偉宗、劉國全、衣凡等也論及。

10. 蟲的世界
11. 水流花放
12. 那些山、水、雲、樹
13. 綠色大地森林之歌
14. 櫻花薄霧外的山水盛宴
15. 金山・金山
16. 到南方澳去
17. 眾樹歌唱
18. 山和海都在期待
19. 湖上・湖上
20. 海語
21. 從海上歸來
22. 海無遺蹟
23. 在風中，在山裡
24. 你有你的時間
25. 夏荷秋蓮
26. 最後的春天
27. 伸入沙漠黃昏的路
28. 維納麗沙組曲（之十一——登）
29. 七月的南方
30. 阿里山有鳥鳴
31. 花姿組曲
32. 夏天組詩
33. 秋詩六題
34. 一條河
35. 十月
36. 墾丁公園

37. 駿馬
38. 水仙贊詞
39. 遠上寒山石徑斜
40. 旭海草原

有些作品題目看起來像「自然詩」，但細讀內容，其實不是，例如〈看你名字的繁卉〉，實際是一首情詩；〈寒暑易節〉，實際是一首說理詩；〈變易的月亮〉，也是一首哲理詩；〈夢裡的四月〉，是關於婚姻決定的自白；〈雪是我的童年〉，是一首關係記憶的詩；〈維尼斯波光〉、〈奔騰和凝固——寫尼加拉瀑布的兩種風貌〉、〈沃拉村〉、〈黑海上的晨曦〉、〈孔雀扇〉、〈遊園〉等，實際都是著重在刻畫遊覽心情或體悟的旅遊詩；諸如此類，便不在本文的討論之列。

三、「美學批評法」釋義

蓉子的詩適合用美學批評法予以評析。潘亞暾說「蓉子是一位熱愛美、渴望美、追求美的詩人，她善於發現美並揭示美的奧祕」[9]，這是筆者以美學批評法探究蓉子詩作的重要原因。況且，「自然」與「美」之間的關係，在西方美學系統裡，原就密不可分。[10]至於中國人對於「美」字的概念，除了初始與「味覺、視覺、觸覺、心覺」有關的審美意識之外，還涵攝「美與善同意」的要求（《說文解字》：「美，从羊大。羊在六畜主給膳也。美與善同意。」）；中國文人素來對於「美」的品味，無論是自然的或藝術的，往往體認成一種精神的超越，總是以宇宙生命的情趣表現為基點，美必須具有「善」意才是真美！於是就藝術的創作言，作品是作者美好心靈與性格的呈現，傳統所謂「骨力」、「勁拔」、「秀媚」、「氣韻」、「格調」等等，其實都是歷來藝術家心靈映射後的評斷，這種心靈映射，朱光

[9]引自潘亞暾，〈求真、從善、揚美——蓉子短詩賞析〉，《蓉子論》，頁 120。
[10]希臘哲人亞里斯多德即認為美是模仿自然而得。

潛稱之為「宇宙的人情化」[11]，宗白華則說是「藉以窺見自我的最深心靈底反映」[12]，朱、宗二說，都直指作者心靈「善」意的流露。換言之，作家的創作意圖與理念為何？便成了中國人評斷作品良窳的重要憑據之一。[13]

蓉子的詩歌創作理念，適合運用美學批評法加以評析，「美學批評法」是：以美學作理論基礎的批評方法。[14]蓉子曾自述「詩觀」：

> 我對詩人卑以自牧的看法是：詩人不應該自視甚高地把「詩人」當成什麼了不起的「行業」，詩人必須先做成「人」——充分具有「人間性」的人，然後才能做「詩人」。……詩人應當顯赫的是他們的作品而非行動。[15]

我們由此可以理解蓉子對詩歌志業的真誠！加上她的宗教情懷、典雅的氣質、對自然的深情，在在構築了蓉子詩歌王國的「善」與「美」。

以下，即進入本文的重心，以詩作分析來探究蓉子自然詩的內涵。

參、內涵的深究

所謂「內涵」，是從原典、文本出發。本節擬從「光影意象美」、「繽紛色彩美」、「音聲節奏美」、「性靈境界美」等方面嘗試剔抉蓉子自然詩的神髓，楬櫫詩人對自然的鍾情與關懷所表現的審美旨趣。

一、蓉子自然詩中的光影意象美

詩人的情思與外界的物象相交、作用，通過一番審思或聯想作用（心中的審思、聯想是美感醞釀的重要過程），使作品成為有意境的景象再現，

---

[11]詳閱朱光潛，《談美》第三章。

[12]見宗白華，《美從何處尋》（臺北：元山書局，1985 年 2 月），頁 65。

[13]詳細的討論可參考拙著〈盛唐王孟詩派美學研究〉第一章第四節的討論（臺北：臺灣師範大學國文學系碩士論文，1987 年 5 月）。

[14]可參考蔡芳定著；楊昌年指導的〈中國文學批評史上之美學批評法〉（臺北：臺灣師範大學國文研究所碩士論文，1985 年）。

[15]蓉子，〈我的詩路歷程〉，《蓉子詩選》，頁 12。

謂之「意象」[16]。作品的意象如何呈現？黃永武說：「透過文字，利用視覺意象或其他感官意象的傳達，將完美的意境與物象清晰地重現出來，讓讀者如同親見親受一般。」[17]陳義芝認為具有自由感染力的「一種景象示現在眾人眼前，不待教、不待學，眾人即可依據自己的生活經驗、心靈感覺，得到不同等級的情意撞擊，意念從而激湧，作者與讀者情志即有了共鳴」[18]，筆者肯定：「詩的意象是已注入詩人理念的形象。」[19]

蓉子自然詩中，光影意象的經營，是極為精采而有特色的。她就像印象派畫家一樣，輕喚陽光探視詩境，在詩作裡塑造一種溫暖祥和的氛圍。這樣的氛圍，反映了詩人內心的坦蕩，顯現雍容開朗的氣象。讓我們來讀幾首詩的段落：

啊！如果它願意，它會展開

會緩緩推開那芬郁的蕊

那翠金的扇面

面對陽光爛漫的紅豔

——〈包蕾們都醒了〉第四小節

眾花耀眼　從綠開始

——這大地主宰給予世人最初的衣履

當星果藤爬上冷直的電桿

一片淡美的陽光便停留其上

——〈綠色大地森林之歌〉第一段第三節

[16]詳參筆者，〈從「女低音狂想曲」談現代詩的意象經營〉論意象部分，《中國學術年刊》第 16 期（1995 年 3 月）。

[17]詳參黃永武，《中國詩學設計篇——談意象的浮現》（臺北：巨流圖書公司，1976 年 6 月）。

[18]引自陳義芝，《不盡長江滾滾來》（臺北：幼獅文化公司，1993 年 6 月），頁 7。

[19]同前註。

到南方澳去
看陽光的金羽翱翔在碧波上
有活潑的銀鱗深藏在水中央……

——〈到南方澳去〉第一小節

希望的藍睛亮起了
珍珠色澤的夢
連續的弧線劃過船弦
海原正盛飾明滅的曇花。

陽光在海岸　洗淨沮喪的低氣壓
化為玫瑰重重的流蘇……

——〈從海上歸來〉第三、四節

「陽光爛漫」、「淡美的陽光」、「看陽光的金羽翱翔」、「陽光在海岸」，詩人對陽光的呼喚，使得詩中的畫意明淨起來，誠然一片清朗，令人讀來，不自覺地感到欣喜而充滿希望！固然大自然中欠缺不了陽光，但並不是每位寫自然詩的作者都會對陽光情有獨鍾，願意讓自己的詩境明和安祥，唯有蓉子，「光」就像她的宗教信仰，透露出欣欣然的堅定的情感。這「光」的意象在蓉子的「自然詩」中占有極大的分量，幾乎隨處可得，最具代表性的應屬〈七月的南方〉：

從此向南——
從都市灰冷建築的陰暗
繞過鳥聲悠長的迴廊
南方喚我！
以一種澄澈的音響

以華美無比的金陽
以青青的豐澤和
它多彩情的名字
……
讓陽光鋪路　推開這雲濃霧重
讓陽光為我鋪橙紅金黃的羊毛毯直到南方
我便去追蹤、追蹤他暖暖的足跡
去探詢靈魂成熟的豐盈！
……
小樹盡如花嫁時的衣飾
繁柯因不勝美的負荷而低垂
啊！一片彩色的投影一種無比的光豔以及
隱藏在叢綠深處的歡美

看踴躍葉子的海
光輝金陽的海
對於棲留在灰黯中的心是無比的歡悅
對於習慣於冷漠單調的眼睛乃彩色的盛宴

蓉子對陽光的歌詠，熾熱超乎南方的七月，真的是一種對光明的執著！除了上列「金陽」、「讓陽光鋪路」、「無比的光豔」、「光輝金陽的海」之外，〈七月的南方〉還有「一季節的光影彩虹」、「到光豔的南方去」、「鳥在光波中划泳」、「樹在光波中凝定」、「溢自陽光的金杯」、「陽光用七弦金琴演奏」、「演奏於綠色發光的草原」，這些明亮溫暖的詩句，像是對神的仰望，充滿了讚頌！因此，蓉子詩中的「光」，常常是以一種柔和、慈藹的姿態出現在詩中畫境裡，不會灼燙讀者；一旦陽光太豔，蓉子一定加上蔭影調合，或者讓星光現身，我們試看「常綠的橡膠、橄欖和棕櫚垂下簾影／為你遮蔽環島公路的烈日豔陽」(〈山和海都在期待〉)、「當夏的火焰熊熊地燃著/靈魂的沃土被擱置著/讓我們急速躲進林蔭於樹的蔥翠年華/遠離玫瑰、玫瑰灼人的火光」(〈湖上・湖上〉),「笑聲嘩啦啦地成千波萬浪/飽風的帆孕整個海歸來/使落日潛泳成次日的晨曦/使夜晚有營火的繁花開放/更升起和星光比美」(〈金山・金山〉)、「明滅的燈花在林中/釀一壺斑爛的星光在湖上/讓我們划開晚風　划盡暮色……」(〈湖上・湖上〉)、「星光依然照耀在明天/在古典的山岡/當你海航」(〈海無遺跡〉)……為數眾多的例子,告訴我們:蓉子的詩筆就像印象派畫家的彩筆,洋溢在詩情裡面的和煦陽光,是坦白率真的自然美學的心靈投射,與蓉子本人給予人們的印象一樣,坦誠、和藹而且雍容,甚至熱切中有寧靜。

二、蓉子自然詩中的繽紛色彩美

大自然的生機顯現在哪裡?四季的遞嬗、日月的輪替,朝暉夕陰、花紅柳綠,大自然的生機與顏色有極密切的關係,活潑的顏色表徵充沛的生命力。在蓉子的「自然詩」中,她就像一位色彩的魔術師,揮灑著繽紛的華彩,讓詩中畫意淋漓鮮麗,洋洋入人眼目,牽動無限意趣。然而,在讀她生氣蓬勃的詩作之前,先看具有「前進中的永恆」[20]味道的名篇〈一朵青蓮〉:

> 紫色向晚　向夕陽的長窗
> 儘管荷蓋上承滿了水珠　但你從不哭泣
> 仍舊有蓊鬱的青翠,仍舊有妍婉的紅焰
> 從澹澹的寒波　擎起。

「紫色」、「青翠」、「紅焰」再加上「夕陽」、「寒波」,顏色神奇地渲染了青蓮的不俗;本來「紫、青、紅」是鮮豔耀眼的,但因有了「夕陽」的柔化

[20]羅門語,見羅門,〈我的詩觀與創作歷程〉,《羅門創作大系》(臺北:文史哲出版社,1995 年 4 月)。

和「寒波」的水氣，鮮豔耀眼就變得繽紛而不刺目，透露出來的，是作者活潑卻不凌人的生命氣韻，可以「靜觀天宇」，卻「不事喧嚷」，宛如詩人自述。這般的生命氣韻，也可在〈回歸田園〉一詩中感受到：

傍湖水的明鏡
幾棟紅磚屋半掩在樹叢
蘆葦搖曳著它風裡的白頭
紅花默默傳香
就讓我把住處安頓在此吧

藍天白雲
田壟和翠嶺
加上近邊的竹筏茅棚
它們的影子都在水中交融

「紅磚屋」、「蘆葦白」、「紅花」、「藍天」、「白雲」、「翠嶺」，色彩的布置鮮明而純樸，由於水中「影子」的加入，一切顯得更加柔和！我們接下來看蓉子色彩繽紛、生氣蓬勃的「自然詩」：

十二月青楓換上深紅或橙紅色衣裝
欲與那冬陽爭輝　這刻山區沉寂
要等冬雨斂息　紅楠啟開春的序幕
華八仙如粉蝶拍翅　杜鵑花再度
大紅特紅　便是人們所熟悉的花季

——〈櫻花薄霧外的山水盛宴〉

金黃湧向海岸
蔥翠升起山岡

滿盈的藍滴下
海將天拉成了它的另一半
那兒便為永豔的陽光塑成一座青春的島

——〈金山‧金山〉

到南方澳去
那漁船兒蝟集的港
那紅色的黃色的綠色的漁舟啊
小巧的腰身　小小的樓
小小的希望　小小的歡笑。

——〈到南方澳去〉

到處是引蔓的繁縷　喧噪的地丁
紫色桃色的矢車菊
燃燒的薔薇
傾陽的向日葵　金紅鵝黃的美人蕉
而夏正在榴火的豔陽中行進
在鳳凰木熊熊的火焰中燃燒

到光豔的南方去
看顏色們朗笑著　繁英將美呈現
為淺紅的桃金娘　深紅的太陽花
似軟鐲的牽牛黃　丁香紫　石竹白
綠微紫色的風信子　七彩的剪絨
而百合灑繞層層輕紗
牡丹擁無數華貴意象
一片冶豔繁華

——〈七月的南方〉

你看見白晝和夜在天空邊交接的偉象

沿著整個海岸垂落鮮紅茜金的桌巾
——黃昏是被命定了的監交人

於是　他用整瓶墨汁
把殘留的絳紅與金黃一古腦塗沒
我遂拉上窗帘沉入椅座中的睡鄉

——〈藝術家〉

以上這些詩句，無論是青楓、深紅或橙紅色衣裝、紅楠、粉蝶、大紅杜鵑、金黃海岸、蔥翠山岡、藍滴、紅色的黃色的綠色的漁舟、紫色桃色的矢車菊、金紅鵝黃的美人蕉、淺紅的桃金娘、深紅的太陽花、牽牛黃、丁香紫、石竹白、綠微紫色的風信子……莫不色彩繽紛，啟動我們視覺上美的感受；而且這些色彩的明度泰半都很大，光線的反射系數高，讓我們感覺蓉子對大自然輝煌的素描，詩的畫境裡面流露著躍躍欲動的生氣，反映了詩人活潑、快暢、光潔的氣質。又因為蓉子「自然詩」中最常使用的顏色是「綠」[21]，依照色彩心理學的分析，綠色系予人的感覺是：清新、安靜、涼快、舒適、愉快和大自然，象徵的意義是：春天、希望、新生、和平、公平、健全和滿足等，[22]所以詩人的活潑、快暢、光潔之中，融合了穩定的安靜與平和，充分照應了她的宗教生命情景。

三、蓉子自然詩中的音聲節奏美

中國的文字由於形、音、義三者不分離，先天上具有音韻優美的條件，因此若能注意詩歌的音聲節奏，藉以烘托意象，激動情感，則可觸發讀者多方面的聯想，獲致豐富的情趣，感受詩歌的聲情之美。《文心雕龍・聲律》說：「聲畫妍蚩，寄在吟詠，吟詠滋味，流於字句。」清人沈德潛《說詩晬語》也談到：「詩以聲為用者也，其微妙在抑揚抗墜之間，讀者靜

[21]如果加上「翠」、「青」、「碧」等詞語，為數更多。
[22]詳參鄒富悅，《色彩的研究》（臺北：華聯出版社，1982 年 5 月），頁 39。

氣按節，密詠恬吟，覺前人聲中難寫、響外別傳之妙，一齊俱出。」雖然說的是古典詩歌，但對於現代詩依然有借鑑之效。關於這一點，現代詩人如余光中、楊牧多有所述，已不待辯。[23]蓉子詩中的「音聲節奏」之美，特別值得注意的是：若有安排而實近自然的「押韻」以及如歌的「語言節奏」。先看「押韻」部分，讓我們來讀下列詩句：

不知道黃鶯何事收斂起牠的歌聲，
　晨星何時退隱——
你輕捷的腳步為何不繫帶銅鈴？
　好將我早早從沉睡中喚醒！

讓朝風吹去我濃濃的睡意，
　用我生命的玉杯，
祝飲盡早晨的甜美。

——〈晨的戀歌〉

詩人紀弦曾經對〈晨的戀歌〉讚不絕口[24]，音聲流利動聽、節奏優美輕靈應是重要原因。何以音聲動聽？第一段「聲」、「鈴」、「醒」押韻（「隱」字也很相近），第二段「杯」、「美」韻腳相協，讀來不僅順口，而且容易記憶；在長短不同的詩句裡，有韻腳的協調以增加詩作的美聽，更添詩歌作品的玲瓏性。而這樣的玲瓏性恰與甜美的詩意相得益彰！蓉子「自然詩」中的押韻情形，實在令人忍不住擊節稱賞，試再看以下詩例：

仰首插壁的雲天
在剪紙飛翔的燕子口

[23]參見余光中〈詩的音樂與語言〉一文和楊牧《一首詩的完成》書中有關格律部分的討論。
[24]高歌，〈千曲無聲——蓉子〉，《蓉子論》，頁 91。

啊，曾經為它們而歌
驚嘆那兒的神秀。

——〈非詩的禮讚〉第二節

如此茂密的夏的翠枝
一天天迅速的伸長　我多麼渴望晴朗
但每一次雨打紗窗　我心發出預知的回響
就感知青青的繁茂又添加

——〈夏，在雨中〉

濃紅的火焰似玫瑰
燃燒在陸上
讓我們划湖去　去掬冷冽的波光

——〈湖上・湖上〉

夜語在二月的深海
珊瑚在海底屏息
松風在岸邊假寐
你聽見他們的對話
是戰爭？還是玫瑰！

——〈海語〉

輕快流暢的綠意似水
豐澤著枝枝豔紅的蓮蕊
邁出了盛焰丰容的美
渲染了節慶般的夏天

——〈夏荷秋蓮〉

這些詩句，參差錯落的字音因為押韻關係，有了韻腳的諧和作用，更顯得琳瑯悅耳。本來押韻是一種有意的安排，奇妙的是，蓉子寫來仿若自如而不經意，因此不會覺得工巧過度而矯揉造作。關鍵在於：蓉子的押韻毫不板滯，她不會固定的在詩的哪裡出現韻腳，而是隨著情感需要、情緒流動而設。如此隨和的押韻方式，和她隨和而有堅持的個性若合符節。

再看如歌的「語言節奏」部分。先以〈在風中，在山裡〉為例：

你是我凝注的一枝消息
你卻有無數花影　在塞上
令春回步

每一寸都遙遠　每一秒都遼闊
而且有很多欄柵……
那頻頻躍過高欄的當不顛仆

方寸似水
波輪像月　圈圈擴漾
只有堅硬的岸崖使明燦卻步

這是前三段，每一段的最後一字是韻腳，所以讀來頗有音韻複沓迴盪之感。但除此之外，詩句長短、字數奇偶的布置，合乎了「口吻調利」的自然要求，加以「你」字開頭的類疊和「每一……都」句型的重複，以及「方寸似水」、「波輪像月」的對句，如歌的韻味就洋洋乎字裡行間了。再讀一讀〈駿馬〉二、三段：

一聲嘶吼　盡收原野美景於眼前
你迅疾的蹄音　是躍動的風雲

越過墻籬　穀場　山岡　原野
花朵們便一路欣然地展放過去……

駿馬輕蹄疾奔的英姿，在詩人運用短語所造成的迅捷節奏感下，益顯煥發！而短語之後緊跟一個長句，奔程之遠不言可喻。詩人之所以能夠塑造「如歌的語言旋律」，與文意精鍊卻不太文、文句緊密卻不太黏大有關係，她巧妙運用句法複疊、詩句字數奇偶相生及適時加入連接詞的技巧，使詩的節奏如流水行雲。看：「於是泉溪汩汩從山流出／昂揚清淺且蜿蜒／繞山繞樹繞著那原野與峰谷／綿密曲折而又逸興遄飛／躍升為雲，降落為水／成為無限輪迴的滋澤／那豐美繁茂舒暢而愉快的存在。」（〈那些山、水、雲、樹〉第三段）、「暴雨沁涼／夏如盛唐花苑瞬將凋寂／讓我們划湖去划湖去／聽浪濯輕沙，驅盡了今夏。」（〈湖上‧湖上〉）、「從海上歸來／看彤雲　波羽／銀魚　海鷗／都拍擊我的歡悅。」（〈從海上歸來〉）、「整個架構是瘦：瘦瘦的葉面／瘦瘦的枝　啊！全綠／唯額際那一抹微紅是真」（〈花姿組曲——夏日異端〉）、「陰氣漸重／露凝且白／風，觸膚涼的絲綢樣／月，高掛在藍寶石的天上／親情在不可企及的遠方／啊！秋天是全無雜質的水晶構成／就像真摯的淚水一般無顏色。」（〈秋詩六題——白露〉）這些節奏靈動的詩句，真是令人忍不住要歌唱起來！蓉子曾經提到音樂的旋律對她詩作的影響：

> 有時候，為了表達某一心緒的動蕩，我心中會首先響起一種應和的旋律，由這旋律發展下來就成了詩。有時就因為一首詩的音樂性找不到了，我就停止了它的創作。我的詩必須有我的感覺和旋律。[25]

蓉子的感覺是音樂的感覺，而這音樂的感覺來自於她生命中無可移異的宗教影響，高信疆（高歌）就說：「宗教詩的活潑旋律和音樂氣息，更是一直流動在蓉子的創作精神之中。」[26]確實，我們看到蓉子的生命與詩作融合，於是響在蓉子「自然詩」裡的音聲節奏，有宗教情懷般的韻與美。

---

[25]高歌，〈千曲無聲——蓉子〉，《蓉子論》，頁 92。
[26]同前註。

四、蓉子自然詩中的性靈境界美

古來對於「境界」一詞的含意，大抵可以歸納為廣義和狹義二解。廣義的「境界」蘊含很廣，不僅指學問上的修養，也包含品德上的修養；不僅表現思想、才識，也表現人的行為與談吐；不僅是心胸、氣度的具現，也是人格的表徵。狹義的「境界」，則是就文學作品的批評而言。本文所謂的「境界」意義涵容上述兩層，指：詩人藉著詩作傳達對生命意義的沉思，或者呈現其人獨特、深入的看法時，其性靈讓讀者產生思想或心靈上的淨化作用。前面曾經提及：蓉子的自然意識幾乎是無詩不在的。為什麼？因自然中的光影、色澤、音聲，在在是蓉子的興趣所在；自然與人的關係，是蓉子的人文終極關懷。讀她的「自然詩」，領略詩人的性靈之美，也等於閱讀她的境界。我們看以下這些詩句：

當我們走過煙雲
才知道山水無垠，
當我們踏響山河之美
自己也成為其中美麗的一點。

——〈非詩的禮讚〉

既然第二行後面加上標點，第一行和第三行不知道為什麼不加？不過，這並不妨礙詩意之美！就詩意而言，詩人透露的是走過千山萬水、洞燭人與自然終將冥合的智慧，同時，對於這樣的體悟，詩人充滿歡悅。讀這樣的詩句，令人不禁想到古人「目既往還，心亦吐納」之後，那撫愛萬物、與萬物合一的精神氣韻。再看：

我在夏的樹頭獨坐
高高的翹起我的腿　亦
南面王一個

——〈蟲的世界——蚱蜢的畫像〉

詼諧而俏皮的詩意！一隻蚱蜢也是一個南面王。我們看見詩人「萬物皆有自我具足」的體會，這般的體會在〈遠上寒山石徑斜〉的詩句中亦得見：

紅檜、扁柏、臺灣杉森森地列著
沉靜地等待有緣的知音去訪
而每一株挺立的樹　各自擁有
屬於自身的一方藍天　一塊泥土
卻又相互牽攜　在林地盤根錯節
譜成大森林聚落和諧、雄渾的樂章

「各自擁有屬於自身的一方藍天」，正是這樣的體會，讓蓉子四十多年來，無論文藝的浪潮如何，她始終堅定自己的坐姿、走自己的創作之路吧？如此的體會萬物的自我具足，蓉子以融入自然為喜、為習，因而也讓她有了一股穩定的力量，顯現的詩歌意境，便能導引讀者進入一片寧靜，而且在寧靜中感受生命的動力。黃偉宗在〈穿越傳統與現代的文化與藝術〉一文中說：「就意境的創造而言，她的詩確是偏於靜的……她似乎較重於追求超越現實的意境，即穿越動態而進入（或包含）的靜境。」[27]這種被稱為「祈禱的境界」[28]，往往由蓉子的詩歌流露出的訴諸生命的哲思與靈性的祥光所鑄成，試看：

杉林彩繪
雲的白髮緩緩地掠過樹梢　念及過程

---

[27]黃偉宗，〈穿越傳統與現代的文化與藝術——讀羅門、蓉子詩精選《太陽與月亮》〉，《蓉子論》，頁 210。

[28]蓉子曾自述自己的小部分詩篇能到達「祈禱的境界」，她是引神父布勒蒙所說「相同於寂靜而玄祕的沉思的境界，寂靜而玄祕的沉思乃是祈禱之最高姿勢」而有所指義。同前註。

眾樹歌唱

——〈眾樹歌唱〉

星光依然照耀在明天
在古典的山岡
當你海航

——〈海無遺跡〉

花綻花落
都是煙雲過眼　一如
你的前輩；偶然
回首　看不遠處
一叢小小花蕊　正準備
另一場更盛大的演出哩！

——〈你有你的時間〉

櫻花凋落於楚楚的瞬息
鳥在有限的空間飛鳴　唯松柏傲立
一切聲音都在林間寂默　形成那不能觸知的奧祕

——〈阿里山有鳥鳴〉

蓉子詩的靈魂在她的「自然詩」裡，呼應著大自然湧動著的生生不息與和諧有機，誠如高歌所言，她「這種對自然無限神往和癡情，匯入她以往強烈的宗教意識，再融和了如今日益高漲的、對於存在實況的全心感受，遂建築了她個人那座獨特豐美的『由聖經、自然與存在觀造成的三角塔』。」[29]筆者以為，蓉子〈秋詩六題〉的第六章〈霜降〉，恰足以引來做為本節「蓉子自然詩中性靈境界美」的結束：

[29]可參衣凡著〈由聖經、自然與存在觀造成的三角塔〉一文，《蓉子論》，頁239。

霜寒露重
秋更蕭索了　對於
不慣於虛飾繁華的人　最宜於此時
返璞歸真
秋原是隱逸者的國土
而從古銅色秋的明鏡裡
是這樣反映靈魂的深……

肆、結語

詩人辛鬱曾說：「蓉子在當代詩壇，是一個嚴謹從事創作而且從不停頓的詩人，同時，她所建立起的創作世界，也不受一般時尚的影響。她的詩雖乏雄渾的氣勢，卻的確有濃厚的氣氛，這一氣氛，是由於她能善於控制語言，並善於造設意象所獲致的。」[30]以此說來檢驗蓉子的「自然詩」，亦可中的。

蓉子的「自然詩」是以她宗教情懷般的對美、對自然的信仰，投注了個人長期的心力在光影意象、繽紛色彩、音聲節奏的營造上。可以說，蓉子對自然的理念灌注於自然詩的「象、色、聲」，也可以反過來說，自然詩中的意象美、色彩美、節奏美成就了蓉子的詩藝境界！詩壇上盛讚蓉子是「永遠的青鳥」，筆者以為：正好點出了她的恆久性（永遠）、與自然融合的情懷（鳥）以及深具生命力（青）。美學家宗白華〈中國藝術意境之誕生〉文中說：「靜穆的觀照和飛躍的生命構成藝術底兩元。」[31]衡之於蓉子及其自然詩，蓉子實深得藝術之奧義！

——選自潘麗珠《現代詩學》
臺北：五南圖書出版公司，1997 年 9 月

[30]引自辛鬱，〈自我的塑造〉，《蓉子論》，頁 86。
[31]見宗白華，《美學的散步》（臺北：洪範書店，1981 年 8 月），頁 12。

向她索取形象
論蓉子的詩

◎林燿德*

民國 40 年 11 月，蓉子在《新詩週刊》發表了〈為什麼向我索取形像〉，她溫柔地傾訴出女詩人的曠達胸襟——

為什麼向我索取形像？
　歡笑是我的容貌
　寂寞是我的影子
　白雲是我的蹤跡
更不必留下別的形像！

然而我們還是要向她索取形象，她對於生命中真善美的昂揚，對於文學創作的執著，她對於名利淡泊不泥的率真，在在於詩中顯影出一個溫婉純潔的形象。蓉子之所以被形容為「永遠的青鳥」，更成為中國詩壇一朵不凋的青蓮，並不僅止於她是「自由中國第一位女詩人」這種紀錄上的意義，更在於她數十年毫無間斷而且高潮迭起的創作生涯，已帶給我們一種典範。

在一篇自剖性質的短文〈我寫我〉（載於《文學時代》第 9 期），蓉子提及自己出身江蘇的教會家庭，雖然幼年喪母，以致於「養成小時候寡言、怕羞、孤獨等性格」，但仰賴著父親成功的人格教育與宗教經典的陶

---

*林燿德（1962～1996），本名林耀德，福建廈門人。作家、評論家。發表文章時為中國青年寫作協會祕書長。

冶，使她的童年「不流於怪僻」，而能夠逐漸培養出一顆至誠無偽的詩心。蓉子從小接受良好的教育，一直就讀於江蘇省內各著名教會學校，高中畢業後進入建村農學院森林系就讀。民國 36 至 37 年間，蓉子曾擔任教會學校音樂教師及家庭教師，38 年考入南京國際電臺，2 月奉調臺北，開始在亞熱帶氣候的臺灣工作、定居；翌年是蓉子開筆的關鍵時期，〈為什麼向我索取形像〉、〈青鳥〉等名作的初稿都完成於這一年。民國 40 年 11 月分，蓉子正式躋身詩壇，〈為什麼向我索取形像〉在《自立晚報・新詩週刊》第 4 期推出，她於是不斷向「詩的國度」拓展版圖。自民國 42 年出版《青鳥集》開始出版的單冊詩集包括《七月的南方》（民國 50 年）、《蓉子詩抄》（民國 54 年）、《維納麗沙組曲》（民國 58 年）、《橫笛與豎琴的晌午》（民國 63 年）、《天堂鳥》（民國 66 年）、《蓉子自選集》（民國 67 年）、《這一站不到神話》（民國 75 年）。

蓉子早期的作品受到宗教的影響既深且遠，古希伯來詩歌莊嚴與端正的氣質，一直迴繞於她詩中的字裡行間；更重要的，是她自信仰中萃取出一種向上的、高昂的情緒，她的詩魂一再掙脫出現實的磨難，向浪漫的理想昇華、飛翔、趨近，就像〈鐘聲〉（民國 41 年）中的說辭：

今日的鐘聲，
如同我的思潮，
起伏在多風雨的海上。

我仰望——
教堂的尖頂上，
有我昔日凝聚的愛，信仰與希望，
今夜的鐘聲復使它們飛翔，
飛翔在這黑暗的海面。

信、望、愛匯聚在教堂——這是信仰最直接而明顯的具體投射——的尖頂，當鐘聲敲響，一切都已超越，超越了「多風雨的海」，在「黑暗的海面」上柔和而無怨的滑翔。如聖詩般疏朗乾淨的語調，莊嚴而虔誠的語法，在《青鳥集》裡，蓉子濾去了希伯來民族與生俱來的宿命意識，更濾去了《聖經》中具有陰森的威力感的部分，而在讀者面前展布出愛琴海一般蔚藍無邪的神性空間。書寫的筆姿決定書法的結體，依於書寫的氣勢來完成宣紙上墨的神韻；詩的道理亦同，蓉子形上的身姿決定了詩的結構，她情韻與理趣兼重的詩想，肇造了詩中晶瑩剔透的語言魅力。這一切，又有歷劫不壞的信仰支撐在後。信仰正是一根歷劫不壞的大理石柱石，蓉子曾經如此率真的坦誠——

我寧願擁抱大理石的柱石，

　它冷冷的嚴峻的光輝，

使我心折！

——〈我寧願擁抱大理石的柱石〉，民國 42 年

詩的信仰結合了神的信仰，匯鑄成柱石，心折的蓉子用溫暖的人間之愛，調合了那「冷冷的嚴峻的光輝」，進而提示了生命的真實，推廓至無限。在思考上，杜潘芳格和蓉子恰成一對互補的女詩人，兩者都擁有強烈的宗教意識。跨越語言（從日文到中文）的客家女詩人杜潘芳格強調：「在死的明理上，明理生」，以持「死觀」、超脫「死線」的意象做為詩觀，她無疑擷取了《聖經》中陰森而具威力感的部分，並結合東方宗教的輪迴觀，面對死而欲超越死。相對於杜，蓉子所抱持的則偏重於「生觀」吧（雖然在《維娜麗沙組曲》中蓉子也讚美了死亡，但那讚美中更有「生」的理直氣壯），自現象界中提煉出生命的意義，昇華出統一而精純的意象群。簡單的說，杜潘芳格是自悲觀的立場進行性靈的超越，而蓉子是自樂觀的角度開拓精神的視野，這令我們聯想到中世紀士林哲學的兩大宗師—

—教父學派的聖奧古斯丁和經院學派的聖湯瑪斯・亞奎那斯，兩者的天主教神學都是保守主義和理想主義的結合體，但前者以悲觀的心態來悲憫不可救贖的世界，後者則是樂觀的哲學家，認為「神的恩寵並不廢棄自然，而是完成自然」。蓉子之所以能夠調合情感、理性與信仰三者於詩中，成為一顆容雀鳥歌舞、容人們憩息的「獨立的樹」（參見〈樹〉，民國 42 年）而非一株仆伏的藤蘿，正緣由於她對宇宙和生命有一種樂觀的擁抱。

蓉子是一個樂觀的探索者，在生命情調上，多年來一直保持著進取的姿態。許多詩人一過中年便無端自傷，不停「回首」、「再回頭」，或是將心智停留在遙遠的故鄉及母親的懷抱裡，悲不可抑。蓉子卻不曾退縮到「甜蜜的黃金時代裡」，她固然有許多作品著眼於光陰的流轉，但卻是非濫情的自傷，如〈時間的旋律〉（民國 73 年），她以貞靜睿智的口吻道出對於時間的感悟——

在時間中有一種獨奏
在時間中有一種旋律
——它會重複地出現
太陽升起　太陽落下
冬天走過　春天又來……

「已有的事　後必再有
已行的事　後必再行
日光之下並無新事」
啊　數千年前的哲人
便曾如此說過

字裡行間出現的盡是智慧語而非自傷的輓歌。彷彿事不關己的敘述，本質上卻是一種高度的超越，其實自《青鳥集》始，她即已展開對於時空與意義的探索，企圖以去玄鉤沉的詩筆，點破人生的真相，早於民國 42 年寫下〈生命〉一詩時，她即已寫下：

> 生命如手搖紡紗車的輪子，
> 不停地旋轉於日子底輪軸，
> 有朝這輪子不再旋轉，
> 人們將丈量你織就的布幅。

亮麗的聲口，精巧的意象，一種開豁、達觀，透視歷史而不流於尖銳的觀照，蓉子以輪轉看生命，末了遽爾一翻，「人們將丈量你織就的布幅」，短短四句，具體而強烈地點描出個體生命的實景，這種無私無我的全知觀點，在一般女性詩人的抒情作品中是極為難得的。在《天堂鳥》一書中收錄的「小詩選」一輯，和〈生命〉相同，也是蓉子完成於民國 40 年代的早期作品，有短至僅兩三行的作品，如〈之一〉：

> 所有樹木都站定在自己腳跟上
> 人啊，為什麼要匍匐呢？

〈之廿七〉：

> 皺紋是歲月築成的河床
> 那兒的河水潺緩
> 閃耀著智慧與堅韌的光

這些作品顯然與民國 10、20 年代的小詩運動有密切的血緣關係，可惜卻未繼續發展。蓉子早年的「小詩選」在形式、詩質等方面皆有一種粗樸的理趣之美，雖然有些作品過分直接地暴露企圖，反而接近概念化的警句體文學，但是也有若干精緻玲瓏，情景交匯、意象驚人的傑作，如前引〈之廿七〉，從「皺紋」引帶出「歲月築成的河床」，在第二句，直喻「皺紋」的「河床」化幻為真，又引帶出流動的活水出來，第三句總綰全局，以河面上「閃耀著智慧與堅韌的光」，回拍首句「皺紋」，27 字能夠擁有如此完整自足的小宇宙，不禁令人讚嘆。

早期蓉子的世界，基本上仍屬於田園與自然的模式，對於現代文明懷抱著批判與拒絕的態度，在收入《七月的南方》一集的〈都市生活〉（民國 50 年）一詩，她首度控訴都市種種的光怪陸離——

我的陽光是七月的
有很多嚙人的牙齒
聽巨大震驚的音爆
一堆破碎的幻在烈日下焚化
而摩托車擦腿而過
使人心驚……

都市被形容為一串破碎的幻影，埋葬了田園時期人文景觀的和諧醇厚。到了《蓉子詩抄》時期（民國 50 至 54 年），她的「憂鬱的都市組曲」，更強化了這種傾向，只須看這輯詩的七個子題已可了然於胸：〈我們的城不再飛花〉、〈室窗閉塞〉、〈廟堂破碎〉、〈選事〉、〈黑貓的五月〉、〈白日在騷動〉、〈裂帛樣的市街〉，除〈選事〉係中性的立題，難以直接把握詩人的褒貶，其餘皆出現陰冷詭異的色彩，如「不再飛花」、「閉塞」、「破碎」、「黑貓」、「騷動」、「裂帛」，無不令人驚心動魄，一向執著於溫婉抒情而夾帶著清明理性的蓉子，一旦面臨在高速中變異的都市生活和景觀，不免採用了嚴厲的詞句：「無中心信仰　無筆直方向」（〈廟堂破碎〉）、「……永不死滅的煩惱／煩惱　是陰霾，擾攘，殘闕和虛空」（〈室窗閉塞〉）、「當熔燙的鐵已冷凝成形／——一座是否經得風雨的鑄像！？」（〈選事〉）、「假貴族的衣裙拖曳在鳳凰廳中」(〈黑貓的五月〉)、「白日在騷動　在騷動　漲溢　驟起／又一次像鞭炮怒放／震盪著精神岌岌的危樓……」(〈白日在騷動〉)、「獸穿文明的衣衫／招搖過市街」(〈裂帛樣的市街〉),這些無疑是都市成長階段混亂、無秩序的浮世繪,成長於舊社會的蓉子自然對於蔓延而無章法的建築、騷動而欠紀律的人群產生排斥的心態。有的學者認為在民國 50 年代左右,彼時詩人對於現代人在大都市裡的孤絕和失落的感嘆仍嫌早熟,因為當年臺灣的都市仍未十分工業化,生活節奏仍然悠閒,專業化現象與機器對人性的壓力也不沉重;其實以詩人特有的敏感度,往往能夠深入地探索出事物深層的結構,也能夠嗅出當下生存空間的潛在問題,因之,民國五十年代出現的都市詩,包括羅門、曹介直,甚至以抒情聞世的蓉子等詩人作品,間或夸飾了都市的敗德,但是,與其說這些作品「早熟」,不如說它們是「預言」;更不如說它們是詩人真誠踏實的「反省」,這些「反省」是臺灣社會人文結構重組過程中的寶貴紀錄,也是詩人們自農業文明過渡到工業社會的「精神成長史」。其實,儘管仍然埋藏著歸向自然的田園情結,到了民國 70 年代,蓉子也產生了擁抱都市的情懷,像是前世的冤家,叫人氣惱又叫人不捨,完成於民國 73 年的〈回去臺北〉一詩告訴讀者,僅僅是暫別,詩人久居的臺北竟成了第二故鄉,惹人相思——

回去臺北　回去
那曾經使我喜　令我悲
讓我勞累　甚至
叫我氣惱的城。

臺北——
曾經那兒的陽光　是

萬里晴朗的海　於少年時光
為它　我捉住了幾許

美妙在「七月的南方」。

啊！雨點打落在芭蕉葉上　此刻
我聞見一片悠揚芬芳
喚起了我底懷念　我要
回去了

意識的手便迅速推開此間
人雜市鬧的旺角　和
維多利亞海峽不安的月光
回我卅多年的居地。

一種擁抱、一種親愛，在既質樸無華又真誠無偽的抒懷中畢現無缺。雖然蓉子處身在陌生的異國都市中時，依舊擁有一份對機械文明的抗拒，自香港歸來後，有關東方之珠的巡禮，蓉子在〈鹽竈下〉（民國 74 年）一詩提出感觸：

啊！在世界各處
機械文明的霸業總是不止息地擴張
且一步一趨地直逼田園的心臟
——人類已無處逃避。

不過那是香港。民國 70 年代對於蓉子而言，並沒有成為一種更恐怖的夢魘，一切自混亂走向秩序，自紛擾步向多元與專精，噪音、交通問題以及環境權的困擾依舊在，但也似乎不再是無可挽救、一路步向幻滅的絕症，都市終於喚回蓉子溫暖的母性的回音，當然，依舊有著幾分無奈和原諒的成份，都市實在是個壞得很的寶寶，直到今天，還有很多人的思考會停滯在蓉子 20 年前的忿憤中吧——「我與都市為鄰　鄰室常喧鬧／欲淹沒

我　以其喧騷／我與都市為伍　都市常凶暴／……」。

蓉子不但擁抱了民國 70 年代的臺北，她也擁抱了 1980 年代的世界。早在《蓉子詩抄》時期，蓉子已完成了若干取材於時事的感懷詩，如〈在水上〉一詩悼夢露之死，第三段以簡潔的三句點破了夢露一世的淒絕迷離——

「真不知道我是誰
我是誰？」妳問著
卻找不到回答

夢露的自我問答必然是詩人虛擬的，但是「無中生有」在此卻成為最真實的寫照，浮華幻夢，明星在名利中喪失自我的悲劇，被蓉子以極其制約的悲憫燭照無遺。類似題材續有發展，到了民國 70 年代尤其佳作迭出，如收入《這一站不到神話》一書中〈愛情已成古老神話〉（民國 75 年）一詩，致力詮釋溫莎公爵夫婦的愛情，藉情聖的高潔情操反諷現代人遊戲人間的情愛觀，蓉子的結論是「愛情已成一則古老神話」，這個結論取代了溫莎公爵的愛情傳奇，而成為全詩題旨所繫。同書中另詩〈太空葬禮〉（民國 75 年），取材於 1986 年 1 月 28 日，美國太空梭「挑戰者」號爆炸事件，蓉子能夠將寫作的範疇推展至此，和現代情勢同步，正證明她歷久不衰的探究心和原創力，仍不斷在「詩的國度」開疆闢土。

兼容理趣的抒情詩一直是蓉子飲譽多年的創作導向，在她八部詩集中占有相當大的比例。筆者認為其中以「水上詩展」4 首（民國 50 年）、「維納麗沙組曲」12 首（民國 56 年）、「傘」4 首（民國 65～66 年）、「秋詩六題」（民國 72 年）等 4 組詩最為傑出，也正是足以統攝蓉子幾個重要階段性成果的代表作。

「水上詩展」發展出一套精緻的暗喻系統，四個字題依序為〈眼睛〉、〈清柔的眸影〉、〈混濁的眼神〉、〈冷漠的睛光〉，以不同情緒的眼神和不同形態的水勢交相映照、投射，在當時而言，其意象擷取之新穎出奇，結構經營之嚴謹龐大，音韻安排之綿密妥切，這組各方面均異常成熟的作品，在民國 50 年代初期出現，可說是現代詩在臺灣發展的重要事件，但是卻一直未受此間評論家注意。試讀「水上詩展」的首篇〈眼睛〉。

這是冷冷的眼睛、冷冷無定的
這是冷冷陌生之睛　美麗或醜惡
你不能躲避！

看陰森的林、密翳的睫
緊蹙的眉影憂抑
這是殘酷的真實
來自水
將歸於水的
一朵雲
它輕快時會染上紅粉的笑
鬱悶時它涕淚滂沱
不住地它輪迴、它環遊

我們也有搖籃似的神話在水上、藏於蘆葦
神奇的生命發源在水竟然長大
如許不同的聲音和笑貌、都是親密的弟兄
一個更廣的生命源於高山長河
長長地流、雖混濁；且不住改轍
長長地流、永不乾涸，永不離斷

也有陰鬱無告的眼光來自四方
也有兇猛赤裸的眼眄來自四角

在夜深，燐的鬼祟眼神閃爍著，閃爍著……

整首詩意象儘管變化多端，幾經轉折，但是情韻綿邈，流暢自然，有瑣碎的精緻感，也有專純的統一性，水被賦與了人性，第三段中又被賦與了水性，兩者疊溶，生命與水的安謐祥和與飛騰陰險面面俱到，而以象徵死亡的閃爍的水上夜光做結，通體澄澈，陰陽互濟，誠屬佳構。

「維納麗沙組曲」12 首，其中尤以〈維納麗沙之超越〉、〈關於維納麗沙〉幾首至堪傳頌。「維納麗沙」是一個超現實的唯美形象，或者說，也正是蓉子精神面的自我塑形，詩人的孤寂與超越，詩人的青春與夢想，許多難以把握的抽象概念，在蓉子的筆端一一顯現出璀燦的意象來，「組曲」中〈肖像〉一首的結尾，維納麗沙在雛菊與檀香木之間打著鞦韆，在過往與未來間緩緩地形成了自己，那擺盪的鞦韆的動感，多麼生動地徘徊在時空之中，帶著生命的喜悅，蓉子最好的抒情詩都能夠讓各種造形充滿了這樣閃爍流離的動感，不曾因為時空的遞嬗，文壇的潮流而停滯了「維納麗沙」永恆的悲喜、永恆的韻律舞姿。

「水上詩展」的語言已臻至完全圓熟的階段，「維納麗沙組曲」達到蓉子唯美與浪漫風格的極致，後期的「傘」四首完成了蓉子作品中理趣的定位，近數年的代表作「秋詩六題」則在境界的開拓上有所突破，這些傑作仍待究者細加品味與探索。

蓉子，自由中國最重要的女詩人之一，創作的質量皆占女性詩人的首席位置，但她從未斤斤於一時一地的令譽，默默地創作不綴，提攜後進尤其不遺餘力，不僅是詩，就是人也是一個可敬的典範。向她索取形象，或者我們應該回到《維納麗沙組曲》中的首篇〈維納麗沙〉，在這首詩中，蓉子已經為「維納麗沙」提供了恰如其分的歌讚，如同我們在獻給蓉子的桂冠上必定要鐫刻的細字：

因你不需在炫耀和烘托裡完成

——你完成自己於無邊的寂靜之中。

1986年10月31日

——選自《藍星詩刊》第11號，1987年4月

蓉子詩的時間觀

◎洪淑苓*

蓉子，本名王蓉芷，1928 年（民國 17 年）生於江蘇省，1949 年 2 月因工作遷調臺北，公餘全心投入現代詩創作，成為臺灣現代詩壇享有盛名的資深女詩人；有「自由中國第一位女詩人」、「開得最久的菊花」、「永遠的青鳥」之譽。[1]蓉子為藍星詩社同仁，1953 年出版第一本詩集《青鳥集》就受到詩壇的矚目與讀者的喜愛，至今創作不輟，先後出版十多本詩集。[2]在作品的質與量上，皆頗有可觀。但評論者對蓉子的研究，大都集中在其自我形象、女性意識、都市生活、山水自然等主題，關於其詩中的時間觀則僅止於零星的談論，故本文擬由此著手，探討其詩中的時間經驗及其美學，俾便更加闡發蓉子的詩歌藝術。

---

*發表文章時為臺灣大學中國文學系副教授，現為臺灣大學中國文學系教授。

[1]這些稱號，歷來多為人沿用；就所知資料溯源：蓉子出版第一本詩集《青鳥集》時，覃子豪即撰寫〈評《青鳥集》〉(《新生報》南部版「西子灣」副刊，1953 年)，對此集讚賞有加，並有「這是自由中國許多詩集中值得一讀的詩集」之語，此後「自由中國第一位女詩人」之譽逐漸為人沿用；而「開得最久的菊花」，則是余光中在〈女詩人——蓉子〉一文(《婦友》月刊第 83 期，1961 年）中對蓉子的封號；「永遠的青鳥」，見於向明〈永遠的青鳥〉,《文訊》第 3 期（1983 年 9 月）、林野〈永遠的青鳥〉,《陽光小集》第 11 期（1983 年 3 月）的文章標題。以上各文參見蕭蕭主編《永遠的青鳥——蓉子詩作評論集》(臺北：文史哲出版社，1995 年 4 月，初版)，頁 218、7、39、227。

[2]蓉子的詩集出版情形如下：(1)《青鳥集》，臺北：中興文學出版社，1953 年 12 月；(2)《七月的南方》，臺北：藍星詩社，1960 年 12 月；(3)《蓉子詩抄》，臺北：藍星詩社，1965 年 5 月；(4)《日月集》，英文版，臺北：美亞出版社，1968 年 8 月；(5)《維納麗沙組曲》，臺北：純文學出版社，1969 年 11 月；(6)《橫笛與豎琴的晌午》，臺北：三民書局，1974 年 1 月；(7)《天堂鳥》，臺北：道聲出版社，1977 年 1 月；(8)《蓉子自選集》，臺北：黎明文化公司，1978 年 5 月；(9)《雪是我的童年》，臺北：乾隆圖書公司，1978 年 9 月，此集與《維納麗沙組曲》同；(10)《這一站不到神話》，臺北：大地出版社，1986 年 11 月；(11)《千曲之聲》，臺北：文史哲出版社，1995 年 7 月；(12)《黑海上的晨曦》，臺北：九歌出版社，1997 年 7 月；另有童詩集《童話城》，臺北：臺灣省政府教育廳，1967 年 4 月。為了討論方便，本文暫將其作品分為早期（1950、1960 年代）、中期（1970 年代）與近期（1980 年代迄今）三個階段，其早期、中期詩集多已絕版，現以《蓉子自選集》與《千曲之聲》選篇較多，便於參閱。

一、論時間

時間是詩歌中常見的主題，同時它也最能夠表現詩人的人生觀與世界觀。人是特定時空下的產物，時間所觸及的，有神話的象徵、哲學的思考，當然也有詩人本身的獨特觀照。

時間一詞的內涵，我們可大略區分為幾個相對的觀念：1.物理時間與心理時間，也可以說是外在時間與內在時間、具象時間與抽象時間。物理時間，指順著日升月落，自然運轉變化的時間，也用來指依人類制定的鐘錶刻度不斷前進消逝的時間，例如時分、日夜、季節、年歲等，這是比較客觀的時間形態。物理時間因為有日升月落等外在、具象的變化，或各種計時器的刻度可循，所以彷彿是具體可見的，其實，它還是屬於抽象的概念。心理時間，指因人內在心理因素而感受的時間狀態，相對於前項的物理時間呈現壓縮、擴張或變異的情形，例如「度日如年」、「一日不見，如隔三秋」的心理感覺，因為它是內在的心理狀態，不易察覺，所以說它是內在的、抽象的時間。它的主觀成分當然比物理時間濃厚。[3] 2.日常時間與價值時間：人生活於特定的時空下，隨外在的物理時間進行食衣住行的事，這就是日常時間。但人在這日常時間之外，專注於某個重要事件或人生的某個歷程，以致於這專注的時間在長度、比重上都大過其它事件、階段，這就是價值時間。價值時間當然也和心理的因素有密切關係，但它比較有整體性，也可以看到它由始而終的演變情形。譬如，童年的時光，對大部分人來說，就是個價值時間，對他的一生有極大的影響；或者比如結婚這件事，在許多文學作品會花費大量筆墨篇幅來描寫，從開始到結局出現，這一段歷程，彷彿占據主角一生最漫長的時光，這就是一段價值時

[3]哲學家柏格森曾提出空間時間和心理時間，心理學家鐵欽納則提出物理時間和心理時間，這和愛因斯坦的相對論十分相似，空間時間、物理時間也就是我們通常意識中的可以用客觀手段進行度量的時間，而心理時間實質是人的主觀體驗的時間效應，是人們所感知的時間的某種強度和變動。在文學創作中，顯然後者更為重要。本文此處取「物理時間」，不取「空間時間」之稱，俾免造成時間、空間名稱的混淆。參見金健人，「第一章時間」，《小說結構美學》（臺北：木鐸出版社，1988 年 9 月，初版），頁 29～30。

間。[4] 3.直線時間與圓形時間：這是就人的一生與自然的生生不息而論，人所歷經的時間是有限的，而且是循著生、老、病、死的軌跡前進，這就呈現了線性的現象，而且是直線前進的，不可逆轉的，故稱之為線性時間；相對之下，大自然的晝夜、四季變化，卻是往而復返，日復一日，年復一年，它是循環不已的，具有可逆的性質，因此稱之為圓形時間。圓形時間的無始無終，或說必然回歸到起始點的特性，其實已超越線性時間的局限，因此圓形時間也代表超越世俗的神話、神聖的時間，而直線時間也就相對的指世俗的時間。[5] 4.通俗時間與源本的時間：通俗時間指一般日常時間，亦即人受其環境支配中的時間，包含世間時間（鐘錶時間）與自然時間（物理時間）。源本的時間指的是自我存在的最根本意義，也就是不斷向前的「時間性」。「未來」是源本時間的最根本的現象，由此生起時間的「現在」與「過去」，並構成過去、現在、未來的不可分離的統一性，也顯示自我存在的超越性。通俗時間是源本的時間之墜落形式，因為在這樣的時間下，過去成為已不存在的「現在」，未來成為尚未存在的「現在」，存在只成為各個瞬間的「現在」的自然存在。如此，則時間就喪失了它的「未來」的特質，故曰墜落。但通俗時間也證成了「永遠的現在」的可能，以及使人認為時間具有無始無終、無限連續性的特質。[6]

以上，是時間概念的類型，而針對文學作品時間觀的研究，除了從不同角度切入作者的時間意識，或賞析其藝術手法，最終大都指向時間的憂患意識之呈顯，也可以說是面對死亡或處理未來的問題。因為人生一世，

---

[4]福斯特《小說面面觀》將日常生活分為時間生活和價值生活，前者是有順序的線性時間，後者則不用時或分來計算，而是用強度來度量；「所以，當我們回顧過去時，過去並非平坦地向後延伸，而是堆成一些些醒目的山嶺。未來也是如此；瞻仰前程，不是高牆擋道，就是愁雲逼目，再不就是陽光燦爛，但絕不是一張按年代順序排列的圖表。」見李文彬譯本，臺北：志文出版社，1984 年 4 月再版，頁 23～24。本文參照此說，將之稱為日常時間與價值時間。

[5]參見王孝廉，「第四章・死與再生——回歸與時間的信仰」，《中原民族的神話與信仰》（臺北：時報出版公司，1992 年 12 月）。

[6]這是海德格（Martin Heidegger）的時間論，見其《存在與時間》「第二篇第六章・時間性以及作為流俗時間概念源頭的時間內狀態」，王慶節、陳嘉映譯，臺北：桂冠圖書公司，1990 年 1 月一刷。此處亦參考曾霄谷的解說，見其《時空論：形上學基礎論》（臺北：青文出版社，1972 年），頁 149～155。

和時間的流變有著密切的關係：人的生老病死，與自然的日夜變化、四季更迭，表面上極為相似，都是由盛而衰，一去不返。這使得人在物理時間中，可以有所感應抒發，從自然中印證生命的軌跡。但時間之流儘管是勇往直前的，日與夜、春夏與秋冬卻又是去而復來，循環不已；相對於此，自然的無限，益襯托人的有限，以有涯追無涯，悲矣！面對這樣的命運，人對時間就產生極深刻的憂患意識。以中國的儒、道、釋三家來看，儒家以寄託於歷史、追求三不朽為解決之道；故儒家的時間是直線時間，其時間觀也就是歷史觀。道家把死生看作自然的變化，方生方死，方死方生，死生循環就像萬物的生生不息，這正是圓形的時間觀；道家也認為人與萬物齊一，人的生命必須回歸於道，才能進入「與天地精神往來」的境界。道家否定現實世界的價值，卻珍愛作為宇宙生命一部分的人的自然生命；如是，以宇宙為個體存在的前提，則歷史與未來都是虛幻的，只有把握住現在，才能掌握生命的真諦。佛家的時間觀仍建立在因果律上，因此有輪迴，亦屬於圓形時間觀，但佛家認為人必須戡破我執，才能登入涅槃；涅槃亦即無時間、無死生之境，使人從無窮盡的時間的循環中得到解脫。在西方，基督教的天堂說，表現的是直線的時間觀，亞當夏娃的伊甸園是過去的天堂，未來的天堂則是人死後永生的地方；天堂說使人在現實世界有積極安定的力量。[7]近世的存在主義哲學對於時間的討論，更點出人的存在本身就是時間性的，人不斷向未來開展，因此死亡乃是人必須隨時面對的事實，坦然接受這種「朝向死亡的自由」，把生活創造成僅屬於唯一的、個人的、有意義的生活，人才超越人的有限性，真正獲得自由。[8]

蓉子詩有著濃厚的時間感，一則來自於她經常描寫季節，二則她經常

---

[7]參見尚馳，「第十一章・中國古典詩歌問題研究之三：中國詩人的時間意識及其它」，《中國詩歌美學》（北京：北京大學出版社，1986 年 11 月，一版一刷）。又，何冠驥，〈中英詩中的時間觀念〉，《中外文學》第 10 卷第 7 期（1981 年 12 月），頁 70～96。

[8]參見海德格，「第二篇第一章・此在之可能的整體存在與向死亡存在」，《存在與時間》，參見威廉・白瑞德著、彭鏡禧譯，《非理性的人》對海德格《存在與時間》的評介，（臺北：志文出版社，1979 年 10 月，初版），頁 215～229。

在作品中加入對時間的感觸，三則頗多以時間為題的詩、並做為詩輯的標目，這些現象都使人不能忽視蓉子對時間的偏好，以及透過時間對生命的思考。那麼，蓉子對時間的觀察如何？

蓉子在其第十本詩集《這一站不到神話》序文曾提到一些自己的時間觀，歸納起來是：1.時間如同一列向前奔馳的列車，不到終點不會停止。童年時列車開得慢，隨著年齡增長，車速加快，一轉眼，大半生就過了。2.但我們每每對列車通過的短暫時空中，那映照在兩旁車窗上的景物有鮮明的印象。如果可以掌握適當的機緣，將材料加以心靈的轉化和鎔鑄，就可以成為不受時間和自然力摧毀的藝術品——詩；「詩和藝術為我們留下生命過程的某些經驗」。3.這人世間的各種變化，無不因時間而起，大則國家興衰，小則個人生死，無不與時間有關聯。4.自己寫過一些春天的詩，和很多夏天的詩；季節的轉移也代表外界環境的改變，以及內心世界不同的感思。從這裡，我們大約了解了蓉子的時間觀，她體認了人生的有限，又珍惜在片刻間閃示的生命圖像，這點比較接近道家的觀點，但她努力以詩掌握永恆，充分表現詩人的本色。而她對時間的敏感，包括了小我的個人生死與大我的興衰；她注意到自己寫了許多季節詩，尤其以以夏季詩居多。

蓉子出版此詩集時已有 58 歲，這些觀念可視為她對多年創作中的時間主題之回顧與發揮，可見蓉子對這個主題的重視與持續的經營，她筆下的時間藝術是值得深入探討的。以下將選取若干題材，從中剖析蓉子詩的時間美學。首先討論最突出的季節詩，特別是夏季詩的多樣性與藝術性。

二、蓉子夏季詩的觀照

自古典詩歌開始，運用四時景物入詩，感受時間流逝的變化與人事更迭，已經形成了詩歌的美學典型。《文心雕龍》物色篇、明詩篇與《詩品》早已指出創作與四時景物的密切關聯；日人松浦友久《中國詩歌原理》則指出中國古典詩歌寫春、秋者多，夏、冬者少，形成「惜春」與「悲秋」的兩大類型，而少數的夏詩、冬詩則以表現「苦熱」、「苦寒」的情緒為主；他認為「季節感——時間意識——抒情感覺」的線索脈絡，正是這些詩歌的表現手法與美學價值之所在。[9]這雖然是針對古典詩的觀察，但我們相信，這樣的美學意識應該也可藉以觀察現代詩人的創作心靈。

（一）蓉子夏季詩與原型象徵

就《蓉子自選集》與《千曲之聲》看，蓉子對四季的描繪，作品數量多寡依序是夏、秋、春、冬，確如其所言，以夏季詩居多。這也和古典詩歌常見「惜春」、「悲秋」之作，相當不同，可見蓉子對季節的觀照有她獨到之處。

蓉子的冬季詩最少，例如〈冬日遐想〉（收入《蓉子詩抄》），其重點不在於描述冬日的寒凍，反而以火的溫暖，消融這種印象，這和古典詩的「苦寒」情調也大有出入。蓉子曾寫過少量的春天詩，例如〈三月〉、〈夢裡的四月〉、〈春〉，這三首詩都收入《七月的南方》，屬早期作品，大都藉春天表達和樂喜悅之心。而近期則有〈最後的春天〉，收入《黑海上的晨曦》，詩中流露傷春之情，主要原因出於久居都市遠離自然田園，因此更感覺年華消逝，今不如昔。

蓉子詩少見春天詩，是個很有意思的現象。推測這應和蓉子的個人風格有關。春日風光明媚，萬物滋長，百花爭妍，因此大多數的情詩都以春天為背景，春天就是青春浪漫、渴求愛情的象徵。蓉子個性理性溫和、端莊自重，使她很少藉由春天的消逝，表達浪漫感傷；也很少以春天為背景，歌詠愛情。[10]即如〈最後的春天〉也不是無端的、自憐似的傷春，而是因為遠離田園。

---

[9]松浦友久著；孫昌武、鄭天剛譯，〈上編第一篇・詩與時間〉，《中國詩歌原理》（遼寧教育出版社，1990 年 7 月，一版一刷）。

[10]鍾玲的看法可資輔證，〈都市女性與大地之母——論蓉子的詩歌〉：「蓉子筆下的女性，有一共同特色，即相當矜持，神態大多『端淑』及『凝重』。……蓉子的理想女性有現代女性獨立性，但在個性上卻很保守，有傳統中國婦女端淑、自制、自重、矜持這些特點。……縱觀蓉子的詩，可說是十本詩集找不到一首所謂『情詩』，即找不到一首個人色彩濃厚，深刻描寫愛情體驗的詩，而其它臺灣女詩人幾乎個個都寫過不少以愛情經驗為主題的詩。蓉子這方面的緘默可說是個奇特的現象。」（原載《中外文學》第 17 卷第 3 期，1988 年 8 月），見蕭蕭主編《永遠的青鳥——蓉子詩作評論集》（臺北：文史哲出版社，1995 年 4 月，初版），頁 95。

蓉子的秋天詩不多，但《這一站不到神話》所收的〈秋歌〉、〈秋詩六題〉與〈薄紫色的秋天〉，則是抒發秋日的恬淡逸飄，見到的是「我見秋山多嫵媚／暖而不灼的陽光／緩緩的滲出內裡的歡悅」(〈薄紫色的秋天〉)，由此推測蓉子對於秋天仍然是溫和平靜的接受，也能欣賞秋天所代表的「時間的果實」、「那純然幸福之冷泉」(〈秋詩六題・寒露〉)。如前文所引，《這一站不到神話》出版時，蓉子已進入人生之秋，這些詩應頗能呼應她的內在心靈。而必須指出的是，她和傳統的「悲秋」情懷也大不相同，比較接近宋人的「樂秋」心情。[11]

相較之下，蓉子的夏天詩，數量多且表現也較多樣。蓉子為何如此鍾愛夏季，前文所引《這一站不到神話・序》中有言：「早年自己從地處溫帶的故鄉，來到這亞熱帶的寶島，氣候的不同變化和植物永恆的綠意，都在心上留下一份特別的感受。我……還曾寫過一首近百行的長詩〈七月的南方〉，表現出屬於南方的光和美，以及亞熱帶園林無比蔥翠繁茂的景象。」七月即盛夏之月，可知對生長於蘇北地區的蓉子而言，寶島夏季的炎熱與旺盛的生命力，使她印象深刻，尤其是充足的陽光與翠茂的園林，最能代表夏日之美。其次，參照文學原型之說，蓉子大量創作夏季詩很可以視為她的內在心理投射，換言之，夏季的光熱明朗，正是符合蓉子的人格象徵。

按，西方學者弗雷澤（J. G. Frazer）《金枝》在對夏天迎神儀式的解說時指出，春神代表新生，而有些地區的夏神也有相同的意義，有些地區更把夏神視為穀物成熟豐收的象徵。[12]又，諾思羅普・弗賴伊（Northrop Frye）〈文學的原型〉曾將一天的時間歷程、一年的四季變化以及人的一生作分析歸納，提出四個原型觀念：1.黎明、春季和出生階段；2.中午、夏季

[11]何寄澎，〈悲秋——中國文學傳統中時空意識的一種典型〉：「歐陽修、邵雍這種視宇宙為客體，隨人生之主觀意識而調整存在的時空觀念，改變了『悲』秋傳統，開啟『樂』秋的新局面。」臺大中文學報 7 期，1995 年 4 月，頁 90。

[12]弗雷澤（J. G. Frazer）著、汪培基譯，《金枝》：「在波西米亞，孩子拿著代表死神的草到村子的盡頭去把它燒掉，唱道：『我們現在把死神送出村莊／把新的夏天帶進村莊／歡迎，親愛的夏天，／綠色的小穀粒。』」（臺北：桂冠圖書公司，1991 年 2 月，一版一印），頁 455。

和結婚或勝利階段；3.日落、秋季和死亡階段；4.黑暗、冬季和混沌的階段。[13]綜合二者，夏天正可代表一個人的青年到壯年期，其蓬勃的生命力有如日正當中的威力，也類似於天地萬物的成熟豐饒。更進一步引申，若是具有夏季型的人格，這種熱情往往貫串其人的一生，成為他的生命基調。例如唐代詩人杜甫，由於他的淑世熱情，便被評論者視為夏季型的詩人。[14]

對照來看，蓉子詩所表現的原型應是屬於夏季型，具有新生希望、歡樂節慶、成熟豐饒的象徵意義。略有出入的是，蓉子夏季詩比較不涉及「結婚」的主題，但卻和「勝利」的主題頗能呼應。以〈七月的南方〉來看，此詩寫於蓉子的少壯期（三十多歲時），和詩中豐饒富足的南方田園意象，恰是十分相稱的，充分顯示人生的盛夏之年，吹奏勝利的凱歌。而這種熱情光明的特質，也是蓉子詩的特有風格；蓉子詩所展現的對生命的熱愛、對人世不幸的悲憫、對社會現實的關切以及對人類命運的嚴肅思考等，都是她內在熱情的灌注，這夏日火熱般、積極入世的精神，正是評論者十分讚賞的。[15]如是，我們了解，蓉子創作大量的夏季詩，在她的生命內在，更是個夏季型的詩人，有陽光般的熱情，催化大地的豐饒。

（二）蓉子夏季詩的時間意識與美感

前文曾引述松浦友久對夏季詩的「苦熱」之說，據今人對初唐詩更深入的分析，認為唐人夏季詩有鬱夏、閒夏、悟夏的類型，而內容描寫夏日田園山水的頗多；鬱夏，就是苦熱之情的反應，但有時「生理的不適感入

---

[13]參見約翰・維雷克編；潘國慶等譯，《神話與文學》（上海：上海文藝出版社，1995 年 4 月，一版一刷），頁 45～59。

[14]吳經熊著；徐誠斌譯，《唐詩四季》：「我敢說夏季最醒目的特點是炎熱，同炎熱相應的是杜甫赤心中焚著的烈火，這象徵了他的熱情。」（臺北：洪範書店，1984 年 6 月，二版，頁 63。

[15]有類似看法的，例如鄭明娳，〈這一站，到那裡？——評蓉子《這一站不到神話》〉認為，「她永遠對人間保持著一份深厚的熱情」、「蓉子以喜悅的態度來看世界，……在新作《這一站不到神話》裡，也是以無限的關懷來視察世界。」、「不僅僅是向客觀的現實進行探索和省思，更可貴的是她寫得如此平易而親切，……又能把她那一份強大的悲憫充分地傳達出來」（原載《大華晚報》，1986 年 11 月 25 日）；又，林燿德，〈我讀蓉子〉則認為就生死觀而論，蓉子偏重於「生觀」，從現象界提煉出生命的意義，昇華出統一而精純的意象群；「蓉子是自樂觀的角度開拓精神的視野」、「她對宇宙和生命有一種樂觀的擁抱」、「蓉子是一個樂觀的探索者，在生命情調上，多年來一直保持進取的姿態。」（原載大華晚報，1987 年 1 月 8、9 日），皆收入蕭蕭主編《永遠的青鳥——蓉子詩作評論集》，頁 323～327，51～62。

詩也顯得不雅而不夠深刻，於是詩人便寫一些與鬱暑相對的、內心渴望的清涼」，因此鬱夏、閒夏，畏熱、追涼，可能是一體兩面的情形。而更進一步的，是從閒靜的心境中，體會與大地相同的「中和」、「安寧」的夏季情調，這在田園山水詩中尤其常見。此外，有些詩人也藉夏日述志詠懷，抒發其孤獨寂寞。[16]

觀察蓉子的夏季詩，在心情的取向上，也流露了喜夏與苦夏的兩面，她喜愛夏季充沛茂盛的生命力，但又苦惱於炎夏的酷熱與乾旱，在某些作品中，我們也可看到二者的交融，一方面想要躲避夏熱，另方面又捨不得夏天太早離去，減損若干夏日樂趣，這第三類作品，有若古人的「追涼」。在心境的呈現上，蓉子有兩種表現：一是運用夏熱給人的磨難，烘托內心的苦悶，另外則是運用雷、雨，反襯夏日心中的孤寂。

長詩〈七月的南方〉，最能代表蓉子喜夏的心理。

這是一首近百行的長詩，並作為蓉子第二本詩集的書名，《七月的南方》於 1960 年 12 月出版，與首部《青鳥集》相隔八年之久。此集一出，使沉寂已久的蓉子，再次成為眾所矚目的焦點。從詩的題目看，「七月」是時間經驗，「南方」是空間經驗，但南方的溫暖象徵則與七月的暖熱互相疊合，更加強其光明輝煌、成熟豐盈的意境。此詩以「從此向南——」開始，引用綠蔭、密雨、金陽、向日葵、鳳凰木、太陽花等二三十種意象，鋪陳出南方風物之美以及旺盛的生命情調，詩的第三段帶進了七月：「我的小園沉冷已久……到晴朗的南方去／七月蔭濃葉密／我鬱鬱的夢魂日夜縈戀／如斯不可企及的豐盈」，最後說：

> 這是南方美麗的成熟季
>
> 七月的門鈴擦得很響亮
>
> 光彩迷魅似無數華麗的孔雀羽

---

[16]參見凌欣欣，〈第三章第三節・夏之意象〉、〈第五章第二節・夏之感〉，《初唐詩歌中季節之研究》（臺北：文津出版社，1997 年 7 月，初版一刷），頁 138、398。

陽光用七弦金琴演奏
演奏於綠色發光的草原
如群雀歡噪在南方
——在如染的南方
七月不停地變換它綵色的裙裾
它如虹的笑靨
彤雲與果實也刻刻在變化
我憹憹的灰衣遂也浸染了南方的繽紛
南方的華麗！

這首詩運用豔麗繁複的色彩、瑯瑯躍動的聲調，令人不禁融入那「溢滿了成熟的香氣」的花果的園林，感受那倩茂的綠蔭「含蘊著無盡的生命」。這是七月的南方，代表盛夏的成熟豐收。而蓉子之所以歌頌七月的南方，除了是因為遷居亞熱帶環境的刺激之外，也因為這明麗的陽光與色彩的盛宴引領蟄伏已久的她重新出發，向詩的國度更大步邁進。七月、南方，有氣候、地理上的實然，更有心理、情感、理智上的理想。[17]如果說「天堂」是詩人對時間最美好的想像或回憶，則蓉子的七月與南方，就代表著一個嚮往的、可以努力邁進的「天堂」；它不同於大多數詩人對「美好的過去」的眷戀，反而顯現一個持續的、奔向未來的希望，代表智慧、成熟與完美。[18]

[17]《七月的南方》出版後，當時多位評論家都有類似的看法，例如張健，〈評《七月的南方》〉：「其中〈七月的南方〉是最長的一首，也是作者有所專注藉以寄寓其嚮往之心懷的。這首詩的鋪展，已有達到飽和乃至盈溢之感，以一位女詩人而能有如是渾厚的魄力，可謂鮮見。……此詩予人之綜合感覺為：歡愉的奔赴，颯爽的成熟以及新藝綜合體的場景。」（原載《現代文學》第 12 期，1962 年 1 月 20 日）；季薇〈青鳥，飛向七月的南方〉：「顯然，《七月的南方》，篇章裡充滿著日光的豔麗，和花果的茂碩。七月在南方，愛意蔥蘢，萬物生機蓬勃；一切都是向成熟——是向健康的成熟。詩，當然也沒有例外。」（原載《文學新地》第 439 期，1962 年 5 月）；劉國全，〈評《七月的南方》〉：「蓉子的『陽光是七月的』，她相信自己嚮往的季節——智慧，繁茂與陽光照耀下的豐美；會將世界一切真面目完全畢露出來的。……作為一個為『藝術而藝術』的信徒，她將自己沉默已久的情感，思想，感觸喃喃訴諸在她的理想國——『七月的南方』」（原載香港：《文壇》第 208 期，1962 年 7 月）。以上皆收入蕭蕭主編《永遠的青鳥——蓉子詩作評論集》，頁 239、246、255。

[18]何冠驥，〈中英詩中的時間觀念〉：「天堂是一個人相信自己生活得最幸福的時刻。」、「過去的經

蓉子對夏天的喜愛，還可從〈一組夏天的詩〉得到印證。這組詩共有六首，收入《這一站不到神話》。除〈小暑〉寫夏旱缺水之憂，其餘五首都是讚美夏日的成熟豐美：「夏是一片明媚的綠原」（〈立夏〉）、「喜麥穗之飽滿厚實」、「當蜂蝶從蕊心升起／生命也當如此美滿豐盈」（〈小滿〉）；而端午詩人節也在夏季，因此〈芒種〉便說：「穀物都長出了芒芽／陽光的齒輪轉動不停　佳節已臨」；〈夏至〉詩則以蟬聲叫嚷、荔枝紅豔點出夏日的極致；末首〈大暑〉甚至說：「該熱的季節就得忍受熱／秋收時穀物才能堆滿倉廩」，對夏熱如此容忍、寵愛，只因為「這是渾圓飽滿的夏天」、「夏潮正澎湃」；這組詩雖然都是短詩，但也很能烘托夏日的熱鬧氣氛。在蓉子筆下，夏天就是具有慶典的歡樂意味。另有一首〈夏蓮〉（收入《黑海上的晨曦》），也有「節慶般的夏」之語，可資印證。

蓉子對夏天的不愉快感受係來自於苦熱與乾旱。早期有〈旱夏之歌〉（1969 年 3 月，收入《維納麗沙組曲》），近期則有〈旱夏——記 1980 年夏天〉（收入《這一站不到神話》）。〈旱夏之歌〉詩中對夏日時光的感受是沉重、單調、紛擾，「長夏漫漫　高熱蒸騰　蝸牛蹩步」、「整個長夏是待焚的熱油井」、「我未悉奇豔在六月　我未知夢／正如我未見完美——／在高高低低的海上有很多嘔吐／而夢在海深處卻難以企及！」類似的詩句，已非喜夏時的歡美，甚至不避「嘔吐」這醜陋的字眼；而踐踏、扭曲、詭譎、荒涼、貧瘠等字詞更充斥全篇之中，顯現其內心對這苦旱的長夏有極端的煩燥與厭惡，詩末云：「有龜裂在土地　有皺紋在心上／有慵困與倦怠在歲月的貓臉之上／啊、此景此情我怎能對秋分有所希冀！」道出對旱夏的莫可奈何，連秋涼都彷彿遙不可及。〈旱夏——記 1980 年夏天〉則以「性格火爆／腳步重濁／撐起豔紅的傘」的擬人法形容炎夏的形象，十分傳神；而炎夏帶給個人與社會的痛苦是：「猛火烈焰　燒我灼我／人間已無一滴清涼！」、「農田口渴得厲害／稻禾盡憔悴」、「一滴水一粒珍珠　昂

驗可以儲存在記憶中，每當詩人感到空虛和憂鬱時，便從這些回憶中，重拾逝去的快樂。這樣，過去的快樂，便是永恆的快樂，亦即詩人的天堂。」

貴」、「城市城市是這般焦燥／這般絕望」，這首詩從焦燥與渴水的感覺切入旱夏的題旨，意象相當鮮明。

推測蓉子的苦熱心情，極大部分應是由氣溫的高熱而影響，但因為若干詩句也呈現心象的隱喻，故這旱夏苦熱，也就成為人世打擊紛擾、生命挫折困頓的象徵。上引「有皺紋在心上」之句，已可略見端倪；詩中尚有「在崎嶇的山道上吝於相扶相攙／在逼人的旱涸中也從未相濡以沫」對人事感歎，更可了解這由長夏引申為人事的諷喻方式。較早的〈紅塵〉(《七月的南方》)，也就是以夏的炙熱，襯托內心的逼迫感：「星河移轉，空間甚小／所有事物　以沒有一絲兒距離的赤裸直視／一種沒有葉蔭的曝曬　在七月的正午／蟬聲甚煩，紅色的光影使人沉重」、「為何這樣催迫我　那暑／以一整季向我／因夏大聲喧嚷／驚悸突然飛起／美丰姿的都襤褸了！」在這裡，夏日的驕陽與蟬聲都成為負面意義的意象，「催迫」一詞尤能見出內心所受的驚嚇與煎熬；「美丰姿的都襤褸了」則道盡心中的失望與消沉。詩末以維納斯痛苦的雕像自比，更令人感受其中的痛苦之情。按，《七月的南方》中的作品，固然有如〈七月的南方〉那般明豔熱情者，也有一類是表現了心中的痛苦與掙扎，〈紅塵〉即屬此類。而這兩種情調的相反相成，其實正印證了自《青鳥集》到《七月的南方》這七年來（1953 年至 1960 年）現代主義風潮對蓉子與其它詩人的衝擊；最後，蓉子以沉默和嶄新的作品做為回應，在《七月的南方》後記中，蓉子有清晰堅定的表白：「我願意更多地把握自己一些，而不急於做一時的跳水英雄，去贏得片時的喝采；我願意更多顯露出自己的面貌，但必須先有靈魂和實質為後盾」。[19]了解這個時代背景之後，於是我們可以說，炎夏的灼熱及其引起的苦痛，在

[19]轉引自高歌，〈千曲無聲〉。高歌也說：「這段期間，詩壇上同時湧動了一股前所未有的，徹底『現代化』的急流。浪潮捲來，許多人都躍入了其中。那個曾有『水仙花詩人』之稱的黃用，就在此時坦白說過，蓉子已經貢獻過了——然而，蓉子真的已經貢獻完了嗎？……從民國 49 年到 50 年，蓉子的詩作豐收得令人側目，這使得詩人余光中，選擇了自焚新生的『火鳳凰』來形容她。……《七月的南方》這充滿光、影、繽紛的色彩和聲音的詩集，洋溢著一股新鮮而說不出的詩味，一種生命的感覺時時流動其間。這本詩集把她的知名度，大大的推廣了一番。」（原載《幼獅文藝》第 208 期），見《永遠的青鳥——蓉子詩作評論集》，頁 465～478。

蓉子詩中是有象徵意義的。當年余光中用「自焚而復活的鳳凰」形容蓉子此時的再出發，[20]蓉子詩中的旱夏逼人，以及她所感受的焦灼，也有如「浴火」的鍛鍊一樣。

《蓉子詩抄》的〈湖上・湖上〉則顯現避暑追涼的情趣，也是一首充滿湖光綠意的山水詩。全篇共九段 31 行，詩中欲以泛舟湖上躲避夏日的炎熱，但又說二者是相反相成的，沒有盛夏的美景，也就沒有令人心怡的波光與舟行。這首詩最特別處是，交叉運用火紅的暖色調與藍綠的冷色調為對比，互相襯托出明豔動人與清涼怡人的效果。在詩中，蓉子用燃燒的雲朵、夏的濃紅、濃紅的火焰似玫瑰、玫瑰灼人的火光、夏的火焰熊熊燃燒等語，描繪夏日的熾熱，充分發揮暖色調的效果，以玫瑰的紅豔譬喻夏的高熱，尤其美麗生動。另方面，蓉子又不斷穿插葉蔭、雲影、湖光波瀾、划近藍色的海洋、翠青的山岡、隱密之泉、晚風、斑斕的星光等語，塑造清風冷泉的沁涼感覺。全篇段落更呈現序言（先暖後冷的語序）、冷、冷、暖、暖、冷、冷、冷、結語（先暖後冷的語序）的結構方式，充分發揮詩題「湖上・湖上」的消暑效用。因此，蓉子才能在愜意的心情下，發出珍惜夏日風情之語：「夏如盛唐花苑瞬將凋寂」、「因夏不久就要從湖上消褪」、「當涼風起自九月的湖水／槳聲如驚雁飛散」，這些詩句，更證明蓉子喜夏的心理。

此外，蓉子夏季詩也具有幽微、寂寞的心境；以《蓉子詩抄》的〈夏日單調的鼓聲〉、〈夏，在雨中〉為例：第一首旨在述說個人在夏日中的迷惘，單調的鼓聲指的是午後的雷聲，和歡樂愉悅的銀鈴聲相比，益顯沉悶、重濁、單調；最重要的是「為何我純粹的銀鈴仍在鳴奏／鳴奏與季節不合的／各種繁複的憂傷！」，銀鈴代表其高貴的心靈，繁複的憂傷與單調的鼓聲形成對比，更襯托她的脫俗與寂寞。第二首主題仍是內心的寂寞，夏日茂密的翠枝正代表清朗的生命力，夏日的雨滴使草木更茂盛，但我心

[20]余光中，〈女詩人——蓉子〉，（原載《婦友月刊》第 83 期，1961 年 8 月），見《永遠的青鳥——蓉子詩作評論集》，頁 1～7。

中的雨滴卻是寂寥的，如其末段：「但我常有雨滴　在子夜　在心中／那被踩響了的寂寞／係一種純淨的雨的音響——／哦、我的夏在雨中　豐美而悽涼！」。此二詩以夏日的雷聲、雨水為描寫對象，與前文所引述作品之常用意象不同。前文引述諸詩，大多以鮮豔的熱帶花樹、火紅炎熱的氣候環境等暖色調的意象，呈現夏季熱鬧繽紛、苦熱惱人的情形，而此二詩雷聲的單調、雨水的清涼都恰恰與之相反，乃是偏向冷色調的感覺，因此傳達出來的氣氛情調，也就不是熱情奔放，而是內斂沉悶，寂寥淒清，是自我內心的呈現，已經超出夏季實際的氣象、氣候，進入心情、心境的心靈層次。這也使我們看到蓉子夏季詩的多樣性。

參照古典夏季詩，蓉子的創作，已能夠涵括喜夏、苦夏、夏日的幽微寂寥、避暑喜夏的閒適逍遙，可說多采多姿。更特別的是，她對於溽暑中的種種醜惡感覺與現象，也都毫不避諱地寫下（如〈旱夏之歌〉與〈紅塵〉），這和古典詩的求雅，是大不相同的。松浦友久認為，由於春秋只是短暫的難以使人滿足的時間，因而其推移變化的時間意識就被擴大強調出來，衍生豐富的詩情；相對的，冬夏的時間較固定長久，因此較少啟人詩思。[21]但蓉子的夏季詩卻說明了由於詩人獨到的關注，夏季的高熱持久也可以盈滿詩情。我們不妨這麼說，蓉子已經塑造她自己的夏季詩美學。

三、蓉子都市詩的時間觀

蓉子詩對時間的敏銳，尚可從她的都市詩挖掘。自《七月的南方》出版後，蓉子開始涉入都市詩的題材；接下來的《蓉子詩抄》、《維納麗沙》二集，也都繼續耕耘這個主題，《維納麗沙》更完成了她都市女性的代表形象。這類作品所表現的時間觀，頗能和存在主義哲學印證，再加上女性角度的切入，更顯示獨特的時間觀。

---

[21]松浦友久著；孫昌武、鄭天剛譯，〈上編第一篇・詩與時間〉，《中國詩歌原理》，頁 14。

（一）都市詩與存在的焦慮

有關存在主義的時間觀，前文已略加引述，此處再加兩點說明。一是死亡與焦慮，二是時間的「現在」，或說瞬間、當下的概念與內涵。

人終將一死，但人往往藉由日常生活的繁忙，撇開對死亡的沉思。海德格在其《存在與時間》指出：「人們知道確定可知的死亡，卻並不本真地面對自己的死亡『是』確知的。此在（Dasein）沉淪著的日常狀態識得死亡的確定可知；卻閃避著『是』確知的。但這種閃避在現象上卻從它閃避的東西方面證明了：必得把死亡理解為最本己的、無所關聯的、超不過的、確知的可能性。」也就是說，人必須承認「死亡隨時隨刻是可能的」，人存在的本質可以說就是「向死亡的存在」。但人如何真實地面對「向死亡存在」的人生？海德格提出「焦慮」（angst，或譯作「畏」），認為焦慮的情緒是人對於自我存在的最深刻的領會，「畏（焦慮）是為如此確定了存在者之能在而畏並即如此開展出最即端的可能性來。……所以畏之基本現身情態從此在之根底深處屬於此在的這種自我領會。向死亡存在本質上就是畏。如果向死亡存在把畏倒轉為怯懦的害怕並在克服了這怯懦的害怕之後把在畏面前的怯懦展示出來，那麼前面曾經標明出來的向死亡存在就為上面的論點提供了無欺的、雖則『只是』間接的見證」，[22]這段話強調了焦慮的必要性與有效性，它雖不能直接印證「向死亡存在」的論點，但已經有「間接」的效果。更進一步申論，接受死亡，認為它隨時隨地可能發生，這就透露出我們存在的極端有限性。而焦慮「不是害怕這個或那個確定物體的恐懼，是沒有什麼好怕的那種坐臥不安之感。我們感覺到的恐懼目標正是空無（Nothingness），而且這是我們自己存有內部的東西。我們對空無的焦慮有許多形式：時而戰慄而富有創力，時而驚惶而造成破壞。焦慮的時候，我們同時存有又不存有，這就是我們的恐懼。」[23]

其次，海德格之前的哲學家一直把時間構想成一連串的「現在」——

---

[22]海德格，「第二篇第一章・此在之可能的整體存在與向死亡存在」，《存在與時間》，頁 347、356。
[23]威廉・白瑞德著，彭鏡禧譯，《非理性的人》，頁 217。

眼前的時刻——一個接一個，像一條線上的許多點。但海德格指出這連續不斷的時間之流，易造成假象，「恰恰在日常繁忙的『混生活』之際，此在從不領會到自己隨著純『現在』的持續不斷的序列行進。基於這種遮蔽，此在所允許給自己的時間就好像有許多漏洞似的。當我們回顧『用掉的』時間之際，我們往往不再把一『天』集齊。這種有了漏洞的時間之不完整卻並非散碎，而是向來已展開的，以綻出方式延展的時間性的一種樣式。」這就是一般人典型的「我沒有時間」的說法，也是非本真的生存方式。而若要有本真的生存，就必須看「此在如何相應於當下的生存而『具有』其時間」所謂當下的生存，海德格也用「眼下本真地使處境當前化」來說明；[24]海德格此說，正指出人存在的瞬間性。如同我們注視鐘錶時，說現在是幾點鐘，現在是做……的時候了，現在到……還有時間，這些多重的現在，乃是藉著「空間性的」現成事物，構成了人「在每一個現在對每一個人都現成的存在者在其當場狀態中當前化」；[25]這裡現成的、當場狀態、當前化之詞，都在在顯示「把握當下」的重要性。此外，對於「現在」的解釋，海德格更強調它的未來時態，因為每個現在都不斷滑入過去，綻向未來，而「現在」所具有的未來性，才能說明「曾經」的存在，是故人的存在方能視為「永遠向未來瞻望，朝著未來的開闊領域，而在瞻矚之間，他乃肩負起過去的重擔（或者從過去裡揀出一部分做為他繼承的遺產）；並且藉此設法使他自己認識眼前的實際生活情況。[26]

以上略述存在主義的時間觀，而前引蓉子三本寫於 1960 年代的作品，或多或少都和當時文壇流行的存在主義思潮有所關聯。《七月的南方》收錄〈碎鏡〉、〈亂夢〉二首，其中所使用的語言，犀利而精準，一改《青鳥集》溫暖明麗的風格，使人刮目相看。這兩首詩所透顯的生存焦慮，可說相當敏銳：〈亂夢〉有「時間侷迫著／擠我們於無窗的小屋／迷濛的始終不

[24]海德格著；王慶節、陳嘉映譯，《存在與時間》，頁 540～541。
[25]同前註，頁 548～549。
[26]威廉・白瑞德著；彭鏡禧譯，《非理性的人》，頁 218。

能清晰」這樣的生存的困惑，也有「我們的優異對於某些人／尚沒有一枚草莓的價值」這樣的價值觀的落差，因此人只能像蹀踍細步的魚，在「不透明空漠的河上」靜默緩慢地游著，這樣的生活「像一千種夢魘　可怕的蒼白的雨／疲憊而不能憩憩」；這些描述都呈現了焦慮的心情，使人有不知如何面對未來的徨惑。〈碎鏡〉一開始就點出生存的焦慮：「誰知我們能登陸明天——／明天與明天　是叢生在我們航線上的／一些不知名的島群！」，這種不知來日的悲劇感，蓉子是用「碎裂的寧靜裡」，反映出的散光的投影、繁瑣的分屍、溺斃的顏色和形象等破碎變形的意象烘托；又如：「總是零　總是負數／總是逆風而行　且不住地死亡／這種持續的死、使我衰弱！」，這裡對時間流逝的感覺與形容，零與負數之體認，可說尖銳無比，深刻地指出人的每一刻鐘都是死亡，死而復生、生而復死，人在這樣的循環中，仍不能預知明天的面貌，彷彿人生真的只剩下一堆破碎的亂夢！另一首〈水上詩展．冷漠的睛光〉也是透視了人的渺小，如同時間之海上，隨時都會消失的一小點：「季節開放　季節萎落／在它冷漠的圓面上／你不是甚麼／——你是一顛簸的小點、一泡沫、一浮蝣／而海恣意、不馴、咆哮如昔——／哦，那無極悠久的無情之海洋！」；但我們不能忽視，這無數的小光點卻一直持續地和澎湃咆哮的海洋纏鬥，這種精神正是人類靈魂深處最可貴的地方。如前所論，焦慮也有其正面的作用，那就是「戰慄而富有創力」，如同〈碎鏡〉所示，人以衰弱的肉身，仍然必須和時間對抗，而不住地死亡、持續的死亡之體認，也就是不住地生存、持續的生存的一體兩面。蓉子的這些詩讓我們看到她對生存焦慮的體驗，以及忍受磨難堅持的精神。

《蓉子詩抄》序言說：「以時間的碎片來創造藝術的完整」、「詩與藝術使生命產生耐度，在時間裡不朽」，這類對破碎與完整，永恆與不朽的追求，其實也都都暗示著內心的不安與焦慮。例如〈一種存在〉，以「她」為主角，描寫柔弱的「她」一直不能推倒橫亙在面前的今天，過著有如「慢性自戕於此」的生活，而日子不斷在烈日下輾轉，海水不停地沖激浪花……這裡構設一個存在的情境，亦即「她」無法以渺小柔弱的個人力量，去抵擋不停流動襲來的時間；「橫亙在面前的今天」事實上就是每一個「今天」，就是每一個「現在」。此外，蓉子對於時間的片刻性是很能掌握的，同時能夠看出它對人構成的損害。〈我們的城不再飛花〉:「自晨迄暮／煤煙的雨　市聲的雷／齒輪與齒輪的齟齬／機器與機器的傾軋／時間片片裂碎　生命刻刻消褪」，都市文明對生命的最大戕害便是使得「時間片片裂碎　生命刻刻消褪」，而蓉子為之怵目驚心，也對都市忙碌的步調，消弭人的主體與自由的提出指控。蓉子筆下的都市生活是單調枯燥的，而且撞擊人的夢想與性靈。例如〈白日在騷動〉寫都市白晝的喧囂：「披頭的怪樣伶俐的舞步／瘋狂的歌聲和無意義的笑話」，這樣的生活令她惆悵不安，感覺「像鞭炮怒放／震盪著精神岌岌的危樓」；這首詩利用都市白日的亂象，襯托人內心的慌亂與失望，由此我們也可以歸納，蓉子審視都市生活帶來的不適感，常常是用快速、混亂、破碎的時間感來呈現，「像鞭炮怒放」的聽覺意象和時間的點狀破碎是相當相襯的，也最能說明這種靈魂被震盪的苦痛。

蓉子的都市詩雖然是一個時代的產物，反映臺灣社會由農業社會進入工商社會的現象，但其作品中對時間的焦慮卻是相當富有抽象意義的，她透視了人的生存，也就是存在與時間的本質問題。在這些作品中，時間的快速、破碎，其實就是時間的每一個「現在」的不斷湧現、不斷流失，人只能感覺這中間的變化，卻無法抓住它。這可說是一種失落感，也是一種生命不斷向前的焦慮感，時間的消逝，將使人們感覺愈來愈接近死亡。蓉子詩雖然沒有點出「死亡」，但她所憂慮的不知明日將如何的命運，卻相當沉重，使人感覺前途渺渺，無所適從，彷彿一天天接近死亡的大限。當羅門以〈都市之死〉系列宣告都市帶給人類心靈的震撼，蓉子也以她細密的心思與經驗，寫出都市的零亂側影。[27]

---

[27]衣凡，〈由聖經自然與存在觀造成的三角塔——女詩人蓉子評介〉認為，蓉子的都市詩相當精準寫出現代人的空無感與幻滅感，「也充分地迫現了這代人存在的孤獨徬徨與混亂，而和永恆未來

（二）都市詩與女性時間觀

蓉子觀察都市生活的角度，是女性的。瘂弦評《蓉子詩抄》說：「第四輯「憂鬱的都市組曲」，著重現代都市生活情態之刻繪，有一點點苦悶，有一點點矛盾，有一點點美，而角度則是純女性的；……讀完這本詩集，使我們感覺到一個中國現代婦女如何在紛繁蝟集的世事中，為保持一顆澄明的心所作的種種掙扎和努力。廿世紀是一個急遽變化的世紀，……正如蓉子所說，我國古代女詞人或女詩人那種『倚遍欄干只是無情緒』的優閒倦慵是早已經過去了，……」，[28]1960 年代的蓉子已經是個工作多年的已婚職業婦女，她所服務的電信局，也是個都市現代化的行業，或許因此她特別感到現代女性的時間焦慮，已經不是古代女性的優閒倦慵；女性時間觀的呈顯，正是蓉子都市詩的一大特色。

《七月的南方》收〈亂夢〉與〈碎鏡〉二詩，都頗能反映都市、女性、時間的多重關係。夢與鏡，都是女性詩人喜用的意象，可用以折射女性的內心世界；〈亂夢〉有這樣的形容：「所有失敗之允諾／一種殘忍的苦痛／早晨的沁涼為廚房烘焦／剩下正午　剩下夜／剩下雜亂頭髮的陰影／一些亂夢」，「早晨的沁涼為廚房烘焦」可說是女性經驗的顯現，大多數女性不能免除烹飪的家務，即使職業婦女亦然；蓉子用身處廚房中的焦燥感來比喻都市生活的煩燥，也代表早晨趕著上班的時間壓迫感，是十分貼切而傳神的。而〈碎鏡〉所揭示的醜陋現實，則是透過女性的眼睛，反射出所有人在快速混亂的都市節奏中，踉蹌顛簸的形象。

再仔細觀察蓉子對都市的描繪，有兩個特點：一是套用女性的意象，一則以自然的意象為對照，二者往往有並用交融的情形；這似乎暗示著蓉

與寧靜心靈已失去聯絡」。但這種虛無感並不是頹廢無所事事，「她仍是海德格那邊的人，仍堅持著生命的升力活下去，仍以默默的期待，眺望著自然天國與永恆的遠景。」（原載《星座季刊》第 12 期，1967 年 7 月），見《永遠的青鳥——蓉子詩作評論集》，頁 9～22。

[28]瘂弦〈新詩品——評《蓉子詩抄》〉指出了蓉子都市詩的女性色彩，（原載《新文藝》第 113 期，1965 年 8 月），見《永遠的青鳥——蓉子詩作評論集》，頁 263、264。

子試圖以女性與自然的陰柔對抗都市文明具有侵略性與破壞性的陽剛。[29]以下就以《蓉子詩抄》的兩首詩為例。

〈我們的城不再飛花〉:「我們的城不再飛花　在三月／到處蹲踞著那龐然建築物的獸——」詩的開端即用春花不再的意象感歎都市生活的可悲，花，是女性的，也是自然的；而建築物林立，正說明都市的人工化、遠離自然，這都是令人不愉快的生活經驗。本詩的後二段又將都市的夜比喻為一枚有毒的大蜘蛛，網住寂寞與空無，是一片無夢的荒原；夜景的繁華，則宛若一枚碩大無朋的水鑽扣花，陳列在委託行待價而沽——這裡並不是羨慕之意，反而是暗斥夜景的虛假，徒然迷惑人心；而水鑽扣花與委託行的組合，一方面是都市的商業現象，另方面，相信也和女性對珠寶飾品的興趣、經常留意的經驗有關。又如，〈裂帛樣的市街〉為例，此詩將都市文明比喻為獸:「裂帛樣的市街／喧嚷復單調的流淌／獸穿文明的衣衫／招搖過市街／陽光落漠在市場」，這裡的裂帛（割斷布匹，和衣飾有關）、市場（採買食物），都和女性的生活經驗比較有關，詩的第四段並云:「都市是黧黑的／縱然動用婦女們所有的漂白劑／也不能使它變白」，黧黑當指都市的空氣汙染、烏煙瘴氣，引申為一切不舒適的感覺，婦女使用漂白劑的意象，更是女性經驗（洗衣、清掃）的展現；詩中又說:「獸啃噬春天每一扇玻璃窗外／都有獸的影子／獸猙獰的形像與重重的跫音／把我們青石板長街的寧靜／踢得不見蹤影」，春天、青石板長街，都是借用自然的、古典的意象，以其形成的寧靜和都市的紛擾動亂作對比。從這首詩我們可以很清楚看到女性和自然意象的遞用，也和都市產生對比的效果。

討論到這裡，我們有必要進一步了解蓉子對於女性時間的觀照與闡釋。

提到女性時間，現在有些女性主義學者重視的是，女性生理現象與大

[29]劉登翰，〈日月的行蹤——羅門、蓉子論札〉(節錄):「但她（蓉子）不同於羅門以呈示都市的罪惡的方式來揭露都市的迷惘和墮落，而主要是從對傳統和自然的緬懷與對比上，來表達她對都市生活的失望和譴責。」見余光中等著，《蓉子論》(北京：中國社會科學出版社，1995 年 4 月，一版一印)，頁 107。但本文以為，應再加上女性的角度。

自然規律的呼應，譬如月經、懷孕等，這類女性身體內特有的時間規律，和大自然的潮汐漲落、植物的發芽成長、開花結果等，似乎有著相當密切的關聯，當女性體會到這種神祕的力量，就會感覺自己和大自然宇宙是如此和諧、統一，這種時間的經驗給女性帶來令人眩暈的幻覺和不可名狀的快感。[30]但相對於這種論調，蓉子詩中少見這類女性經驗的描寫，她比較重視的仍是女性的自我的問題。換句話說，蓉子詩處理的並不是物理時間中的女性經驗，而是社會、歷史時間中的女性經驗。

評論家認為蓉子的女性意識抉發得甚早，例如〈我的妝鏡是一隻弓背的貓〉（收入《蓉子詩抄》，1965 年 5 月出版）就引起眾多的討論，[31]但很明顯的，妝鏡、貓的意象，比之於男性，都和女性有較密切的關聯；因此說這首詩是以女性的位置身份來寫，相當具有女性意識，應該是可以成立的。令我們更感興趣的是，詩中對女性時間的觀照，是如此細緻動人，又發人深省。藉由詩中對妝鏡的各種形容，這裡面所體會到的女性處境是「無語」、「寂寞」、「不醒」、「慵困」，顯示女性的生活其實是單調、寂靜、缺少變化、創造與冒險，並且是停滯不前的，是一種封閉與命定的軌跡，詩第三段「我的妝鏡是一隻命運的貓」尤其最能夠揭示女性時間的局限，因為她被鎖定在固定的價值觀與行為規範，很難擺脫命運的限制。在這樣的理解與心情下，「步調遂倦慵了／慵困如長夏！」、「捨棄它有韻律的步履在此困居」。「長夏」的比喻，恰可見蓉子敏銳的時間感；「韻律」也是時間的意象，「有韻律的步履」代表豐富優美的生命情調，但這樣的人生、生活已經被捨棄，取而代之的是上述貧乏呆滯的生命形態。這首詩以「我的貓是一迷離的夢　無光　無影／也從未正確的反映我形像。」作結，可了解蓉子內心對女性命運的同情與感歎，「從未正確的反映」更可視為一種抗議，有非常突出的女性意識。如上所言，蓉子此詩對女性時間有著深入而

---

[30]朱莉亞・克里斯多娃（Julia Kristeva）著；程巍譯，〈婦女的時間〉，見張京媛主編《當代女性主義文學批評》（北京：北京大學出版社，1995 年 10 月，一版二印），頁 350。

[31]參見何金蘭，〈女性自我意識：主體／幻像／鏡像／主體——剖析蓉子〈我的妝鏡是一隻弓背的貓〉一詩〉，兩岸女性詩歌學術研討會論文，臺北：中國詩歌藝術學會主辦，1999 年 7 月 4 日。

細微的觀照，但我們仍必須指出這種女性時間的形成，仍然是受制於男性社會的標準，使得大多數的女性終其一生的時間是處於保守被動的狀態，於是她的妝鏡乃成為「顧影自憐」的哀怨象徵。而蓉子此詩的敏銳就在於她指出這其間的困惑與矛盾，並且發出尋求自我的呼聲。這便是蓉子以女性的眼光來檢視時間的意義，在漫長靜寂的時間之流中，在女性長久以來被禁錮的命運之中，女性其實有更真實的內視，不是一般世俗眼光下的「美人遲暮」，以為女性只在乎美貌與青春的流逝。

備受矚目的「維納麗沙組曲」更是個很好的例子。

「維納麗沙組曲」共 12 首，與另 22 首合為一集出版，書名就是《維納麗沙組曲》。鍾玲認為，〈維納麗沙之超越〉中，女主角經歷的考驗，符合搜求神話中的英雄形象；不同的是，這是一位中國現代的都市女英雄，她擊倒的不是毒龍，而是現實世界及工商界物慾。[32]但我們還可感覺，這其中應包括對當時詩壇某些高唱現代派的論調的回應，[33]試看第三首〈維納麗沙之超越〉的開端：「美麗的維納麗沙／你有難以止息的憂傷／當『現實』的槍彈一陣掃蕩／哀哉　我們的同伴有多人中彈／多人受傷多人死亡」，這裡的「現實」應該不只是針對都市文明，否則不須用「同伴」，同伴正是指詩壇文友。接下來第二段的「在大批的被『俘虜』之前」，更可以說是暗示被某種創作的主義限制的意思。如同第九首〈邀〉：「接受某一種邀約／便是把自己套上一種繩索／開出某一白晝或夜晚的支票／於是那時刻便從你分出／不再屬於你自己」，這種受契約限制、不再表現真實的自己，很可以解作創作若受意識形態牽制，就可能喪失自我。因此本詩的第二段便有「(你共有多少時間的支票／可供自由簽劃？　維納麗沙)」夾注式的自我反詰。這代表蓉子的決心，不追隨也不屈從潮流；這和藍星詩社的自由抒情風格也是吻合的。

[32]鍾玲，〈都市女性與大地之母——論蓉子的詩歌〉，蕭蕭主編《永遠的青鳥——蓉子詩作評論集》，頁 92。

[33]參見高歌，〈千曲無聲〉，蕭蕭主編《永遠的青鳥——蓉子詩作評論集》，頁 465～478。。

「維納麗沙組曲」成功地塑造了女英雄維納麗沙的形象，這位女英雄正是蓉子的自我寫照。我們一方面把它當做神話式的歷險，另方面也應該重視其中所顯示的，蓉子以女性的角度對時代環境、文壇風潮的對抗，這是女性對歷史時間的自動疏離，因為歷史時間下的社會文化一直都是由男性所主控，以都市／自然、主流／邊緣、男性／女性的二元觀來看，蓉子是站在女性的位置上發聲的。然而面對現實的侵襲，蓉子採取的是陰柔的對抗，亦即在時間之流中鎮靜向前，不慌不忙，「走向遙遠的地平線」（第三首〈維納麗沙之超越〉），「在過往與未來間緩緩地形成自己」（第五首〈肖像〉）；事實上，第一首〈維納麗沙〉就已經表明這種態度：

維納麗沙
你不是一株喧嘩的樹
不需用彩帶裝飾自己

你靜靜地走著
讓浮動的眼神將你遺落
因你不需在炫耀和烘托裡完成
——你完成自己於無邊的寂境之中。

「靜靜地走著」代表堅持自我、不與外界爭辯，也就是默默耕耘之意；「讓浮動的眼神將你遺落」意謂讓那些急功近利、不友善的批評因為沒有對抗的聲口而自動消失。「無邊的寂境」則象徵一個超越世俗的時空境界。整首詩的情調是寧靜安詳的，做為襯底的，正是無聲的時間。

在此，蓉子對時間是充滿信賴的，相信它終會幫助自我的形成。但另方面，她也深知時間的無情無感，而這種憂慮更促使她勇往直前，不隨波逐流，淹沒在時間的洪流中。譬如第六首〈時間〉開端：「維納麗沙／時間的水晶有時光耀／它俯身向我　以每一展翳／呼召未來　呼喚花香」這裡流露的是對時間的欣喜之情，因此第二段她叫維納麗沙「儘管流連緩步」，欣賞林間美景；接下來的三、四段：「我們如何在流水上區刻分秒？／它是一整匹長綢　不用割斷／更不易留下履痕——」、「所有漫不經心的都將漫不經心而過／唯我們被推拒　被阻撓　被摔落／而時間大踏步向前……／啊、越過！」這兩段顯示蓉子能夠透視時間的直線進行，它會篩掉漫不經心的言行，也會推拒認真行事的「我們」，時間是公平的，沒有人可以得到殊寵。最後的「啊、越過！」之語，可說是傳達蓉子內心對時間的敬畏之感。這組詩的最後一首〈維納麗沙的星光〉同樣也透露這種敬畏之心：「懼時間昂貴的紙張　一頁頁枯黃於此」，但更要因此自立自強、自我鞭策，才能完成自我，詩云：「沒有人為你添加什麼　維納麗沙／（縱然一粒芥菜籽的金黃　就會／金黃了你整個夢境）／你自給自足　自我訓練　自我塑造／掙扎著完美與豐足　從荒涼的夢谷／不毛的砂丘　而在極地／在極地是否有一簇繁花為你留存？」、「唯晌午我聞到一聲金石鏗然／一顆星在額前放光！」最末二句指的是，在經過自我的訓練與堅持之後，維納麗沙終於放出光芒。

「維納麗沙組曲」以維納麗沙通過時間的考驗，終於完成自我，代表蓉子以堅持創作的毅力，抗拒詩壇一時的風氣，展現的是女性與時間的和諧關係。當男性動輒以權勢、武力解決問題時，女性是和平的，她所倚賴的就是時間，在寂靜的時間中，用沉默而堅持的方式，獲得最後的勝利。女性對時間的信賴、敬畏，以即從時間中獲得的助力，可視為女性特有的生命格調，也是化解其自身生存焦慮的表現。

四、蓉子山水詩的時間觀

與人類短暫的一生相比，山水自然彷彿是宇宙間永恆的存在。從古典山水詩我們已經可看到詩人徜徉山水時，對於物我關係的觀照、自我的探索、人生的寄託以及宇宙時空的體驗。[34]特別是關於時間的體悟，可說是山水詩的重要美學。

按，山水詩和道家的思想有密切的關係。林文月〈中國山水詩的特質〉以謝靈運的作品為例，說明山水詩有一種結構性，即記遊→寫景→興情→悟理，而所悟之理，又往往是老莊的玄理；[35]王建元〈現象學的時間觀與中國山水詩〉則指出「中國山水詩的空間歷程，其藝術形式為一個『時間化』的程序，藉此『時間化』的程序，詩人獲得其知識論與本體論的根據，從而臻至一種超越性的美感經驗」。這種超越性的美感經驗，可以從道家哲學找到根據，從老子的「天長地久」到莊子的「有實而無乎處者，宇也；有長而無本剽者，宙也」，都說明道家的時空融貫觀；當詩人登山遠眺，面對擴張延伸的浩瀚空間時，他在其詩中所表現的，往往是從詠歎大自然的「雄偉」美感之餘，企望自這磅礡的宇宙與本身生存的關係中獲取最深、最完整的模式。[36]

若比較中西山水詩的異同，學者多主張西方浪漫主義派的詩人在面對山水景物時，大都有震撼、驚愕的心理感覺，從而形成悲壯的美感意識，並且把山水當作充滿生命力的有機體，可以激發詩人的想像力，以便與之對應或對話；而中國詩人則真正「以物觀物」，由景物自己呈現它內在生命的生長與變化的姿態。[37]

以上，有關山水詩的分析模式，都可以做為我們分析蓉子山水詩的參考。蓉子喜愛旅行，因此寫了不少的山水詩，也有一本散文集《歐遊手記》（1982 年 4 月，德華出版社）。粗略看來，對於自然山水，蓉子體會的方式是中國式的、道家式的，亦即面對山水景物時，蓉子觀察到的是山水雲

[34]王國瓔，《中國山水詩研究》（臺北：聯經出版公司，1986 年 10 月，初版）。
[35]林文月，〈中國山水詩的特質〉，見其《山水與古典》（臺北：純文學出版社，1976 年 10 月，初版）。
[36]王建元，〈現象學的時間觀與中國山水詩〉，收錄於鄭樹森編《現象學與文學批評》（臺北：東大圖書公司，1984 年 7 月，初版），頁 171～200。
[37]這大約是葉維廉、傅樂生的看法，參見陳鵬翔，〈中英山水詩理論與當代中文山水詩的模式〉，《中外文學》第 20 卷第 6 期（1991 年 11 月），頁 96～135。

樹的姿態，從它們的身上引出時間的意義；她採取的是旁觀、融合的態度，從而體悟一個寂靜、永恆的世界。這和西方詩人的主觀、震撼，悲壯與征服的審美歷程，是很不一樣的。

（一）時間動靜變化的觀照

蓉子的《橫笛與豎琴的晌午》終輯「寶島風光組曲」有多首描寫臺灣山水名勝的作品，從這些山水詩，我們可以觀察蓉子的時間觀與美感。

若我們回溯蓉子都市詩對時間的焦慮與對自然的渴求，在山水詩就能找到她釋懷的線索。親近山水自然，帶給蓉子相當大的解脫感，使她遠離時間的束縛，重拾好整以暇的心境。如〈溫泉小鎮——記四重溪〉所說：「像單純的居民一樣質樸／我只要有那淡泊的雲天和一襲時間寬大的衣袍／我便有了足夠的安適與富庶」；「一襲時間寬大的衣袍」指的是鄉村悠閒的生活節奏，和都市上班族的不同，這意謂人進入淳樸的鄉村，更能貼近宇宙的脈動，對時間的感覺也變得從容不迫。又如，〈內湖之秋〉：「薄雲翳我稀珍假期／我去千山中訪湖水／找一塊質樸的完整建立心中殿宇／捨棄那龐大的破碎。」「完整」、「破碎」看起來都是指空間，但這也是離不開時間的經驗，正因為遠離世俗塵囂瑣碎的生活，才能找到完整不受干擾的時間與空間，合起來說，是一種超越世俗的境界。

因此，我們不妨說，山水自然所賜與蓉子的，無疑就是從容不迫的「時間」，有別於日常生活的繁忙。再深入看，蓉子透過自然山水，所看到的即是「時間」的化身，「時間」的動、靜，變與不變，彷彿都可以透過自然的山水雲樹觀察。

例如〈那些山、水、雲、樹〉即以山的沉穩、樹的寧靜矗立暗指時間的綿亙不變，而以雲、水的流動幻化代表時間的變動。詩的開端：「那些山、水、雲、樹／每以永恆的殊貌或行或止／特別是樹／總是無限寧靜地立著」，這裡「永恆的殊貌」指的就是時間；接下來第二段，「於是泉溪汩汩從山而出……躍升為雲，降落為水／成為無限輪迴的滋澤／那豐美繁茂舒暢而愉快的存在」，泉水而雲而水的循環變化，恰恰是自然的時間輪迴，是故，在大自然的作息中，動與靜、行或止，都傳達了永恆的時間之道，自成「豐美繁茂舒暢而愉快的存在」。這首詩沒有人物的介入，完全從客觀角度描寫山水雲樹的面貌與變化的姿態，可說是「以物觀物」，由景物自身呈顯了時間的意義。類似樹、山這種看似不動的風景，蓉子著眼的是它所負載的時間歷史。例如《這一站不到神話》的〈火炎山〉描繪火炎山的怪異地形，說它像一頭蹲踞的醜陋的豹，但卻是「遠古深邃時間中僅有的證物」。而流動變化的雲、水，蓉子著眼的是它的變幻循環，白雲蒼狗，滄海桑田，在它面前，人生反而是短暫。另一首〈佳洛水〉即以海潮和岩礁為描寫對象，以為二者的相互拍擊是寧靜的樂趣，它們歷經世紀的風霜，看盡人世的滄桑而不改其志，自得其樂。相形之下，「唯世人卻像浪花樣前仆後繼／面向嚴肅的生、死。」在這裡，很明顯看出，大自然是永恆自在的，而人世卻是短暫而勞苦的。

蓉子的山水詩充滿對時間的關注，《橫笛與豎琴的晌午》的〈眾樹歌唱——記溪頭臺大實驗林〉更逕行叩問宇宙的太初。「思最初　一切尚未形成／未綠未茂——／唯無著的洪荒瀰漫……」詩的開端即以遍地洪荒的想像，把時間推向最初；緊接著第二段就以茂盛的杉檜做對比，詩行的短暫距離，使人有瞬間巨變的驚歎。第三段鋪寫眾樹英姿，第四段「杉林彩檜／雲的白髮緩緩略過樹梢　念及過程／眾樹歌唱」以此作結；「雲的白髮」指的仍是時間，「白髮」是雲的色白，也強調時間的久遠；眾樹歌唱的原因是因為這些樹木森林都刻畫著時間的歷史。按，溪頭實驗林雖是人造林，但森林養成之後，仍然給人鬱鬱蔥蔥、時光悠悠的感覺。當人類面對挺拔參天的高壯杉檜，也容易把這空間的差距轉為時間的對比，在古木面前，人的渺小是時間空間雙重性的。而同樣的，這首詩也是「以物觀物」，由樹的成長，見證時間的生成。「眾樹歌唱」不啻是眾樹為時間而歌唱。另個例子是前引的〈火炎山〉，此詩以「謎樣司芬克斯」形如火炎山的外形，司芬克斯相傳是人面獅身的怪獸，這個「謎」就是時間之謎：「從難測的時間深谷　你走來／盲睛中隱藏著萬世的祕辛」、「億萬年前牠所俯瞰的／該是怎樣的世界？ 宇宙洪荒／那時歷史的黑絲絨還不曾拉開」，火炎山在三義與后里間的高速公路旁，地形如火焰、紅色沙漠，據說已存在一萬個世紀之久，因此蓉子說牠是從時間的深谷、宇宙洪荒中走來。以上，我們看到蓉子山水詩中對時間的注視與好奇，從山水自然中觀照時間的動靜變化，引領我們透過山水自然去探索「時間」的生成。

（二）時間寂靜超越的體驗

王建元〈中國山水詩的空間經驗時間化〉又指出，中國古典山水詩有「空間經驗時間化」之特質，陳子昂〈登幽州臺歌〉與王之渙〈登鸛鵲樓〉二詩都可作說明。前者「念天地之悠悠，獨愴然而涕下」的句子中，面對空間（天地），卻馬上轉入時間的形容詞（悠悠），由此感歎人生之瞬息而山水之無窮；由「天地」而立即轉入「悠悠」，可說是中國山水詩的一個最基本的情操表現。〈登鸛鵲樓〉首句「白日依山盡」，將空間場景暗合在時間的動態（「盡」），二句「黃河入海流」則以「流」的時間動作描繪空間之無邊無際。三句「欲窮千里目」，顯示了詩人的企圖，但這企圖是經過對時間的「綜悟」——時空不可盡知盡取的綜悟，因此末句只說「更上一層樓」，而不是企圖直接登上最高處。可見，山水詩雖以描繪空間景物為主，但卻蘊藏深刻的「內在時間性」。[38]

蓉子的〈阿里山有鳥鳴〉也有類似的時空經驗。此詩共 11 段，每段三行，整齊的形式，構成平穩和諧的節奏感與韻律感。詩中的鳥鳴聲具有相當深刻的意含，象徵時間的進行，引導詩中「我們」的探訪，也引導讀者進入一個完整的時間體驗。

首段以鳥鳴聲引入濃密的林蔭，那裡代表「永恆的蒼翠」，是一個寧靜的時空。第二段，接續前段的情調，形容鳥鳴聲像一道閃電，劃破林中霧靄，也順勢引導下文進入密林之旅；鳥鳴聲所代表的是時間的動感，和森林濃霧的靜態，形成對比。而這種時空、動靜的對比，也貫串全篇。第三

[38]王建元：〈中國山水詩的空間經驗時間化〉，《現象詮釋學與中西雄渾觀》（臺北：東大圖書公司，1988 年 2 月），頁 131～166。

至八段，皆從時間的角度點出古木的樹齡悠久，恆常蒼翠，人類難以企及，這和「天地」而「悠悠」的情操是類似的；同時，濃密的樹蔭也形成時間的屏障，夜晚的流星與早晨的太陽也無法侵入，這更意謂著這裡是一個超越時間的永恆的所在。例如：「這兒巨人族的長老們子孫繁衍」、「具享彭祖的高齡　百歲而死猶算夭折／人類的古稀還似它們的童稚」、「不因年邁而減其眉鬢蒼翠」諸語可明；而第七段：「時光在那兒緩慢下來幾至停留／松樹靜立著看風景　千年就如同我們的一天／因為它們安土重遷　從不流浪　永無鄉愁」樹與人，千年與一日的相對時間觀，更襯托人生的有限與大自然的無窮。第九段，突然展現動態的畫面：「雲嵐湧動　氣象萬千／春來時泉水歌唱／蜂蝶飛舞／四重與吉野櫻滿山滿谷」雲嵐的湧動，改變了前幾段寧靜停滯的氣氛，也暗示「我們」一路尋訪，終於走出古木參天的蔽蔭，柳岸花明，驚見滿山的櫻花盛開，剎時，春天的景象完全在眼前復甦活絡起來。這段充滿動感之美的轉折，卻是進入尾聲之前的一個小喜劇，因為全篇的意旨並不是要寫賞花，接下來的第十段說的仍是探山尋訪古木的意圖，最後一段說：

> 櫻花凋落於楚楚的瞬息
> 鳥在有限的空間飛鳴　唯松柏傲立
> 一切聲音都在林間寂默　形成那不能觸知的奧祕

這就點明了主題，櫻花乍開易謝，故賞花驚豔只是短短的時間，如同第九段在全篇的比例甚小；而鳥鳴聲代表物理時間的進行，和松柏古木所形成的永恆的蒼翠相比，仍然是有限，如同人類可以規畫鐘錶的刻度以計時，但對於更廣大的宇宙時間猶是無知與猜測，無始無終的宇宙時空方是永恆。試體會「一切聲音都在林間寂默　形成那不能觸知的奧祕」，和老子的「大音希聲」（《老子‧下篇第 41 章》）的境界何等相似！而歷經這一連串的時間追尋之旅，終至寂靜、靜默的世界，和老子的「致虛極，守靜篤」

（《老子・上篇第 16 章》）之理，與莊子「獨與天地精神往來，而不傲倪萬物」，「上與造物者遊，而下與外生死無終始者為友」（《莊子・天下》）的境界也是近似的，都表示一種超越時間的狀態。

面對時間空間的終極境界，蓉子經常以靜默、寂靜等字眼稱之。收於《這一站不到神話》的〈奔騰和凝固——寫尼加拉瀑布的兩種風貌〉也有類似的結語。此詩係為尼加拉瀑布冬寒結冰而寫，前半寫瀑布之飛騰奔流，氣勢磅礴；這奔流的水勢乃有如時間的化身，滔滔不竭，無始無終。詩的後半則進入主題，「而突然　這一切都沉寂下來／……／那不舍晝夜的傾瀉／遂在剎那間趺坐成凝冷的山岡」，瀑布因酷寒而凍結，實是人間奇景，詩的末段說：「這是人間最偉大的凝眸／雄辯濤濤的你竟會噤啞　寂然而無聲息／力與美俱被凍僵　於凌厲的冰霜／那巨大的靜默被雕塑成形／我們便捕捉那珍貴的寂靜」，川流不息的時間被瞬間停格，形成一座時間的雕塑，在此，空間經驗的時間化有了最極致的表現，這一個「此時此地」的空間景象，證成了時間的瞬間，而促成靜默、寂靜的境界，讓人震撼，並且沉思「永恆」的意義。質言之，蓉子透過山水詩體驗了時間的剎那與永恆，也顯現她和道家時間觀的契合。

五、蓉子詩對「時間」的整體透視

以上是以蓉子受人注目的季節詩、都市詩與山水詩為討論材料，最後這部分將以更寬廣的眼光，探討蓉子對「時間」的整體看法。我們將先了解蓉子對人生歷程，生、老、病、死的看法，並探求她的人生觀、價值觀；最後剖析蓉子對「時間」的本質思考，歸納她的時間觀。

（一）惜時進取的人生觀

前文一再提到，時間對人類最大的要脅，就是死亡。生、老、病、死，確實是人生無可逃避的過程。因此古人有「對酒當歌，人生幾何？譬如朝露，去日苦多」（曹操〈短歌行〉）的感慨，朝露的迅疾短促，去日的不可再得，都使人產生時間推移的悲情，不得不面對死亡的威脅。面對這種體悟，詩人或者以「及時行樂」來化解時間的催促，或者以立功立言來追求不朽，或者以「歎逝」、「思舊」來掌握當下的生存情境。[39]這不同的人生態度，也就顯現詩人對時間不同的思考。

概括而言，蓉子在面對現實人生的生老病死問題時，態度比較和緩消極，類似道家「與時俱化」的想法。如同她在〈心每〉(《維納麗沙組曲》)這首詩中說：「時間縱然是一樹厚密的葉子／也會因不停地凋零而稀薄／——你底生意便這樣地萎謝了！」[40]這裡的時間指的是現實時間，也就是人所歷經的衰老病痛，乃至於死亡的結局，就像老樹凋零，自然而然。蓉子的溫和理性，其實來自於她對人生、對死亡的通達看法，這在其近期作品尤可以得到印證。試看《這一站不到神話》所收〈紫葡萄的死〉：此詩藉一串葡萄的成熟可口，任人採食，隱喻人生無常，有生必有死。其中視角的轉換，從物到人的譬喻，極為警醒動人。全篇共五段，首段說明洗淨葡萄待食，次段說葡萄一一為人所食，就好像人類之逐一消失，而且是「於未知之時　突然間／被一隻無形的手指攫住／結束了或長或短的一生」，這點出人生的不可預測，死亡是隨時隨地可能發生的；「無形的手指」就是命運之手。三段寫故意摘取最遠端的一顆，突破由近而遠，順序而食，以此強調人生的無常，有老成凋謝，也有年少早夭。最後一段只有兩行：「唉！它們全然不悉　這一串葡萄／當離別樹身時　便已預約了死亡。」非常簡潔地點出主題，葡萄的命運即是人一生的寫照，「離別樹身」指脫離母體而誕生，而所有的人生旅程莫不走向死亡的目的地。由葡萄而寄寓人生短暫終將一死的思想，由物的處境到人的存在，蓉子的手法十分有創意。

若追問人的生存問題，最後終將面對價值觀的選擇，這也是蓉子詩比較常處理的問題。蓉子早在第一本詩集《青鳥集》就一直思索人生的意義、價值、幸福與永恆的問題。其中的〈生命〉：「生命如手搖紡紗車的輪

[39]參見鄭毓瑜，《六朝情境美學綜論・推移中的瞬間》(臺北：學生書局，1996 年 3 月，初版)，頁 61～119。

[40]〈心每〉，此篇名不易解讀，經蓉子女士指點，「每」借為「悔」。則「心悔」之意，殆謂內心對時間消逝的追悔，深有感歎。

子／不停地旋轉於日子底輪軸／有朝這輪子不再旋轉／人們將丈量你織就的布幅」區區四行小詩，卻十分警醒動人，試問當生命之輪停止轉動，人將貢獻什麼呢？這是人生終極的問答，發人深省。直到最近的詩集《黑海上的晨曦》，蓉子仍秉持這積極的精神，繼續發出珍惜時間、珍惜人生的呼喚。〈紙上歲月〉、〈你有你的時間〉二詩，就都顯示了時間的寶貴，人必須審慎地度過每一天每一刻；尤其是要把握屬於你的時段，作一場精采的演出。由此，不難看出蓉子對時間的讚賞與生命的熱愛，和古人歎逝、思舊的情懷有所不同，而她的「及時」，也不是要「行樂」，而是像一朵花在花季傾全力綻放：「你只能在屬於你的時段中／出場　如一切精華集中於一朵芳香／大片的陽光為她妝扮／四方的風流向她……」(〈你有你的時間〉)，這便是蓉子抓住「現在」的方式，要在有限的人生中呈現自己的生命精華。

又如，〈日往月來〉一詩，更展現蓉子對時間與生命的成熟觀點：詩的第一段，以夕陽入海、月光遍照的景象，渲染時間流轉的美感，第二段則以「歲月長短終無情」揭示歲月消逝的悲劇感，到第三段仍持續這悲涼的氣氛，「一葉扁舟　從上游駛出了自己／已有了先驗的哀愁」相當真切地指出生命的悲劇性，因為人必然往衰老的路途上走，直到遇見死亡；但蓉子從這命定的結局中，看到更積極的一面：「生命卻在不尋常的苦難中節節拔高」，蓉子把一切人世間的苦難都當成考驗，如一把銳利的鋼刀，雕琢出人的完美魂魄，於是在詩末，蓉子說：「一切憂喜連同全然的寂靜／都成為可以深深反芻的跫音」憂喜指人生歷經的喜怒哀樂，寂靜指的是超越世俗的境界，是生命最終與最高的體悟；人生至此，一切的一切，都值得回味反芻。這首詩對時間與生命的認識是通透的，所以見識了其中的美感、悲劇性以及值得永恆回味的動人之處。

（二）對「時間」的本質透視

當我們注視「時間」的本身時，最感興趣的，莫過於時間究竟從何而生、從何而去，如同古代詩人的疑問：「青天明月來幾時？我今停杯一問之。」（李白〈把酒問月〉）、「江畔何人初見月？江月何年初照人？」（張若虛〈春江花月夜〉）；其次，時間的流動性，藉著日居月諸、四季更迭，也使人產生變動的感覺。但如同蘇軾在其〈赤壁賦〉所提出的，「自其變者而觀之，則天地間曾不能以一瞬，自其不變者而觀之，則物與我皆無盡也。」變與不變，常與非常，是人面對時間時的雙面思考。

蓉子 1986 年出版的《這一站不到神話》，首輯即收錄〈時間的旋律〉等六首與時間有關的詩。歸納這些作品所透露的時間觀是，時間是永恆的，而人生一世是短暫的；日升月落、季節推移，是大自然的旋律，生生不息，但人生由年少到年老，卻是一去不返，如塵埃、如泡沫；時間對每個人是公平的，但時間才是那唯一的勝利者。在作品中，蓉子經常長以流水、海潮比喻「時間」，而它的生成，因為太渺遠，所以使人無從察考，甚至忽視時間的累積。〈時間〉：「恆變才是不變　如今已波濤萬頃／它激濺奔騰非自今日始／——從我出生時便如此　奈何／直到昨日　我才怵目驚心」這裡藉海洋的波濤比喻時間的無始無端、奔流向前，但人要到回首往昔時才驚覺時間的消逝；詩又說：「年幼時　不懂時間為何物／不悉其顏色未知其價值／當一卷人生的卷軸緩緩展開時／我的年光也隨著它刻刻短少了」，人生卷軸的開展，在視覺意象上是長的，恰恰和「我的年光」的短少形成對比，有「去日苦多」的意味。接著：「在艱苦成長中的感覺很長／一但歡悅綻放的時刻卻很短」，苦長樂短，正是心理時間的效用。詩的最後說：只有他一人「在和人類億萬米的長跑賽中　永遠金牌在握」，「他」即是時間的擬人化，這裡，蓉子給予「時間」極崇高的地位，遠超過人類的歷史。〈歲月流水〉也是以流水當作「時間」的化身，同時揭示時間的無常萬變：「時間緩緩地吹醒一朵玫瑰的甜美／復若無其事地將它委棄在塵泥／那馳騁在戰場上的常勝將軍突然倒下／流水與沙石遞變」，用「若無其事」更顯得時間的無情與無常，「流水與沙石遞變」指的是時間之變，卻也是宇宙自然的「常」。

此外，其中的兩首詩〈時間列車〉與〈當眾生走過〉很可以作個比較。前者共十段 43 行，後者則僅三段九行。前者有論說的味道，後者則偏重抒情；前者從時間的斷裂性，指出時間的驟變與人的有限，後者則從時間的連續性指出天地的永恆，一切循環不止。首先看〈時間列車〉，開端即云：「時間以全速行進　除了孩童／每一位成人都駭異於它的快速」，在蓉子詩中，經常說孩童不識時間流逝的滋味，只有成人才有此覺悟，如前一段所引的〈時間〉也有類似詩句；接著，蓉子反覆指出：「時間是上天分配給人們的特定旅途」、「吾人都得趕上一班時間的列車而去」、「卻無人能走離這嚴密的時間軌道」，代表人受一定時空限制的命運，但蓉子並不因此感到哀傷，因為她很理性地看到人生旅途上的「小小歡愉」和「坎坷」；更重要的是「公平無私是時間老人至善的美德／不因帝王的權威而多給予一分／不因貧苦老弱而少給一秒」，在此，蓉子係以時間來執掌人間的「正義」：所有人間的不平等，這裡是以階級的貴賤為代表，都會因時間的流逝而消弭於無形，帝王與貧民俱皆成為枯骨一堆。[41]此外，蓉子也一再扣緊「列車」的意象，形容時間的快速向前，用「冷冷鋼鐵滾動的音律」、「轟隆轟隆地前去」的聽覺意象加強效果。更值得注意的是，詩中對變與不變、瞬間與永恆的透視。例如其三、四段說，如果逝水可以結冰，則整個宇宙都突然停住，靜止於一點，「如一座龐大透明的水晶球」，「我們便能更清楚地透視這世界／甚至也包括了自己」，這讓時間靜止如水晶球的想法十分美妙，也透露人想要抓住時間的剎那的心願。但蓉子隨即將感性的想像轉為理性的醒覺：「但時間不息流轉　於匆遽一瞥間／昨天的我和今天的我便交臂而過／而今天也迅速跳躍過日子的柵欄遠走」這裡對時間的認識是非常透徹的，縱使可以對時間驚鴻一瞥，但前水非後水，瞬間又推向下一個時間點了。蓉子用迅速眺躍時間柵欄形容，頗見創意與動感。「時間驟變無有恆性」（第五段）實是蓉子此詩的一大體悟，這似乎意味著「化剎那於

[41]李元貞，〈論臺灣現代女詩人作品中的時間與社會的正義〉：「人類追求天人合一的主觀願望永不停息，時間便在人類主觀的願望中彰顯其正義。俗稱死亡與果報的正義便是例子。」見其《女性詩學》第六章（臺北：女書文化公司，2001 年 11 月，初版），頁 231。

永恆」的不可能，只有時間本身才是永恆的。本詩最後說：

愈來我們愈感到水流湍急
而僅能走在這段被約定的時間裡
快樂或憂愁　忍受或享受
前有不盡的古人　後有不斷的來者
卻無人能走離這嚴密的時間軌道

此處前三行表示年歲老大，愈能感受時間的催迫，並重申人生有限、苦樂參半的想法；後兩行與陳子昂〈登幽州臺歌〉:「前不見古人，後不見來者。念天地之悠悠，獨愴然而涕下」比較，蓉子看見的卻是古人與來者，源源不斷，人的歷史是這樣連繫起來的，在限定的時間軌道上依序行走——那麼，也就沒有什麼可悲歎的、孤獨的命運，這正是人類集體命運的軌跡。這首〈時間列車〉傳達蓉子對時間的看法是理性而客觀的，她接受時間給人的限制，認清時間的瞬息萬變，但她也看到時間給人的歡樂、痛苦與正義，「無人能走離這嚴密的時間軌道」確實一語道破人的命定里程。

〈當眾生走過〉的全文是：

大地裼觀音般躺著
只有遠天透露出朦朧的光

風是琴弦
沙痕是誰人走過的腳印無數？

聽，突然間琴音變奏
你熟稔的痕轍已換
於是風又轉調　同樣地

將前代的履痕都抹掉
——當眾生走過。

這首詩用大地黃沙的意象，開拓一個寬廣的空間視野，「觀音」之形象亦加強大地對人類的包容性。風如琴弦為人世彈奏時間的曲調，是個優美的想像，生動地描繪了時間一分一秒、如音符般流逝；樂音的連續，恰可點出時間的恆常性。而沙上的履痕指人的存在，相對於風，它是短暫的，不斷被取代、覆蓋；第二段用問句方式，更產生悲涼之感，因為履痕斷然無法抗拒風的催化。第三段，轉調變奏指世代交替，人也自然而然被時間淘汰掉。但這一來一往的持續，也顯示一種開闊的眼光：人的個體有限，但眾生的世代交替，也是宇宙間的自然現象，人若能視小我為宇宙生命的一部分，投身於循環不已、生生不息的宇宙時間洪流中，也就能夠因此突破自我的有限性，使生命更有意義。詩以「——當眾生走過」作結，破折號代表心境的轉折與歎惋，透顯了抒情的意味，有淡淡的惆悵，如歷史的滄桑感。但這也充分顯示蓉子如何化解人生如寄的悲情，當這是「眾生」都必須走過的時間之路，而不是個人獨自的冒險，就不致顯得如此壯烈、決斷，相反的，正如上引〈時間列車〉的理念一樣，因為是「前有不盡的古人　後有不斷的來者」，人的集體命運被觀照到了，便無形中有了歷史性的意義，人類的生命得以在時間之流中延續。

六、結語

「在時間中有一種節奏／在時間中有一種旋律」，蓉子〈時間的旋律〉如是說。蓉子對時間主題的關注是持續不斷的，直到最近發表的〈長日將盡，世紀已老——描廿世紀末端景象〉與〈我如何選擇遺忘〉二首，仍然就「世紀末」這個特殊的時間意識抒發感想。前者從大我的角度，總寫社會亂象，充滿淑世的熱情；後者從小我的眼光出發，對即將逝去的廿世紀有深深的依戀，「那是一種不捨　一種血肉相連的過往／當一整個豐穰的廿世紀即將歸去／進入厚厚的史冊　而我還要前行／迎向一個完全不能預知的全新的廿一世紀」，詩的末段以此收束，有走進歷史的歷史意義，也有迎向未來的時間意識。[42]這兩首詩將歷史、時間、個人與時代的關係緊密地結合，在在證明蓉子時間意識的強烈與突出，在現代詩人中是很有代表性的。當然，這些作品少數仍有瑕疵，譬如用語過於淺白、直接，不夠含蓄，常以「時間」一詞直接呼告，或頻於使用抽象、概念式的語言，都可能減低其藝術的效能。[43]但整體說來，蓉子詩的藝術成就仍是值得肯定的。其夏季詩的獨特美學、都市詩對生存情境的深刻觀照、山水詩對「永恆」的體悟，都有賴於她對「時間」的敏銳觀察與描繪。她的女性時間觀，更顯現「陰柔對抗」的力量，在時間中完成自我的靜默與堅持，尤能透顯女性特有的生命格調。她對時間的通透認識，則表現於對死亡的理性認知，因此把小我的生命視為宇宙生命的一部分，與時俱化，成為大自然循環的一節，生生不息；由此我們看到蓉子對人類命運的思考與關懷，可說相當富有歷史感與恢宏氣度的。蓉子詩對「時間」主題的多樣而深刻的表現，確實不容忽視。

本文之完成，感謝蓉子女士慨贈詩集珍本，以及三位審查者的寶貴意見。

——選自《臺大文史哲學報》第 56 期，2002 年 5 月

[42]發表於《藍星詩學》第 8 期（2000 年 12 月）。

[43]例如張健〈評《七月的南方》〉、劉國全〈評《七月的南方》〉二文都曾指出蓉子詩的小缺點，但瑕不掩瑜，整體上仍是值得肯定。見蕭蕭主編《永遠的青鳥——蓉子詩作評論集》，頁 237～244，247～256。

永遠飛翔的青鳥——蓉子（節錄）

◎周偉民[*]
唐玲玲[**]

一、「詩人必須首先做成了『人』，然後才能作詩人」——蓉子詩的藝術

（一）「創作，終身的契約」——在藝術世界中探索的蓉子

蓉子是臺灣詩壇上一隻永遠飛翔的青鳥，蓉子是詩壇上永遠翠綠的常青樹。臺灣詩人林野是這樣描繪蓉子三十多年的創作生涯的：

> 像一隻翩翩的青鳥展翅翱翔，不懈地追求詩和美的綺夢，或像一朵出水青蓮，自妍婉中擎起，久久自芬芳，這些或捕捉靈思幻美，或歌詠生命，或追記雲遊旅次，無不自成佳構佳篇，以亮麗的緞帶串連而成。

蓉子永恆地微笑著看世界；她那雍容、溫柔、纖細的性格，對藝術的真善美的執著追求，展現了蓉子詩歌的獨特格調。

蓉子 11 部詩集，明晰地描畫了她在詩國漫步時那輕盈、寧靜姿態。在那令人心醉的詩作中，我們似乎見到一位質樸無華、謙遜自如、典雅閒靜、溫文爾雅的東方型中國式的秀麗女詩人，她在沉思、在耕耘、在奮進、在成功的道路上跋涉。她戰勝了生活，戰勝了自己，在詩的王國裡攀

---

[*]發表文章時為海南大學文學院教授兼院長，現已退休。
[**]發表文章時為海南大學文學院教授，現已退休。

向神聖崇高的頂峰。她的成功之路展現得那麼單純，那麼自然，彷彿天造地設，而詩人自己又生活在透明的純真的生活之中。冰心老人說過：「我的生命的道路，如同一道小溪，從淺淺的山谷中，緩緩地、曲折地流入『不擇細流』的大海。」[1]蓉子自己曾經真誠地告訴讀者：「遠在少年時代，甚至更早就愛上詩了！由於喜歡，就很想找詩來看；可是，在我做小孩那段時候，由於新詩人沒有現在這樣多，社會全不重視這方面的發展，文化環境比不上現在，因此適合一個小學高年級或國中生讀的詩，就像沙漠中的花朵那樣少，那樣難求；然而，這仍挫不了我天性中對詩的嚮往和愛。曾經讀過冰心的《寄小讀者》，後來更喜愛上她那兩本充滿了哲理和晶瑩情感的小詩——《春水》和《繁星》。慢慢地又喜歡上了徐志摩、何其芳和馮至——尤其是他的十四行詩；以及小部分的翻譯作品。慢慢地自己也禁不住「手癢」起來，因為往往心裡有很多感觸，催迫著自己，不吐不快。奇怪的是，竟然那些自我摸索出來的東西，全都有著小小的『形式』——好壞是另一回事。反正那時候，只要能將內心的感受真正寫出來，心裡便充滿喜悅，根本不曾奢望有朝一日去發表。在全無師友指導的情況下，也不敢斷定當時自己自動自發所寫出的到底算不算是真正的詩？不過，前前後後也寫了幾十首——現在想起來，那倒是一段不可少的自我訓練時刻。」[2]這一段自白，讓我們窺見童年時代少年時代的蓉子，在 1930 年代詩人冰心、徐志摩、何其芳、馮至等詩人的詩的潛移默化中，不期然地心領神會，進行了詩歌的自我訓練。她在就讀初中二年級時，熱衷於閱讀泰戈爾和冰心的詩和文章，在一堂國文課上，她初次以一首新詩代替了作文。老師給她的評語是「『東西』很好；字不好。」這也夠了，小時候想當作家的夢，已經被這一句話疏導向寫詩的道路上去了。初中畢業那年，同學們還給了蓉子一個綽號：「冰心第二」。[3]好一個少年時代的「冰心第二」！四十多年後

[1]冰心，〈序〉，《冰心文集》。
[2]柯慶昌，〈燈屋的春天——名詩人蓉子女士訪問記〉，《心臟詩刊》第 4 期（1983 年 12 月）。
[3]高歌，〈千曲無聲——蓉子〉，《蓉子自選集》（臺北：黎明文化公司，1978 年 5 月）。

的今天，我們有意識地對照蓉子和冰心早期的詩作，見出許多有趣的現象。

「五四」運動時新詩的開拓者冰心，她步入詩國的情景，後來的蓉子，十分相像。冰心曾說：「我寫《繁星》，正如跋言中所說，因看著泰戈爾的《飛鳥集》，而仿用他的形式，來收集我零碎的思想。」[4]冰心是因印度詩人泰戈爾詩歌的影響而沉醉於詩歌的，她的《繁星》和《春水》，就是在這種半學習半創造的潛意識的引導下寫成的。在〈我是怎樣寫《繁星》和《春水》的〉一文中說：「我偶然在一本什麼雜誌上，看到鄭振鐸的泰戈爾《飛鳥集》連載，這集裡都是很短的充滿了詩情畫意和哲理的三言兩語。我心裡一動，我覺得我在筆記本上眉批上的那些三言兩語，也可以整理一下，抄了起來。在抄的時候，我挑選那些更有詩意的，更含蓄一些的，放在一起。因為是零碎的思想，就選中了其中的一段，以繁星兩字起頭的，放在頭一部，名之為《繁星集》。」冰心讀泰戈爾的《飛鳥集》，仿用它的形式，收集自己的零碎思想而成詩集。少年蓉子在泰戈爾、冰心的詩作中，初嘗了創造的快樂，學習倣仿寫詩，而得了小同學稱許的「冰心第二」的雅號，這不是幼小童心的玩笑，而似在兩位不同時代的詩人和讀者中間，冰心和他的「小讀者」，這時已是「心有靈犀一點通」了！冰心謳歌自然，探索人生的柔美詩篇，以她深沉的愛和清新活潑、自然優美的藝術形式，浸潤著讀者的心，蓉子的心弦被冰心的詩重重地敲響了。當年嫩弱的小草，過了四十多年，冰心老人在她八十多歲的高齡中，如果能得悉受她影響而展翅飛翔的「青鳥」，今天已成為飲譽世界的桂冠女詩人，我想，冰心老人的微笑將是甜蜜的、永恆的。當年冰心在《繁星》中曾說：「文學家呵！／著意的撒下你的種子去／隨時隨地要發現你的果實。」冰心在文學園地裡，有許多不朽的傳世之作，又薰陶、培育了一代又一代的詩人，蓉子的傑出成就，可以說，冰心是她心靈最初的啟迪者。蓉子在江

[4]冰心，〈自序〉，《冰心全集》（1932 年）。

陰和上海上中學的階段，「就這樣她在一個『遙遠的不可知的心靈』召喚中，寫詩，寫自己的喜悅和遐想。沒有一個人指導她，她也不想拿給人家看，只是獨自摸索著，嘗試著；她把這一過程的歡笑和寂寞，統統揉擷到一本最好的簿子裡，當作自己心靈珍愛的祕密，小心收藏。」[5]蓉子幼小的心靈，就陶醉在詩歌世界裡。

蓉子的家庭環境，影響了她的性格，形成了蓉子的詩歌的特殊格調。羅門在《記憶的快鏡頭》中寫道：「由於你一直在宗教家庭長大，父親是牧師，從小在嚴謹的家庭教育和宗教音樂的薰陶中長大，加上天性上的溫和，妳給人的印象一直都是安安靜靜與和和氣氣。」宗教與教堂裡音樂的薰陶，使蓉子詩作的音樂感特別強烈，而且感情真摯，旋律活潑，充滿著對人類世界一顆溫柔的愛心。蓉子自己說過：「我開始摸索詩的道路與門徑，記得童年最先接觸的詩歌，不是古詩，不是律絕；至於歌德、雪萊、拜倫的詩也都是後來的事了！而是很自然的接觸到的古希伯來民族的詩歌：那些莊嚴的頌歌，那些迎接勇士歸來的凱歌，那些靜默的祈禱如大衛王的詩篇，那些歌頌神聖愛情的如雅歌。它們沒有嚴整的句法，卻有真摯的情感，活潑的旋律，我雖未有心去模仿，它們卻多少影響了我。因此我覺得一首詩除了必須有內容有意境外，也該帶著音樂的氣息，這種音樂的氣息與其是刻板的人工律韻，毋寧是自然的生命的躍動。」[6]蓉子在宗教的愛的哲學感召下成長，在宗教音樂的氛圍中獲得詩的靈感和韻律。這種生活體驗，與年輕時代的冰心又何其相似！當冰心在協和女大理預科這所教會學校就讀時，她學習了《聖經》，見到教授《聖經》課的安女士房間裡，有一幅小羊與牧羊人的畫，迷途的羔羊，見到牧羊人時，「它又悲痛，又慚悔，又喜歡，只溫柔羞怯的，仰著頭，挨著牧人手邊站著，動也不動。」[7]這幅畫和《聖經》讓她有如斯感受：「上帝是我的牧者——使我心靈蘇醒—

---

[5]高歌，〈千曲無聲——蓉子〉，《蓉子自選集》，頁 291。
[6]蓉子，〈後記〉，《青鳥集》（臺北：中興文學出版社，1953 年 11 月），頁 104～106。
[7]冰心，〈畫——詩〉。

—」《聖經》課帶給冰心的，是詩情和畫意，「從那時到現在永遠沒有離開我——。」[8]東方著名詩人泰戈爾的哲理詩，西方宗教的《聖經》，給冰心心靈布下的，是上帝的愛，大自然的愛，人類的愛。青少年時代的蓉子，酷似冰心一樣領受泰戈爾詩所留下的雋永的印象，也在宗教的信仰和音樂中培植了詩的靈感。1952 年的聖誕之夜，蓉子寫道：「我仰望——教堂的尖頂上，有我昔日凝聚的愛，信仰與希望，今夜的鐘聲復使它們飛翔。」在她結婚的大喜日子裡，寫下〈夢裡的四月〉：

翠茂的園子
圍繞著這座肅穆的教堂
如海水簇擁著燈柱。

我靜靜地來到裡面，
盞盞乳白色的燈
像我的夢在發光；
還有那彩色的玻璃窗
直窺天國的奥祕。

啊！每當我來到這裡：
童年的回憶一再升起
多麼親切而滲和著憂情的
愉快記憶啊！
那是我父親的教堂
我們在其中長大

教堂是蓉子早年美感世界裡造型的體驗；古希伯來的民歌，教堂的鐘聲雅

[8]同前註。

樂，宗教信仰的虔誠與肅穆，在年輕蓉子的心靈裡，逐一地敲開了她美感生活裡的視覺和聽覺層面。

蓉子的一生，過的是詩樣的生活；蓉子的生活，又包圍在詩裡。自從她以純潔的情思步入詩國之後，她四十年如一日地從事這一高尚的神聖的事業。她說：「小時候我就喜歡讀詩。在我小小的心靈裡，總覺得詩人是神聖的，是高高在上的。當時愛好文藝的初學者並不像現在那樣有很多機會參加什麼文藝講習班，或向有經驗的作者請教。當時自己只是偷偷的寫，也不敢給別人看。有空時就把自己的東西拿出來看看，修改後又細心地把它抄在一本精美的筆記本裡。1950 年來臺灣後，就把自己的兩篇作品寄到臺灣最早的詩刊《新詩週刊》去，當時只想請他們看看自己的東西像不像詩，想不到猛地被登了出來。這種鼓勵使我開始走入詩壇。」[9]蓉子就是如此純真地在詩的世界中追求，她讚賞過桑德堡的話：「詩是一扇門一開一闔，讓那些看過去的人去想像那片刻間所見者為何。」蓉子以一片坦誠的心忠誠於詩的事業，也因此決定了她的詩觀。

她認為詩人必須忠於生活，詩的根源必要從內心出發，她認為寫詩苦樂參半，但不要做勉強而為的事。她還說，「寫詩的人，有賴平日不停地從生活中汲取經驗。靈感、事實上是一種『頓悟』，所謂『深思之久，方能於無意中忽然撞著』」，而詩的表現和內涵同樣重要，是詩的一體兩面。正如黑格爾所說的：「感性的東西心靈化了，而心靈的東西也借感性化而顯現出來了。」蓉子用真實的心靈的聲音寫詩，以詩的眼光觀察生活，對待人生。柯慶昌在訪問燈屋的女主人時，寫了一篇〈燈屋的春天〉，忠實地告訴讀者關於蓉子的詩境生活的感想。蓉子說：

> 但願我真能像你所認為的——一直生活在詩的世界裡。但是，說真的，詩人豈是不食人間煙火的神仙族類？如果是那樣的話，也就沒有真正的創

[9]引自敏瑜，〈走進蓉子的世界〉，《星洲日報》，1983 年 1 月。

作了！有人將詩人比作食桑葉吐絲的蠶，和吃青草卻提供給人們牛奶的牛。也就是說：詩人從粗糙的現實生活中獲取經驗，經過吸收、提升和熔鑄的過程後才能成為一首詩的內涵。所謂「距離是美」，然而，那過程卻是一種長期掙扎的過程，一個寫詩的人常常不停地和自己、和諸多的事物與現象，作有形、更多時候是無形的掙扎。

寫詩是艱苦的勞心事業，甚至在家庭生活中需要互相理解和支持：

因為一個人在創作時刻，需要絕對地安靜和孤獨，縱使親如父子或夫妻也不能代你去做，他（她）所需求的是安靜和專意，讓那首詩從全神貫注創生的種子裡緩緩地發展和形成，每當這種時刻，家人對他的諒解和尊重就是他（她）最大的助力了。

蓉子和羅門，就是這樣相濡以沫地進行詩歌創作。他們的創作是艱苦的，但又是美好的；她說：

我常覺得，生當工商業社會的今天，詩人常常是一個飽受內裡和外界世界雙重煎熬的人；如果他（她）能創造出一首好詩，讓人欣賞，讓人深深地感受到詩境的美，她就滿足了——這就是她的報償。詩人只是為美工作的人。只有完全的欣賞者才能真正輕鬆愉快地生活在詩的世界裡，享受詩境中的美。

蓉子三十多年如一日地寫詩，只是「為美」而工作，只是喜歡詩這種表達情感的文學形式罷了。她在題為《詩》的詩中寫道：

若我是翼我就是飛翔　是漣漪就是湖水
是波瀾就是海洋

是連續的蹄痕就是路徑

從一點引發作永不終止的跋涉
涉千山萬水　向您展示
無邊的視域與諸多的光影[10]

既是順乎自然的選擇，又是鍥而不捨的創作毅力和精神的表現。蓉子的拍翼翔空的意志，終於使她歷涉千山萬水而走向成功，讓理想化為現實。她曾在不同的場合，從不同的側面談到自己寫詩的理想和體驗。當她第一次成功之後，曾坦率地向讀者述說自己的夢想與現實的遭變，以及她在生活的海洋中如何讓憧憬化為詩作，她說：

從小耽溺在翻譯小說的閱讀裡，我有過多的遐想與夢：書中的理想人物，高貴的靈魂使我欣羨而神往，我曾希望自己能代替他（她）們；山川的壯麗激起我對生命無窮的歡悅，我曾渴望以旅行作終身的職業；而每當聽到從熟練的手指間，黑白的琴鍵上流出震撼靈魂的樂音時，我也曾憧憬蕭邦和貝多芬的生涯。雖然幼年也曾學過一點鋼琴；然而做為一個苦難的中國老百姓，一個平常公務員的我，朝夕為了生活而工作，這些夢想的花朵已一瓣瓣凋落在冷硬的現實石板路上了！

蓉子在「冷硬的現實」中上下求索，在生活的激浪中奮鬥，寫詩成為她心靈深處的一種力的衝擊。她又說：

現實所給予我的是人海的無休止的浪濤衝激，善美人性的淪喪，物慾的囂張，我為此而感到窒息的痛苦與孤寂，腳底下又是不停的戰爭，驪別與流亡——這些流動的生活——感情與思想。這一份憧憬，一份抑鬱及

[10]見《維納麗沙組曲》詩集。

憂憤，使我不自禁的要寫詩。[11]

由於蓉子在生活的搏鬥中寫詩，所以她深深體味到詩人創作的甘與苦，她把這種勞動的艱辛，看作是自己對生活的奉獻。當她的第五本詩集《維納麗沙組曲》出版時，蓉子對於嘔心瀝血的創作生涯作了如下的敘述：

做為一個詩人，有多少工作等待著他們在孤寂中完成？有多少需要克服的艱困！在時間的重重的支解和人生搏鬥的殘喘之餘來寫詩，需何等的毅力和耐心！且需不斷地和時間抗衡，征服那許多無意義的喧囂和庸俗的掣肘。生命中不全是光輝四射的時光，不時地也會飄來灰黯的雲翳掩蔽你心中的光亮。而最多的時刻卻是沙漠般的長途，伴著無盡的寂寞和辛勞！不知是誰說過：「詩人註定應卜居在人類（歡鬧）的外緣——外緣常是辛苦而無報償的地方，詩人的生活猶如放逐的生活。」以上句子中「歡鬧」兩個字是我自己加上去的，因為根據現實的經驗我以為詩人並不曾遠離人群，他居住在人間，生活在人群之中——若非這樣，他就不大可能寫出具有價值的詩篇；但有一點令我確信的，那就是詩人往往是被平凡的幸福遺棄了的人，他無法過一般人那種輕省的生活；同時他雖真正地生活在人群中，他的靈魂卻像是一個異鄉人，真像註定是卜居在人類歡鬧外緣的，有一種永恆的孤寂感。而他所說的放逐生活想係指內心的感受而非一定指現實的情景。在另一方面詩人卻需付出雙重的憂勞和愁苦。一方面他必須在不斷的創作上獻出他的忠誠、才智與毅力；另一方面又需以其思想與才能去應付生活，應付現實上一切非詩的事情，應付許多意想不到的艱困和失望；應付這兩個不同的世界所帶來的種種矛盾、不適和衝撞——這真是一種疲於奪命的換軌啊！基於此，那些長年從事此種靈魂建樹工作的，那些繼續走此「窄門」而終不反悔的人，實應

[11]蓉子，〈後記〉，《青鳥集》，頁 105。

獲得社會的尊重和精神上的鼓勵而不是冷淡、諷刺或謾罵（諷刺來自你初起步時，局外人對你的不信任，冷漠來自你成名後和你一同走此窄路的伙伴，謾罵則來自真正的敵人）。[12]

蓉子在艱苦的創作生活裡，深深領略到創作是艱苦的事業，要讓夢想化為現實，並非一蹴而至的事，她接著說：

每一個詩人在年輕時都會有理想有夢，為遙遠的不可知的心靈的召喚而寫詩，希望一天能在他的同胞中激起美麗深遠的共鳴，由於這一切只是模糊的，不求甚解的，就以為所謂「成功」會在一朝突然奇蹟似地來臨，殊不知「創作」的艱苦實非一個好逸惡勞及心志不專的人所能長期忍受的，因為它是一種終身的契約。[13]

蓉子忠實於生活，忠實於生命，她克服生活中的重重困難而寫詩，應該說，作為一個詩人，她對社會作出無私的奉獻。她在《七月的南方》後記裡說：

社會不會因為你是「詩人」而給你優渥，無論是社會或家庭要求一個詩人對它付出的責任和注意，絕不較常人為少；而他們較重要方面的貢獻，人們反而不予重視（試想一個完全沒有詩的世界，該是多麼貧瘠！），因而我們對社會便有了超額的負荷——雙重的責職）：一份屬於普通人的，另一份屬於詩人的。有時我不禁會如此想，如果我們能有較多的閒暇、沉思、較適宜於創作的環境；不為過多現實上的瑣碎分心，不為生活付出太多的時間和精力，也許我們可以創作得較多和有更好的成績——即使沒有，我們又何能停下來等待？我們仍得盡一己力量去做—

[12]蓉子，〈後記〉，《維納麗莎組曲》，頁 92～93。
[13]同前註，頁 93。

—去工作，去面對「生存」和「現實」，然後把裕下的時間、精力和愛奉獻給繆斯。

基於這樣誠懇地忠實於生活的觀念，因此，蓉子寫詩，永遠流露出那份真摯的感情，展現生活中的真善美。她永遠保持那份謙遜的品格，為寫詩作出不懈的努力。她曾說：「詩人不應該自視甚高地把『詩人』當成什麼了不起的『行業』，詩人必須首先做成了『人』，然後才能作『詩人』。一個詩人既非『超人』，也非『神仙族類』，只有當他從事創作的時候才是『詩人』。」[14]要作一個詩人，首先必須「有一顆超越利害、計算、虛偽、詭詐、世俗的純粹的心。」她認為：「一個真正的詩人雖不一定是道德家，卻自然地會符合正義感和良知的」[15]。因此，蓉子寫詩，總是流露心靈深處那份真情，她對讀者從來不隱瞞自己創作探索的艱苦和喜悅，她曾說：「寫詩的過程有時也是很痛苦的，然而，在你完成一篇作品時的那快樂、喜悅，卻也是別人所不能體會的……」「靈感，是靠平時閱讀與體驗中累積起來的。當你的心裡興起了創作意念而周圍的氣氛正好都配合時，你便能寫得很順暢，而平時從生活中所吸收的東西也就能派上用場，運用自如了。」[16]這位在詩壇上攀摘桂冠的女詩人，之所以贏得世界性的盛譽，的確不是出乎偶然了，我們從上面蓉子那許多自白中，深深地領略到，任何一位善良的讀者，一接觸到蓉子的詩，就會被女詩人的柔美的藝術所陶醉，被她善美的心靈所感化，被她豐富的感情所激動；蓉子以她的詩重現生活的真善美，蓉子以她心靈的歌唱啟示人們如何對待美麗的人生，蓉子以她對自然和社會的生活體驗，引導人們去熱愛生命，熱愛生活。她的詩，比之於羅門的詩那份豪邁的剛陽之美，蓉子詩歌所呈現的婉約的陰柔之美，具有獨特的女性格調。

[14]見鐘麗慧〈永遠的青鳥——蓉子〉。
[15]見引蓉子〈詩人手札〉，《鍾山詩刊》1985 年第 5 期（1985 年 3 月）。
[16]見《星洲少年》1983 年 1 月 24 日。

（二）「超越性別的限制，傳達時代的聲音」——弘揚婦女文學之光

更為可貴的，在蓉子的創作活動中，為婦女人格獨立的弘揚而努力。本來，在藝術花園裡，百花齊放，藝術家只有成就的大小之別，不必有性別之分。但從當今臺灣詩壇及全中國的文學園地裡，中國女作家的成批湧現，已成為文學界的一股潮流。在臺灣文壇上，近三十年來出色的女詩人就有十多位。而蓉子一直是女詩人群中的佼佼者。

蓉子自步入詩壇之後，一直保持著中國婦女獨立的人格；她的作品，除了描寫個人感情的感受之外，突破了婦女狹窄的生活範疇，把詩的視野擴大到整個社會人生。如對鄉土、對國家民族的感情，對現代都市文明生活的揭露和抨擊，表明了女詩人的社會觀。

蓉子在幾十年的創作生涯中，她不僅帶動羅門攀登詩壇的桂冠，共同營造家園，一起創作詩。她已飲譽世界詩壇並與羅門一起，被美稱為「中國白朗寧夫婦」。而且在羅門詩名大振、成績顯赫的時刻，蓉子仍雍容大方地保持自己獨立的創作特色，表現自己獨特的詩歌格調。蓉子是羅門「養一林鳥聲，著滿天雲彩」的「一棵獨立的樹」，而「不是一株喧嘩的樹，不需用彩帶裝飾自己」。當她的第一部詩集《青鳥集》出版時，的確是現代詩壇上一汪在「第一個春天就萌芽了的泉水」，她像一股透澈的清泉，在1950 年代初期的臺灣詩壇上汩汩流出。自此之後，她寫詩三十多年，享有三十多年的聲譽，詩作不斷，詩名與日俱增。正如高歌在〈千曲無聲——蓉子〉一文中所敘述的：在蓉子出現詩壇之後，「往後的日子，我們也漸漸看到一些女詩人水仙般的冉冉升起了，開放了，吐露了或玲瓏、或清新、或婉約、或溫柔奇特的光華——林泠、李政乃、敻虹、鄭林、朵思、羅英、王渝、劉延湘、黑德蘭、洛冰……她們一個個旋舞而出，確曾譜出過詩人張默所說的『一片花團錦簇的盛宴』。可是，隨著年月的過去，我們也先後聽到她們珊珊的步履，漸行漸遠，終至漸漸無音。可是蓉子，這位白萩筆下『自由中國詩壇祖母輩的明星詩人』，卻依然未改其性，在詩的『未言之門前』，『傾聽且耐心地守候』著，依然細心觀看著『一顆種子從泥土

出生的路徑與變化』，依然在現實的海流浮沫中，昂然獨立，砌塑她那愈來愈寬闊、愈瑰麗的天體。」三十多年來，蓉子始終活躍在臺灣的詩壇上，儘管詩界後浪推前浪，一代代新詩人不斷湧現，而蓉子卻永保藝術青春，屹立於詩壇。余光中曾準確地對蓉子作過判斷，說她有「中國古典女子的嫻靜含蓄，職業婦女的繁忙，家庭主婦的責任感，加上日趨尖銳的現代詩的敏感，此四者加起來，形成了女詩人蓉子。」

的確，做為一個女詩人，比起男性詩人來，需要有更堅強的毅力，付出更多更大的代價才能在事業上獲得成就。這恐怕是中國每一個職業婦女的共識。蓉子是幸運的，她遇到了一位志同道合的丈夫，不僅熱愛她，崇拜她，而且理解她，支持她，他們比翼雙飛。在蓉子這一方而言，也克服了許多障礙和困難。她自己就曾說過：「我永遠不能忘記當我出了我的第一本詩集——《青鳥集》後那危險的沉默時期，設若沒有八年後的第二本詩集《七月的南方》出現，此刻我早就不再是詩人了（相信當時在我沉默了那樣久後，很多朋友都以為我不會再寫了）。」[17]這表明，蓉子於婚後一段時間，在詩壇上沉默了。她婚後的生活，負荷著內在和外在雙重的劇變，負荷著主婦的困惱與詩壇的風雲動蕩。她在生活的重壓與奮鬥中變得堅強起來。羅門在《記憶的快鏡頭》一文中曾經回憶他們婚後的生活說：「為了分擔現實生活上的困難，妳仍必須繼續的在國際電信局工作，而且也相當的辛勞，下班還要看書寫作做家事；有時還要上小夜班，到十一點半，才能回到家。逢上風雨天，下班車又只能送到大街上的巷口，而巷子又長又深，我如果碰上明天值早班，也不能例外的拿著雨傘站在街燈下等著妳回家，有時淋得滿身濕透。但回到家中，『燈屋』裡的光，流過彼此的臉，卻較平日更為溫馨了。」[18]蓉子婚後分擔家庭的經濟困難，她必須邊工作，為承擔一分責任而操勞。不過，應該說，這是幸福的生活！下晚班有親愛的人相接，雖苦猶甜，正如羅門自己說的，家中燈屋的光，此時此刻，比平

[17]蓉子，〈後記〉，《維納麗莎組曲》，頁 94。
[18]羅門，《詩眼看世界》（臺北：師大書苑，1989 年 6 月），頁 282。

日更溫馨了。再加上夫妻兩人感情性格上的互相適應，蓉子也以中國女性的溫柔忍讓的方式接受與忍讓。羅門在自述他的「忍讓與領情後的內疚」一節中寫道：

> 由於妳一直在宗教家庭長大，妳給人的印象一直都是安安靜靜與和和氣氣的；而我年輕時，因學飛行、打足球、愛動，加上自我意識又強，所以生活上的許多事情，往往總是由於我的堅持，而使妳只好接受與忍讓。譬如家裡地方小，我寫詩，有時須要放一些背景性的音樂；而習慣在安靜中構思的妳，便難免受到影響了；又家裡的布置與任何東西的安放，都幾乎是照我的所謂「藝術與科學化」的方式處理的，這對妳當然又是不能完全適應的；有時到外面餐館去吃飯，我雖也叫妳點菜，但點了一個，我總是將菜單又拿過來自己再點，而我點的，妳不見得喜歡吃，但妳還是將就吃了。又妳在日常生活中，動作比我緩慢，我常常把妳催得心頭發急；的確每當我缺乏一分耐性時，便是在妳心上增加一分耐性。印象最深的，是我出門常常坐計程車，而妳提著一大堆日用品，還是擠著公共汽車回家；看妳勤儉的樣子，再想起妳滿懷感慨的話：「別人一個人作事，養一大家，都省錢買下了房子；我們兩人作事，到現在還沒有錢買房子……」我心中怎能不感動與內疚呢？也許做為一個詩人，既不會理財又有點任性，並非什麼大錯，但由於長期的忍讓，我內心對妳由於虧欠所產生的歉疚，便也無法避免了。

蓉子在家庭生活中忍讓的美德，羅門在記述中已充分地凸現了。而蓉子，她以自己獨立的意志，促進了以自我為基礎的幸福的追求。她在生活中以妻子的身分進行新的調適；在事業上她以女性的真實經驗和真實的需求，在藝術的王國進行不懈的探索；在風起雲湧的社會大變動之中，儘管女性在政治、經濟、歷史、社會、文化中處於不利的地位，但蓉子好像不畏懼這一切的壓力，不斷進行女性的自我實現，這種自我實現過程，當然是指蓉子的潛在力、才華和才幹的不斷繼續發揮，是她自我對個人內在本性的充分認識與接納，並不斷邁向人格的統一，整合、和凝聚的傾向。蓉子的詩，不斷地從浪漫的稚氣而趨向成熟。這正如羅門所說的：「這些年來，妳一直都在企求透過上帝、大自然與詩的通感性，去觸及人生的寧靜面與永恆的安定感。」她時刻在追求、探索人生與宇宙之間的永恆的通感，創造出心靈的詩，以她對於自我和藝術的忠誠，對於創作的變化愈發堅實的默省，保持了自己的創作風格，她自己說過：「我願意更多地把握自己一些，而並不急於做一時的跳水英雄，去贏得片時的喝采；我願意更多顯露自己的面貌，但必須先有靈魂和實質為後盾。」她以自己這份執著和誠懇，才終於涉過了「這沉默得如此的深潭」，終於能「站立得足夠的久，去看褪去了雲的詭譎假面的廬山真貌。」[19]蓉子在婚後的三年沉默中，顯得更加冷靜、更加充實了。她的詩的內容也顯得更加廣博，以新的感覺面對世界；她建築了具有蓉子獨特豐美的「由聖經、自然與存在觀造成的三角塔。」[20]而且不斷地擴大自己的視野，征服女性詩人的界限，征服了自己心靈的界限，並鑄造了更具社會性和時代感的詩篇。蓉子自己還說過：「詩與藝術使生命產生耐度，在時間裡不朽。」做為一位女性詩人，她戰勝了家務與職務的雙重壓力，在藝術的王國裡馳騁，這是多麼艱難的奮鬥歷程！有一次《心臟》詩社的記者訪問她提到女詩人的艱辛時問道：「即使強調女權的世紀裡，做為一位成功的女詩人，仍然是難得的，可否談談內心的感受？」蓉子坦然地回答說：「我不是一個喜歡奢談女權的人，總覺得這人世間的紛擾和爭競已經夠多的了！兩性之間大可不必再『戰爭』了。不過，做為一個創作者來說，身為女性是更加艱辛的。因為創作需要專注和全心的投入，而一位女性作者一旦進入家庭，便不可否認地置身蛛網一般紛紜繁瑣之中心，柴、米、油、鹽、醬、醋、茶、丈夫、兒女，在在需要她照顧和分心——這也是她的責任；更何況現在的家庭主婦往往又身兼職業婦女，

[19]高歌，〈千曲無聲——蓉子〉，《蓉子自選集》，頁 292。
[20]同前註，頁 294。

成天地疲於奔命；更何況她還要做一個創作者，真是最不易討好的一種角色。只因寫作是由於需要，一種內心深處的燃燒，我們不得不努力克服所有困難和一切不利於我們的因素，跋涉著這條超越利害艱苦卓絕的長途。只有在偶然得到一份友誼的共鳴時，才真正獲得一份人間的溫馨；而果真寫出了一首令自己滿意的好詩時，那種愉快是得了十萬、廿萬獎金也換不到的愉快——不打折扣的一份喜悅。」[21]女性詩人如何克服生活的重壓，在現實生活中體驗詩情，較之於男性詩人，要付出更堅定的毅力。她在《蓉子詩抄》的序言中也談及自己創作的甘辛。她說：「做為一個生活在現代的婦女，生活面是多元而且匆迫的。生活與現實上的一切往往用千手來牽扯妳，要求妳的注意。特別是在我寫這篇序文的時候，諸事蝟集，真不知從何處著手才是！此種情況和我們古代的女詩人或女詞人那種『倚遍欄杆只是無情緒』的悠閒相較，確有天壤之別——倒不是我多麼喜歡她們那種『倦慵』的生活；而是我特別羨慕她們能享有那樣多『時間的財富』，不但可供她們充分使用，還可以任意揮霍——感到用不完的無聊；相反地，生活在繁忙動亂中的我們，連點滴都得珍惜，不唯絲毫不能浪費；恆常有無法支配的窘迫：在家務與職業雙重的壓力之餘，試問我們能有多少『閒暇』來從事於創作？！這兒我所說的『閒暇』，並不單指時間；更包含了不為紛紜世事所攪亂了的澄明如水的心——毋寧就後者是更重要的。詩的創化早已不再效 19 世紀初浪漫派詩人們那樣地專門仰仗衝動的情感和『煙絲披利純』了，今日新詩追求純粹與凝練，需要嚴密地思考和冷靜的觀照，詩是靈魂在清醒、透明、豐盈的時刻所完成的，它特別需要一間安靜、孤絕可供自由思想的『工作室』；然而環繞在我們四周的一切卻是如此動盪、紛紜、複雜而且缺少美感，在在削弱你的詩想，阻斷你的詩緒，攪亂你的詩心，正像風或主婦手上的掃帚不住地弄斷了蜘蛛吐出來的絲，影響牠結網的工作一樣……在這種情況下，一位女性作者似較男詩人們需要付出更

[21]柯慶昌，〈燈屋的春天——名詩人蓉子女士訪問記〉，《心臟詩刊》第 4 期。

多的忍耐和毅力。而且傻得可以，因為我們所擁有的只是時間的碎片，竟想以此來創造藝術的完整！」多麼堅強的毅力，多麼執著的詩情，蓉子衝破生活中的繁瑣，付出了重大的代價，在詩歌的園地裡勤奮耕耘，終於到達成功的彼岸，獲得了應得的殊榮，她與羅門一起獲得了國際桂冠詩人學會頒贈的「中國傑出文學伉儷」，獲得菲律賓總統的金牌獎，成為臺灣詩壇的一隻火鳳凰，是詩壇上開得最久的一朵菊花。

1989 年，蓉子做為「亞洲華文女作家文藝交流會」的主席，在會上致詞，題為「超越性別限制，傳達時代聲音」。她一再強調女作家推動文藝工作的重大作用；她以強烈的社會責任感，信心百倍地為開拓文藝園地而努力。蓉子說：

> 廿多年來（如果加上本會的前身——「臺灣省婦女寫作協會」，前後已有卅多年的歷史）「婦協」全體姐妹，在工作崗位上所做的努力，雖不敢說對文藝有舉足輕重的貢獻；但卻也是推動文藝工作的一股不可忽視的力量，尤其在即將迎向廿一世紀的今天，大家都已首肯，在推動國家與社會進步方面，婦女與男性，具有同樣的責任與才能，創造的智慧和時代所賦予她們的使命。正如不久前一位婦女領袖所說：「推動搖籃的手，也應該是一雙推動時代的手。」時代急速變動，經濟發展有成，很多人遂一味追求官能的滿足而卻心靈空虛，精神生活低落，需要我們從事文藝工作的人，來做精神上的「環保」工作——用我們的筆來大力提升和淨化已遭物慾汙染了的社會和人心。也許這不只是某個地區的問題，而是科技物質文明極度發達後整個時代的病癥。為此，我們在此舉辦「亞洲地區華文女作家文藝交流會」——雖是小小規模，卻有著重大意義和期許的，希望不論遠近，從此我輩緊密地攜起手來，抓住時代的脈動，在生活的原野上，開創更加遼闊的天空，開拓出深刻寬廣而繁複的新的境

界，超越自己的性別限制，傳達出時代的巨大聲音。[22]

語音鏗鏘，心智壯闊，為女性參預文藝園地的辛勤勞績而呼喊，充滿著女性向生活中衝刺的信心，顯示了女性的時代責任感和事業必然成功的自豪意識。蓉子和世界的女作家們，滿懷信心地要開拓更加遼闊的天空，開拓出深刻寬廣而繁複的新的境界。她們要「超越自己的性別的限制，傳達出時代的巨大聲音」，自立於世界文學藝術之林，毫無愧色！蓉子傳達出女性作家的心願，道出了她們共同奮鬥的目標。她三十多年來對詩壇所作的努力和貢獻，使她已自然而然地成為女詩人群中的無冕之王了！

（三）「藝術」和「宗教」是最好的芳鄰

青年時代溫柔嫻雅的冰心，曾經在《聖經》的薰陶下思考人生，步入詩歌的王國；冰心的一生，像王昌齡詩句「一片冰心在玉壺」一樣，晶亮剔透，是一個典型的東方型的知識分子的高風亮節。同時，西方《聖經》中的博愛仁慈思想，也融化在她的藝術創造之中。蓉子所走的藝術道路，頗似受了冰心的啟導。她愛生活，愛人生，愛大自然，而這種追求真、善、美的感情又與宗教思想息息相關，這一點前面已提及。

研究蓉子的藝術思想，對於她的宗教思想是不可忽視的。丹諾說：「無論在什麼時代，無論在什麼國家，養成思想感情的總不外乎兩種教育：宗教教育和世俗教育。」[23]宗教對於人類思想的影響力是巨大的。世界著名的詩作，像但丁的《神曲》，荷馬的《奧德賽》和《伊利亞特》，都是宗教思想的具象在詩歌中再現。但丁以「永恆的玫瑰」象徵極樂的靈魂，不斷放出芬芳歌頌上帝。荷馬的史詩也把人的經驗寄託於濃烈的宗教情感的信念之中。文藝復興運動，雖強調人的原始自由的天性，追求天然的自在與和諧，但也不否定宗教思想可以幫助人的本能生長。無可否認，宗教思想對

[22]蓉子，〈超越性別限制，傳達時代聲音——「亞洲華文女作家文藝交流會」主席致詞〉，《文訊》第46期（1989年8月），頁40。
[23]丹諾，《藝術哲學》第4編第2章。

於詩人的影響，任何時候都應予以重視的。

蓉子在家庭的宗教教育中成長，濃厚的宗教意識影響著蓉子的藝術實踐。蓉子的詩，一方面表現了典雅柔和之美，其風格的幽淡靈秀，別具一格；一方面以詩歌的悠揚輕韻，傳達出一股心聲中的令人陶醉的韻味，顯現了似縹緲幻夢的天國自然之美。再加上她詩歌的和諧的色彩，恬靜高潔的情操，她的詩歌藝術表現出一種總體性的和諧氣息。不論人們在現實生活中經受多少痛苦或折磨，一旦進入蓉子詩的世界，似乎心靈深處立即融入沉靜的海灣，可以得到安寧和憩息。蓉子詩歌所產生的這種藝術魅力，在一定程度上說來，是因為她的藝術中深蘊著她虔誠的宗教信念的結果。

關於宗教和藝術的關係，蓉子在回答「心臟詩社」柯慶昌的訪問時，曾經作過充分的闡釋。蓉子首先肯認宗教與藝術的相依相承的關係：

> 就宗教和藝術的本質上來說：宗教家追求的是善，而藝術家追求的是美。然而「藝術」和「宗教」卻是最好的芳鄰，相互間常常產生很大的影響力。

蓉子憑著她詩人的藝術敏感，審視著宗教與藝術的相互影響，理解在當今臺灣的現實生活中，愛情、道德、藝術、宗教的密切關係。歌德早就說過：「不論你們的頭腦和心靈多麼廣闊，都應當裝滿你們時代的思想感情。」在都市生活裡，單純與複雜交錯，純潔與醜惡並存；人們的感情也在環境的支配下不斷產生變化。蓉子準確地指出宗教與藝術都是感情的產物，兩者之間互通是十分自然的心理現象。她說：

> 我們都知道，情感在藝術和詩中均占有重要的地位；但那不是一般生活中粗雜的情感：乃是經過轉化和提升了的感情。而宗教信仰，每每在無形中提升吾人的性靈，使人擁有一份高潔的情操，令詩有更美好的內涵和境界。

蓉子接受了宗教的洗禮，不僅在於她接受宗教的博愛思想，從中吸取了西式的思想乳汁，還在於她融合東方傳統意識，培養自己高潔的情操，並在宗教生活的陶冶中，發現了人的性靈。這種自然性靈的發現，使蓉子超越了個人生活圈子而進入社會領域，進而擴大個人的情感境界。她坦率地說：

> 一個詩人在最初寫詩的時候，多半是從自我的感情出發；然而隨著時間的過去，年齡漸長，就不能老寫他一己的世界和個人的夢，必須將其情感與境界慢慢地推廣出去，使終究能超越個人生命的領域而與人類與萬物相感通，宗教家的博愛情懷，在此正是一種無形的推動力，當詩人具有這種宗教情懷的時候，他（她）的詩才不至於囿於極端的、狹隘的個人主義。

在宗教情緒的陶冶中，蓉子能更深入、更廣泛地理解與洞悉生活和人生。因此可以說，蓉子的心靈是賦予濃郁的宗教色彩的。美國詩人艾略特在〈傳統與個人才能〉一文中，特別指出一個作家必須最銳敏地「意識到自己在時間中的地位，自己和當代的關係。」他一再強調，詩人不應該是「個人的」，「詩不是放縱感情，而是逃避感情，不是表現個性，而是逃避個性。自然，只有有個性和感情的人才會知道要逃避這種東西是什麼意義。」艾略特聲稱真正的詩，包含著一種意義重大的感情，「這種感情的生命是在詩中，不是在詩人的歷史中。藝術的感情是非個人的，詩人若不整個地把自己交付給他所從事的工作，就不能達到非個人的地步。」蓉子是從自己的創作體驗和宗教感想之中，領悟艾略特的詩歌創作的見解的。她進一步闡說自己思想的變化：

> 以前我不能完全了解 T. S. 艾略特所謂：詩是「情緒的逃避」，「個性的泯滅」的真諦，現在，我開始有所體悟，因為在宗教裡正有這種涵容！真

的，人算什麼？一個孤獨脆弱的個體算什麼？人是血肉之軀，無論怎樣健壯勇猛，智力超群，甚至武功高強，還是有其極限。在廿世紀崇尚理性、知性的今天，個人英雄主義的時期早就過去了，詩人們更不必自我陶醉——陶醉在極端自我主義的夢幻中，那還是幼稚的浪漫主義的行徑。一個人在不斷成長成熟的過程中，必定會逐漸放棄對自我的絕對關注，而愈來愈多地關懷周遭的人與事物。記不得那一位作家說過這樣的話：「如果我不能愛他人，我也就無法愛自己。」我十分欣賞艾略特在〈傳統和個人的才能〉中所說的那句話，那就是「當詩人面臨某種比自己更有價值的東西時，他必然會不斷地獻出自己」，我想這就是把有限的小我融化在大我中的意思。

以有限的小我融化於大我的觀念，引導蓉子進入中國傳統哲學思想的「天人合一」的境界；這是東方思想家們對於現實生活觀察的角度，也是他們對自然與人的關係的哲學思考。蓉子在自己的創作體驗和對現實社會生活的審視過程中，中國的傳統哲學思想與她所接受的西方宗教思想又錯綜地融合為一。她指出：這種小我融化小我的意識，「也就是一人與他身外一切的人們合而為一的境界，而這便是宇宙同根，萬物一體，天人合一的境界，既是哲學的，也是宗教的境界，更是東方詩人們所追尋的境界。」不過，蓉子對於藝術與宗教的關係，有著更為清醒的認識。她並不單純以自我的宗教信仰指揮自己的藝術行為，而是讓信仰融化在生活中，凝練成藝術作品。她說：「有一點需要注意的，那就是一個具有宗教信仰的人從事藝術工作的話，他應該記得把信仰先融化在生活中，而不是直接說明他的信仰或觀念。」[24]宗教、生活及藝術的關係，蓉子極其清醒地作如是說。也許，這也是蓉子對人類和自然的愛的哲學。

在蓉子的詩集裡，我們可以讀到她那宗教色彩強烈的詩篇，像〈鐘

[24]以上引文，均見柯慶昌，〈燈屋的春天——名詩人蓉子女士訪問記〉，《心臟詩刊》第 4 期。

聲〉、〈禱〉、〈老牧人的一生〉。她寫教堂尖頂發出的鐘聲，凝聚著她昔日的愛、信仰與希望，在那 1952 年的聖誕之夜，詩人在鐘聲中祈求智者的引領，在迴盪的鐘聲中反思歡樂的往昔和對未來的預想。

那時的鐘聲，
如同我的笑聲，
飄散在青色的草地上。

今日的鐘聲，
如同我的思潮，
起伏在多風雨的海上。

而在〈老牧人的一生〉中，她歌頌郭馬西牧師在虔誠信仰中「將有生之年全部奉獻，直到他回歸天家的日子。」這是一個忠誠謙卑的牧者：

當他安睡，沒有顯赫的儀仗隊
世俗的新聞紙上也不刊載他的名字
然而他的羊群　書本和
園裡花卉都會深深地將他懷念！

而〈禱〉詩中，詩人的祈禱不僅表示虔誠的信仰，而是抒寫激盪的內心世界排除外界紛擾的煩惱，現實生活。「重重紛擾」，使詩人的心企望在宗教信仰中得到解脫和安寧，這時候的詩人，已把信仰融化在生活之中了。蓉子唱道：

海水在不遠的腳下怒吼
伸舐它重重的紛擾——

翻滾　旋轉　奔騰　嘶吼
引我　攜我　神
救我脫離此氤氳　來自近處
遠處　那欲撕我成碎的紛擾

倘我被撕成碎片
祢如何再補綴？
倘我鏽蝕
祢如何再磨光？
——還我寧悅的故我

詩人在紛擾的生活中，心靈深處激起了不安和動盪，在祈禱中，信仰使人獲得安寧，並在不安、崩潰和眩暈的生活狀態中，渡引她達到理想的彼岸。她深情地寫道：

請為我調整那距離　以祢的慈惠
賜我不遠處的山岡　任海激盪——
助我柔弱的心能耐此震盪　釋我
從不安崩潰和眩暈　引我
跨越此波濤的狹谷！

即使蓉子在周遊歐洲的時候，她對歐洲各國的大教堂、聖禮堂等宗教聖地及以宗教故事為內容的繪畫藝術，也寄予特別深厚的情感，描繪得細緻詳盡！

蓉子的宗教信仰，在她性格陶冶的過程中，在她的藝術創作生涯裡，都具有深刻的影響。她家中三代是基督徒，因此，宗教詩的活潑旋律和音樂氣息，一直流動在蓉子的創作精神之中。高歌在專訪蓉子時，蓉子曾向他坦誠地說過：「有時候，為了表達某一心緒的動盪，我心中會首先響起一種應和的旋律，由這旋律發展下來就成了詩。有時就因為一首詩的音樂性找不到了，我就停止了它的創作。我的詩必須有我的感覺和旋律。」在每一主日，教堂的鐘聲、琴聲，教堂的斑斕的玻璃色彩，教堂裡的虔誠氣氛，都給予蓉子以美感生活裡的視覺和聽覺層面，使她在自己的詩歌的美感世界中坦誠地表露她的宗教情感。她的創作世界，友誼、愛情與生活，都充溢著天然的情趣，並深深地打上宗教信仰的烙印，她自己也恪守著宗教哲學的博愛的宗旨。

——選自周偉民、唐玲玲合著《日月的雙軌——羅門、蓉子創作世界評介》
臺北：文史哲出版社，1991 年 2 月

求真、從善、揚美
蓉子短詩賞析

◎潘亞暾*

久聞蓉子芳名，聽說她是臺灣詩壇最先出現的女詩人，素有「首席女詩人」、「永遠的青鳥」之譽。可惜筆者忙於環球巡禮，對其人其詩所知甚少。可喜幸會羅門，得以拜讀《羅門‧蓉子短詩精選》，一睹蓉子詩藝風采。這本合集入選蓉子短詩 31 首，雖不足以展示蓉子詩藝的全貌，但也不難看出蓉子詩的凝聚點，那就是對真善美的執著追求。蓉子通過自己的詩建立起一個自己的藝術世界，這是一個真誠、溫馨、寧靜的世界，正義與人性的世界。

蓉子詩藝的真實美

現實生活中往往真與假、善與惡並存，而美的事物離不開生活的土壤，從這一意義上說，真實地揭示生活矛盾的詩，方能達到美的境界。蓉子詩藝的真實美，常常是生活的真善美的再現。在〈我寧願擁抱大理石的柱石〉這首詩中，深刻表現了詩人的情緒、感受，折射出生活的複雜情狀，進而昇華出某種人生感悟和對生活的態度。詩中寫道：「頂立著拱形的大廈而直立著，／久久地支撐那偉麗的穹窿／不使傾斜。」「它不會說諂媚的言語，／也不會說虛謊的話，」「它肯定『是』，／否定『非』。／它直立著，／沉默而靜美。」詩中的意象——「大理石的柱石」和「隨風飄搖的小草」，滲透了詩人的主觀情緒，是一種心靈的感應物，前者似乎是一種信

*潘亞暾（1932～2014），福建泉州人。評論家，發表文章時為廣州暨南大學中國語言文學系教授。

念、希望、真誠的象徵，而後者則代表了口是心非、顛倒黑白、委瑣卑鄙。詩人「寧願擁抱大理石的柱石」，表現了審美意象。〈蟲的世界——蚱蜢的畫像〉是一首寓言詩，詩人別出心裁的以昆蟲的口吻寫道：「真不願用我豐盈的綠色世界／去和人類汙染了的世界交換！」「他們——／常常要吃煤煙的廢氣　和／同類的悶氣；／我卻享有晶瑩的仙露／常和芬芳愉快的花朵為伴」，詩人含蓄地道出了世態炎涼，她對人際關係中的不和睦的失望和不滿，正是因為有一個美好的理想世界作為參照的緣故。

在以「維納麗沙」為題的一組詩中，蓉子讚美了「天然去雕飾」的渾樸本色，詩中的意境經過詩人的點化，顯現出對道德精神上，「自我完善」的追求。在〈維納麗沙的肖像〉中，她將過往的維納麗沙比作一個「沒有任何藻飾的原始的渾樸的雛菊。」〈維納麗沙〉中寫道：「維納麗沙／你不是一株喧嘩的樹／不需用彩帶裝飾自己」，「因你不需在炫耀和烘托裡完成／——你完成自己於無邊的寂靜之中」。這組詩充分體現了詩人對人生的價值和生存意義的求索，張揚了一種崇高的道德力量，旨在喚起人們積極的審美態度。在維納麗沙這一藝術形象中，筆者看到了蓉子自身的投影。

〈笑〉也有異曲同工之妙：「最美的是／最真。／啊！／你聰明的，／為甚麼編織你的笑？／笑是自然開放的小紅花，／一經編織——／便揉皺了！」真乃是美的基礎，沒有真，美便失去了依附。詩人善意地告誡一些「聰明人」，勿忘這樸素的真諦，可別「聰明反被聰明誤」。再請看〈為什麼向我索取形像〉：「為什麼向我索取形像？／如果你有那份真，／我已經鐫刻在你心上；／若沒有——／我恥於裝飾你的衣裳。」古人曰：「詩言志。」讀蓉子的詩，你能清楚地看到她那委婉、敦厚然而又沉毅的性格，她的詩體現了對人的尊嚴、人的命運的關注，蘊含著一種有意義的人生態度。

蓉子的詩有時輕盈活潑，如汩汩流淌的清泉；有時寧靜得如一泓湖水，顯得某種哲人所尋求的徹悟。她的一首〈生命〉這樣寫道：「生命如手搖紡紗車的輪子，／不停地旋轉於日子底輪軸，／有朝這輪子不再旋轉，／人們將丈量你織就的布幅。」在簡短的四句詩中，深刻的含義通過不斷轉換和流動著的意象體現出來，詩人對生活的思考、對人生的體驗，印上了一層理性色彩，同時又融和了主觀意識和情緒，最後熔煉為一種哲理的思辨。

蓉子詩中的形象語言

蓉子是一位熱愛美、渴望美、追求美的詩人，她善於發現美並揭示美的奧祕，用具體、生動、形象的語言把它表現出來，告訴讀者，這就是美。她在詩中盡情地謳歌大自然的美景，請看〈夢裡的四月〉:「如今是四月花開的日子／濃蔭中有陽光瀰漫，／樹叢中有鳥聲啼唱／空氣裡洋溢著芳香⋯⋯」〈晨的戀歌〉中寫道:「早晨的空間是寬闊而無阻滯，／緊隨著它歡欣與驕傲的步履，／我要挽起篋筐，／將大地的彩虹收集！」詩人就像一位丹青高手，揮灑彩筆，描繪了大自然的一幅幅旖旎風光。詩歌展示的畫面中散發出令人神往的田園風味，寄託了詩人回歸自然，投身未被汙染的世界懷抱的嚮往。蓉子對於生活中的美有一種敏銳的洞察力，一把普普通通的傘，在她眼裡「也是一匠心獨具的美好結構」，她讚美一把撐開的傘「為圓的整體　美的輻射／它宜晴宜雨　閃漾著金片或銀線的光／滿月般令人激賞！」(〈雖說傘是一庭花樹〉）讀這樣的詩，感覺有一片溫柔敦厚的情懷在字裡行間盪漾，又彷彿和煦的春風，拂過你的心頭。

康德說:「美是道德的象徵。」芝諾說:「美是道德品質之花。」蓉子詩中的美正是以真為骨肉、以善為靈魂的美，她的詩歌的藝術魅力不僅在於美的享受，還能令人回味、啟迪人的思想。〈菊〉這首詩寫道:「春天——／百花爭妍的時候，／我看不見你的影子！」「夏日——／那濃郁的季節，／我仍不聞你的花信」,「到了秋天，群芳都已消逝，／你卻獨放奇葩／亭亭玉立在寒風裡。」「詩人愛你高潔的風姿，／我卻愛你那顆精金的心。／因為培植你的／不是和風暖陽，／乃是悽厲的寒霜！」這首詠菊詩既寫了菊高潔、逸雅的妍姿，又現出菊的魂魄。在蓉子的詩中，自然形態的美常常是對社會生活美、人格美的一種暗示或象徵，因而具有淨化讀者心靈的作用，鼓舞人樂觀向上。

在大自然的寧靜中，詩人融入了自己的審美追求。在〈一朵青蓮〉中，被詩人感情浸泡過的、出自汙泥而不染的凌波仙子形象，依照詩人的情感，組合成新的形象圖。詩人讚美它「越過這兒那兒的潮濕和泥濘而如此馨美！」為那「靜觀天宇而不事喧嚷的蓮」所陶醉。這首詩寫的是青蓮，又完全是詩人的自我感受。讀者從詩中感受到的不單純是自然界的蓮，它也帶有淡泊名利的詩人的情緒。再讀〈三光〉:「何處尋覓，／至真至善至美？／它們——／在嬰兒甜睡的酒渦內／躲藏；／在初戀女深深的眸子裡／蕩漾；／在老人淨潔的白髮上／閃亮；／好像那天上三光，／永恆地將人間照耀。」讀蓉子的詩，每每能感受到潛藏於詩人深層意識中的愛的信息，溫馨的人情暖意是詩人樂此不疲的謳歌對象。詩中那湧自心底的熱烈情愫，像金錘擊石般打動了讀者的心房，引人向上向善。

蓉子短詩的藝術特色

蓉子是位銳意進取、探索不息的詩人，她鍥而不舍地在生活的光譜中尋找著屬於自己的色彩。在長達三十餘年的詩歌創作歷程中，她的詩風有很大變化。要全面論述蓉子詩歌藝術的演變，顯然不是這篇短文所能做到的。在這裡，筆者只能就她這幾十首短詩在藝術上的特色作一淺析，或許也能從側面觀照蓉子詩歌的基本風格。

蓉子的短詩在藝術結構、氣氛的營造、意象的撞擊、語言的錘鍊諸方面，都形成了獨特的個性，總的看來，技巧與內容渾融一體。蓉子的詩不是簡單地循著以往抒情詩的舊轍去「觸景生情」，也不刻意地追求「情景交融」的和諧，並且無意在這遣詞造句上過分雕琢，它的成功，往往在於把現代生活的色彩、音響、節奏和現代人的思想感情融入詩的意象和境界。〈古典留我〉寫在雨中漢城，詩人「夢在江南　春色千重」、「夢在北國漢家陵闕」；身在漢城，然而「此處猶可見東方，／昔時明月／淡淡的唐宋」。詩的時空大幅度跨越，感情飽滿，想像豐富，吟畢回味無窮。

蓉子善於捕捉瞬間的情緒感覺。〈當眾生走過〉寫道：「風是琴弦／沙痕是誰人走過的腳印無數？」「聽，突然間琴音變奏／你熟稔的痕轍已換／於是風又轉調　同樣地／將前代的履痕都抹掉／——當眾生走過。」再看〈日曆〉:「似夏日玫瑰——／最初是豐滿嬌豔，／以後一朵朵枯萎——／離去故枝／終剩最後的幾瓣，／孤立在秋風裡搖曳，／我們便期待來年！」在這些詩中，傳達了自然和生活表象在一剎那間給人的印象，以及由此引起的感觸、意緒及情愫。它們是時間和空間的有機結合體，是詩人的生活、經歷、記憶的片段，經過某種能動後由主觀情緒反應作用的一種藝術畫面的巧妙剪接與組合。讀者在被詩人描繪對象的瞬間印象中，獲得一種整體效果。上溯兩首詩中的「風」、「沙痕」、「痕轍」、「玫瑰」等，不是膚淺的「興」和「喻」，不是為「比附」而設的可有可無的裝飾，它們包容了豐富的生活內涵，並昇華出深刻的人生感悟。

蓉子還常常借助通感手法，把不同感官的感覺聯結在一起，去進行形象的比喻，使形象效果在奇妙的聯想中得到了加強。在集子中筆者讀到這樣的詩句:「任歡悅和光華在煩瑣裡剝落！」(〈親愛的維納麗沙〉)、「時間的水晶有時光耀」(〈維納麗沙的時間〉)、「且無人知那寂寞的高度　獨自的深度／以及河流永不出海的困慵」(〈維納麗沙的世界〉)、「那被踩響了的寂寞」(〈夏，在雨中〉) 等。詩人巧妙地借用這種手法擴大了感官的審美範圍，達到各種感覺的互相流通和補充，如聲色的交融，觸覺、視覺的結合等，給讀者以廣闊的想像、體味、領悟的新的時空。

在長期的藝術實踐中，蓉子逐漸形成意境悠遠、含蓄委婉、寧靜雋永的風格，詩中每每流露出一種訴諸於生命的哲思與靈性的祥光，詩的語言清新淡遠、自然和諧、凝練舒展。

三十多年來，蓉子鍥而不舍地在詩壇耕耘。她淡泊名利，執著追求的只是藝術的真善美。願這詩苑的「青鳥」振翮高飛，永保藝術之青春。

——選自《國文天地》第 51 期，1989 年 8 月

青蓮之美
詩人蓉子散論

◎沈奇*

一

在一個無論是藝術還是人生，都空前虛妄浮躁的時代裡，閱讀和談論詩人蓉子，頗具別有意味的價值。做為人的蓉子，她本身就是一首詩的存在；做為詩的蓉子，則足以成為我們審度一位詩人之詩歌精神的、可資參照的標準。誠然，做為詩人，最終只應是以其作品來接受歷史的確認的，但我們似乎願意更多些看到，那些無論是做為詩的存在還是做為詩人的存在，都無愧於我們敬意和愛心的詩人藝術家，以彌補人與詩的背離所留下的許多缺憾。

蓉子，生活中的蓉子，寫作中的蓉子，近半個世紀裡，她在我們中間，持平常心，做平常人，寫不平常的詩，做我們平和、寧靜的「隔鄰的繆斯」，散布愛意和聖潔。「你不是一株喧嘩的樹」，「你完成自己於無邊的寂靜之中」（「維納麗沙組曲」，1967 年）——人與詩交融為一的一股清流，沉沉穩穩地流淌於整個臺灣現代詩的進程之中，最終，成為一則詩的童話、一部詩的聖樂、一朵「開得最久的菊花」（余光中語）、一隻「永遠的青鳥」（向明等語）、「一座華美的永恆」（莊秀美語）、「一朵不凋的青蓮」（蕭蕭語）——

*詩人、評論家，發表文章時為陝西經貿學院漢語言文學副教授，現為西安財經學院文學院漢語言文學教授（國家三級）。

有一種低低的迴響也成過往　仰瞻
只有沉寒的星光　照亮天邊
有一朵青蓮　在水之田
在星月之下獨自思吟。

可觀賞的是本體
可傳誦的是芬美　一朵青蓮
有一種月色的朦朧　有一種星沉荷池的古典
越過這兒那兒的潮濕和泥濘而如此馨美！

幽思遼闊　面紗面紗
陌生而不能相望
影中有形　水中有影
一朵靜觀天宇而不事喧嚷的蓮。

紫色向晚　向夕陽的長窗
儘管荷蓋上承滿了水珠　但你從不哭泣
仍舊有蓊鬱的青翠　仍舊有妍婉的紅焰
從澹澹的寒波　擎起

這是蓉子的代表作〈一朵青蓮〉，是置於整個中國新詩之精品佳作寶庫中，都不失其光彩的經典之作。同時，在研讀完蓉子的大部分詩作後，我更願將這首詩看作蓉子詩歌精神和詩歌美學的、一種以詩的形式所做的自我詮釋，足以引導我們去更好地認識與理解蓉子詩歌的靈魂樣態和語言質地，亦即可稱之為「青蓮之美」的意義價值和藝術價值。

二

詩是詩人靈魂的顯像。這種顯像，在一部分詩人那裡，其主要的成分，是經由後天的借鑑、汲取與磨煉，所凝聚生發的詩之思之言說，其中無論是思的經緯還是言說的方式，都可考察到極大的互文性，亦即是他者之思之言說的投影或再造，缺少來自自身生命的本源性質地。在另一部分即真正優秀的、所謂「天才式」的詩人那裡，這種顯像則呈現為一種德全神盈而自然生發的氣象，有內源性的生命之光朗照其詩路和心路歷程，其思與言與道三者圓融貫通，成為和諧醇厚、專純自足的小宇宙，且多趨於一種聖潔寧靜的澄明的境界。

以此看蓉子，顯然屬於後者，屬於她自己詩中所追塑的「一朵靜觀天宇而不事喧嚷的蓮」，以固有的「蓊鬱的青翠」和「妍婉的紅焰」，「從澹澹的寒波　擎起」——這實在是詩人主體人格和精神品相之最恰切、最美好的寫照！西方哲人曾將人生境界分為社會人、審美人、宗教人三層，其實還應加上「自然人」這一層。我說的「自然人」，不是混沌未開的原初自然，而是打通社會／審美／宗教三界而後大化，重返本真自我而通達無礙的天然之境。詩是詩人寫的，詩之境界的大、小、純、雜，自與詩人的精神質地息息相關。讀詩亦如閱人，最終感念於深心的，還是其氣質而非作派。同樣，這氣質、這境界，也因人而分為後天修成和先天生成，其根性所在起著決定性的作用。由此我們方可理解，何以連尼采這樣張揚「超人意志」的詩哲，也會認為藝術乃「寧靜的豐收」，並指出：「——天生的貴族是不大勤奮；他們的成果在寧靜的秋夜出現並從樹上墜落，無須焦急的渴望，催促，除舊布新。……在『製作的』人之上，還有一個更高的種族。」[1]蓉子自是屬於這「更高的種族」的詩人。在她幾乎所有的詩作的背後，我們都可以或深或淺地感受到她那種從容、達觀、溫婉、澄明的高貴

[1]尼采，〈來自藝術家和作家的靈魂〉，轉引自沈奇編選《西方詩論精華》（廣州：花城出版社，1991年11月），頁47～48。

氣息，使我們為之深深感動。精明的批評家還會更進一步地發現到，凡蓉子的成功之作，皆是與其心性最為契合的語境下的詩性言說，而當這種言說偏離其本色心性，則常會出現夾生和乾癟，語詞之下，不再有鮮活的氣蘊流動激蕩。就此而言，我們也可以說蓉子是一位有局限性的詩人，難以拓殖更大的精神堂廡。確實，相比較於許多大詩人來說，蓉子的寫作更為突出地表達了自我內心的需要，成為對自己詩性生命之旅的一種表達和紀念，除此之外，沒有更多的奢望和野心。然而做為詩歌美學的考察，我們首先要判定的是作品形神之間的均衡、集中與和諧。其次才是所謂境界／堂廡之大小。「詩的目的乃是在喚起人生最高的一致與和諧」（瓦雷里語）而這，正是蓉子詩歌世界最為本質、最為可取之處。應該說，命運將真正純粹的寫作賦予了蓉子，使她得以在詩的創造之中更創造了詩的人生；或者說，使本屬詩性的人生，得以完全真純自然的詩的表現——我想，我們讀蓉子，讀蓉子詩的世界，最為讓我們感念於深心的，大概正在於此。恰如詩人自道：「淘取金粒，不是為著指環，是為了它珍貴的光輝」[2]。也誠如評論家周伯乃所言：「現代工業所造就的詩人，大都已喪失了原始的那種自然流露的嫻靜，而蓉子卻是唯一能守住那分嫻靜的詩人」[3]。

「秋意本天成」（〈薄紫色的秋天〉，1980 年），有「青蓮」之根，方有「青蓮」之質，且守著這分「天成」，「用古典的面影坐於現代」（〈夢的荒原〉）「在修補和破碎之間」（〈紅塵〉，1961 年）「注視著光明的中心，一片寂靜」（T. S. 艾略特詩句）「縱閃光燈與盛會曾經以煊耀／明亮了你的眼睛／而你卻愛站在風走過的地方／懷疑那霧裡的榮華」（〈榮華〉）——這便是蓉子式的「青蓮」，青蓮般的蓉子，是貫通了社會／審美／宗教三界而大化自然的詩性／神性生命本體：「一傘在握　開闔自如／闔則為竿為杖／開則為花為亭／亭中藏一個寧靜的我」（〈傘〉，1976 年）這樣的境界看似不

[2]蓉子語，轉引自蕭蕭主編《永遠的青鳥——蓉子詩作評論集》（臺北：文史哲出版社，1995 年 4 月），頁 24。
[3]周伯乃，〈淺論蓉子的詩〉，轉引自蕭蕭主編《永遠的青鳥——蓉子詩作評論集》，頁 240。

大，卻已深藏人生的真諦且抵達詩美的本質，所謂「淡然無極而眾美從之」，（莊子語）不是刻意尋覓的什麼境界，而是於淡泊超然之中，「去探詢靈魂成熟的豐盈」（〈七月的南方〉，1960 年）呈現一派無奇的絢爛。在一個一切都已被作弊、被汙染的時代裡，走進蓉子式的「傘」下、「青蓮」下，以及她「七月的南方」和「薄紫色的秋天」裡，我們常有一種走進「植滿了聖潔的綠蔭」（改借用周伯乃先生語）的精神故土的感覺，給我們煩膩倦怠的生命裡注入新鮮的氧和夢之光，並在詩人「暖而不灼」的精神的「陽光」裡，「緩緩地滲出生命內裡的歡悅」（〈薄紫色的秋天〉）——這便是「青蓮之美」的意義價值之所在。我想，無論是東方，還是西方，是現代，還是後現代，這樣的一種價值、一種境界，都是我們永遠會為之迷戀而難以捨棄的。

三

對蓉子「青蓮之美」的意義價值，亦即通過她的詩歌世界所給與我們的精神享受。應該說，無論是普泛的讀者，還是眾多的評論者，都有較為一致的認同。對蓉子「青蓮之美」的藝術價值，亦即通過她的詩歌創作，為現代漢詩之藝術發展所做出的貢獻，恐怕是仁者見仁，智者見智了。

這裡需要首先提示的是，評價一位在詩歌史上有一定地位和影響詩人，與評價一個一般性的詩作者，其標準是不同的。對成名詩人，我們必須用上述意義價值和藝術價值這兩把尺子來同時衡量，即不僅要看其作品對拓展時代的精神空間有著怎樣的功用，同時還應考察，通過其創做為推動時代詩歌藝術的發展，有著怎樣的開啟和拓殖。所謂「高標獨樹」、「開一代風氣之光」而影響及後來，即在於此。新詩 80 年，整體看去，畢竟還是處於拓荒和探索時期，著重力於載道，弱於對藝術形式的完善的收攝。因此，我們特別看重那些為新詩藝術的發展有所作為的詩人，並以此為不可或缺的價值尺度，去要求所有優秀而重要的詩歌藝術家。

做為臺灣詩壇之「長青樹」，歷經近半個世紀的創作，最終未能成為重量級的大詩人，蓉子的局限性，恐正在於其藝術價值的相對遜弱。我這裡用了「相對」一詞，是指在最高層面上而言，未能取得雙向度並重的成就。也只有建立在這樣的認知基礎之上，或許方能真正準確地把握「青蓮之美」所已達到的藝術境地，從而更為完整、科學地評價這位我們所敬重的詩人。

這就又要回到上文所提出的，做為詩歌美學的考察，首先要判定的是作品形神之間的均衡、集中與和諧，這是基本的尺度。抵達這一尺度，在自己的創作中收攝、凝定直到完善了此前藝術發展所開闢的路向，且生發出新的光彩，這已是足以成為一位優秀詩人的標誌了。蓉子的創作路向，其底背是承接浪漫主義的，同時雜揉有現代主義的視點和新古典的韻緻，儘管詩思廣披博及，但總體上還是縈迴於情感世界的主觀抒情。這是一種局限，但從藝術考察的角度而言，「說什麼」並不重要，關鍵要看是「如何在說」，看「說法」與「說什麼」是否達到了高度和諧。我一直認為，短短不足 80 年的中國新詩，其實無論哪一種「主義」都需要繼續發揚光大，重新創化與再造。尤其是浪漫主義，我們似乎從未真正能抵達西方浪漫主義的真境，也早已拋掉了中國古典詩歌中浪漫的神髓，多見於假腔假式的追摹和演練，精神的虛妄症和語言的焦糊狀成為偽浪漫主義詩歌難以消解的痼疾。正是在這一點上，我發現了蓉子詩歌的藝術特質，我是說，我在蓉子式的浪漫主義詩風中，終於聽到了一種可稱之為「純正的抒情」的聲音，一種質樸無華而又悠然神會的音樂化了的情感世界。在這個不事誇飾、清明溫煦的世界裡，生命化為一片大和諧，具有內源性之光的「青蓮」精神，得以最好的發揮，情與景、意與象融洽無間，渾然一體，一種氣蘊貫通的形式飽滿狀態，如滿載甘液盈盈欲裂的葡萄般晶瑩鮮活，令人沉醉！

縱觀蓉子的代表作品，大體可概分為兩類。一類如〈青鳥〉（1950 年）、〈寂寞的歌〉（1952 年）、〈七月的南方〉（1960 年）、「維納麗沙組曲」（1966～1967 年）及大部分精美短詩等，多屬情感的自然流洩，不抑不驅，不事塑砌，唯以真純的情感美、婉約的情緒美、流暢的音韻美和清明鮮活的人生感悟，和諧共鳴，感染讀者。這類作品，得益於情感，也常受限於情感，雖整體構架上也有恰切的組織，肌理分明，但詩思的展開，一般都囿於線性的直抒舖敘，如歌如賦，難得有更多新奇的意象生發。然而，即使在這一類宣敘性、咏嘆式的創作路向中，我們也可見到詩人蓉子的創化能力。至少，經由她的作品，那種情感與語詞的誇飾遺風和不可遏止的所指欲望，得到了較徹底的清除，而恢復與再造了這一脈詩風的清明純正之傳統。這一點，仍得益於詩人純淨如藍天、如清泉、如聖潔的自然一般的心性，所謂「歸根曰靜」（老子語）「適性為美」；以蓉子的心境，方生此蓉子的抒情語境，在一片很難再造新意的路向中，拓殖出不凡的氣象，而成為「永遠的青鳥」。

另一類，便是以〈一朵青蓮〉（1968 年）、〈我的妝鏡是一隻弓背的貓〉、〈傘〉（1970 年）、〈白色的睡〉（1960 年）、〈薄紫色的秋天〉（1980 年）、〈我們的城不再飛花〉等為代表的經典之作。這類作品，在蓉子的創作總量中，所占比例不大，卻代表著詩人的最高藝術成就，可以說，一位詩人一生中能有此數首，已足以立身入史的了。詩人的詩思，在這類創作中得到了很好的控制和獨到的深入，情感、理性與信仰三者調和為一，理趣與情韻並重，著力於意象的營造，主體深隱洞明，有如月光溶於荷塘，撲朔迷離中有思的流光閃迴浸漫。在這裡，語言不再是單一的情感與音韻的載體，而成了自足自明的「詩想者」，有了更多的延展性，更多的想像空間，恰如詩人的詩句所形容的「它深淵的藍眼睛有貓的多變的瞳」（「水上詩展」，1961 年）。由此可見，詩人蓉子不僅是一位本色寫作的典範，也同樣是一位創造意象的高手。雖然這種創造，未能構成大的群落，卻也如星子般閃耀於創作的長河之中，令人過目難忘，獨具魅力。尤其需要指出的是，在這一類創作中，蓉子依然持有自己的本源質素，並未陷入唯意象是問的流俗，是以每有落筆，則必見奇觀，雖氣象不同，其內在的氣蘊，和一種貫穿始終的和諧純正的聲音，卻是從未扭曲而保持一致的。

和諧與純正，是蓉子詩歌藝術最主要也是其最成功的特質所在。依然是那首著名的〈一朵青蓮〉的詩作中，蓉子用自己的詩句，對這一藝術特質作了精美的注釋：「有一種月色的朦朧　有一種星沉荷池的古典／越過這兒那兒的潮濕和泥濘而如此馨美！」這是典型的蓉子式的語境，也是典型的蓉子式的心境；語境與心境的和諧共生，方使抒情成為不含雜質、水晶般純淨的抒情，而「浪漫」一詞，也便不再成為遠離我們生存現實的虛妄之矯飾。從這樣的語境中，我們更看到，這是一位忠實於本真生命的感知，遠觀幽思，不願大聲高腔地對世界發言的詩人。心中有自己的廟堂，靈魂有自己的方向，在眾音齊鳴（思想的與藝術的）的時代裡，恪守自己的感悟，自己和自己辯論，並將這感悟親切地傾訴於世，為理解而非教晦。我們看到，詩人即或是進入對客觀現實之批判性的詩思，也寫得沉穩內在：「我常在無夢的夜原上寂坐／看夜的都市　像／一枚碩大無朋的水鑽扣花／正陳列在委託行的玻璃櫥窗裡／高價待估」(〈我們的城不再飛花〉)語詞之間更多的是一種哀惋沉鬱的孤高之氣，卻有「星沉荷池」般的底蘊，久久滲浸於我們的感受之中。

這樣一種語境，使我常不由地想到蓉子曾作過教堂風琴手這一早年的經歷，實在可看作對這位詩人之藝術品質的一個頗為有趣的「隱喻」。單純而不失豐富，悠揚而不失堅卓，音色純正，音韻和諧，在整個臺灣現代詩的交響中，有如一架豎琴，占有不可或缺的一席重要位置。

四

這是失去預言的日子
在憂鬱藍的蒼穹下
我們採摘不到一束金黃
很多很淡的顏色湧升
很多虛白、很多灰雲　很多迷離
很多季節和收割闊離

——〈白色的睡〉，1960 年

這是詩人蓉子對我們所處時代所作的詩性的指認，正是在這一指認中，詩人確認了她存在的意義。

「青蓮之美」是以現代意識追懷「古典」的美。這裡的「古典」不是什麼意欲追認的生存方式，而是經由對人類諸如真、善、美等永恆價值的重新確認，來質疑「現代」的缺失；以「青蓮之美」去映對存在的「泥濘」和「潮濕」，以至善之愛至純淨的情感之光去朗照生存的「虛白」和「迷離」——這是蓉子詩歌之精神內在與藝術特色的本質所在。至此，在我的評論中，似乎一直未提及蓉子做為一個女性詩人存在的價值，而這正是我最後想指出的這位詩人的又一特性：在蓉子的詩歌世界中，儘管處處可見女性的柔美和細膩的韻緻，但皆已為一種上升為母性以至人類共性的光暈所籠罩；即消解了傳統的「閨怨」等遺脈，又沒有故意加強了的所謂「女性意識」的凸顯。她甚至也很少去寫什麼狹義的「鄉愁」，而完全沉浸於她所建構的，超越性別、超越族類、超越時空的「情感教堂」中，播散「青蓮之美」的樂章。她使我們更深地認識到，浪漫是永遠的誘惑，而人生需要激情，需要美的照耀和情感的依托。世紀交替，回首來處，穿過無數嘈雜、無數「虛白」、無數雜色的「湧升」，我們越發親切地感受到，來自詩人蓉子那充滿聖潔的愛心和美意的「情感教堂」之低迴的「琴聲」，是怎樣契合著我們靈魂的期待，填補著我們精神的困乏。從清晨到薄暮，從出發的時日到收穫的季節，蓉子堅守在她的「情感教堂」裡，不為紛亂的潮流所動，用一雙優美的手、一顆博愛的心，為我們在「失去預言的日子」裡，「在憂鬱藍的蒼穹下」，採摘「一束金黃」，一束純正和諧的詩性／神性生命之美的輝光，以照亮我們生存的灰暗。是的，在世紀的交響中，我們尤其傾心於那些黃鐘大呂般的思之詩、史之詩，那些骨重神寒的詩性言說，以支撐我們生命的重負。同時，我們也難以割捨那「情感教堂」的一方淨土、一片清音，以滋養我們乾涸的靈魂，復生愛心和美意。「紫色向晚　向夕陽的長窗」，蓉子的「青蓮」正成為世紀的「仰瞻」——或許，在後現代之後，在眾聲喧嘩之後，在現代漢詩更新的出發中，蓉子式的「青蓮之美」將重新為人們所認知，以其常在常新的「蓊鬱」和「妍婉」，不斷穿越歲月的「澹澹寒波」，「擎起」於詩的田園，去喚取更多的詩性生命的搏動和輝映——

歲月逝去　唯我留步
我纖長的手指不為誰而彈奏
…………
因我是端淑的神

——〈夢的荒原〉

——選自《幼獅文藝》第 522 期，1997 年 6 月

蓉子的〈傘〉

◎羅青*

鳥翅初撲

幅幅相連　以蝙蝠孤形的雙翼

連成一個無懈可擊的圓

一把綠色小傘是一頂荷蓋

紅色朝暾　黑色晚雲

各種顏色的傘是載花的樹

而且能夠行走……

一柄頂天

頂著豔陽　頂著雨

頂著單純兒歌的透明音符

自在自適的小小世界

一傘在握　開闔自如

闔則為竿為杖　開則為花為亭

亭中藏一個寧靜的我[1]

蓉子，本名王蓉芷，江蘇江陰人，民國 17 年生，因為父母為虔誠基督

---

*本名羅青哲。詩人、畫家，發表文章時為輔仁大學英國語文學系副教授，現為臺灣師範大學退休教授、上海虹美術館藝術總監。

[1]蓉子，〈傘〉，《蓉子自選集》（臺北：黎明文化公司，1978 年 5 月），頁 257～258。

教徒的緣故，她從小就在教會學校受教育。對日抗戰開始，她輾轉於揚州、上海、南京之間的教會學校，受完高中教育，後考入交通部國際電臺，於民國 38 年，奉調入臺北籌備處工作。從此，她一直在臺北國際電訊局服務，前後長達 27 年，於民國 65 年退休。

來臺後，她因生活安定，工作不忙，漸漸對新詩的創作發生興趣。從民國 39 年到 41 年間，她開始在當時最早的詩園地，由李莎、覃子豪、紀弦等主編的《自立晚報・新詩週刊》及紀弦主編的《現代詩》上不斷發表作品。四年後，她由中興文學出版社出版了處女詩集《青鳥集》，為自由中國第一本女詩人專集。

因為寫詩的關係，她結識詩人羅門，一年後，也就是民國 44 年，二人結為夫婦，他們兩人的詩觀並不完全相同，風格也各自有其特色，「在寫作上彼此精神獨立完整，只是互相供應養分，而不受影響。」[2]大體上說來，羅門的詩走剛猛一路，時露淒厲壯烈之音，而蓉子則沉靜敦厚，於溫柔中見韌性。民國 45 年，兩人加入以紀弦為首的「現代派」，一年後，雙雙退出，變成了「藍星詩社」的中堅。此後二人埋首努力創作，被譽為中國詩壇的白朗寧夫婦，有英文版的詩合集《日月集》（榮之穎英譯）於民國 57 年由美亞出版社發行。

民國 50 年，蓉子由藍星詩社出版第二本詩集《七月的南方》，確立了她自己的風格。此後，她在詩壇的活動頻繁，訪問座談不斷，足跡遍及韓、菲、美國等地，努力於文化交流及發揚推廣新詩等工作。

民國 54 年，她出版第三本詩集《蓉子詩抄》（藍星詩社出版）。民國 58 年，她由純文學出版社出版了第四本詩集《維納麗沙組曲》，並和羅門一同出席馬尼拉第一屆「世界詩人大會」。五年後，三民書局出版了她第五本詩集《橫笛與豎琴的晌午》。

民國 66 年，她曾隨團赴歐洲旅遊，寫了不少遊記，並由道聲出版社出

[2]國立編譯館，《中國現代文學選集》詩集部分（臺北：書評書目出版社，1976 年），頁 87。

版了第六本詩集《天堂鳥》；兩年後，她再版了《維納麗沙組曲》，改名《雪是我的童年》由乾隆圖書公司發行。蓉子除了寫詩及散文外，對兒童文學的創作，也很有興趣。她曾於民國 56 年應省教育廳兒童讀物編輯小組之請，寫過一本兒童詩《童話城》，由臺灣書店印行；並曾應聘為臺北市教育局主辦的「兒童文學教師研習會」講師，及「洪建全教育文化基金會」兒童文學創作獎評審委員。民國 67 年，黎明文化為她出版了《蓉子自選集》，列入中國新文學叢刊之中，把她創作的歷程，十分有系統的介紹給讀者，值得一讀。

蓉子早期的詩受「新月派」的影響很深，並曾刻意模倣謝冰心的小詩，這個階段的作品，大多收入《青鳥集》。然而自從《七月的南方》出版後，她開始緩慢而有節制的於作品中，注入現代機械文明下所生產的種種經驗，使溫柔純美的詩風裡，透露出些許苦澀及西化的傾向。她寫下了〈城市生活〉、〈碎鏡〉（見《七月的南方》）及〈我的妝鏡是一隻弓背的貓〉、〈三月無詩〉（見《蓉子詩抄》）等作品，語言，意象，內容都比過去成熟了許多。到了她出版《維納麗沙組曲》時，她已經能夠收發自如的處理任何題材了。這一個時期的作品如〈公保門診之下午〉、〈未言之門〉及〈詩〉等，都顯示出她不再只是一個「閨秀派」詩人。

從《横笛與豎琴的晌午》開始，蓉子已有回歸東方古典的自覺，因為她從未劇烈的西化，故回歸的過程也就十分輕鬆自然而不著痕跡。在這段時期裡，她寫了許多歌頌寶島臺灣的詩篇，韓國的風物亦出現在她筆下。此外，佳作如〈一朵青蓮〉、〈一隻鳥飛過〉都頗能代表蓉子進入後期的成熟風貌。

〈傘〉一詩便是從蓉子後期作品《天堂鳥》中選錄出來的，作於 48 歲，是一首詠物詩。全詩主旨在闡明詩人對傘的感情，並以新鮮的觀點，在日常生活的平凡事物裡，發現詩意及美感。然後再把「傘」提高到象徵的層次，來表達詩人的觀念及感受。

為人們提供清新的觀點去看舊有的事物及平凡的東西並發掘其中的詩

意及美感，本是詩人的職責之一。因時代不斷的變遷轉換，人們的感受也代代不同，每一個時代都需要有其自己的代言人，表達當代的感受。在這個科學日益昌明的 20 世紀，新的事物不斷發明不斷增多，如何從這些看起來庸俗平凡的東西中提煉出新的、詩意的、美的感受，當是新詩人的主要工作。

梅蘭竹菊之所以詩意盈然，是因為歷朝歷代不斷的有詩人挖空心思的在那裡歌頌吟詠，就好像蒲公英及風信子在西洋文學中一樣。歷來詠物詩，大體上可分兩類，一類是刻意用暗示的手法去描繪對象與其周圍相關之景物，使之達到象徵的層次，通常這象徵的目的是以訓誨為主；另外一類是以情趣為主，刻畫情景，烘托意境，有時極為幽玄，有時則輕快幽默。前者例如宋王淇的〈梅〉：

不受塵埃半點侵，竹籬茅舍自甘心；
只因誤識林和靖，惹得詩人說到今。

詩中王氏先刻畫梅的環境情態，再用以象徵詩人的志節，表達出甘心隱居不願受知於人的心意，諷刺了以高潔隱居為手段來達到出名目的的人，後者，如宋盧梅坡的〈雪梅〉：

梅雪爭春未肯降，騷人閣筆費評章；
梅須遜雪三分白，雪卻輸梅一段香。

此詩以擬人化的手法，把自然界的梅雪，變成了知道爭春的「人物」，筆調輕快幽默，自然有趣。還有一種寫法，則以暗示見長，有如謎語，因為題目已點明了謎底，故內容就極盡象徵烘托之能事。例如林逋那兩句為人傳誦的詠梅名句：「疏影橫斜水清淺，暗香浮動月黃昏」，其中無一字寫梅，而梅的精神躍然紙上，低迷淒清，十分幽玄。至於姜白石的〈疏影〉

的上半闋：

> 苔枝綴玉，有翠禽小小，枝上同宿。
> 客裡相逢，籬角黃昏，無言自倚修竹。
> 昭君不慣胡沙遠，但暗憶、江南江北。
> 想佩環月夜歸來，化作此花幽獨。

此詞除了刻畫梅花外在的環境及相關的事務外，還進一步利用典故讓物人合而為一。枝頭的梅花，竟是王昭君的魂魄自塞外歸來所變，真可謂奇思妙想，精采絕倫。而詩人對梅花的獨特感受及新鮮的觀點，也藉此得以傳達給讀者。

蓉子的〈傘〉的寫法是屬於第二屬，重在個人感情的抒發，而絲毫無訓誨的企圖，全詩筆調輕快亮麗，寫法介乎「雪梅」與「暗香」之間，她一方面刻畫傘的形狀及功用，興起諸多聯想，然後再把她自己的感情注入傘中，使傘變成與人不可分割的整體，變成了文學藝術的象徵。

此詩第一段的寫法類似謎語。「鳥翅初撲」一句是指傘初開之時，有如一隻初撲翅羽的鳥。接下來兩句「幅幅相連　以蝙蝠弧形的雙翼　連成一個無懈可擊的圓」則是寫傘從半開到全開之間的過程。詩人形容傘初開時，讓人感覺像一隻鳥，半開時，則像蝙蝠；全開時，才知道非鳥非蝠，而是一個「無懈可擊的圓」。短短三行，不用比喻，而全用暗示及象徵，以新鮮的觀點把開傘的過程及變化生動活潑的描寫了出來。

第二段是寫各色各樣打開後的傘：「綠色的小傘是一頂荷蓋」，紅色的傘如朝暾，黑色的傘則如晚雲。「紅色朝暾　黑色晚雲」一行句法甚妙，簡潔有力，音節鏗鏘。白話詩能鍊句如此，於古典詩亦不多讓，值得注意。寫完純色的傘，詩人開始寫花傘：「各種顏色的傘是載花的樹」。此句暗喻十分貼切，因為樹的外形與傘十分相似，花樹與花傘相提並論，使讀者在視覺上，為之一新。花傘雖然像花樹，然究竟不能四處移動，於是詩人又補上了一句:「而且能夠行走⋯⋯」，把意思更翻入一層。把會動的傘比喻成樹，是一奇；再把比喻成樹的花傘形容成會走的樹，又是一奇。而此二奇均又在情理之中，並非故意好奇，也不矯揉做態。

第一段把開傘的動作與飛鳥蝙蝠相提並論；第二段則把各色各樣打開的傘比喻成自然界的各種現象，或朝霞或暮雲，或花樹或荷葉。可謂曲盡傘之外在情狀。

第三段，詩人開始描寫她與傘的關係與感情。一傘相伴，提供蔭涼及掩蔽，使她可以在「豔陽」或雨中行走，自由逍遙。而雨滴打在傘上有如「單純兒歌的透明音符」，讓詩人察覺到她傘下的小小世界是如此的「自在自適」。「頂著單純兒歌」的世界，是詩的世界，也是藝術的世界，而唯有在藝術的世界裡，詩人方能「自在自適」。由此可見傘對詩人小小世界的貢獻，是十分巨大的，傘不但可以「頂著豔陽」(生活中的順境)，也可以「頂著雨」(生活中的逆境)，還可以使雨化成「單純兒歌的透明音符」(詩歌藝術的象徵)，並創造出一個「自在自適的小小世界」。這個「小小世界」正與第一段中的「無懈可擊的圓」這個意象相呼應。

在這段當中，詩人連用三個「頂」字，押的是頭韻，而從「頂著雨」轉換成「頂著單純兒歌的透明音符」時，詩人不用比喻法，而用平行並列法，要讀者自己去聯想雨與兒歌音符的關係，技巧簡練傳神，顯示出白話詩句法運用的成熟。

最後一段，詩人再進一步，描寫詩人與傘之間不可分割的關係，並闡釋了那個「自在自適小小世界」的內容。傘成了詩人生活中不可缺少的必需品，不但可以蔽陽頂雨，而且還可「為竿為杖」，變成扶持自己的工具或保衛自己的武器；更可以變成花朵亭子，讓詩人隱藏其中靜觀萬物；或在傘的開闔之間，展露詩人真實的自我。

讀罷全詩，我們可以發現，「傘」這個主題意象。已在詩人多方的比喻描繪、想像暗示之下，變成了詩或藝術世界的象徵。那是一個「開闔自如」的世界，只有在那個世界裡，我們才可以看到隱藏不為人知的詩人自我——「寧靜」而「自在自適」。

——選自羅青《詩的照明彈》

臺北：爾雅出版社，1994 年 8 月

論詩的具象與抽象

◎周伯乃[*]

概凡吾人直覺所感其存在者，都可稱為具象的（Concrete）。故吾人在日常生活中，第一個映入吾人視覺官能中的形相，都是具象的。而一切具象的事物，都是從人類意識活動所認知的，從種種因素所組合的一整體之存有。日本美學家荻原朔太郎認為「一切具象的東西，都是從各種複雜的要素成立的。所謂具象的（具體的）存在，實係『多』融合於『一』之中，部分的滲透混和於全體之中，因而得到統一的東西。」接著他又說：「在吾人生活上，常常為吾人所感、所思、所惱的東西，其自身都是具體的東西。這是由環境、思想、健康、氣氛等等的雜多條件所構成的。」[1]意大利美學家克羅齊在他的《美學原理》中，第一章就談到直覺的知識。他認為「知識有兩種形式：不是直覺的，就是邏輯的。」他所謂「直覺的」就是吾人所見到的任何一事一物，心中必產生一種形相，或者意象。而這個形相是沒有經過理性的認知的最初的心意活動。換句話說就是尚未經過思考的過濾的最初階段的心意活動，這就是直覺。如果將這最初階段所見的形相，推入理性的思考，並確定它的意義，尋求到與它相互的關係和差別，則成為概念，或者稱為邏輯的知識。所以克羅齊特別強調知識的形式，「不是從想像得來的，就是從理智得來的；不是關於個體的，就是關於共相的，不是關於諸個別事物的，就是關於它們中間關係的；總之，知識所產生的不是意象，就是概念。」

---

[*]評論家、詩人、散文家。發表文章時為《中央月刊》主編、《中國雜誌》英文版主編、香港亞洲出版社駐臺執行編輯，現已退休。

[1]見荻原朔太郎著《藝術的若干基本問題》一書談〈藝術的抽象觀念與具象觀念〉第二節。

至於抽象（Abstraction）一詞，根據哲學辭典中的解釋是：「就多數事物中，特注意一事物，或就一事物之若干部分若干性質中，特注意其一部分一性質，而其餘姑弗措意，如是心意作用，謂之抽象。」這種解釋，讀者似難理解，而荻原朔太郎有一個較為易懂的註釋，他說：「理智的反省，是把具象的東西，由概念加以分析，把有機的統一，換為無機的各部分，將各部分置於各個壁櫃之中，加上有卡片的抽屜，作成索引。有必要時，吾人可由索引找到一個壁櫃而抽出之。這就是抽象。」換句話說抽象是片斷的，它是自完整中抽取出來的一部分而已。事實上，抽象的原質，在作用上還可分為：單純的抽象觀念，和一般觀念，以及複合的抽象（概念）。而單純的抽象觀念，是從多數事物之若干性質中，解離其一性質，而造成一種觀念者。一般觀念，是由若干具有通性之事物中，揚棄其非通性，而僅取其通性，以造成一概括是等通性之觀念者。至於複合抽象觀念，是由一般觀念，進行抽象作用時，所造成的一種觀念。「而觀念的文字本身，就是暗示著一個什麼概念，其自身即指示一種抽象觀。」[2]因此，我們說語言的本身是抽象的，而由語言所構築的概念，則是具象的。任何一首詩，在未完成之前，都僅僅是詩人的一種概念、一種意象。而當他運用語言，或文字所構築詩時，他已經在進行一種觀念的完成。最後，當一首詩完全築就後，則成為一種具象的藝術品。

現代詩人常常自自我的孤絕中，進行其抽象的世界之探索。是因其發現人類在直覺的具象世界裡，已日漸被物慾所圍困，人類的精神活動的空間，已愈來愈狹小。而人與人之間，人與物之間，物與物之間的距離也越來越狹窄。而各種關係，已日漸繁綜複雜。於是，現代詩人，大都企圖自繁複的世界中超脫，追尋一個純粹的自我世界。因此，有形的具象世界，已不能滿足現代詩人的心靈，而探向虛無，探向一個近乎靈性的抽象世界，是現代詩人創作作品時的最大指標，這是現代詩人的最大轉捩。這樣

[2]見荻原朔太郎著《藝術的若干基本問題》一書談〈藝術的抽象觀念與具象觀念〉第二節。

作是否更能透視或者呈現這一代的心境，現代藝術家們（包括現代詩人，現代小說家，現代劇作家）並沒有作任何的闡釋，但一切的現代藝術作品確已自人的形而上學為中心向外輻射，是無可否認的事實。因此，現代詩自具象的世界中抽離雜質，而表現一種近乎抽象的更為純粹的精神世界，已成為一大主流。現在我們來看看覃子豪的〈域外〉：

域外的風景展示於
城市之外，陸地之外，海洋之外
虹之外，雲之外，青空之外
人們的視覺之外
超 Vision 的 Vision
域外人的 Vision

域外的是一款步者
他來自域內
卻常款步於地平線上
雖然那裡無一株樹，一匹草
而他總愛欣賞域外的風景

這首詩，我們首先可以假定作者所要呈現的，僅僅是一個感性的世界，它是由作者的純粹自我的孤絕中所表現的一種極致，這是一個完全沒有具象事物的世界。第一段「域外的風景展示於城市之外，陸地之外，海洋之外，虹之外，雲之外，青空之外，人們的視覺之外……」這是一貫下來的意象之重疊，「域外」的本身已經給人一種虛玄、幽祕、迢迢的空茫之感，而屬於域外的風景卻又展示於「城市之外」，展示於「陸地之外，海洋之外，虹之外……人們的視覺之外。」這幾乎是一切的一切之外，已使人無法想及的那種遙遠之外。這個遙遠的境界幾乎是無垠的，是人類永遠不可觸及的一個境界。

「超 Vision 的 Vision」，這個 Vision 似乎很難用確切的中文譯出。就一般通常的譯法，有視力、視覺、想像力、幻想，夢想……等等意義。而詩人所以不用中文表出，也可能就是沒有一個中國的字眼，能替代它的內容。譬如我們用「超視覺的視覺」，或者「超視力的視力」。或者「超幻想的幻想」……都沒有用 Vision 來得美好。這也是詩人所以要用英文的原因，而且以我個人的研判前面的 Vision 和後面的 Vision 還不能作同義解。前面的可以作動詞，而後者就必須作名詞或受詞，始可把詩意表出。而第三個 Vision 又不同於前兩個 Vision，它比前兩個富於肯定的語氣，它給一種極限的感覺。

第二段是貫穿第一段的意象，「域外的是一款步者」，這個「款步者」給出一個具象的形相，但「他來自域內，卻常款步於地平線上」，這個具象的形象的形相又被拋在縹緲的煙霧中，使人可望而不可及，可感知其存在，而又無法觸及其實體的存在。作者在其詩集《畫廊》的〈自序〉中特別強調「域外」一詩「是由抽象到抽象，沒有觀念，沒有情感，沒有感覺的無中之無。無中的無，乃有之極致。抽象為具象至極的純化所造成的一個純粹美的世界。」詩人特別強調這首詩是沒有觀念，沒有情感，我想是有點誇大其抽象的效果。事實上，沒有任何一件藝術作品，能夠在沒有觀念，沒有情感中能產生的。我們看〈域外〉的最後兩行：「雖然那裡無一株樹，一匹草，而他總愛欣賞域外的風景。」這已經有了幾個觀念！第一個是那裡（指域外）沒有一株樹，一匹草。這個觀念隱喻著域外的空茫、荒漠之感。第二個「他」意味著有一個人的概念，那個人在域外。在那荒涼、空漠的域外款步，那裡欣賞著域外的風景，這個「風景」的出現，構成了域外的第三個觀念。所以作者特別強調「域外」是沒有觀念，是有些過分其詞。再說沒有情感也是不可能的。任何一首詩的創造，它的最原始的動力，就是情感，何況「域外」所展示的也正是一個人對世界的孤絕感，一種未知的，而又無可攀越的幻美的境界。

從整首詩來看，這是一首表現一個由抽象到抽象的世界，一個幻美的世界。但抽象的本身還是具有部分的具象的形象的性質，只是這種形象，我們不能給出一個確切的名義，不能給它一個具有傳統習慣性的意義。譬如一株樹，我們見到了就知道它是樹，而這個「知」已經是由直覺經驗，過渡到理性的有意識的知，這是自習慣性的產生的一種知——是一種概念。然而覃子豪這首〈域外〉，並沒有給出一個具體的境界，但我們還是可以覺出一種美感，一種屬於意識境域的美，這種美感是尚未過渡到理性世界的美，但這種美仍然令人產生快感。誠如朱氏在《文藝心理學》中說的：「如果一件事物叫你覺得美，它一定能在你心眼中現出一種具體的境界，或是一幅新鮮的圖畫，而這種境界或圖畫必定在霎時中霸占住你的意識全部，使你聚精會神地觀賞它，領略它，以至於把它以外一切事物都暫時忘去。」在哲學上，有所謂「捨象」，這原文與「抽象」一詞相同。意識凡構成概念時，必有各個對象。在這眾多的對象中，必然要抽取其共同屬性，概括在一個概念之下，在這抽取其共同屬性的同時，也要捨棄其餘所有的非共同屬性者，故抽象與捨象在作用上是相同的。英語哲學家、美學家喜歡用抽象，德語哲人、美學家喜歡用捨象，這是習慣用法，沒有多大差異。

因此，我們說覃子豪的〈域外〉，是具有形相的具象美，並無不可。這種美感的經驗，是直覺的經驗，它還沒有過渡理性的世界，所以這種美是最為純粹的，最為單純的，它沒有附帶任何功用，或目的的美。這也就是作者自認的「由抽象到抽象」的表現。現在我們來看一首胡品清的〈夢季〉，這是由具象到抽象的表現的詩。

又一個此山中春寒的日子　冷且濕
天很低　雲也灰濛濛
斜風交融著微雨
灑下一窗幽暗　滿院淒迷

獨立廊前

看落葉的身影
看面目憔悴的雨中花
聖誕紅洗去了胭脂
纖麗的石竹花揉皺了多相的裙裾
一些傲岸的橘黃和青翠也都容顏寂寞淚闌干

面對一園姣好的凋零
猝然驚悟
我的夢季也有著敗葉殘花之意境
很豪華又很悽愴
像風中葉　雨中花
預知自己是命定了委泥塵的
然後無可奈何地等待辭別枝頭
在確知不容再留戀的時候

我向來介紹詩作的時候，都沒有涉及私人的生活範圍的事物，也很少介紹詩人的本身際遇。但現在介紹胡品清的〈夢季〉時，我不得不稍微涉及一點她的生活環境，因為她的詩，大部分是她個人的生活的寫照。一種真實的自我展示。

胡品清自法國回國後，就一直任教於中國文化學院研究所。而該院位於臺灣北部的陽明山，是一個風景優美，環境清靜的聖境，一年四季都有盛開的各種花卉。如杜鵑、茉莉、牽牛花、美人蕉、聖誕紅、銀桂、櫻花……等等，在她的屋子裡也有各種花卉，如洋椒、長蔓、螃蟹蘭、高石斛蘭、矮石斛蘭等等，在她的山居中，沒有市聲，沒有喧嘩，沒有機械的噪音，「沒有庸俗、沒有家常的超現實之象；也因為那個常常為她靈感灑落滿地的播種人；所以她的詩總是那麼沒有廿世紀的煙塵味，令人讀了有花香滿室的感覺。她的聲音總是那麼美麗、純潔、溫柔、敦厚、真摯，不沾染一點汙穢、憤怒或怨懟，因為她迷信著美和愛。」[3]胡品清在愛情和婚姻上，都曾受創。於是，她企圖自極度寧謐中淨化自己，把塵世的一切世俗都拒之窗外，拒之門外，拒之一切之外。把自己皈依一種純美的幻境中。

第一段寫景，也寫境，她呈現一個春寒料峭的季節，在山上顯得寒冷和潮濕，天很低，說明雲層很低，灰濛濛的一片迷茫，能見度已達於零，這是表現山與天相連的朦朧情境，是一個具象的境界，這個具象的境界，就是由雲層下降，使山嶺與雲天相連。「斜風交融著微雨，灑下一窗幽暗，滿院淒迷。」斜風、微雨都是具象的事物，它構織了一窗幽暗，滿院的淒迷。幽暗和淒迷是抽象的景象，但給人一種美感，這個美感，是因為有微雨被斜風飄落，才能產生的景物。如果沒有風，沒有雨，可能那山上的情景又要不同了，也許是可以一目千里的晴朗，明澈的情境。

第二段，作者仍然運用諸多具象的事物，如落葉、雨中花、聖誕紅、胭脂、石竹花、裙裾等等。「獨立廊前」給人一種孤寂、空茫、超絕之感，「看落葉的身影」。由落葉而使人聯想到飄零、垂暮的哀愁。一個主觀性較濃的詩人，常常會把個人的自我意識，個人的內在心境流露在字裡行間。「看面目樵悴的雨中花」多少是帶有幾分自傷身世的感慨。「聖誕紅洗去了胭脂」，這個「洗」字用得很美。它給人一種具象的感覺，暗示著時光的不再，「洗」字代替「褪」字，但比褪字更具有深度。它同時也隱喻著美人遲暮之慨。「胭脂」象徵著女人的青春，然而，她已經被歲月洗去了，它隱含著一種幽怨的哀戚。而「聖誕紅」和「胭脂」都是具象的事物，但它所暗示的意象卻成了抽象的。譬如「纖麗的石竹花揉皺了多彩的裙裾，一些傲岸的橘黃和青翠也都容顏寂寞淚闌干。」這正暗示著一個人的青春的消失，雖然某些傲岸的橘黃和青翠，但都無法避免那些寂寞的愴涼。

第三段的意境更趨於純淨，她表現一個美好的青春的老去，使人倍覺淒涼之感，「面對一園姣好的凋零，猝然驚悟我的夢季原也有著敗葉殘花之意

[3]引自洛夫、張默、瘂弦主編，《中國現代詩論選》（高雄：大業書店，1969 年 3 月）。

境」。「敗葉殘花」原是具象的，但它象徵著一個生命的萎縮、凋落的情境，而這個萎縮、凋落的情境就是抽象的，它不能給出一個實感世界，只能使人想像其衰老的處境。「很豪華又很悽愴」這原是一種矛盾語法。但它能使人產生種種不同的意念。既豪華又很悽愴，這不就是告示著我們對生命的無可奈何。有出生必然就有死亡，人類自呱呱墜地開始，就是一步一步挪向死亡的終站。死亡，已經成為生存的另一個境界，任誰也無法脫逃。雖然詩人企圖以夢中的生存，來奢望生命的不衰、不老。然而，夢畢竟是夢，夢醒的世界仍然是現實的，而現實的一切都能使他驚悸，驚悸於自己的年華的不再，驚悸於如落葉般的生命的衰亡，「像風中葉，雨中花」，它的結局必然要歸於泥土，歸於塵。這是無法挽救的敗局，也是無法逃脫的厄運。

最後兩句寫得很悽慘，一種無可奈何的等待著生命的衰亡，我相信沒有什麼壓力能比這更沉重，更令人不可抗拒。然而，人往往是最富於韌性的動物。雖然明知自己未來的生命必將毀滅，但他仍然會在活著的時候，堅持到最後一秒鐘，一如那風中的黃葉，雖然明知它立刻就會被吹落，但它仍然堅持到最後，到最後不得不離開枝頭為止，這就是生命的韌度。

從整首詩來看，胡品清這個〈夢季〉，似乎並不是夢，而是一個垂暮的生命的惑慨，一個對生命的肯定的驚語。我們可以從作者的夢中感知那個生命的嘆息，那個青春年華被歲月吞噬後的嘆息。這首詩有著作者的投影，有她濃厚濃厚的憂鬱和哀愁。

現在我們再來看看蓉子的〈我的妝鏡是一隻弓背的貓〉：

我的妝鏡是一隻弓背的貓
不住地變換它底眼瞳
致令我的形像變異如水流

一隻弓背的貓　一隻無語的貓
一隻寂寞的貓　我底妝鏡

睜圓驚異的眼是一鏡不醒的夢
波動在其間的是
時間？　是光輝？　是憂愁？

我的妝鏡是一隻命運的貓
如限制的臉容　鎖我的豐美於
它底單調　我的靜淑
於它底粗糙　步態遂倦慵了
慵困如長夏！

捨棄它有韻律的步履　在此困居
我的妝鏡是一隻蹲居的貓
我的貓是一迷離的夢　無光　無影
也從未正確的反映我形像。

「妝鏡」和「貓」都是具象的事物，作者透過貓來形容她的妝鏡，這是運用具象來表現具象，而產生出一種抽象感，這種方法一般詩人都不易把握，也不是常常能被運用的。「我的妝鏡是一隻弓背的貓，不住地變換它底眼瞳，致令我的形像變異如水流。」一隻貓當牠弓起背的時候，常常是預作獵取什麼，或要企圖有所行為的時候的動作，因此，牠的瞳眼經常是在這個時候，都是骨碌骨碌地轉動。而這時，變化最多。詩人把牠來形容她自己的形象的變化，然後又用水流的形態來比喻那形象變化的外形，這是由外形的具象性到內在的抽象性，使讀者在感覺上有著一種交錯的美感。

第二段是完全以具象的形象來表現詩人的內心的律動。「一隻弓背的貓，一隻無語的貓，一隻寂寞的貓。」弓背、無語、寂寞都是用來形容那隻貓的形象。而這些形象又是用來表現那面妝鏡的，而就那面妝鏡又是用來反射人生的歲月，光輝、和憂愁的種種內在情緒的變化。這是一連串的內在的情緒的波動，「時間」能使人老去，能使一步一步在它的背上挪完生命的旅途。「光輝」使人聯想到青春、美貌、事業、前途、功勛……等等在人生旅途中可能遭到的事件，但光輝大都是象徵美好的。「憂愁」正好與光輝成相反的效果，光輝往往是令人得意的象徵，而憂愁卻常常是失意的代表。是人生不可能一條直線，他的情緒的變化，任誰都是一條曲線的，而有些人的曲線變化較小，有些人的卻很大。這與各人的際遭不同，但都能在一面鏡子裡反映出來。因此，詩人說：「我的妝鏡是一隻命運的貓。」

命運使人生規範於某一種的局限，這個局限不一定有固定的形式，但在隱隱中，它似乎是永遠在捉弄著人生，「如限制的臉容，鎖我的豐美於它底單調，我的靜淑於它底粗糙，步態遂倦慵了，慵困如長夏！」任何一種鏡面都有縮影的效用，女人妝檯上的鏡子也不能例外。當你站在它面前，你就被它吸取，並把你限制於它的體內。它能鎖住你的豐美，鎖住你的麗姿，鎖住你的笑貌，鎖住你的憂愁和幽怨。

最後一段是貫串第三段的「步態遂倦慵了，慵困如長夏」的情緒。所以詩人說「捨棄它有韻律的步履，在此困居。」這多少帶有一種無可奈何的幽怨，一種不得不被困的哀戚。「我的妝鏡是一隻蹲居的貓，我的貓是一迷離的夢，無光，無影，也從未正確的反映我形像。」這可能是暗示一個生存在現代工業社會裡的人，有諸多真實的自我被扼殺的悲劇性，所以詩人嘆息著妝鏡從未正確地反映她的形象。我相信，在此機械工業日夜爭吵的動亂的世紀裡，自我能不被完全扼殺，多少已經存有一點僥倖了。而如果能夠完全現示自我，認知自我的，似乎是杳杳無幾的。蓉子的詩和胡品清以及其他女詩人的作品一樣，總是帶著濃重的女性的典雅與溫淑。她被稱為「中國詩壇上一座由聖經、自然與存在觀所造成的三角塔」。她已經自寧謐的聖堂裡走向現代，走向現代的騷動的世界，在這個騷動的喧嘩中聽取人類的內心的悸動，聽取人類的內在心聲，所以她的詩也自具體的形象中，構築起高度的抽象境界。

——選自《新文藝》第 142 期，1968 年 1 月

〈我的妝鏡是一隻弓背的貓〉導讀

◎蕭蕭

我的妝鏡是一隻弓背的貓
不住地變換它底眼瞳
致令我的形像變異如水流

一隻弓背的貓　一隻無語的貓
一隻寂寞的貓　我底妝鏡
睜圓驚異的眼是一鏡不醒的夢
波動在其間的是
時間？　是光輝？　是憂愁？

我的妝鏡是一隻命運的貓
如限制的臉容　鎖我的豐美於
它底單調　我的靜淑
於它底粗糙　步態遂倦慵了
慵困如長夏！

捨棄它有韻律的步履　在此困居
我的妝鏡是一隻蹲踞的貓
我的貓是一迷離的夢　無光　無影
也從未正確的反映我形像。

「妝鏡」是女性的持有物，「弓背的貓」卻是詭異的徵象，兩者相聯繫，令人感覺一種未曾有的戲劇性即將開展。

我的妝鏡是一隻弓背的貓，不停地變換眼瞳，所以使得我的形象變異如水流，我如何變異呢？「朝如青絲暮成雪」嗎？如水流一樣有時壯瀾有時低徊嗎？妝鏡卻是無語而寂寞的，「睜圓驚異的眼是一鏡不醒的夢」，甚至於連妝鏡都要驚訝我的變異，連我都要驚訝自己的波動。使得形象變異的又是什麼呢？

時間？光輝？憂愁？

妝鏡的外型像一隻弓背的貓，鏡子本身就像是貓的眼瞳，撲朔迷離，詭異多變，是從貓的眼瞳多變反寫自己在時間齒輪的輾壓下，光輝和憂愁的投影。到了第三段，竟有「宿命論」的感覺，「鎖我的豐美於它底單調，我的靜淑於它底粗糙。」對鏡自憐，不能不歸之於命運，意興闌珊，所以慵困如長夏，慵困的是我，也是貓。所有的美只展現為如此一點的反映而已嗎？這不僅是古人「照鏡悲白髮」，歎華年消逝而已，又加上了對美的憐惜，對命運的抗議。

「捨棄它有韻律的步履　在此困居」，是設想之語，妝鏡不是貓，無所謂「有韻律的步履」，但因為這一句的設想，使得鏡與貓的連結更真。「我的貓是一迷離的夢」，已經不是「妝鏡是貓」的設想，而是一種「認同」，我與妝鏡與貓與自己的一生認同，彷彿迷離不可解的夢境。

真正的我的形象又如何呢？變動不居的時間裡，我是否有確切的形象？也許這已不是這首詩所要了解的答案。這首詩有感性的歎辭，更多的卻是知性的分析，以女性詩人寫妝鏡，不講胭脂紅粉，業已難能可貴，更能從時間的變貌中去尋求自我，蓉子是現代詩壇不凋的一朵青蓮，良有以也。

——選自張漢良、蕭蕭合著《現代詩導讀（導讀篇一）》
臺北：故鄉出版社，1979 年 11 月

輯五◎
研究評論資料目錄

作家生平、作品評論專書與學位論文

專書

1. 周偉民，唐玲玲　日月的雙軌——羅門、蓉子創作世界評介　臺北　文史哲出版社　1991年2月　471頁

本書分為日、月2部，論述羅門和蓉子的經歷，及其詩作與創作觀。全書共4章：1.海內存知己，天涯若彼鄰；2.燈屋之光；3.現代詩的守護神——羅門；4.永遠飛翔的青鳥——蓉子。正文後附錄〈詩人、詩論家眼中的羅門〉及〈詩人、詩論家眼中的蓉子〉、〈羅門著作及作品被選被譯入選集部分〉、〈蓉子著作及作品被選被譯入選集部分〉。

2. 周偉民，唐玲玲　日月的雙軌——羅門、蓉子創作世界評介　北京　中國社會科學出版社　1995年4月　394頁

本書為簡體字版。新增周偉民，唐玲玲〈修訂版後記〉、周偉民，唐玲玲〈詩路跋涉——「羅門、蓉子文學創作系列」策劃後記〉、何恆雄〈我心目中的羅門與蓉子〉。

3. 周偉民，唐玲玲主編　羅門、蓉子文學世界學術研討會論文集　臺北　文史哲出版社　1994年4月　477頁

本書為海南大學、海南日報社於1993年8月在海口聯合主辦之「羅門、蓉子文學世界」學術研討會，全書共5部分：1.大會主席主題發言：周偉民〈羅門、蓉子的文學世界對世界文學的啟示〉；2.羅門蓉子發表自己的詩觀：羅門〈將同詩走完我的一生〉、蓉子〈詩和詩人〉；3.海內外學者作家論文發表33篇：丁善雄〈女性意識與女性自覺——論蓉子的詩〉、王一桃〈從蓉子詩看其詩觀〉、王一姚〈論羅門的詩〉、王振科，姜龍飛〈漂泊者的歌哭——試論蓉子詩的鄉愁意識〉、王業隆〈羅門詩中的鄉情〉、公劉〈詩國日月潭〉、古遠清〈具有前衛性與創新性的現代精神意識——評羅門的詩論〉、古繼堂〈自然和靈魂的堅強衛士——論羅門、蓉子的詩〉、朱徽〈羅門詩歌藝術簡論〉、杜麗秋，陳賢茂〈蓉子羅門詩歌之比較〉、林燿德〈「羅門思想」與「後現代」〉、胡時珍〈生命的禮讚，進取的人生——讀蓉子小詩精品有感〉、徐學〈羅門詩論的主體性〉、陝曉明〈永遠的青鳥——談蓉子的詩〉、陝曉明〈「戰爭詩的巨擘」與「城市詩國的發言人」——羅門的戰爭詩與都市詩〉、張健〈論羅門詩的兩大特色〉、陳素琰〈從青鳥到弓背的貓〉、陳寧貴〈追蹤內心的無邊視野——讀介蓉子的詩〉、陳鵬翔〈論羅門的詩歌理論〉、唐玲玲〈蓉子詩歌的藝術風格〉、馮麟煌〈冷卻了悲痛——讀羅門〈麥堅利堡〉〉、馮瑞龍〈愛情、情聖與愛情象徵——蓉子的愛情詩分析〉、黃孟文〈談蓉子的《童話城》〉、黃偉宗〈穿越「傳統」與「現代」的文化與藝術——讀羅門、蓉子詩精選《太陽與月亮》〉、喻大翔〈華文詩壇：請聽這一枚沉甸的聲音——評周偉民、唐玲玲合著《日月的雙軌》〉、熊開發〈論羅門的靈視世界〉、潘亞暾〈羅門蓉子伉儷詩〉、謝冕〈羅門的天空〉、魯樞元〈詩人與都市——我讀羅門〉、劉登翰〈日月的行蹤——羅門、蓉子論札〉、劉揚烈〈卓越的詩才與自覺的選擇——羅門詩片論〉、戴維揚〈噴向永恆思維的螺旋——析論羅門三篇詩作的「空間運作」〉、蕭蕭〈論羅門的人文關懷〉；4.研討會總結：劉夢溪〈感言〉；5.大會隨筆 3 篇：陳祖芬〈像爸爸的孩子和像媽媽的孩子〉、唐玲玲〈羅門、蓉子的文學世界學術研討會紀實〉、王一姚〈我們在詩中相會〉。正文後附錄〈後記〉、〈發表論文學者簡介〉、〈文藝界、學術界與社會人士參加人員〉、〈大會剪影〉。

4. 余光中等著　蓉子論　北京　中國社會科學出版社　1995 年 4 月　239 頁

本書收錄評論蓉子及作品之文章，全書共 31 篇：1.余光中〈女詩人——蓉子〉；2.鍾玲〈都市女性與大地之母——論蓉子的詩歌〉；3.丁善雄〈女性意識與女性自覺——論蓉子的詩〉；4.張健〈評《七月的南方》〉；5.鄭明娳〈這一站；.到那裡？——論《這一站不到神話》〉；6.張漢良〈導讀《一朵青蓮》〉；7.瘂弦〈新詩品——評《蓉子詩抄》〉；8.林燿德〈詩的信仰——我讀蓉子（一）〉；9.林燿德〈向她索取形象——我讀蓉子（二）〉；10.羅青〈評析蓉子的《傘》〉；11.陳寧貴〈追蹤內心的無邊視野——讀介蓉子的詩〉；12.陳寧貴〈玉壘浮雲變古今〉；13.蕭蕭等〈蓉子的詩情世界〉；14.辛鬱〈自我的塑造——試評蓉子詩作《一朵青蓮》〉；15.高歌〈千曲無聲——蓉子〉；16.周伯乃〈蓉子：一朵青蓮〉；17.劉登翰〈日月的行蹤——羅門、蓉子論札〉；18.古繼堂〈詩人——蓉子〉；19.潘亞暾〈求真、從善、揚美——蓉子短詩賞析〉；20.潘亞暾〈再談蓉子詩〉；21.古遠清〈聲諧而句警——蓉子詩欣賞〉；22.王一桃〈從蓉子詩看其詩觀〉；23.馮瑞龍〈愛神、情聖與愛情象徵——蓉子的愛情詩分析〉；24.陳素琰〈從青鳥的弓背的貓〉；25.唐玲玲〈蓉子詩歌的藝術風格〉；26.王振科，姜龍飛〈飄泊者的歌——試論蓉子詩的鄉愁意識〉；27.黃孟文〈談蓉子的《童話城》〉；28.黃偉宗〈穿越傳統與現代的文化與藝術——談羅門、蓉子詩精選《太陽與月亮》〉；29.杜麗秋，陳賢茂〈羅門蓉子詩歌之比較〉；30.劉國全〈評《七月的南方》〉；31.衣凡〈由聖經、自然與存在觀造成的三角塔〉。

5. 蕭蕭主編　永遠的青鳥——蓉子詩作評論集　臺北　文史哲出版社　1995 年 4 月　577 頁

本書為蕭蕭選編有關蓉子詩作的評論集，全書共 4 卷：1.詩作總論：余光中〈女詩人——蓉子〉、衣凡〈由聖經自然與存在觀造成的三角塔——女詩人蓉子評介〉、周伯乃〈淺論蓉子的詩〉、林野〈永遠的青鳥〉、林燿德〈我讀蓉子〉、丁平〈走向真實人生的詩人——論（蓉子）和她的詩〉、鍾玲〈都市女性與大地之母——論蓉子的詩歌〉、林綠〈女性意識與女性自覺——論蓉子的詩〉、馮瑞龍〈愛神、情聖與愛情象徵——蓉子的愛情詩分析〉、王振科，江龍飛〈漂泊者的歌哭——試論蓉子詩的鄉愁意識〉、劉登翰〈看你名字的繁卉——蓉子論札〉、王一桃〈從蓉子詩看其詩觀〉、杜麗秋，陳賢茂〈羅門蓉子詩歌比較〉；2.詩集評鑑：覃子豪〈評《青鳥集》〉、白雁子〈詩的大路和遠景——讀《青鳥集》之後〉、向明〈永遠的青鳥〉、唐玲玲〈希望「青鳥」飛來——讀蓉子《青鳥集》〉、張健〈評《七月的南方》〉、季薇〈青鳥，飛向七月的南方——談蓉子的詩〉、劉國全〈評《七月的南方》〉、藍采〈試評《七月的南方》〉、瘂弦〈新詩品——評《蓉子詩抄》〉、林寒澗〈小論蓉子《蓉子詩抄》〉、李莎〈讀《蓉子詩抄》〉、珩珩〈蓉子的「世外桃源」〉、黃孟文〈談蓉子的《童話城》〉、蕭蕭，陳寧貴，陳煌〈蓉子的詩情世界〉、琦君〈不薄今人愛古人——我讀新詩〉、南之〈蓉子的《天堂鳥》〉、辛鬱〈評介《蓉子自選集》〉、涂靜怡〈蓉子與詩〉、鄭明娳〈這一站，到那裡？——評《這一站不到神話》〉、向明〈大化滿詩情——讀《這一站不到神話》〉、陳寧貴〈玉壘浮雲變古今〉、林燿德〈強烈又純粹的感動——讀蓉子《青少年詩國之旅》〉、上官予〈金玉其聲——《詩國之旅》的卓識與創見〉、羊令野〈女詩人蓉子的《歐遊手記》〉、陳寧貴〈讀介《歐遊手記》〉、鮑曉暉〈細聽泉聲——析介蓉子的散文集《千泉之聲》〉、鄭明娳〈評《千泉之聲》〉；3.詩篇賞析：周伯乃〈蓉子的〈我的妝鏡是一隻弓背的貓〉〉、彭邦楨〈蓉子的〈溫泉小鎮〉〉、辛鬱〈自我的塑造——試評蓉子詩作〈一朵青蓮〉〉、林煥彰〈欣賞蓉子的詩〉、辛鬱〈蓉子的〈傘〉〉、羅青〈蓉子的〈傘〉〉、張漢良〈現代詩導讀：〈一朵青蓮〉〉、蕭蕭〈一朵不凋的青蓮——蓉子〉、王灝〈解說〈只要我們有根〉〉、公劉〈蓉子的〈一朵青蓮〉〉、鄭明娳〈青蓮的聯想〉、蕭蕭〈〈只要我們有根〉〉、潘亞暾〈求真、從善、揚美——蓉子短詩欣賞〉、潘亞暾〈再談蓉子詩〉、郭玉文〈反射心靈的明鏡〉、古遠清〈「聲諧而句警」——蓉子詩三首賞析〉；4.詩人印象：高上秦〈千曲無聲——蓉子〉、陳玲珍〈燈屋裡的繆斯——蓉子女士訪問記〉、鐘麗慧〈懷念奠基者：「永遠的青鳥」——蓉子〉、琴涵〈和蓉子相遇〉、文曉村〈枝繁葉茂因有根〉、楊茲舉〈看你名字的繁卉——淺談蓉子〉、莊秀美〈一座華美的永恆——蓉子〉、古繼堂〈《臺灣新詩發展史》中的蓉子〉、陝曉明〈永遠的青鳥——談蓉子的詩〉。正文後附錄〈蓉子作品評論索引〉、〈蓉子著作書目〉、〈蓉子寫作年表〉。

6. 謝冕等著　　從詩中走過來：論羅門蓉子　臺北　文史哲出版社　1997 年 10 月 462 頁

本書收錄評論羅門蓉子的文章與相關訪談報導，全書共 7 部分：1.羅門，蓉子〈我們的話〉；2.羅門論：潘麗珠〈羅門都市詩美學探究〉、王岳川〈後現代氛圍中的詩人與詩〉、林燿德〈山河天眼裡・世界法身中——羅門詩作中的「自然」〉、杜十三〈羅門論——羅門暨其詩作的價值〉、王潤華〈都市詩學——從羅門到林燿德〉、邵燕祥〈羅門猜想〉、沈奇〈與天同遊——羅門詩歌精神散論〉、陳仲義〈羅門詩的藝術〉、侯洪〈詩的 N 度空間——看臺灣詩人羅門詩歌的雙重吸收〉、侯洪〈詩眼看世界——中法詩壇的兩扇「窗」之意象淺析〉、崔寶衡〈「窗」——羅門獨特的審美方式〉、姜濤〈宣諭與靈視——羅門詩歌藝術片論〉、高秀芹〈羅門：反諷框架下的生存意識〉、張曉平〈論羅門的風景詩〉、杜麗秋，許燕〈意象組合蒙太奇——論羅門詩歌意象組合的藝術〉、金聲，麗玲〈詩特質的深切體認——羅門詩論的啟示〉、劉秋得〈喚醒美的一切——談羅門的詩藝觀〉、黎浙芹〈羅門：患有嚴重心病的時代之童話詩人〉、張艾弓〈悲劇與拯救——評《第九日的底流》〉、楊雨河〈羅門的短詩十二個字讀後——〈天地線是宇宙最後的一根弦〉〉；3.蓉子論：潘麗珠〈蓉子自然詩美學探究〉、鄭敏〈獨蓉子詩所想到的〉、沈奇〈青蓮之美——詩人蓉子散論〉、侯洪〈蓉子詩歌的文本互涉——關於一組「傘詩」的解讀〉、高秀芹〈蓉子：在飛翔與降落之間〉、譚五昌〈論蓉子詩歌中的生命哲思〉、李漢榮〈詩是女性的——讀蓉子詩隨感〉、許燕〈大自然的三原色——論蓉子風景詩的色彩運用〉、張國治〈年代的婉約・山水抒情的高音——蓉子早期山水詩初探〉、林祁〈淺論蓉子詩中樹的意象〉；4.合評篇：張炯〈羅門、蓉子與中國詩壇〉、楊匡漢〈多向歸航臺——談羅門蓉子的創作世界〉、易丹〈拯救的力量・詩化的人格〉、潘亞暾〈論羅門、蓉子伉儷詩〉、金聲，麗玲〈與日月同輝——評羅門、蓉子文學創作系列叢書〉、潘麗珠〈燈屋裡的詩國伉儷——羅門與蓉子〉；5.有關重要言談：謝冕〈「羅門蓉子文學創作系列」發表會開幕辭〉、謝冕〈詩人的職業〉、王俊義〈出版《羅門蓉子文學創作系列》感言〉、任洪淵〈未完成的羅門論思考〉、古繼堂〈我的一些感想〉、劉湛秋〈詩與藝術的結合〉、陳旭光〈羅門對大陸詩壇啟示性意義〉、譚五昌，陳旭光〈羅門、蓉子創作世界學術研討會在京舉行〉、唐玲玲〈羅門、蓉子文學創作座談會——在北京大學隆重舉行〉、周偉民〈綆短汲深〉、周偉民〈與羅門、蓉子的筆墨友誼——周偉民答海峽之聲電臺記者訪問〉、唐玲玲〈相會在未名湖畔〉；6.有關資料與影像；7.彭正雄〈編後記〉。

7. 張肇祺　　從詩想走過來：論羅門蓉子　臺北　文史哲出版社　1997 年 10 月 138 頁

本書為北京大學中國語言研究所、清華大學中文系、海南大學、中國藝術研究院中國文化研究所、中國社會科學出版社、《詩探索》編輯部與海南日報社共同籌辦之「羅門、蓉子系列著作研討會」。全書收錄〈海峽兩岸舉行——羅門、蓉子系列著作研討會〉、〈海內外「文學、藝術、哲學、科學」中人物看：羅門蓉子的詩〉、〈我看羅門蓉子的詩〉、〈一束深深的「心語」——走著的：詩〉，共 4 篇。

8. 古遠清　看你名字的繁卉——蓉子詩賞析　臺北　文史哲出版社　1998 年 11 月　194 頁

本書為蓉子新詩選集，全書 6 卷共計 80 首詩，每首詩後有賞析。

9. 朱　徽　青鳥的蹤跡——蓉子詩歌精選賞析　臺北　爾雅出版社　1999 年 3 月　225 頁

本書為對蓉子新詩的賞析，正文前有朱徽〈蓉子詩歌藝術〉。全書共 7 章：1.青春篇；2.山水篇；3.都市篇；4.藝術篇；5.哲思篇；6.歲月篇；7.異域篇。正文後附錄〈蓉子訪談錄〉、〈蓉子簡介〉、〈蓉子著作目錄〉、〈後記〉、〈編撰者簡介〉。

10. 謝冕等編　燕園詩旅——羅門‧蓉子詩歌藝術論　武漢　長江文藝出版社　2000 年 4 月　398 頁

本書與《從詩中走過來：論羅門蓉子》收錄篇章大致相同，為簡體字版，全書共 4 個部分：1.羅門論：潘麗珠〈羅門都市詩美學探究〉、杜十三〈羅門論——羅門暨其詩作價值〉、王潤華〈都市失學——從羅門到林燿德〉、邵燕祥〈羅門猜想〉、沈奇〈與天同游——羅門詩歌精神散論〉、陳仲義〈羅門詩的藝術〉、王岳川〈後現代氛圍中的詩人與詩〉、林燿德〈山河天眼裡，世界法身中——羅門詩作中的自然〉、黎湘萍〈羅門：患有嚴重心病的時代之童話詩人〉、張艾弓〈悲劇與拯救——評〈第九日的底流〉〉、侯洪〈詩的 N 度空間——看臺灣詩人羅門詩歌的雙重吸收〉、崔寶衛〈窗——羅門獨特的審美方式〉、姜濤〈宣諭與靈視——羅門詩歌藝術片論〉、高秀芹〈羅門：反諷框架下的生存意識〉、張曉平〈論羅門的風景詩〉、杜麗秋，許燕〈意象組合蒙太奇——論羅門詩歌意象組合的藝術〉、金聲，麗玲〈詩特質的初探體認——羅門詩論的啟示〉、劉得秋〈喚醒美的一切——談羅門的詩藝觀〉、黃昌華〈血的遙感，情的超越——讀羅門的〈一把鑰匙〉〉、陳大為〈黏滯的方形——羅門都市詩中的生存空間〉；2.蓉子論：鄭敏〈讀蓉子詩所想到的〉、沈奇〈青蓮之美——詩人蓉子散論〉、侯洪〈蓉子詩歌的文本互涉——關於一組傘詩的解讀〉、高秀芹〈蓉子：在飛翔與降落之間〉、潘麗珠〈蓉子自然詩美學探究〉、譚五昌〈論蓉子詩歌中的生命哲思〉、李漢蓉〈詩是女性的——論蓉子詩隨感〉、許燕〈大自然的三原色——論蓉子風景詩的色彩運用〉、張國治〈年代的婉約，山水抒情的高音——蓉子早期山水詩初探〉、林祁〈淺論蓉子詩中樹的意象〉；3.合論：張炯〈羅門蓉子與中國詩壇〉、楊匡漢〈多向歸航臺——談羅門蓉子的創作世界〉、易丹〈拯救的力量，詩化的人格〉、潘亞暾〈論羅門蓉子伉儷詩〉、金聲，麗玲〈與日月同輝——評羅門、蓉子文學創作系列叢書〉、潘麗珠〈燈屋裡的詩國伉儷——羅門與蓉子〉；4.有關重要言談：謝冕〈羅門蓉子文學創作系列發表會——開幕辭〉、〈詩人的職業——在北京大學羅門蓉子文學創作座談會上的言談〉、王俊義〈出版《羅門蓉子文學創作系列》感言〉、任洪淵〈未完成的羅門論思考〉、古繼堂〈我的一些感想〉、劉湛秋〈詩與藝術的結合〉、陳旭光〈羅門對大陸師談的啟示性意義〉、譚五昌，陳旭光〈羅門、蓉子創作世界研討會在京召開〉、唐玲玲〈羅門、蓉子文學創作座談會——在北京大學隆重舉行〉、周偉民〈綆短汲深——在羅門、蓉子文學創作座談會暨《羅門、蓉子文學創作系列》推介禮上答客問〉、周耿寧〈與羅門、蓉子的筆墨友誼——周偉民答海峽之聲電臺記者周耿寧訪問〉、唐玲玲〈相會在未名湖畔——1995 年 12 月 6 日在北京大學舉行的羅門蓉子創作座談會暨《羅門蓉子創作系列》推介禮部分論點題要〉。正文後附錄〈《羅門蓉子論》書目〉。

11. 龍彼德　　通向天堂的大門——東方勃朗寧羅門和蓉子傳論　臺北　萬卷樓圖書公司　2013 年 11 月　141 頁

本書記述羅門與蓉子長逾半世紀的詩路歷程，並分論二人詩作的藝術風格、抒情策略、語言特色、理論主張。全書共 4 部分：1.愛與詩的交響——記羅門和蓉子的人生；2.追索「前進中的永恆」——論羅門的詩歌藝術；3.蓉子論；4.來自天堂的召喚——論羅門和蓉子的價值。正文前有龍彼德〈自序〉。正文後附錄〈羅門自述簡歷〉、〈蓉子自述簡歷〉、〈後記〉。

12. 喬紅霞　　羅門蓉子研究書目提要　北京　國家圖書館出版社　2015 年 3 月　252 頁

本書統整羅門、蓉子的著作、他人輯錄書目，以及評論羅門、蓉子的專論與兼論，簡述書目之概要。全書共 3 章：1.羅門研究書目提要；2.蓉子研究書目提要；3.羅門蓉子研究書目提要。正文後附錄羅門、蓉子合著〈跋〉。

學位論文

13. 夏聖芳　　蓉子詩研究　南華大學文學所　碩士論文　李正治教授指導　2002

年 6 月　198 頁

本論文將有關蓉子及其詩作的主體討論分三個層面來進行，一從外緣考察蓉子生平事蹟與其創作之間的互動關聯，並重新釐析其創作歷程的重要分期，以及由內容到形式的重大轉變。一從內部分別考察其詩作整體，由內容透顯的主題展向，這些主題展向亦可說是蓉子在觀世、觀物及觀我方式上的主要伸展方向，凝聚著其整個生命關懷的心靈特殊結構方式。另一則從其詩作內涵及形式特色進行考察，以呈顯其詩的藝術風貌。全文共 5 章：1.緒論；2.蓉子的生平及創作歷程；3.蓉子詩的主題展向；4.蓉子詩的特色；5.結論。正文後附錄〈蓉子作品集〉、〈蓉子作品評論輯要〉、〈蓉子年表〉。

14. 張馨尹　　蓉子與利玉芳女性主義詩作研究　屏東教育大學中國語文學系　碩士論文　曾進豐教授指導　2006 年 7 月　173 頁

本論文從蓉子談起，探討其在未接受女性主義思想前顯露於作品中的女性意識。再與年代稍後，開啟女體書寫、表現優異的利玉芳相比較。全文共 6 章：1.緒論；2.關於西方女性主義；3.臺灣女性詩書寫歷史觀察；4.蓉子女性詩研究；5.利玉芳女性詩研究；6.結論。

15. 呂淑端　　羅門與蓉子懷鄉詩研究　臺北市立教育大學中國語文學系　碩士論文　江惜美教授指導　2008 年 6 月　270 頁

本論文探討羅門與蓉子懷鄉詩之內涵與形式特色。自爬梳羅門與蓉子的生平事蹟、時代背景與懷鄉詩創作之間的關聯性，探究時代背景對其懷鄉詩作的影響。全文共 6 章：1.緒論；2.羅門與蓉子其人及其作品；3.羅門懷鄉詩分類；4.蓉子懷鄉詩分類；5.羅門與蓉子懷鄉詩特色；6.結論。正文後附有〈羅門與蓉子對照年表〉。

16. 葉映辰　　蓉子「山水詩」及詩中之「天人合一」觀研究　淡江大學中國文學系碩士在職專班　碩士論文　張雙英教授指導　2009 年　187 頁

本論文論述蓉子詩歌創作趨向，分析「山水詩」的立論基礎，再從「音樂」、「光影」及「色彩」這三個藝術質素來論述蓉子「山水詩」的藝術表現，最後歸納「天人合一」觀在蓉子「山水詩」中的具體表現。全文共 5 章：1.緒論；2.蓉子之生平、詩歌創作與詩觀；3.蓉子之「山水詩」及其藝術表現分析；4.蓉子「山水詩」中之「天人合一」觀探討；5.結論。

17. 潘　琴　　詩畫關系與蓉子詩歌的意境建構　西南大學中國現當代文學所　碩士論文　蔣登科教授指導　2010 年 4 月　35 頁

本論文首先從詩畫關係的角度來透視蓉子詩歌具有的「詩情畫意」；其次，從詩畫的視角探討蓉子詩歌的意境建構，通過對蓉子詩歌「詩情畫意」的藝術風格分析，挖掘詩歌中的傳統文化因素。全文共 4 章：1.緒論；2.蓉子詩歌中詩情畫意的美學追求；3.蓉子詩歌的意境建構；4.結語。

18. 伍莉玉　　蓉子新詩之詞彙風格研究——以色彩詞為例　彰化師範大學國文學系　碩士論文　張慧美教授指導　2013 年　189 頁

本論文交互運用統計、歸納分析、描寫詮釋等方法，從「詞彙風格學」的角度切入，探究蓉子詩歌中豐富的「色彩詞」，就語料描寫的對象和語法結構探究蓉子詩作中特定的語言風格模式，歸結其特點。全文共 5 章：1.緒論；2.蓉子其人其詩與語言風格；3.蓉子詩歌之色彩詞描寫對象；4.蓉子詩作中色彩詞的使用及其語法功能探究；5.結論。

作家生平資料篇目

自述

19. 蓉　子　　後記　青鳥集　臺北　中興文學出版社　1953 年 11 月　頁 104—106
20. 蓉　子　　後記　青鳥集　臺北　爾雅出版社　1982 年 11 月　頁 107—109
21. 蓉　子　　後記　七月的南方　臺北　藍星詩社　1961 年 12 月　頁 72—75
22. 蓉　子　　詩序　蓉子詩抄　臺北　藍星詩社　1965 年 5 月　頁 1—5
23. 羅門，蓉子　　羅門與蓉子　幼獅文藝　第 145 期　1966 年 1 月　頁 40—41
24. 蓉　子　　詩的問答　笠　第 20 期　1967 年 8 月　頁 44
25. 蓉　子　　《維納麗沙組曲》後記　青年戰士報　1969 年 11 月 16 日　7 版
26. 蓉　子　　後記　維納麗沙組曲[1]　臺北　純文學出版社　1969 年 11 月　頁 90—98
27. 蓉　子　　後記　雪是我的童年　臺北　乾隆圖書無限公司　1978 年 9 月　頁 117—128
28. 蓉　子　　集後記　橫笛與豎琴的晌午　臺北　三民書局　1974 年 1 月　頁

[1]本書後更名為《雪是我的童年》。

144—147

29. 蓉 子　集後記　橫笛與豎琴的晌午　臺北　三民書局　2005 年 2 月　頁 159—162

30. 蓉 子　蓉子詩觀　八十年代詩選　臺北　濂美出版社　1976 年 6 月　頁 384

31. 蓉 子　前言　雪是我的童年　臺北　乾隆圖書無限公司　1978 年 9 月　頁 1—4

32. 蓉 子　好的另一半　一脈相傳　臺北　號角出版社　1980 年 4 月　頁 103—107

33. 蓉 子　青鳥遠去　青澀歲月　臺北　爾雅出版社　1980 年 7 月　頁 245—246

34. 蓉 子　青鳥遠去　青鳥集　臺北　爾雅出版社　1982 年 11 月　頁 115—116

35. 蓉 子　我與《新文藝》　新文藝　第 300 期　1981 年 3 月　頁 34—35

36. 蓉 子　我的詩觀[2]　陽光小集　第 6 期　1981 年 7 月　頁 26—27

37. 蓉 子　序——我的詩觀　太陽與月亮　廣州　花城出版社　1992 年 3 月　頁 141—144

38. 蓉 子　詩觀　中國海洋詩選　高雄　大海洋文藝雜誌社　1994 年 3 月　頁 59—61

39. 蓉 子　詩創作觀　中華新詩選　臺北　文史哲出版社　1996 年 3 月　頁 108

40. 蓉 子　蓉子的經驗談：美的感動——一首詩生命的起點　現代詩入門　臺北　故鄉出版社　1982 年 2 月　頁 176—179

41. 蓉 子　旅夢成真——代序　歐遊手記　臺北　德華出版社　1982 年 4 月　頁 17—22

42. 蓉 子　旅夢成真——代序　歐遊手記　臺北　純文學出版社　1984 年 2 月

[2]本文後改篇名為〈詩觀〉、〈詩創作觀〉。

頁 3—8

43. 蓉　子　旅夢成真——代序　千泉之聲（下）　臺北　師大書苑　1991 年 1 月　頁 178—186

44. 蓉　子　我寫我——第一篇自剖的短文　文學時代雙月叢刊　第 9 期　1982 年 9 月　頁 89—91

45. 蓉　子　翩然飛回的「青鳥」——寫在新版《青鳥集》前　青鳥集　臺北　爾雅出版社　1982 年 11 月　頁 1—6

46. 蓉　子　我與「青協」的回憶　中央日報　1983 年 8 月 1 日　10 版

47. 蓉　子　生命與詩　自立晚報　1984 年 4 月 24 日　8 版

48. 蓉　子　生命與詩　人生船　臺北　爾雅出版社　1985 年 7 月　頁 268—269

49. 蓉　子　詩人手札　鍾山詩刊　1985 年第 5 期　1985 年 3 月　頁 5—6

50. 蓉　子　自序　這一站不到神話　臺北　大地出版社　1986 年 9 月　頁 1—12

51. 蓉　子　《這一站不到神話》序　藍星詩刊　第 9 期　1986 年 10 月　頁 98—104

52. 蓉　子　《這一站不到神話》自序　千泉之聲（下）　臺北　師大書苑　1991 年 1 月　頁 187—199

53. 蓉　子　我的詩路歷程[3]　文訊　第 27 期　1986 年 12 月　頁 191—198

54. 蓉　子　詩的火焰總在心中燃燒　聯珠綴玉——十一位女作家筆墨生涯　臺北　文訊雜誌社　1988 年 7 月　頁 75—84

55. 蓉　子　我的詩路歷程（代序）　蓉子詩選　北京　中國社會科學出版社　1995 年 4 月　頁 1—13

56. 蓉　子　詩的火焰總在心中燃燒　文學好因緣　臺北　文訊雜誌社　2008 年 7 月　頁 223—235

57. 蓉　子　被時間的老人戲弄了——我的探親之旅　文訊　第 38 期　1988 年

[3]本文後改篇名為〈詩的火焰總在心中燃燒〉。

10月　頁22—25
58. 蓉　子　時間長河中的離合悲歡　四十年來家國　臺北　文訊雜誌社　1989年4月　頁129—140
59. 蓉　子　蓉子詩觀　秋水詩選　臺北　秋水詩刊社　1989年7月　頁345
60. 蓉　子　自序　只要我們有根　臺北　文經出版社　1989年9月　〔3〕頁
61. 蓉　子　自序　只要我們有根　臺北　文經出版社　1995年11月　〔3〕頁
62. 蓉　子　自序　青少年詩國之旅　臺北　業強出版社　1990年10月　頁5—7
63. 蓉　子　自序　千泉之聲（下）　臺北　師大書苑　1991年1月　頁1—5
64. 蓉　子　自序　千泉之聲　北京　群眾出版社　1996年1月　頁1—2
65. 蓉　子　動亂中的移變歲月　我們的八十年　臺北　時報文化出版公司　1991年9月　頁169—178
66. 蓉　子　我的少年文學情緣　國語日報　1994年3月25日　13版
67. 蓉　子　詩和詩人　羅門、蓉子文學世界學術研討會論文集　臺北　文史哲出版社　1994年4月　頁23—26
68. 蓉　子　〈只要我們有根〉　中學課本上的作家　臺北　幼獅文化公司　1994年10月　頁50—52
69. 蓉　子　序言　千曲之聲　臺北　文史哲出版社　1995年4月　頁1—3
70. 蓉　子　歌「八百壯士」　回憶常在歌聲裡　臺北　爾雅出版社　1995年7月　頁69—72
71. 蓉　子　永不終止的吟歌（上、中、下）　中華日報　1996年6月24—26日　14版
72. 蓉　子　祈願有一個幸福理想的二十一世紀——《黑海上的晨曦》自序　黑海上的晨曦　臺北　九歌出版社　1997年9月　頁7—14
73. 蓉　子　不假外求　心靈Talk——〔新〕我最愛的話　臺北　文經出版社　1999年2月　頁58—59
74. 蓉　子　蓉子詩話　爾雅詩選　臺北　爾雅出版社　2000年4月　頁7

75. 蓉 子　詩人近況　八十九年詩選　臺北　臺灣詩學季刊雜誌社　2001 年 4 月　頁 258—259

76. 蓉 子　旅夢成真——代序　游遍歐洲　西安　西北工業大學出版社　2002 年 11 月　頁 1—5

77. 蓉 子　從時間中走過的身影　文訊　第 223 期　2004 年 5 月　頁 48

78. 蓉 子　前言　橫笛與豎琴的晌午　臺北　三民書局　2005 年 2 月　頁 1—4

79. 蓉 子　〈山岡二重唱——詩贈少年繆斯〉詩後衍記　橫笛與豎琴的晌午　臺北　三民書局　2005 年 2 月　頁 94—98

80. 蓉 子　忘了我的存在　文訊　第 235 期　2005 年 5 月　頁 70

81. 蓉 子　前言[4]　眾樹歌唱——蓉子人文山水詩粹　臺北　萬卷樓圖書公司　2006 年 6 月　頁 1—4

82. 蓉 子　眾樹歌唱——蓉子人文山水詩粹前言　藍星詩學　第 23 期　2006 年 9 月　頁 203—206

83. 蓉 子　青春的瞬間——無憂的笑顏——蓉子　臺灣文學館通訊　第 12 期　2006 年 9 月　頁 20

84. 蓉 子　憶——紀念《現代文學》創刊二十七載　白先勇外集・現文因緣　臺北　天下遠見出版公司　2008 年 9 月　頁 173—174

85. 蓉 子　關於兒童詩——代序　童話城　新竹　交通大學出版社　2009 年 5 月　頁 5—7

86. 蓉 子　後記——兼談《童話城》的出版始末　童話城　新竹　交通大學出版社　2009 年 5 月　頁 63—65

87. 蓉 子　我所親炙的「婦協」　文訊　第 315 期　2012 年 1 月　頁 68—73

88. 羅門，蓉子講；陳恬逸整理　詩路蹤跡　文訊　第 327 期　2013 年 1 月　頁 80—84

---

[4]本文後改篇名為〈眾樹歌唱——蓉子人文山水詩粹前言〉。

他述

89.〔彭邦楨，墨人主編〕　　蓉子簡介　中國詩選　高雄　大業書店　1957 年 1 月　頁 101

90. 韓　果　　蓉子——懶貓樣　純文學　第 7 卷第 5 期　1970 年 5 月　頁 67

91. 范大龍　　羅門和蓉子——國際重視的我國詩侶　中華日報　1973 年 1 月 21 日　2 版

92.〔笠〕　　笠下影——蓉子　笠　第 53 期　1973 年 2 月　頁 88—90

93. 宋毓英　　蓉子——舊禮教傳統下成長的新詩人　臺灣新生報　1975 年 12 月 1 日　8 版

94. 小　民　　再談主內筆冰〔蓉子部分〕　紫窗外　臺北　巨浪出版社　1977 年 5 月　頁 118—119

95.〔編輯部〕　　小傳　蓉子自選集　臺北　黎明文化公司　1978 年 5 月　頁 1—6

96. 曉　鐘　　中國勃朗夫婦——羅門與蓉子　自由日報　1981 年 2 月 11 日　11 版

97. 劉龍勳　　蓉子　中國新詩賞析（二）　臺北　長安出版社　1981 年 4 月　頁 171—172

98.〔張默編〕　　蓉子小傳、小評　剪成碧玉葉層層　臺北　爾雅出版社　1981 年 6 月　頁 11

99. 沙　穗　　剪成碧玉葉層層——我讀《現代女詩人選集》〔蓉子部分〕　臺灣時報　1981 年 8 月 8 日　12 版

100. 羅　門　　記憶的快鏡頭　紫色小札　臺北　采風出版社　1981 年 9 月　頁 77—86

101. 小　民　　給女詩人蓉子　紫色的書簡　臺北　道聲出版社　1981 年 12 月　頁 60—65

102. 陳佩璇　　燈屋的故事[5]　臺灣時報　1982 年 1 月 19 日　12 版

---

[5]本文後改篇名為〈燈屋的女主人——詩人蓉子〉。

103. 陳佩璇　燈屋的女主人——詩人蓉子　聯合報　1983年3月19日　12版

104. 蕭　蕭　蓉子　現代詩入門　臺北　故鄉出版社　1982年2月　頁85—86

105. 曾月麗　菊花未凋詩未老——印象中的蓉子　星洲日報　1983年1月14日　16版

106. 陸　雨　未完成的巴黎鐵塔之約——羅門、蓉子／三輪車上海誓山盟　創世紀　第61期　1983年5月　頁42—43

107. 李宗慈　燈屋三十年——羅門與蓉子的愛情　商工日報　1983年8月14日　9版

108. 李宗慈　燈屋三十年——羅門與蓉子　紙筆人間　臺北　臺北縣立文化中心　1994年6月　頁312—321

109. 林海音　詩的婚禮，詩的歲月　聯合報　1983年8月19日　8版

110.〔文訊雜誌〕　文苑短波——蓉子開闢「少年繆斯」專欄　文訊　第2期　1983年8月　頁10—11

111. 張　健　自由中國時期〔蓉子部分〕　中國現代詩　臺北　五南圖書出版公司　1984年1月　頁85

112. 華曉玫　燈屋裡的女詩人　快樂副刊　第131期　1984年11月　頁2—3

113. 劉　枋　一朵青蓮天堂鳥——記蓉子　非花之花　臺北　采風出版社　1985年9月　頁75—82

114. 劉　枋　一朵青蓮天堂鳥——記蓉子　非花之花　臺北　采風出版社　2007年8月　頁75—82

115. 鐘麗慧　羅門、蓉子徜徉詩文的歲月　婦女雜誌　第3期　1986年3月　頁20

116. 莊秀美　一座華美的永恆　大華晚報　1987年4月9日　10版

117. 莊秀美　一座華美的永恆——蓉子　永遠的青鳥——蓉子詩作評論集　臺北　文史哲出版社　1995年4月　頁515—522

118. 黃秋芳　文學的第一個春天——「作家的第一本書」綜合採訪〔蓉子部分〕　文訊　第30期　1987年6月　頁8—9

119. 郜　瑩　燈屋——羅門、蓉子的有情世界　中華日報　1987 年 8 月 24 日 12 版
120. 江　兒　容貌別緻的家庭風景——羅門與蓉子　文訊　第 35 期　1988 年 4 月　頁 83—84
121. 江　兒　容貌別緻的家庭風景　比翼雙飛——二十三對文學夫妻　臺北　文訊雜誌社　1988 年 7 月　頁 80—87
122. 游淑靜　惜才與惜情——大荒與陳昭瑛　文訊　第 35 期　1988 年 4 月　頁 89—91
123. 向　明　女詩人群像〔蓉子部分〕　文訊　第 36 期　1988 年 6 月　頁 9
124. 洛　卡　中國勃朗寧夫婦——羅門與蓉子　創作　第 254 期　1988 年 6 月　頁 11—27
125. 王志健　蓉子　文學四論（上）　臺北　文史哲出版社　1988 年 7 月　頁 296—300
126. 胡如虹　羅門、蓉子的燈屋　儂儂雜誌　第 7 期　1988 年 7 月　頁 135—136
127. 素　之　一個贈禮——為羅門、蓉子夫婦結婚卅三週年至誠的祝福（羅門蓉子專輯）　心臟詩刊　第 13 期　1988 年 12 月　頁 34—35
128. 王永久　臺灣最早出現的女詩人——蓉子　人民政協報　1989 年 3 月 10 日 3 版
129. 馬溫泥　一朵不凋的青蓮——女詩人蓉子　婦聯畫刊　第 18 期　1989 年 12 月　頁 28—31
130. 郭玉文　青鳥之歌變奏——訪蓉子　自立晚報　1990 年 4 月 9 日　14 版
131. 袁惠娟　詩壇綻放得最久的一朵菊花——蓉子　第一家庭　第 63 期　1991 年 9 月　頁 84—87
132. 莊妙仙　羅門與蓉子的家　家庭月刊　第 185 期　1992 年 2 月 5 日　頁 148—151
133. 蕭　乾　致蓉子　蕭乾選集・書信卷　臺北　臺灣商務印書館　1992 年 5

月　頁 423—427
134. 琹　涵　和蓉子相遇　多情　臺北　皇冠出版社　1993 年 4 月　頁 110—116
135. 琹　涵　和蓉子相遇　永遠的青鳥——蓉子詩作評論集　臺北　文史哲出版社　1995 年 4 月　頁 501—503
136. 劉思謙　臺灣首席女詩人——蓉子　「娜拉」言說——中國現代女作家心路紀程　上海　上海文藝出版社　1993 年 12 月　頁 185—197
137. 陳祖芬　像爸爸的孩子和像媽媽的孩子　「羅門、蓉子文學世界」學術研討會論文集　臺北　文史哲出版社　1994 年 4 月　頁 437—440
138. 楊茲舉　看你名字的繁卉——淺談蓉子　永遠的青鳥——蓉子詩作評論集　臺北　文史哲出版社　1995 年 4 月　頁 511—513
139.〔編輯部〕　蓉子簡介　蓉子詩選　北京　中國社會科學出版社　1995 年 4 月　頁 241—246
140. 古繼堂　詩人——蓉子　蓉子論　北京　中國社會科學出版社　1995 年 4 月　頁 111—117
141. 李金蓮　羅門、蓉子詩緣、情緣四十載　中國時報　1995 年 5 月 18 日　42 版
142. 吳　浩　蓉子的美麗詩世界　文訊　第 116 期　1995 年 6 月　〔1〕頁
143. 祝　勇　一箋最美好的消息——記臺灣著名詩人、散文家蓉子　新青年　1995 年 Z1 期　1995 年　頁 74
144. 莫　渝　六〇年代臺灣的鄉土詩——幾位鄉土詩人與作品——蓉子　臺灣現代詩史論——臺灣現代詩史研討會實錄　臺北　文訊雜誌社　1996 年 3 月　頁 210—211
145. 羅　門　詩的歲月　中時晚報　1996 年 6 月 13 日　19 版
146. 萱　羅門與蓉子在大陸受歡迎　文訊　第 132 期　1996 年 10 月　頁 71
147. 劉廣華　羅門與蓉子，詩壇璧人行　勝利之光　第 503 期　1996 年 11 月

頁 78—81

148. 麥　穗　再接再厲——《當代名詩人選 II》〔蓉子部分〕　當代名詩人選 2　臺北　絲路出版社　1997 年 9 月　頁 5

149. 唐玲玲　相會在未名湖畔〔蓉子部分〕[6]　從詩中走過來——論羅門蓉子　臺北　文史哲出版社　1997 年 10 月　頁 402—424

150. 唐玲玲　相會在未名湖畔——1995 年 12 月 6 日在北京大學舉行的「羅門蓉子文學創作座談會暨《羅門蓉子文學創作系列》推介禮」部分論點提要　燕園詩旅——羅門、蓉子詩歌藝術論　武漢　長江文藝出版社　2000 年 4 月　頁 373—395

151. 林耀堂　遇見詩人四帖：我在這兒——寫羅門，蓉子　聯合報　1998 年 8 月 27 日　37 版

152. 劉建化　詩的星座——贈詩人蓉子　詩瀾東迴　臺北　文學街出版社　1999 年 3 月　頁 134—135

153. 文曉村　端一席詩歌華宴——《兩岸女性詩歌三十家》跋〔蓉子部分〕　兩岸女性詩歌三十家　臺北　詩藝文出版社　1999 年 7 月　頁 525

154. 唐玲玲　蓉子——詩壇永遠的「青鳥」　世界著名華文女作家傳・臺灣卷一　南昌　百花洲文藝出版社　1999 年 9 月　頁 250—308

155.〔編輯部〕　會員動態報導（之一）——蓉子　世界女記者與作家協會中華民國分會會訊　第 7 期　1999 年 10 月　頁 36

156.〔姜耕玉選編〕　蓉子　20 世紀漢語詩選（三）　上海　上海教育出版社　1999 年 12 月　頁 68

157. 古繼堂　我的一些感想　燕園詩旅——羅門、蓉子詩歌藝術論　武漢　長江文藝出版社　2000 年 4 月　頁 350—351

158. 周耿寧　與羅門、蓉子的筆墨友誼——周偉民答海峽之聲臺記者周耿寧訪

---

[6]本文後改篇名為〈相會在未名湖畔——1995 年 12 月 6 日在北京大學舉行的「羅門蓉子文學創作座談會暨《羅門蓉子文學創作系列》推介禮」部分論點提要〉。

問　燕園詩旅——羅門、蓉子詩歌藝術論　武漢　長江文藝出版社　2000 年 4 月　頁 365—372

159. 劉湛秋　詩與藝術的結合　燕園詩旅——羅門、蓉子詩歌藝術論　武漢　長江文藝出版社　2000 年 4 月　頁 352—353

160. 陳慧文　詩人與貓　民眾日報　2000 年 9 月 25 日　17 版

161. 李元貞　蓉子　紅得發紫——臺灣現代女性詩選　臺北　女書文化公司　2000 年 12 月　頁 61

162.〔辛鬱，白靈，焦桐主編〕　蓉子　九十年代詩選　臺北　創世紀詩雜誌社　2001 年 2 月　頁 196

163.〔蕭蕭，白靈主編〕　蓉子簡介　臺灣現代文學教程——新詩讀本　臺北　二魚文化公司　2002 年 8 月　頁 151

164. 李倍雷　秋聲・雨聲・詩聲——記余光中、蓉子、張默詩歌講演　揚子江詩刊　2002 年第 2 期　2002 年　頁 49—52

165. 李友煌　石鼓文學觀抗煞說心思・女作家手筆詩文照人心〔蓉子部分〕　民生報　2003 年 5 月 28 日　A10 版

166. 王景山　蓉子　臺港澳暨海外華文作家辭典　北京　人民文學出版社　2003 年 7 月　頁 491—493

167.〔詩刊〕　臺灣詩壇・比翼鳥　詩刊　2003 年第 20 期　2003 年　頁 40—41

168. 郭可慈，郭謙　臺灣詩壇的傑出文學伉儷（羅門・蓉子）　現代作家親緣錄——震撼百年文壇的夫婦作家　潞西　德宏民族出版社　2004 年 3 月　頁 164—168

169. 沙　穗　關於蓉子　臍帶的兩端　屏東　屏東縣文化局　2004 年 10 月　頁 67—69

170.〔封德屏主編〕　蓉子　2007 臺灣作家作品目錄　臺南　國立臺灣文學館　2008 年 7 月　頁 1185—1186

171. 宋雅姿　蓉子：正構思兩三百行長詩　文訊　第 276 期　2008 年 10 月　頁 71

172.〔編輯部〕　作者簡介　童話城　新竹　交通大學出版社　2009年5月　頁4

173. 丘秀芷　皎如明月——蓉子　誰領風騷一百年——女作家　臺北　天下遠見出版公司　2011年9月　頁148—152

174.〔創世紀〕　「翠玉詩展」，羅門、蓉子結婚58週年　創世紀　第175期　2013年6月　頁187

175. 李宗慈　羅門、蓉子捐書畫送溫暖　文訊　第334期　2013年8月　頁200—201

176. 龍彼德　愛與詩的交響——記羅門和蓉子的人生　通向天堂的大門——東方勃朗寧羅門和蓉子傳論　臺北　萬卷樓圖書公司　2013年11月　頁1—38

177. 龍彼德　後記〔蓉子部分〕　通向天堂的大門——東方勃朗寧羅門和蓉子傳論　臺北　萬卷樓圖書公司　2013年11月　頁139—141

178. 應鳳凰　作家第一本書的故事——蓉子一對會飛的翅膀　鹽分地帶文學　第51期　2014年4月　頁114—116

179. 陳冠華　詩集的身世——蓉子與羅門　本事青春——臺灣舊書風景展刊　臺北　舊香居　2014年3月　頁29—30

180. 應鳳凰　蓉子第一部新詩：《青鳥集》　文訊雜誌　第358期　2015年8月　頁3

訪談、對談

181. 宋毓英　訪詩人蓉子、羅門　婦女世界　第39期　1964年5月25日　頁22—23

182. 李文邦　羅門與蓉子（詩壇夫婦）　自立晚報　1973年12月1日　7版

183. 姚曉天　作家專訪——蓉子　中華文藝　第84期　1978年2月　頁132—135

184. 蓉子等[7]　中國詩人的道路　現代名詩品賞集　臺北　聯亞出版社　1979年

[7]主持人：羊令野；與會者：商禽、向明、張默、蓉子、高大鵬、蘇紹連、桓夫、管管、吳望堯、

5 月　頁 3—26

185. 陳玲珍　燈屋裡的繆斯——蓉子女士訪問記　文學時代雙月叢刊　第 9 期　1982 年 9 月　頁 92—98

186. 陳玲珍　燈屋裡的繆斯——蓉子女士訪問記　永遠的青鳥——蓉子詩作評論集　臺北　文史哲出版社　1995 年 4 月　頁 479—486

187. 蓉子等[8]　紫藤廬中話青蓮　文學時代雙月叢刊　第 9 期　1982 年 9 月　頁 99—108

188. 林　野　永遠的青鳥——訪問女詩人蓉子　陽光小集　第 11 期　1983 年 3 月 16 日　頁 92—100

189. 林　野　永遠的青鳥　永遠的青鳥——蓉子詩作評論集　臺北　文史哲出版社　1995 年 4 月　頁 39—50

190. 柯慶昌　燈屋的春天——名詩人蓉子女士訪問記　心臟詩刊　第 4 期　1983 年 12 月　頁 6—25

191. 沙　笛　一朵又美又真的山水仙——訪燈屋裡的蓉子　國文天地　第 15 期　1986 年 8 月　頁 76—79

192. 鄭　頻　和蓉子相遇　幼獅少年　第 179 期　1991 年 9 月　頁 50—51

193. 潘麗珠，黃思維　新詩的守護神和永遠的青鳥——訪燈屋裡的羅門與蓉子　國文天地　第 99 期　1993 年 8 月　頁 118—125

194. 譚五昌　臺灣女詩人蓉子訪談錄　四海——港臺海外華文文學　第 48 期　1997 年 11 月　頁 100—104

195. 林麗如　不先成為人，是無法做成詩人的——專訪詩人蓉子[9]　文訊　第 151 期　1998 年 5 月　頁 78—81

196. 林麗如　人如其詩——寧靜溫婉的蓉子　走訪文學僧——資深作家訪問錄　臺北　文訊雜誌社　2004 年 10 月　頁 9—16

羅行、羅門、辛鬱、岩上、碧果、陳家帶、梅新、向陽、彭邦楨；紀錄：蕭蕭。

[8]與會者：劉枋、沉思、蓉子、羊令野、林野。

[9]本文後改篇名為〈人如其詩——寧靜溫婉的蓉子〉。

197. 朱　徽　　蓉子訪談錄　青鳥的踪跡——蓉子詩歌精選賞析　臺北　爾雅出版社　1999年3月　頁187—202

198. 樊洛平　　永遠的青鳥——臺灣著名女詩人蓉子訪談　文藝報　1999年10月19日　2版

199. 樊洛平　　永遠的青鳥——女詩人蓉子訪談記　葡萄園　第145期　2000年2月　頁98—105

200. 林峻楓　　冰心的青蓮——訪女詩人蓉子　中華日報　1999年10月29日16版

201. 紫　鵑　　無聲的雨滴——訪深受大自然洗禮的蓉子　乾坤詩刊　第43期2007年7月　頁18—25

202. 陳學炳　　天堂的天梯與風的椅子——訪詩壇伉儷羅門蓉子　椰笛　2008年4月17日　P7版

年表

203.〔編輯部〕　　蓉子寫作年表　青鳥集　臺北　爾雅出版社　1982年11月頁117—139

204.〔編輯部〕　　蓉子寫作年表　只要我們有根　臺北　文經出版社　1989年9月　頁180—186

205.〔陳素琰編〕　　蓉子小傳及創作年表　蓉子詩選　北京　中國友誼出版公司1993年7月　頁178—181

206.〔蕭蕭主編〕　　蓉子寫作年表　永遠的青鳥——蓉子詩作評論集　臺北　文史哲出版社　1995年4月　頁554—577

207. 夏聖芳　　蓉子年表　蓉子詩研究　南華大學文學研究所　碩士論文　李正治教授指導　2002年6月　頁162—189

208. 呂淑端　　羅門與蓉子對照年表　羅門與蓉子懷鄉詩研究　臺北市立教育大學中國語文學系　碩士論文　江惜美教授指導　2008年6月　頁237—270

209.〔吳達芸編〕　　蓉子寫作生平簡表　蓉子集　臺南　國立臺灣文學館　2008

年 12 月　頁 138—141

210. 龍彼德　蓉子自述簡歷　通向天堂的大門——東方勃朗寧羅門和蓉子傳論　臺北　萬卷樓圖書公司　2013 年 11 月　頁 133—135

其他

211. 宋毓英　蓉子榮獲國際優秀婦女桂冠獎　臺灣新生報　1975 年 12 月 1 日 8 版

212. 錢文孝　蓉子獲頒青年寫作協會文學成就獎　聯合報　1992 年 12 月 28 日 24 版

213. 唐玲玲　羅門、蓉子的文學世界學術研討會紀實[10]　「羅門、蓉子文學世界」學術研討會論文集　臺北　文史哲出版社　1994 年 4 月　頁 441—449

214. 唐玲玲　羅門、蓉子文學創作座談會——在北京大學隆重舉行　燕園詩旅——羅門・蓉子詩歌藝術論　武漢　長江文藝出版社　2000 年 4 月　頁 359—360

215. 譚五昌，陳旭光　羅門、蓉子創作世界學術研討會在京舉行　從詩中走過來——論羅門蓉子　臺北　文史哲出版社　1997 年 10 月　頁 385—387

216. 譚五昌，陳旭光　羅門、蓉子創作世界學術研討會在京召開　燕園詩旅——羅門・蓉子詩歌藝術論　武漢　長江文藝出版社　2000 年 4 月　頁 356—358

217. 朱　徽　後記　青鳥的踪跡——蓉子詩歌精選賞析　臺北　爾雅出版社　1999 年 3 月　頁 220—223

218. 陳宛蓉　羅門、蓉子詩與燈屋特展　文訊　第 174 期　2000 年 4 月　頁 65

219. 朱雙一　海南舉辦「羅門蓉子詩歌藝術活動週」　文訊　第 279 期　2009 年 1 月　頁 131—132

220. 游文宓　羅蘭、蓉子獲亞洲作家終身成就獎　文訊　第 317 期　2012 年 3

[10]本文後改篇名為〈羅門、蓉子文學創作座談會——在北京大學隆重舉行〉。

月　頁 151

221. 楊宗翰　亞洲華文作家基金會向羅蘭、蓉子致敬　文訊　第 318 期　2012 年 4 月　頁 159

222. 王為萱　翠玉詩展：羅門蓉子 58 週年結婚紀念展　文訊　第 331 期　2013 年 5 月　頁 157

作品評論篇目

綜論

223. 紀　弦　蓉子：其人及其作品　現代詩　第 6 期　1954 年 5 月　頁 69—75

224. 紀　弦　蓉子：其人及其作品　紀弦詩論　臺北　現代詩社　1956 年 3 月　頁 71—80

225.〔余光中〕　女詩人——蓉子　文藝生活　第 2 期　1961 年 4 月　頁 13

226. 余光中　女詩人王蓉子　婦友月刊　第 83 期　1961 年 8 月　頁 12—13

227. 余光中　女詩人——蓉子　永遠的青鳥——蓉子詩作評論集　臺北　文史哲出版社　1995 年 4 月　頁 1—7

228. 余光中　女詩人——蓉子　蓉子論　北京　中國社會科學出版社　1995 年 4 月　頁 1—5

229. 葛賢寧，上官予　現代詩的興起（中）〔蓉子部分〕　五十年來的中國詩歌　臺北　中正書局　1965 年 3 月　頁 204—206

230. 帆　影　最具內在潛力的蓉子　自由青年　第 37 卷第 11 期　1967 年 6 月　頁 28

231. 衣　凡　由聖經、自然與存在觀造成的三角塔——女詩人蓉子評介　星座季刊　第 12 期　1967 年 7 月　頁 23—33

232. 衣　凡　由聖經、自然與存在觀造成的三角塔——女詩人蓉子評介　蓉子論　北京　中國社會科學出版社　1995 年 4 月　頁 230—239

233. 衣　凡　由聖經自然與存在觀造成的三角塔——女詩人蓉子評介　永遠的青鳥——蓉子詩作評論集　臺北　文史哲出版社　1995 年 4 月

頁 9—22
234.〔張　默，洛夫，瘂　弦主編〕　蓉子小評：不倦怠的南方鳥　七十年代詩選　高雄　大業書店　1967 年 9 月　頁 243
235. Robert J. Bertholf　INTRODUCTION　日月集　臺北　美亞出版社　1968 年 8 月　頁 5—16
236. 高　歌　千曲無聲——蓉子　幼獅文藝　第 208 期　1971 年 4 月　頁 101—121
237. 高　歌　千曲無聲——蓉子　蓉子自選集　臺北　黎明文化公司　1978 年 5 月　頁 285—298
238. 高　歌　千曲無聲——蓉子　只要我們有根　臺北　文經出版社　1989 年 9 月　頁 158—171
239. 高　歌　千曲無聲——蓉子　蓉子詩選　北京　中國友誼出版公司　1993 年 7 月　頁 167—177
240. 高上秦〔高歌〕　千曲無聲——蓉子　永遠的青鳥——蓉子詩作評論集　臺北　文史哲出版社　1995 年 4 月　頁 465—477
241. 高　歌　千曲無聲——蓉子　蓉子論　北京　中國社會科學出版社　1995 年 4 月　頁 89—98
242. 周伯乃　淺論蓉子的詩　自由青年　第 46 卷第 5 期　1971 年 11 月 1 月　頁 112—120
243. 周伯乃　淺論蓉子的詩　永遠的青鳥——蓉子詩作評論集　臺北　文史哲出版社　1995 年 4 月　頁 23—37
244. 夏祖麗　燈屋裡的女詩人蓉子　婦女雜誌　第 40 期　1972 年 1 月　頁 38—39
245. 夏祖麗　燈屋裡的詩人蓉子　她們的世界　臺北　純文學出版社　1973 年 1 月　頁 240—247
246. 蕭蕭，張漢　談鄭愁予、蓉子的詩　中華文藝　第 106 期　1979 年 11 月　頁 124—129

247. 蕭　蕭　一朵不凋的青蓮——蓉子　中學白話詩選　臺北　故鄉出版社　1980年4月　頁108—111
248. 蕭　蕭　一朵不凋的青蓮——蓉子　永遠的青鳥——蓉子詩作評論集　臺北　文史哲出版社　1995年4月　頁401—409
249. 鐘麗慧　「永遠的青鳥」——蓉子　文藝月刊　第192期　1985年6月　頁8—18
250. 鐘麗慧　「永遠的青鳥」蓉子　織錦的手　臺北　九歌出版社　1987年1月　頁135—150
251. 鐘麗慧　懷念奠基者：「永遠的青鳥」——蓉子　永遠的青鳥——蓉子詩作評論集　臺北　文史哲出版社　1995年4月　頁487—499
252. 高　準　論中國現代詩的流變與前途方向——結合抒情性與現代技巧的現代抒情派〔蓉子部分〕　文學與社會——一九七二——一九八一　臺北　文史哲出版社　1986年10月　頁78
253. 林燿德　詩的信仰——我讀蓉子之（一）　大華晚報　1987年1月8日　10版
254. 林燿德　向她索取形象——我讀蓉子之（二）　大華晚報　1987年1月9日　10版
255. 林燿德　向她索取形象——論蓉子的詩　藍星詩刊　第11期　1987年4月　頁88—99
256. 林燿德　向她索取形象：論蓉子的詩　羅門論　臺北　師大書苑　1991年1月　頁115—134
257. 林燿德　我讀蓉子　永遠的青鳥——蓉子詩作評論集　臺北　文史哲出版社　1995年4月　頁51—62
258. 林燿德　詩的信仰——我讀蓉子（一、二）　蓉子論　北京　中國社會科學出版社　1995年4月　頁50—60
259. 鍾淑貞　蓉子的世界　幼獅文藝　第401期　1987年5月　頁68—75
260.〔張錯編〕　蓉子詩選——蓉子（1928—）　千曲之島　臺北　爾雅出版社

1987 年 7 月　頁 165—166

261. 陳　實　　蓉子小說中的女性世界　廣西民族學院學報　1987 年第 4 期　1987 年 12 月　頁 81—85

262. 鍾　玲　　都市女性與大地之母：論蓉子的詩歌[11]　中外文學　第 17 卷第 3 期　1988 年 8 月　頁 4—22

263. 鍾　玲　　都市女性與大地之母——論蓉子的詩歌　七十七年文學批評選　臺北　爾雅出版社　1989 年 3 月　頁 59—88

264. 鍾　玲　　蓉子　現代中國繆司——臺灣女詩人作品析論　臺北　聯經出版公司　1989 年 6 月　頁 141—154

265. 鍾　玲　　都市女性與大地之母——論蓉子的詩歌　永遠的青鳥——蓉子詩作評論集　臺北　文史哲出版社　1995 年 4 月　頁 89—110

266. 鍾　玲　　都市女性與大地之母——論蓉子的詩歌　蓉子論　北京　中國社會科學出版社　1995 年 4 月　頁 6—19

267. 古遠清　　看你名字的繁卉「從二月的水仙到川流的六月蓮菱」　看你名字的繁卉——蓉子詩賞析　臺北　文史哲出版社　1988 年 11 月　頁 3—5

268. 小　民　　我最喜愛的當代中國詩人——十四位文化人的意見——蓉子是「天堂鳥」，也是「青鳥」　文訊　第 43 期　1989 年 5 月　頁 22—23

269. 古繼堂　　蓉子[12]　臺灣新詩發展史　臺北　文史哲出版社　1989 年 7 月　頁 220—228

270. 古繼堂　　《臺灣新詩發展史》中的蓉子　永遠的青鳥——蓉子詩作評論集　臺北　文史哲出版社　1995 年 4 月　頁 523—531

271. 公仲，汪義生　　五十年代後期及六十年代臺灣文學——女詩人蓉子的詩

[11]本文認為蓉子的詩在風格上，包含描寫女性的內心世界、抨擊都市文明、歌頌大自然，還有旅遊詩、詠物詩、對時事或新聞人物之感懷等等多面化的特色。在體裁上成就有 2 方面：1.塑造中國現代婦女新形象；2.表現充滿生命力的大自然及豐盈的人生觀。後改篇名為〈蓉子〉。

[12]本文後改篇名為〈《臺灣新詩發展史》中的蓉子〉。

臺灣新文學史初編　南昌　江西人民出版社　1989 年 8 月　頁 136—139

272. 潘亞暾　求真、從善、揚美——蓉子短詩賞析　國文天地　第 51 期　1989 年 8 月　頁 82—86

273. 潘亞暾　求真、從善、揚美——蓉子短詩賞析　永遠的青鳥——蓉子詩作評論集　臺北　文史哲出版社　1995 年 4 月　頁 433—439

274. 潘亞暾　求真、從善、揚美——蓉子短詩賞析　蓉子論　北京　中國社會科學出版社　1995 年 4 月　頁 118—123

275. 張國治　詩與燈光的生活空間〔蓉子〕　環球日報　1989 年 9 月 8 日　16 版

276. 王同書　江蘇雙璧映玉山〔蓉子、馮青〕　臺港與海外華文文學評論和研究　1990 年第 1 期　1990 年 10 月　頁 22—24，28

277. 周偉民，唐玲玲　永遠飛翔的青鳥——蓉子　日月的雙軌——羅門、蓉子創作世界評介　臺北　文史哲出版社　1991 年 2 月　頁 205—434

278. 周偉民，唐玲玲　詩人・詩論家眼中的蓉子　日月的雙軌——羅門、蓉子創作世界評介　臺北　文史哲出版社　1991 年 2 月　頁 499—455

279. 唐玲玲　蓉子詩歌的獨特格調[13]　華文文學　1992 年第 1 期　1992 年 1 月　頁 60—69

280. 周偉民，唐玲玲　詩人・詩論家眼中的蓉子　日月的雙軌——羅門、蓉子創作世界評介　北京　中國社會科學出版社　1995 年 4 月　頁 371—377

281. 唐玲玲　蓉子詩歌的藝術風格　「羅門、蓉子文學世界」學術研討會論文集　臺北　文史哲出版社　1994 年 4 月　頁 265—272

282. 唐玲玲　蓉子詩歌的藝術風格　蓉子論　北京　中國社會科學出版社　1995 年 4 月　頁 180—187

---

[13]本文後改篇名為〈蓉子詩歌的藝術風格〉。

283. 王振科，姜龍飛　　試談蓉子詩作中的鄉愁意識[14]　臺港與海外華文文學評論和研究　1991年第1期　1991年4月　頁75—76
284. 王振科，姜龍飛　　飄泊者的歌哭——試論蓉子詩的鄉愁意識　「羅門、蓉子文學世界」學術研討會論文集　臺北　文史哲出版社　1994年4月　頁87—96
285. 王振科，姜龍飛　　飄泊者的歌哭——試論蓉子詩的鄉愁意識　永遠的青鳥——蓉子詩作評論集　臺北　文史哲出版社　1995年4月　頁149—160
286. 王振科，姜龍飛　　飄泊者的歌哭——試論蓉子的鄉愁意識　蓉子論　北京　中國社會科學出版社　1995年4月　頁188—197
287. 朱雙一　　蓉子　臺灣新文學概觀（下）　廈門　鷺江出版社　1991年6月　頁121—122
288. 吳中杰　　蓉子的家庭小說　華文文學　1992年第1期　1992年1月　頁45—47
289. 海夢主編　　蓉子（1928年—）（臺灣）　中國當代詩人傳略（三）　成都　四川文藝出版社　1992年3月　頁225—226
290. 劉登翰　　看你名字的繁卉——蓉子論札[15]　臺港文學選刊　1992年第3期　1992年3月　頁76—78
291. 劉登翰　　日月的行蹤——羅門、蓉子論札　「羅門、蓉子文學世界」學術研討會論文集　臺北　文史哲出版社　1994年4月　頁365—372
292. 劉登翰　　看你名字的繁卉——蓉子論札　永遠的青鳥——蓉子詩作評論集　臺北　文史哲出版社　1995年4月　頁161—171
293. 劉登翰　　日月的行蹤——羅門、蓉子論札　蓉子論　北京　中國社會科學出版社　1995年4月　頁103—110
294. 劉登翰　　看你名字的繁卉——蓉子論　彼岸的繆斯——臺灣詩歌論　南昌

[14]本文後改篇名為〈飄泊者的歌哭——試論蓉子詩的鄉愁意識〉。
[15]本文後改篇名為〈日月的行蹤——羅門、蓉子論札〉。

百花洲文藝出版社　1996年12月　頁202—209

295. 劉登翰　現代主義詩歌運動及其詩人創作——覃子豪、余光中與「藍星」詩人群〔蓉子部分〕　臺灣文學史（下）　福州　海峽文藝出版社　1993年1月　頁165—168

296. 潘亞暾　臺灣首席女詩人——蓉子　世界華文女作家素描　廣東　暨南大學出版社　1993年3月　頁185—197

297. 王志健　飛越天河的青鳥——蓉子　中國新詩淵藪（中）　臺北　正中書局　1993年7月　頁2149—2171

298. 陳素琰　從青鳥到弓背的貓——序《蓉子詩選》　蓉子詩選　北京　中國友誼出版公司　1993年7月　頁1—13

299. 陳素琰　從青鳥到弓背的貓　「羅門、蓉子文學世界」學術研討會論文集　臺北　文史哲出版社　1994年4月　頁225—237

300. 陳素琰　從青鳥到弓背的貓　蓉子論　北京　中國社會科學出版社　1995年4月　頁168—179

301. 劉梅林　臺灣詩人蓉子的詩　淮陰師專學報　1993年第3期　1993年10月　頁41—43

302. 周偉民　羅門、蓉子的文學世界對世界文學的啟示[16]　海南大學學報　1993年第4期　1993年12月　頁41—44

303. 周偉民　羅門、蓉子的文學世界對世界文學的啟示——在「羅門蓉子的文學世界」學術研討會上的主題發言　「羅門、蓉子文學世界」學術研討會論文集　臺北　文史哲出版社　1994年4月　頁1—8

304. 杜麗秋，陳賢茂　羅門、蓉子詩歌之比較　海南師院學報　1993年第4期　1993年12月　頁15—18

305. 杜麗秋，陳賢茂　羅門蓉子詩歌之比較　「羅門、蓉子文學世界」學術研討會論文集　臺北　文史哲出版社　1994年4月　頁145—144

[16]本文後改篇名為〈羅門、蓉子的文學世界對世界文學的啟示——在「羅門蓉子的文學世界」學術研討會上的主題發言〉。

306. 杜麗秋，陳賢茂　羅門、蓉子詩歌之比較　蓉子論　北京　中國社會科學出版社　1995 年 4 月　頁 212—221

307. 杜麗秋，陳賢茂　羅門蓉子詩歌之比較　永遠的青鳥——蓉子詩作評論集　臺北　文史哲出版社　1995 年 4 月　頁 199—211

308. 丁善雄〔林綠〕　女性意識與女性自覺——論蓉子的詩　「羅門、蓉子文學世界」學術研討會論文集　臺北　文史哲出版社　1994 年 4 月　頁 27—39

309. 林　綠　女性意識與女性自覺——論蓉子的詩　永遠的青鳥——蓉子詩作評論集　臺北　文史哲出版社　1995 年 4 月　頁 111—126

310. 丁善雄　女性意識與女性自覺——論蓉子的詩　蓉子論　北京　中國社會科學出版社　1995 年 4 月　頁 20—31

311. 王一桃　從蓉子詩看其詩觀[17]　「羅門、蓉子文學世界」學術研討會論文集　臺北　文史哲出版社　1994 年 4 月　頁 41—58

312. 王一桃　從蓉子詩看其詩觀　永遠的青鳥——蓉子詩作評論集　臺北　文史哲出版社　1995 年 4 月　頁 173—197

313. 王一桃　從蓉子詩看其詩觀　蓉子論　北京　中國社會科學出版社　1995 年 4 月　頁 137—154

314. 古繼堂　自然和靈魂的堅強衛士——論羅門、蓉子的詩[18]　「羅門、蓉子文學世界」學術研討會論文集　臺北　文史哲出版社　1994 年 4 月　頁 125—135

315. 胡時珍　生命的禮讚，進取的人生——讀蓉子小詩精品有感　「羅門、蓉子文學世界」學術研討會論文集　臺北　文史哲出版社　1994 年 4 月　頁 167—174

316. 胡時珍　生命的禮讚，進取的人生——讀蓉子的小詩精品　語文月刊

[17]本文分析蓉子的詩觀，除了以邏輯思維形式表達出來以外，還有鮮為人道的，就是以形象思維形式來表現。而「以詩說詩」可說是蓉子詩觀表達的一種特殊方式。

[18]本文分析羅門和蓉子的詩感均由聽覺而起，其詩歌理論和主張，蓉子是單純型的創作詩人，而羅門是思想型和理論型的詩人。再者討論都市詩的創作，羅門較具包容性、透視力與世界觀，而蓉子則採用較為徐緩和隱蔽的批駁方法。

1994年第4期 1994年4月 頁12—14

317. 陝曉明 永遠的青鳥——談蓉子的詩 「羅門、蓉子文學世界」學術研討會論文集 臺北 文史哲出版社 1994年4月 頁183—190

318. 陝曉明 永遠的青鳥——談蓉子的詩 永遠的青鳥——蓉子詩作評論集 臺北 文史哲出版社 1995年4月 頁533—542

319. 陳寧貴 追蹤內心的無邊視野——讀介蓉子的詩 「羅門、蓉子文學世界」學術研討會論文集 臺北 文史哲出版社 1994 年 4 月 頁 239—245

320. 陳寧貴 追蹤內心的無邊視野——讀介蓉子的詩 蓉子論 北京 中國社會科學出版社 1995年4月 頁66—71

321. 馮瑞龍 愛神、情聖與愛情象徵——蓉子的愛情詩分析[19] 「羅門、蓉子文學世界」學術研討會論文集 臺北 文史哲出版社 1994 年 4 月 頁277—292

322. 馮瑞龍 愛神、情聖與愛情象徵——蓉子的愛情詩分析 蓉子論 北京 中國社會科學出版社 1995年4月 頁155—167

323. 馮瑞龍 愛神、情聖與愛情象徵——蓉子愛情詩分析 永遠的青鳥——蓉子詩作評論集 臺北 文史哲出版社 1995年4月 頁127—148

324. 潘亞暾 羅門、蓉子伉儷詩[20] 「羅門、蓉子文學世界」學術研討會論文集 臺北 文史哲出版社 1994年4月 頁327—338

325. 潘亞暾 論羅門、蓉子伉儷詩 從詩中走過來——論羅門蓉子 臺北 文史哲出版社 1997年10月 頁348—349

326. 潘亞暾 論羅門、蓉子伉儷詩 燕園詩旅——羅門・蓉子詩歌藝術論 武漢 長江文藝出版社 2000年4月 頁325—326

327. 張 荔 面對現代化：心的變換——臺灣女詩人詩風景探幽〔蓉子部分〕

[19]本文對作品的符號和意旨進行雙重探索：先分析各種愛情符號，如愛神、情聖和其他的動植物等的愛情象徵，然後再討論其間透露的愛情觀照的一些訊息。

[20]本文蓉子部分主要摘自〈再談蓉子詩〉全文以及〈求真、從善、揚美——蓉子短詩賞析〉最後一段「蓉子短詩的藝術特色」部分。

走向新世紀——第六屆世界華文文學國際研討會論文集　北京　人民文學出版社　1994 年 11 月　頁 348

328. 張超主編　蓉子　臺港澳及海外華人作家辭典　江蘇　南京大學出版社　1994 年 12 月　頁 396—397

329. 丁　平　走向真實人生的詩人——論蓉子和她的詩　永遠的青鳥——蓉子詩作評論集　臺北　文史哲出版社　1995 年 4 月　頁 63—87

330. 張　健　羅門蓉子詩比較　人間煙雲　臺北　文史哲出版社　1995 年 5 月　頁 173—175

331. 張　健　羅門、蓉子詩的比較　古典到現代　臺北　三民書局　1996 年 4 月　頁 203—206

332. 張　健　羅門、蓉子詩比較　心靈世界的回響——羅門詩作評論集　臺北　文史哲出版社　2000 年 10 月　頁 156—158

333.〔張默，蕭蕭編〕　蓉子（1928—）　新詩三百首（上）　臺北　九歌出版社　1995 年 9 月　頁 354—356

334. 陳賢茂　論蓉子的創作　華文文學　1996 年第 3 期　1996 年 3 月　頁 44—48

335. 高秀芹　蓉子——在飛翔與降落之間　臺港與海外華文文學評論和研究　1996 年第 3 期　1996 年 9 月　頁 59—62

336. 高秀芹　蓉子——在飛翔與降落之間　從詩中走過來——論羅門蓉子　臺北　文史哲出版社　1997 年 10 月　頁 280—291

337. 高秀芹　蓉子：在飛翔與降落之間　燕園詩旅——羅門・蓉子詩歌藝術論　武漢　長江文藝出版社　2000 年 4 月　頁 243—253

338. 沈　奇　青蓮之美——詩人蓉子散論　幼獅文藝　第 522 期　1997 年 6 月　頁 34—40

339. 沈　奇　青蓮之美——詩人蓉子散論　從詩中走過來——論羅門蓉子　臺北　文史哲出版社　1997 年 10 月　頁 261—270

340. 沈　奇　青蓮之美——詩人蓉子散論　燕園詩旅——羅門・蓉子詩歌藝術

論　武漢　長江文藝出版社　2000 年 4 月　頁 223—232

341. 沈　奇　青蓮之美——蓉子論　拒絕與再造——兩岸現代漢詩論評　臺北　三民書局　2001 年 2 月　頁 185—198

342. 沈　奇　青蓮之美——蓉子論　沈奇詩學論集——臺灣詩人論評　北京　中國社會科學出版社　2005 年 8 月　頁 200—209

343. 潘麗珠　蓉子自然詩美學探究[21]　國文學報　第 26 期　1997 年 6 月　頁 179—206

344. 潘麗珠　蓉子自然詩美學探究　現代詩學　臺北　五南圖書出版公司　1997 年 9 月　頁 137—171

345. 潘麗珠　蓉子自然詩美學探究　從詩中走過來——論羅門蓉子　臺北　文史哲出版社　1997 年 10 月　頁 235—256

346. 潘麗珠　蓉子自然詩美學探究　燕園詩旅——羅門・蓉子詩歌藝術論　武漢　長江文藝出版社　2000 年 4 月　頁 254—269

347. 許　燕　大自然的三原色——論蓉子風景詩的色彩運用（上、下）　乾坤詩刊　第 3—4 期　1997 年 7，10 月　頁 30—32，29—33

348. 許　燕　大自然的三原色——論蓉子風景詩的色彩運用　從詩中走過來——論羅門蓉子　臺北　文史哲出版社　1997 年 10 月　頁 307—315

349. 許　燕　大自然的三原色——論蓉子風景詩的色彩運用　汕頭大學學報　1997 年第 6 期　1997 年 12 月　頁 25—29

350. 許　燕　大自然的三原色——論蓉子風景詩的色彩運用　燕園詩旅——羅門、蓉子詩歌藝術論　武漢　長江文藝出版社　2000 年 4 月　頁 285—293

351. 鄭　敏　讀蓉子詩所想到的　黑海上的晨曦　臺北　九歌出版社　1997 年 9 月　頁 211—217

---

[21]本文由外緣的探討，討論蓉子其人、「自然詩」的義界、「美學批評法」的意義，再進入內涵的深究，析論蓉子「自然詩」的意象美、色彩美、節奏美及境界美。

352. 鄭　敏　讀蓉子詩所想到的　從詩中走過來——論羅門蓉子　臺北　文史哲出版社　1997 年 10 月　頁 257—260

353. 鄭　敏　讀蓉子詩所想到的　燕園詩旅——羅門・蓉子詩歌藝術論　武漢　長江文藝出版社　2000 年 4 月　頁 219—222

354. 張肇祺　海峽兩岸舉行——羅門、蓉子系列著作研討會　從詩想走過來：論羅門蓉子　臺北　文史哲出版社　1997 年 10 月　頁 1—8

355. 譚五昌　論蓉子詩歌中的生命哲思　從詩中走過來——論羅門蓉子　臺北　文史哲出版社　1997 年 10 月　頁 292—299

356. 譚五昌　論蓉子詩歌中的生命哲思　燕園詩旅——羅門・蓉子詩歌藝術論　武漢　長江文藝出版社　2000 年 4 月　頁 270—277

357. 張肇祺　海內外「詩——文學——藝術——哲學科學」中人物看羅門、蓉子的：詩　從詩想走過來：論羅門蓉子　臺北　文史哲出版社　1997 年 10 月　頁 9—38

358. 李漢榮　詩是女性的——讀蓉子詩隨感　從詩中走過來——論羅門蓉子　臺北　文史哲出版社　1997 年 10 月　頁 300—306

359. 李漢榮　詩是女性的——讀蓉子詩隨感　燕園詩旅——羅門・蓉子詩歌藝術論　武漢　長江文藝出版社　2000 年 4 月　頁 278—284

360. 李漢榮　詩是女性的——讀蓉子詩隨感　藍星詩學　第 6 期　2000 年 6 月　頁 8—14

361. 張肇祺　我看——羅門、蓉子的：詩　從詩想走過來：論羅門蓉子　臺北　文史哲出版社　1997 年 10 月　頁 39—106

362. 張國治　年代的婉約・山水抒情的高音——蓉子早期山水詩初探　從詩中走過來——論羅門蓉子　臺北　文史哲出版社　1997 年 10 月　頁 316—330

363. 張國治　年代的婉約・山水抒情的高音——蓉子早期山水詩初探　燕園詩旅——羅門・蓉子詩歌藝術論　武漢　長江文藝出版社　2000 年 4 月　頁 294—306

364. 張肇祺　一束——深深的「心語」——走著的：詩　從詩想走過來：論羅門蓉子　臺北　文史哲出版社　1997年10月　頁107—136

365. 林　祁　淺論蓉子詩中樹的意象[22]　從詩中走過來——論羅門蓉子　臺北　文史哲出版社　1997年10月　頁331—335

366. 林　祁　淺論蓉子詩中樹的意象　燕園詩旅——羅門・蓉子詩歌藝術論　武漢　長江文藝出版社　2000年4月　頁307—311

367. 張　炯　羅門、蓉子與中國詩壇　從詩中走過來——論羅門蓉子　臺北　文史哲出版社　1997年10月　頁339—340

368. 張　炯　羅門、蓉子與中國詩壇　燕園詩旅——羅門・蓉子詩歌藝術論　武漢　長江文藝出版社　2000年4月　頁315—316

369. 楊匡漢　多向歸航臺——談羅門蓉子的創作世界　從詩中走過來——論羅門蓉子　臺北　文史哲出版社　1997年10月　頁341—343

370. 楊匡漢　多向歸航臺——談羅門、蓉子的創作世界　燕園詩旅——羅門・蓉子詩歌藝術論　武漢　長江文藝出版社　2000年4月　頁317—320

371. 易　丹　拯救的力量・詩化的人格　從詩中走過來——論羅門蓉子　臺北　文史哲出版社　1997年10月　頁344—347

372. 易　丹　拯救的力量・詩化的人格　燕園詩旅——羅門・蓉子詩歌藝術論　武漢　長江文藝出版社　2000年4月　頁321—324

373. 金聲，麗玲　與日月同輝——評羅門、蓉子文學創作系列叢書　從詩中走過來——論羅門蓉子　臺北　文史哲出版社　1997年10月　頁350—354

374. 潘麗珠　燈屋裡的詩國伉儷——羅門與蓉子　從詩中走過來——論羅門蓉子　臺北　文史哲出版社　1997年10月　頁355—363

375. 潘麗珠　燈屋裡的詩國伉儷——羅門與蓉子　燕園詩旅——羅門・蓉子詩歌藝術論　武漢　長江文藝出版社　2000年4月　頁332—336

---

[22]本文論述蓉子詩中樹的意象所代表之詩人個性、藝術觀、人生哲理以及鄉愁。

376. 舒　蘭　五〇年代詩人詩作——蓉子　中國新詩史話（三）　臺北　渤海堂文化公司　1998 年 10 月　頁 262—268

377. 王　泉　尋求超越的自我藝術世界〔蓉子〕　大海洋詩雜誌　第 58 期　1999 年 1 月　頁 105—108

378. 張　健　藍星詩人的成就——蓉子　明道文藝　第 274 期　1999 年 1 月　頁 124

379. 陳義芝　繆思（Muses）歌唱——臺灣戰前世代女詩人十一家選介〔蓉子部分〕　中日文學交流——臺灣現代文學會議——座談會論文　臺北　行政院文建會主辦，輔仁大學外語學院承辦　1999 年 3 月 21—27 日　頁 21—23

380. 陳義芝　繆思歌唱——臺灣戰前世代女詩人選介〔蓉子部分〕　從半裸到全開——臺灣戰後世代女詩人的性別意識　臺北　臺灣學生書局　1999 年 9 月　頁 147—149

381. 潘麗珠　蓉子　臺灣現代詩教學研究　臺北　五南圖書出版公司　1999 年 3 月　頁 134—135

382. 朱　徽　蓉子詩歌藝術　青鳥的蹤跡——蓉子詩歌精選賞析　臺北　爾雅出版社　1999 年 3 月　頁 1—13

383. 朱　徽　蓉子詩歌藝術　爾雅人　第 111、112 期合刊　1999 年 4 月　23 版

384. 王祿松　蓉子詩品　兩岸女性詩歌三十家　臺北　詩藝文出版社　1999 年 7 月　頁 70

385. 李元貞　臺灣現代女詩人的詩壇顯影[23]　中國女性書寫國際學術研討會　臺北　臺灣學生書局　1999 年 9 月　頁 19—63

386. 李元貞　臺灣現代女詩人的詩壇顯影　女性詩學　臺北　女書文化公司　2000 年 11 月　頁 347—394

---

[23]本文中探討蓉子、張秀亞、陳秀喜、杜潘芳格、胡品清等人的詩。全文共 3 小節：1.女詩人如何在詩壇出現；2.男性詩壇主導及詮釋女詩人的作品：（1）以性別化諛詞或母愛形象讚美女詩人；（2）以理論大包或語言的瑣碎分析簡化作品的含意；3.正統文學史分期難以安置女詩人。

387. 文曉村　　枝繁葉茂論蓉子　文曉村自傳——從河洛到臺灣　臺北　詩藝文出版社　2000 年 4 月　頁 380—382

388. 周偉民　　綆短汲深——在「羅門、蓉子文學創作座談會暨《羅門、蓉子文學創作系列》推介裡」上答客問　燕園詩旅——羅門・蓉子詩歌藝術論　武漢　長江文藝出版社　2000 年 4 月　頁 361—364

389. 賴嘉麒　　純淨自然的青蓮　中央日報　2000 年 6 月 20 日　22 版

390. 區仲桃　　論蓉子永寧靜的「家」（上、下）　藍星詩學　第 6—7 期　2000 年 6，9 月　頁 23—43，179—187

391. 黃瓊慧　　喜歡蓉子的詩　中央日報　2000 年 7 月 23 日　18 版

392. 施軍，嵇軼　　在現代文明與傳統文化的交接點上——臺灣蓉子詩歌簡評　徐州教育學院學報　第 15 卷第 3 期　2000 年 9 月　頁 35—36

393. 談鳳霞　　蓬山此去無多路——蓉子、舒婷詩歌比較[24]　世界華文文學論壇　2000 年第 3 期　2000 年 9 月　頁 50—54

394. 談鳳霞　　兩岸雙屋——蓉子、舒婷　揚子江詩刊　2001 年第 2 期　2001 年 2 月　頁 59—60

395. 莊若江　　蓉子——臺灣詩壇飛出的「青鳥」　臺港澳文學教程　上海　漢語大辭典出版社　2000 年 10 月　頁 148—149

396. 莊若江　　臺灣女性作家的創作——蓉子——臺灣詩壇飛出的「青鳥」　臺港澳文學教程新編　上海　復旦大學出版社　2013 年 1 月　頁 104—105

397. 王一桃　　短評兩篇——太陽與月亮——羅門與蓉子　心靈世界的回響——羅門詩作評論集　臺北　文史哲出版社　2000 年 10 月　頁 226—231

398. 王　泉　　簡論蓉子、席慕蓉詩歌的鄉愁情結和女性意識　華文文學　2002 年第 3 期　2002 年 5 月　頁 47—49

---

[24]本文後改篇名為〈兩岸雙屋——蓉子、舒婷〉。

399. 洪淑苓　蓉子詩的時間觀[25]　臺大文史哲學報　第 56 期　2002 年 5 月　頁 355—391

400. 楊顯榮〔落蒂〕　永遠的青鳥——蓉子成就初探[26]　國文天地　第 209 期　2002 年 10 月　頁 63—68

401. 落　蒂　青鳥殷勤為探看——蓉子論　靜觀詩海拍天浪　臺北　文史哲出版社　2012 年 9 月　頁 34—53

402. 龍彼德　蓉子論[27]　芝田文學　2002 年第 4 期　2002 年 12 月　頁 53—63

403. 龍彼德　蓉子論（上、下）　藍星詩學　第 16—17 期　2002 年 12 月，2003 年 3 月　頁 187—206，176—185

404. 龍彼德　蓉子論　通向天堂的大門——東方勃朗寧羅門和蓉子傳論　臺北　萬卷樓圖書公司　2013 年 11 月　頁 61—87

405. 陳芳明　女性詩人與散文家的現代轉折〔蓉子部分〕　聯合文學　第 220 期　2003 年 2 月　頁 152—154

406. 楊佳嫻　蓉子：想從宗教入手寫史詩　文訊　第 210 期　2003 年 4 月　頁 34

407. 洪子誠，劉登翰　現代主義詩潮及詩人——「藍星」詩人群〔蓉子部分〕　中國當代新詩史（修訂版）　北京　北京大學出版社　2005 年 4 月　頁 325—326

408. 洪子誠，劉登翰　現代主義詩潮及詩人——「藍星」詩人群〔蓉子部分〕　中國當代新詩史　北京　北京大學出版社　2010 年 5 月　頁 394—396

409. 古遠清　走出閨怨的女性文學——蓉子　分裂的臺灣文學　臺北　海峽學術出版社　2005 年 7 月　頁 91

[25]本文以「時間」為主題，探討蓉子作品的時間觀及其美學。全文共 6 小節：1.論時間；2.蓉子夏季詩的觀照；3.蓉子都市詩的時間觀；4.蓉子山水詩的時間觀；5.蓉子詩對「時間」的整體透視；6.結語。

[26]本文後改篇名為〈青鳥殷勤為探看——蓉子論〉。

[27]本文以蓉子的詩作題材、精神世界、作品風格及表現特徵等部分，深入探討其詩作中的「永恆性」。

410. 黃萬華　臺灣文學——詩歌（上）〔蓉子部分〕　中國現當代文學・第 1 卷（五四—1960 年代）　濟南　山東文藝出版社　2006 年 3 月　頁 431—432

411. 張雙英　政治壓抑與西方解脫（五、六〇年代）——鼎足而立的三個詩社——藍星詩社〔蓉子部分〕　二十世紀臺灣新詩史　臺北　五南圖書出版公司　2006 年 8 月　頁 198—202

412. 陳沛淇　智慧的觀照——論蓉子詩作中女性主體的建構[28]　女性文學學術研討會　臺中　國立臺灣文學館，靜宜大學主辦　2006 年 9 月 30 日—10 月 2 日

413. 陳沛淇　智慧的觀照——論蓉子詩作中女性主體的建構　遠走到她方——臺灣當代女性文學論集（下）　臺北　女書文化公司　2010 年 5 月　頁 171—203

414. 陳大為　臺灣都市詩的發展歷程——第二紀元：罪惡的鋼鐵文明（1958—1980）〔蓉子部分〕　20 世紀臺灣文學專題 2——創作類型與主題　臺北　萬卷樓圖書公司　2006 年 9 月　頁 91—92

415. 陸士清　蓉子專欄的魅力——在世界華文女作家協會第九屆年會上的發言　世界華文文學論壇　2006 年第 4 期　2006 年 12 月　頁 68—70

416. 古遠清　藍星詩人群——《中國詩歌通史》之一章——蓉子：第一女高音　荊門職業技術學院學報　2007 年第 5 期　2007 年 5 月　頁 40—41

417. 古遠清　「藍星」詩人群——蓉子：「第一女高音　長江師範學院學報　第 24 卷第 6 期　2008 年 11 月　頁 17—18

418. 李癸雲　女人，妳的名字？——蓉子詩作之「維納麗沙」意象研究[29]　結構與符號之間——臺灣現代女性詩作之意象研究　臺北　里仁書局　2008 年 3 月　頁 129—177

---

[28]本文藉由蓉子的詩作來論女性主體的建構。全文共 5 小節：1.前言；2.尋覓與焦慮；3.在荒原中遊走；4.走出夢谷：女性主體的自我型塑；5.結語。

[29]本文以「女性」意象的角度，觀察蓉子詩作裡有名的女性角色「維納麗沙」。全文共 5 小節：1.阿尼瑪／女性意象；2.蓉子詩裡的「維納麗沙」；3.女性意象與自我書寫：維納麗沙・蓉子・理想女人；4.羅智成詩作之「寶寶」意象對照研究；5.小節。

419. 李癸雲　論羅智成詩中的「寶寶」與蓉子詩中的「維納麗沙」　評論 30 家——臺灣文學三十年菁英選・1978—2008（下）　臺北　九歌出版社　2008 年 6 月　頁 695—708
420. 王慈憶　上帝女兒的晚禱——論杜潘芳格與蓉子詩作的宗教意識　第十二屆臺灣文學牛津獎暨杜潘芳格文學學術研討會　2008 年 11 月 22 日
421.〔吳達芸編〕　解說　蓉子集　臺南　國立臺灣文學館　2008 年 12 月　頁 114—137
422. 區仲桃　張冠李戴：羅門夫婦、勃朗寧夫婦詩歌創作比較　羅門、蓉子六十年詩歌創作研討會　海口　海南師範大學　2010 年 6 月 19 日
423. 張德明　南方經驗與古雅情懷——蓉子詩歌論　羅門、蓉子六十年詩歌創作研討會　海口　海南師範大學　2010 年 6 月 19 日
424. 舒　慧　詩國的童話——記有「中國勃朗寧夫婦」之稱的羅門、蓉子伉儷　羅門、蓉子六十年詩歌創作研討會　海口　海南師範大學　2010 年 6 月 19 日
425. 戴維揚　東方詩侶、日月映輝：論羅門、蓉子一甲子的燃燒美學　羅門、蓉子六十年詩歌創作研討會　海口　海南師範大學　2010 年 6 月 19 日
426. 龍彼德　來自天堂的召喚——論羅門和蓉子的價值[30]　羅門、蓉子六十年詩歌創作研討會　海口　海南師範大學　2010 年 6 月 19 日
427. 龍彼德　來自天堂的召喚——論羅門和蓉子的價值　中國現代文學研究叢刊　2011 年第 10 期　2011 年　頁 145—158
428. 龍彼德　來自天堂的召喚——論羅門和蓉子的價值　通向天堂的大門——東方勃朗寧羅門和蓉子傳論　臺北　萬卷樓圖書公司　2013 年 11 月　頁 89—125

[30]本文闡釋羅門、蓉子與英國詩人勃朗寧夫婦的相異點，並以詩作、理論、宗教情懷三個部分，探討羅門與蓉子為詩壇塑造的不同典型。

429. 熊家良　南方經驗與古雅情懷——蓉子詩歌論　名作欣賞　2010年第36期　2010年12月　頁18—20

430. 陳芳明　臺灣女性詩人與散文家的現代轉折——臺灣女性詩學的營造〔蓉子部分〕　臺灣新文學史　臺北　聯經出版公司　2011年10月　頁449—453

431. 劉正偉　其他藍星詩人及其早期作品析論——蓉子及其作品析論　早期藍星詩社（1954—1971）研究　佛光大學文學系　博士論文　黃維樑教授指導　2012年1月　頁99—104

432. 陳政彥　現代詩運動革命期（1956—1959）——詩人群像——蓉子　跨越時代的青春之歌——五、六〇年代臺灣現代詩運動　臺南　國立臺灣文學館　2012年10月　頁99—104

433. 張騰蛟　蓉子：《黑海上的晨曦》　書註　臺北　爾雅出版社　2013年11月　頁191—192

434. 林明理　蓉子詩中的生命律動　行走中的歌者——林明理談詩　臺北　文史哲出版社　2013年12月　頁238—243

435. 洪淑苓　時間的旋律——蓉子詩時間觀的類型與深層解讀　思想的裙角——臺灣現代女詩人的自我銘刻與時空書寫　臺北　臺大出版中心　2014年5月　頁153—196

436. 陳滿銘　論蓉子詩的三觀境界——以篇章意象切入作觀察　國文天地　第348期　2014年5月　頁72—84

437. 胡其德　從「青鳥」到「青蓮」——論「蓉子」詩風的延續與轉變[31]　第四屆語文教育暨第十屆辭章章法學學術研討會　臺北　教育部國民小學師資培用聯盟國語文學習領域教學研究中心，臺灣師範大學國文學系，中華民國章法學會主辦　2015年11月14日　頁353—369

---

[31]本文以蓉子《青鳥集》、《七月的南方》、《蓉子詩抄》、《維納麗沙組曲》、《橫笛與豎琴的晌午》五本詩集中約 50 篇重要詩作為論述對象，剖析各詩風格之間的關係與其精微底韻。全文共小節：1.前言：蓉子的詩觀；2.蓉子詩的修辭與互文性；3.蓉子詩的旋律與音樂性；4.蓉子詩的主題與敘述人稱；5.蓉子詩的意象；6.蓉子詩的結構；7.結論。

分論

◆單行本作品

論述

《青少年詩國之旅》

438. 林燿德　強烈又純粹的感動——讀蓉子《青少年詩國之旅》　青年日報　1991年2月20日　14版
439. 林燿德　強烈又純粹的感動——讀蓉子《青少年詩國之旅》　永遠的青鳥——蓉子詩作評論集　臺北　文史哲出版社　1995年4月　頁341—342
440. 上官予　金玉其聲——《詩國之旅》的卓識與創見　永遠的青鳥——蓉子詩作評論集　臺北　文史哲出版社　1995年4月　頁343—345
441. 張詔傑　詩國之旅　與書共鳴——九十二學年度臺北市高級中學跨校網路讀書會優勝作品精選輯　臺北　臺北市教育局　2004年10月　頁286—287

詩

《青鳥集》

442. 張道藩　《青鳥集》序　中央日報　1953年11月5日　6版
443. 張道藩　序　青鳥集　臺北　中興文學出版社　1953年11月　〔4〕頁
444. 張道藩　序　青鳥集　臺北　爾雅出版社　1982年11月　頁7—10
445. 番　草　晶瑩的珠串——讀《青鳥集》　中央日報　1953年12月1日　6版
446. 番　草　晶瑩的珠串——讀《青鳥集》　青鳥集　臺北　爾雅出版社　1982年11月　頁113—114
447. 司徒衛　蓉子的《青鳥集》　臺灣新生報　1954年2月14日　6版
448. 司徒衛　蓉子的《青鳥集》　書評集　臺北　中央文物供應社　1954年9月　頁85—86
449. 司徒衛　蓉子的《青鳥集》　藍星週刊　第23期　1954年11月18日　6版

450. 司徒衛　蓉子的《青鳥集》　五十年代文學論評　臺北　成文出版社　1979年7月　頁20—30

451. 覃子豪　評《青鳥集》　新生報（南部版）　1954年3月12日　12版

452. 覃子豪　評《青鳥集》　論現代詩　臺北　藍星詩社　1960年11月　頁216—220

453. 覃子豪　評《青鳥集》　覃子豪全集　臺北　覃子豪全集出版委員會　1968年6月　頁391—394

454. 覃子豪　評《青鳥集》　永遠的青鳥——蓉子詩作評論集　臺北　文史哲出版社　1995年4月　頁213—218

455. 白雁子　詩的大路和遠景——寫在讀《青鳥集》之後　大中華日報〔菲〕　1962年5月21日　4版

456. 白雁子　詩的大路和遠景——讀《青鳥集》之後　永遠的青鳥——蓉子詩作評論集　臺北　文史哲出版社　1995年4月　頁219—226

457. 陳　煌　喜見青鳥　中央日報　1982年11月24日　10版

458. 陳寧貴　祈禱的詩境——讀蓉子的《青鳥集》　臺灣新聞報　1982年12月10日　12版

459. 陳寧貴　祈禱的詩境——讀蓉子的《青鳥集》　葡萄園　第82期　1983年3月15日　頁10—11

460. 向　明　永遠的青鳥　文訊　第3期　1983年9月　頁120—124

461. 向　明　永遠的青鳥　永遠的青鳥——蓉子詩作評論集　臺北　文史哲出版社　1995年4月　頁227—232

462. 唐玲玲　希望「青鳥」飛來——讀蓉子《青鳥集》　永遠的青鳥——蓉子詩作評論集　臺北　文史哲出版社　1995年4月　頁233—235

463. 林少雯　蓉子的《青鳥集》　中央日報　2000年6月10日　22版

464. 應鳳凰　蓉子／《青鳥集》　人間福報　2012年2月13日　15版

465. 趙慶華　時間的封印，文學的跫音——蓉子，《青鳥集》　臺灣文學館通訊　第42期　2014年3月　頁14—15

《七月的南方》

466. 張　健　評《七月的南方》　現代文學　第 12 期　1962 年 1 月　頁 88—92
467. 張　健　評《七月的南方》　中國現代詩論評　臺北　純文學月刊社　1968 年 7 月　頁 115—125
468. 張　健　評《七月的南方》　永遠的青鳥——蓉子詩作評論集　臺北　文史哲出版社　1995 年 4 月　頁 237—244
469. 張　健　評《七月的南方》　蓉子論　北京　中國社會科學出版社　1995 年 4 月　頁 32—38
470. 劉國全　評《七月的南方》　文壇　第 208 期　1962 年 7 月　頁 52—53
471. 劉國全　評《七月的南方》　永遠的青鳥——蓉子詩作評論集　臺北　文史哲出版社　1995 年 4 月　頁 247—256
472. 劉國全　評《七月的南方》　蓉子論　北京　中國社會科學出版社　1995 年 4 月　頁 222—229
473. 張秀亞　讀書偶得　中華婦女　第 14 卷第 2 期　1963 年 10 月　頁 20
474. 張秀亞　讀書偶得　張秀亞全集・散文卷 8　臺南　國家臺灣文學館　2005 年 3 月　頁 267—270
475. 藍　采　試評《七月的南方》　作家　第 1 卷第 3 期　1964 年 12 月　頁 15—16
476. 藍　采　試評《七月的南方》　永遠的青鳥——蓉子詩作評論集　臺北　文史哲出版社　1995 年 4 月　頁 257—262

《蓉子詩抄》

477. 瘂　弦　新詩品——介紹兩本新出的詩集《蓉子詩抄》、《紫的邊陲》[32]　新文藝　第 113 期　1965 年 8 月　頁 40—45
478. 瘂　弦　關於《蓉子詩抄》　心靈札記　臺中　藍燈文化出版公司　1980 年 4 月　頁 34—38

[32]本文後改篇名為〈關於《蓉子詩抄》〉、〈新詩品——評《蓉子詩抄》〉。

479. 瘂　弦　　新詩品——評《蓉子詩抄》　永遠的青鳥——蓉子詩作評論
臺北　文史哲出版社　1995 年 4 月　頁 263—267

480. 瘂　弦　　新詩品——評《蓉子詩抄》　蓉子論　北京　中國社會科學出
社　1995 年 4 月　頁 46—49

481. 柳文哲〔趙天儀〕　詩壇散步——《蓉子詩抄》[33]　笠　第 8 期　1965
月　頁 78—79

482. 趙天儀　　蓉子《蓉子詩抄》　裸體的國王　臺北　香草山出版公司
年 6 月　頁 140—142

483. 林寒澗　　小論蓉子《蓉子詩抄》　永遠的青鳥——蓉子詩作評論集　臺北
文史哲出版社　1995 年 4 月　頁 269—274

484. 李　莎　　讀《蓉子詩抄》　永遠的青鳥——蓉子詩作評論集　臺北　文史
哲出版社　1995 年 4 月　頁 275—277

《維納麗沙組曲》

485. 陳寧貴　　一個無懈可擊的圓　陽光小集　第 6 期　1981 年 7 月　頁 30

486. 陳　煌　　自妍婉中擎起　陽光小集　第 6 期　1981 年 7 月　頁 32

《橫笛與豎琴的晌午》

487. 琦　君　　不薄今人愛古人——我讀新詩　中華日報　1974 年 3 月 22 日　9
版

488. 琦　君　　不薄今人愛古人——我讀新詩　永遠的青鳥——蓉子詩作評論集
臺北　文史哲出版社　1995 年 4 月　頁 295—305

489. 林黛嫚　　寧靜的女性詩——評介《橫笛與豎琴的晌午》　在閱讀與書寫之間
——評好書 300 種　臺北　三民書局　2005 年 2 月　頁 297

490. 周偉民，唐玲玲　　爐火純青的境界——《橫笛與豎琴的晌午》時期　日月
的雙軌　臺北　文史哲出版社　1991 年 2 月　頁 342—353

491. 周偉民，唐玲玲　　爐火純青的境界——《橫笛與豎琴的晌午》時期　橫笛
與豎琴的晌午　臺北　三民書局　2005 年 2 月　頁 1—14

[33]本文後改篇名為〈蓉子《蓉子詩抄》〉。

《天堂鳥》

492. 南　之　蓉子的《天堂鳥》　青年戰士報　1981年5月9日　11版

493. 南　之　蓉子的《天堂鳥》　陽光小集　第6期　1981年7月　頁33—36

494. 南　之　蓉子的《天堂鳥》　永遠的青鳥——蓉子詩作評論集　臺北　文史哲出版社　1995年4月　頁307—310

《蓉子自選集》

495. 辛　鬱　評介《蓉子自選集》　民族晚報　1979年1月22日　11版

496. 辛　鬱　評介《蓉子自選集》　永遠的青鳥——蓉子詩作評論集　臺北　文史哲出版社　1995年4月　頁311—312

497. 向　明　開得最久的菊花——讀《蓉子自選集》　臺灣新聞報　1979年4月11日　12版

498. 涂靜怡　蓉子與詩　秋水詩刊　第22期　1979年4月　頁14—19

499. 涂靜怡　蓉子與詩　文學時代雙月叢刊　第9期　1982年9月　頁109—115

500. 涂靜怡　蓉子與詩　怡園詩話　臺北　康橋書店　1982年10月　頁177—189

501. 涂靜怡　蓉子與詩　涂靜怡自選集　臺北　黎明文化公司　1986年9月　頁251—261

502. 涂靜怡　蓉子與詩　永遠的青鳥——蓉子詩作評論集　臺北　文史哲出版社　1995年4月　頁313—322

503. 蕭　蕭　端莊的風味　陽光小集　第6期　1981年7月　頁30

《這一站不到神話》

504. 陳寧貴　玉壘浮雲變古今　大華晚報　1986年12月19日　10版

505. 陳寧貴　玉壘浮雲變古今　永遠的青鳥——蓉子詩作評論集　臺北　文史哲出版社　1995年4月　頁333—339

506. 陳寧貴　玉壘浮雲變古今　蓉子論　北京　中國社會科學出版社　1995年4月　頁72—77

507. 文曉村　枝繁葉茂因有根[34]　中央日報　1987 年 1 月 12 日　10 版

508. 文曉村　枝繁葉茂因有根——評蓉子詩集《這一站不到神話》　橫看成嶺側成峰　臺北　東大圖書公司　1988 年 5 月　頁 213—217

509. 文曉村　枝繁葉茂因有根——評蓉子詩集《這一站不到神話》　只要我們有根　臺北　文經出版社　1989 年 9 月　頁 172—176

510. 文曉村　枝繁葉茂因有根　永遠的青鳥——蓉子詩作評論集　臺北　文史哲出版社　1995 年 4 月　頁 505—509

511. 鄭明娳　這一站，到那裡？——評《這一站不到神話》　永遠的青鳥——蓉子詩作評論集　臺北　文史哲出版社　1995 年 4 月　頁 323—327

512. 鄭明娳　這一站，到那裡？　蓉子論　北京　中國社會科學出版社　1995 年 4 月　頁 39—42

513. 向　明　大化滿詩情——讀《這一站不到神話》　永遠的青鳥——蓉子詩作評論集　臺北　文史哲出版社　1995 年 4 月　頁 329—332

514. 洪淑苓　時間的美學——蓉子《這一站不到神話》評介　現代詩新版圖　臺北　秀威資訊科技公司　2004 年 9 月　頁 13—17

《只要我們有根》

515. 文藝作品調查研究小組　《只要我們有根》　心靈饗宴　臺北　國家文藝基金管理委員會　1992 年 6 月　頁 20—21

516. 文藝作品調查研究小組　《只要我們有根》　書林采風　臺北　國家文藝基金管理委員會　1992 年 6 月　頁 13—14

《太陽與月亮》

517. 黃偉宗　穿越「傳統」與「現代」的文化與藝術——讀羅門、蓉子詩精選《太陽與月亮》　「羅門、蓉子文學世界」學術研討會論文集　臺北　文史哲出版社　1994 年 4 月　頁 299—308

518. 黃偉宗　穿越傳統與現代的文化藝術——讀羅門、蓉子詩精選《太陽與月

[34]本文後改篇名為〈枝繁葉茂因有根——評蓉子詩集《這一站不到神話》〉。

亮》 蓉子論 北京 中國社會科學出版社 1995 年 4 月 頁 203—211

《千曲之聲》

519. 陳義芝　女性自覺的先聲——讀蓉子《千曲之聲》有感 自立早報 1995 年 6 月 11 日 26 版

520. 陳義芝　女性自覺的先聲——讀蓉子《千曲之聲》有感 創世紀 第 104 期 1995 年 9 月 頁 97—98

《黑海上的晨曦》

521. 陳寧貴　讀蓉子詩集《黑海上的晨曦》一些感想 藍星詩學 第 6 期 2000 年 6 月 頁 15—22

522. 陳寧貴　《黑海上的晨曦》 臺灣新聞報 2000 年 7 月 25 日 B10 版

523. 保　真　吟遊詩人的內心世界——《黑海上的晨曦》 臺灣日報 2001 年 5 月 22 日 13 版

524. 保　真　吟遊詩人的內心世界——《黑海上的晨曦》 青年日報 2001 年 5 月 25 日 13 版

《眾樹歌唱——蓉子人文山水詩粹》

525. 米納提歐　蓉子詩集《眾樹歌唱》 笠 第 254 期 2006 年 8 月 頁 145

526. 丁文玲　蓉子寫詩，擁抱大自然 中國時報 2006 年 9 月 16 日 E1 版

527. 潘麗珠　蓉子詩歌聲情析論——以《眾樹歌唱——蓉子人文山水詩粹》為例 女性文學學術研討會 臺中 國立臺灣文學館，靜宜大學主辦 2006 年 9 月 30 日—10 月 2 日

528. 潘麗珠　蓉子詩歌聲情析論——以《眾樹歌唱——蓉子人文山水詩粹》為例 遠走到她方——臺灣當代女性文學論集（下） 臺北 女書文化公司 2010 年 5 月 頁 157—170

529. 麥　穗　自然就是美——讀蓉子詩集《眾樹歌唱》有感 葡萄園 第 176 期 2007 年 11 月 頁 49—51

散文

《歐遊手記》

530. 陳寧貴　《歐遊手記》　中央日報　1982年6月18日　10版
531. 陳寧貴　讀介《歐遊手記》　永遠的青鳥——蓉子詩作評論集　臺北　文史哲出版社　1995年4月　頁349—350
532. 芯　心　清芬滿心懷——推介《歐遊手記》　中央日報　1982年8月30日　10版
533. 亞　薇　寓知識於旅遊——蓉子著《歐遊手記》讀後（上、下）　臺灣新生報　1982年9月14—15日　12版
534. 亞　薇　寓知識於旅遊　風簷展書讀　臺北　純文學出版社　1985年1月　頁547—553
535. 羊令野　女詩人蓉子的《歐遊手記》　臺灣日報　1983年2月6日　8版
536. 羊令野　女詩人蓉子的《歐遊手記》　永遠的青鳥——蓉子詩作評論集　臺北　文史哲出版社　1995年4月　頁347—348
537. 唐潤鈿　令人心曠神怡的遊記　國語日報　1984年2月28日　7版
538. 馬中欣　蓉子的探險精神　游遍歐洲　西安　西北工業大學出版社　2002年11月　頁6
539. 羊令野　女詩人蓉子的《歐遊手記》　游遍歐洲　西安　西北工業大學出版社　2002年11月　頁211—212
540. 張　堃　不落俗的遊蹤　游遍歐洲　西安　西北工業大學出版社　2002年11月　頁213—214

《千泉之聲》

541. 鮑曉暉　細聽泉聲——析介蓉子的散文集《千泉之聲》（上、下）　中央日報　1991年11月29—30日　16版
542. 鮑曉暉　細聽泉聲——析介蓉子的散文集《千泉之聲》　永遠的青鳥——蓉子詩作評論集　臺北　文史哲出版社　1995年4月　頁351—356
543. 鄭明娳　評《千泉之聲》　文訊　第73期　1991年11月　頁97—99

544. 鄭明娳　評《千泉之聲》　永遠的青鳥——蓉子詩作評論集　臺北　文史哲出版社　1995年4月　頁357—361

兒童文學

《童話城》

545. 珩　珩　蓉子的「世外桃源」　國語日報　1973年10月14日　3版

546. 珩　珩　蓉子的「世外桃源」　永遠的青鳥——蓉子詩作評論集　臺北　文史哲出版社　1995年4月　頁279—283

547. 董忠司　《童話城》用韻研究　兒童文學學術研討會論文集　臺北　臺灣省教育廳，省立師範學院，臺東師範學院　1989年5月　頁171—200

548. 黃孟文　王蓉子的《童話城》賞析　亞洲華文作家雜誌　第39期　1993年12月　頁116—122

549. 黃孟文　談王蓉子的《童話城》　海南師院學報　1993年第4期　1993年12月　頁12—14

550. 黃孟文　談蓉子的《童話城》　「羅門、蓉子文學世界」學術研討會論文集　臺北　文史哲出版社　1994年4月　頁293—298

551. 黃孟文　談蓉子的《童話城》　永遠的青鳥——蓉子詩作評論集　臺北　文史哲出版社　1995年4月　頁285—290

552. 黃孟文　談蓉子的《童話城》　蓉子論　北京　中國社會科學出版社　1995年4月　頁198—292

553. 林武憲　《童話城》　臺灣兒童文學100（1945—1998）　臺北　行政院文建會　2000年3月　頁136—137

554. 陳育賢　臺灣首位女詩人蓉子作品——吟唱《童話城》・認識本土情　中國時報　2009年5月19日　A12版

555. 李青霖　蓉子孤本《童話城》交大賦新生　聯合報　2009年5月19日　B1竹苗・運動

556. 蔡麗雲　童詩集的表現形式——童話詩〔《童話城》部分〕　臺灣詩學學

刊　第25期　2015年5月　頁218

◆多部作品

《青鳥集》、《七月的南方》

557. 季　薇　　青鳥，飛向七月的南方——談蓉子的詩　永遠的青鳥——蓉子詩作評論集　臺北　文史哲出版社　1995年4月　頁245—246

《蓉子自選集》、《維納麗沙組曲》

558. 蕭蕭，陳寧貴，陳煌　　蓉子的詩情世界　永遠的青鳥——蓉子詩作評論集　臺北　文史哲出版社　1995年4月　頁291—294

559. 蕭蕭，陳寧貴，陳煌　　蓉子的詩情世界　蓉子論　北京　中國社會科學出版社　1995年4月　頁78—84

《蓉子詩選》、《蓉子散文選》、《蓉子論》、《日月的雙軌》

560. 趙麗玲，周金聲　　《羅門・蓉子文學創作系列》讀後　臺港與海外華文文學評論和研究　1997年第3期　1997年9月　頁78—79

《青鳥集》、《童話城》

561. 洪淑苓　　臺灣女詩人的童話論述——喻寫童話，關懷社會與人生——青鳥是有翅膀的：蓉子的童話論述與童詩創作　臺灣文學研究集刊　第3期　2007年5月　頁145—147

單篇作品

562. 周伯乃　　論詩的具象與抽象〔〈我的粧鏡是一隻弓背的貓〉部分〕　新文藝　第142期　1968年1月　頁103—105

563. 林煥彰　　蓉子的詩〔〈我的粧鏡是一隻弓背的貓〉〕[35]　臺塑企業　第3卷第8期　1972年8月　頁70—73

564. 林煥彰　　妝鏡與弓貓的美學——讀蓉子的詩〔〈我的粧鏡是一隻弓背的貓〉〕　善良的語言　宜蘭　宜蘭縣文化中心　1992年6月　頁163—169

565. 林煥彰　　欣賞蓉子的詩〈我的妝鏡是一隻弓背的貓〉　永遠的青鳥——蓉

---

[35]本文後改篇名為〈妝鏡與弓貓的美學——讀蓉子的詩〉。

子詩作評論集　臺北　文史哲出版社　1995 年 4 月　頁 379—383

566. 蕭　蕭　〈我的妝鏡是一隻弓背的貓〉導讀　現代詩導讀（導讀篇一）　臺北　故鄉出版社　1979 年 11 月　頁 85—86

567. 古遠清　〈我的妝鏡是一隻弓背的貓〉　看你名字的繁卉——蓉子詩賞析　臺北　文史哲出版社　1988 年 11 月　頁 88—89

568. 李元貞　自由的女靈——談臺灣現代女詩人的突破〔〈我的粧鏡是一隻弓背的貓〉部分〕　解放愛與美　臺北　婦女新知基金會出版部　1990 年 1 月　頁 174—176

569. 周伯乃　蓉子的〈我的妝鏡是一隻弓背的貓〉　永遠的青鳥——蓉子詩作評論集　臺北　文史哲出版社　1995 年 4 月　頁 363—366

570. 朱　徽　〈我的妝鏡是一隻弓背的貓〉　青鳥的踪跡——蓉子詩歌精選賞析　臺北　爾雅出版社　1999 年 3 月　頁 115—117

571. 何金蘭　女性自我意識：主體／幻象／鏡像／主體——剖析蓉子〈我的粧鏡是一隻弓背的貓〉一詩　兩岸女性詩歌學術研討會論文集　臺北　中國詩歌藝術學會　1999 年 7 月 4 日　頁 1—27

572. 何金蘭　女性自我意識：主體／幻象／鏡像／主體——剖析蓉子〈我的妝鏡是一隻弓背的貓〉一詩　臺灣詩學季刊　第 29 期　1999 年 12 月　頁 144—161

573. 何金蘭　女性自我意識：主體／幻象／鏡像／主體——剖析蓉子〈我的妝鏡是一隻弓背的貓〉　華文文學　2000 年第 3 期　2000 年　頁 5—13

574. 劉紅林　角色轉換：臺灣女性主義文學對經濟自主的追求〔〈我的粧鏡是一隻弓背的貓〉部分〕　華文文學　2000 年第 2 期　2000 年　頁 19

575. 陳慧文　迷離靜淑——蓉子〈我的粧鏡是一隻弓背的貓〉　民眾日報　2000 年 9 月 25 日　17 版

576. 陳慧文　迷離靜淑——蓉子〈我的粧鏡是一隻弓背的貓〉　臺灣新生報

2000年12月31日　14版

577. 陳慧文　迷離靜淑——蓉子〈我的妝鏡是一隻弓背的貓〉　貓咪文學館　臺北　秀威資訊科技公司　2004年12月　頁20—21

578. 落　蒂　困居的心聲——析蓉子〈我的妝鏡是一隻弓背的貓〉　詩的播種者　臺北　爾雅出版社　2003年2月　頁32—36

579. 陳仲義　變形：主觀的心靈化表現〔〈我的粧鏡是一隻弓背的貓〉部分〕　現代詩技藝透析　臺北　文史哲出版社　2003年12月　頁98—99

580. 曾進豐　蓉子〈我的粧鏡是一隻弓背的貓〉賞析　臺灣文學讀本　臺北　五南圖書出版公司　2005年2月　頁199—202

581. 琹　川　流映水鏡上女人與貓的影——讀蓉子〈我的妝鏡是一隻弓背的貓〉　秋水詩刊　第130期　2006年7月　頁10—11

582. 劉志宏　由女性「荒野地帶」的經驗書寫看利玉芳詩創作〔〈我的粧鏡是一隻弓背的貓〉部分〕　遠走到她方——臺灣當代女性文學論集（下）　臺北　女書文化公司　2010年5月　頁301—303

583. 陳寧貴　讀詩筆記——蓉子〈我的妝鏡是一隻弓背的貓〉　秋水詩刊　第153期　2012年4月　頁16—17

584. 菩　提　〈一朵青蓮〉讀了後　新文藝　第148期　1968年7月　頁96—100

585. 辛　鬱　自我的塑造與自我的否定〔〈一朵青蓮〉部分〕[36]　文藝月刊　第1期　1969年7月　頁83—85

586. 辛　鬱　自我的塑造——試評蓉子詩作〈一朵青蓮〉　永遠的青鳥——蓉子詩作評論集　臺北　文史哲出版社　1995年4月　頁373—377

587. 辛　鬱　自我的塑造——試評蓉子詩作〈一朵青蓮〉　蓉子論　北京　中國社會科學出版社　1995年4月　頁85—88

588. 周伯乃　蓉子〈一朵青蓮〉　文藝月刊　第1期　1969年7月　頁90—92

[36]本文後改篇名為〈自我的塑造——試評蓉子詩作〈一朵青蓮〉〉。

589. 周伯乃　蓉子：〈一朵青蓮〉　蓉子論　北京　中國社會科學出版社　1995年4月　頁99—102
590. 張漢良　〈一朵青蓮〉導讀　現代詩導讀（導讀篇一）　臺北　故鄉出版社　1979年11月　頁82—83
591. 張漢良　新詩導讀〈一朵青蓮〉　中華文藝　第105期　1979年11月　頁127—129
592. 張漢良　現代詩導讀：〈一朵青蓮〉　永遠的青鳥——蓉子詩作評論集　臺北　文史哲出版社　1995年4月　頁397—399
593. 張漢良　導讀〈一朵青蓮〉　蓉子論　北京　中國社會科學出版社　1995年4月　頁43—45
594. 鄭明娳　青蓮的聯想〔〈一朵青蓮〉〕　大華晚報　1988年3月11日　10版
595. 鄭明娳　青蓮的聯想〔〈一朵青蓮〉〕　永遠的青鳥——蓉子詩作評論集　臺北　文史哲出版社　1995年4月　頁425—426
596. 鄭明娳　青蓮的聯想〔〈一朵青蓮〉〕　橫笛與豎琴的晌午　臺北　三民書局　2005年2月　頁157—158
597. 鄭明娳　青蓮的聯想——蓉子〔〈一朵青蓮〉〕　山月村之歌　臺北　秀威資訊科技公司　2007年5月　頁97—98
598. 古遠清　〈一朵青蓮〉　看你名字的繁卉——蓉子詩賞析　臺北　文史哲出版社　1988年11月　頁112—114
599. 公　劉　詩國日月潭——羅門、蓉子學術研討會上的發言〔〈一朵青蓮〉部分〕[37]　臺灣新聞報　1994年1月5日　14版
600. 公　劉　詩國日月潭〔〈一朵青蓮〉部分〕　「羅門、蓉子文學世界」學術研討會論文集　臺北　文史哲出版社　1994年4月　頁112—116
601. 公　劉　蓉子的〈一朵青蓮〉　永遠的青鳥——蓉子詩作評論集　臺北

[37]本文後改篇名為〈蓉子的〈一朵青蓮〉〉。

文史哲出版社　1995 年 4 月　頁 419—423

602. 公　劉　〈一朵青蓮〉詩評　橫笛與豎琴的晌午　臺北　三民書局　2005 年 2 月　頁 43—44

603. 澄　藍　靜觀天宇而不事喧嚷——試評蓉子的詩〈一朵青蓮〉　詩潮回響　北京　華齡出版社　1997 年 4 月　頁 121—123

604. 朱　徽　〈一朵青蓮〉　青鳥的蹤跡——蓉子詩歌精選賞析　臺北　爾雅出版社　1999 年 3 月　頁 107—108

605. 陳寧貴　星沉荷池的古典音韻之美——讀介蓉子的〈一朵青蓮〉　華文現代詩　第 4 期　2015 年 2 月　頁 20—21

606. 彭邦楨　論〈溫泉小鎮〉——蓉子作品[38]　詩的鑑賞　臺北　臺灣商務印書館　1971 年 8 月　頁 122—127

607. 彭邦楨　論〈溫泉小鎮〉——蓉子作品　彭邦楨文集・卷三　武漢　長江文藝出版社　1993 年 11 月　頁 159—165

608. 彭邦楨　蓉子的〈溫泉小鎮〉　永遠的青鳥——蓉子詩作評論集　臺北　文史哲出版社　1995 年 4 月　頁 367—372

609. 蕭　蕭　〈溫泉小鎮——記四重溪〉解說　中學白話詩選　臺北　故鄉出版社　1980 年 4 月　頁 117—119

610. 落　蒂　蓉子〈溫泉小鎮〉賞析　青青草原　雲林　青草地雜誌出版社　1981 年 4 月　頁 57

611. 落　蒂　〈溫泉小鎮——記四重溪〉賞析　中學新詩選讀　臺北　青草地雜誌社　1982 年 2 月　頁 56—57

612. 古遠清　〈溫泉小鎮〉　看你名字的繁卉——蓉子詩賞析　臺北　文史哲出版社　1988 年 11 月　頁 115—116

613. 古遠清　〈溫泉小鎮——記四重溪〉詩評　橫笛與豎琴的晌午　臺北　三民書局　2005 年 2 月　頁 140—144

614. 向　陽　〈溫泉小鎮——記四重溪〉作品導讀　青少年臺灣文庫 2——新詩

---

[38]本文後改篇名為〈蓉子的〈溫泉小鎮〉〉。

讀本2：太平洋的風　臺北　國立編譯館　2008年12月　頁130
615. 辛　鬱　蓉子的〈傘〉　青年戰士報　1976年11月22日　10版
616. 辛　鬱　蓉子的〈傘〉　永遠的青鳥——蓉子詩作評論集　臺北　文史哲出版社　1995年4月　頁385—388
617. 羅　青　蓉子的〈傘〉　大華晚報　1979年4月15日　7版
618. 羅　青　評析蓉子的〈傘〉　文學時代雙月叢刊　第9期　1982年9月　頁116—121
619. 羅　青　蓉子的〈傘〉　詩的照明彈　臺北　爾雅出版社　1994年8月　頁79—88
620. 羅　青　蓉子的〈傘〉　永遠的青鳥——蓉子詩作評論集　臺北　文史哲出版社　1995年4月　頁389—396
621. 羅　青　析評蓉子的〈傘〉　蓉子論　北京　中國社會科學出版社　1995年4月　頁61—65
622. 劉龍勳　〈傘〉賞析　中國新詩賞析（二）　臺北　長安出版社　1981年4月　頁178—180
623. 采　羽　論評——試品《現代女詩人選集》〔〈傘〉部分〕　中華文藝　第128期　1981年10月　頁165—166
624. 古遠清　〈傘〉　看你名字的繁卉——蓉子詩賞析　臺北　文史哲出版社　1988年11月　頁122—123
625. 古遠清　〈傘〉賞析　臺港現代詩賞析　鄭州　河南人民出版社　1991年3月　頁68—70
626. 朱　徽　〈傘〉　青鳥的踪跡——蓉子詩歌精選賞析　臺北　爾雅出版社　1999年3月　頁109—111
627.〔文鵬，姜凌主編〕　蓉子——〈傘〉　中國現代名詩三百首　北京　北京出版社　2000年1月　頁492—493
628. 唐淑貞　蓉子〈傘〉一詩之哲思　藍星詩學　第9期　2001年3月　頁157—159

629. 唐淑貞　蓉子〈傘〉一詩之哲思　國學教學論文集　臺北　萬卷樓圖書公司　2001年9月　頁279—283

630. 許俊雅　蓉子〈傘〉　我心中的歌——現代文學星空　臺北　文史哲出版社　2006年6月　頁52—59

631. 許俊雅　新詩教學——談新詩的標點符號與分行〔〈傘〉部分〕　我心中的歌——現代文學星空　臺北　文史哲出版社　2006年6月　頁381—382

632. 蕭　蕭　應用美的譬喻開展新的世界——蓉子〈傘〉　青少年詩話　臺北　爾雅出版社　2007年2月　頁149—157

633. 季　薇　彩筆巨畫——蓉子的〈寫不成的春天〉　婦友月刊　第285期　1978年6月　頁11

634.〔蕭蕭，楊子澗編〕　〈維納麗沙〉解說　中學白話詩選　臺北　故鄉出版社　1980年4月　頁113—115

635. 古遠清　〈維納麗莎〉　看你名字的繁卉——蓉子詩賞析　臺北　文史哲出版社　1988年11月　頁95—96

636.〔文曉村編〕　〈到南方澳去〉評析　新詩評析一百首（下）　臺北　布穀出版社　1980年4月　頁288—289

637.〔文曉村編〕　〈到南方澳去〉評析　新詩評析一百首（下）　臺北　黎明文化公司　1981年3月　頁329

638. 古遠清　〈到南方澳去〉　看你名字的繁卉——蓉子詩賞析　臺北　文史哲出版社　1988年11月　頁117--118

639. 朱　徽　〈到南方澳去〉　青鳥的踪跡——蓉子詩歌精選賞析　臺北　爾雅出版社　1999年3月　頁43—46

640. 朱　徽　〈到南方澳去〉詩評　橫笛與豎琴的晌午　臺北　三民書局　2005年2月　頁128—129

641. 莫　渝　〈到南方澳去〉作品賞析　閱讀文學地景・新詩卷　臺北　行政院文建會　2008年4月　頁91

642. 劉龍勳 〈古典留我〉賞析 中國新詩賞析（二） 臺北 長安出版社 1981年4月 頁174—177

643. 古遠清 〈古典留我〉 看你名字的繫卉——蓉子詩賞析 臺北 文史哲出版社 1988年11月 頁109—111

644. 古遠清 〈古典留我〉賞析 臺港現代詩賞析 鄭州 河南人民出版社 1991年3月 頁66—68

645. 古遠清 〈古典留我〉詩評 橫笛與豎琴的晌午 臺北 三民書局 2005年2月 頁2—4

646. 朱 徽 〈古典留我〉 青鳥的蹤跡——蓉子詩歌精選賞析 臺北 爾雅出版社 1999年3月 頁169—172

647. 展 甦 蓉子的〈只要我們有根〉 明道文藝 第97期 1984年4月 頁201—202

648. 古遠清 〈只要我們有根〉 看你名字的繫卉——蓉子詩賞析 臺北 文史哲出版社 1988年11月 頁167—168

649. 蕭 蕭 〈只要我們有根〉 文藝月刊 第234期 1988年12月 頁64—69

650. 蕭 蕭 〈只要我們有根〉 青少年詩話 臺北 爾雅出版社 1989年1月 頁117—122

651. 蕭 蕭 〈只要我們有根〉 永遠的青鳥——蓉子詩作評論集 臺北 文史哲出版社 1995年4月 頁427—432

652. 蕭 蕭 〈只要我們有根〉 青少年詩話 臺北 爾雅出版社 2007年2月 頁115—119

653. 蕭 蕭 秋海棠的枝葉依然茁壯——〈只要我們有根〉賞析 只要我們有根 臺北 文經出版社 1989年9月 頁177—178

654. 王 灝 解說〈只要我們有根〉 永遠的青鳥——蓉子詩作評論集 臺北 文史哲出版社 1995年4月 頁411—417

655. 陳滿銘 論「篇章結構」教學之重心——以思維（意象）「0一二多」雙螺

旋螺邏輯系統切入作探討——思維（意象）雙螺旋邏輯系統在篇章結構中的表現——「邏輯（形象）」類型〔〈只要我們有根〉部分〕 第四屆語文教育暨第十屆辭章章法學學術研討會 臺北 教育部國民小學師資培用聯盟國語文學習領域教學研究中心，臺灣師範大學國文學系，中華民國章法學會主辦 2015 年 11 月 14 日 頁 20—22

656. 向 明 〈時間〉編者按語 七十三年詩選 臺北 爾雅出版社 1985 年 3 月 頁 93

657. 古遠清 〈時間〉 看你名字的繁卉——蓉子詩賞析 臺北 文史哲出版社 1988 年 11 月 頁 137—139

658. 朱 徽 〈時間〉 青鳥的踪跡——蓉子詩歌精選賞析 臺北 爾雅出版社 1999 年 3 月 頁 145—149

659. 張 默 〈一種季節的推移〉編者按語 七十一年詩選 臺北 爾雅出版社 1985 年 6 月 頁 87

660. 古遠清 〈一種季節的推移〉 看你名字的繁卉——蓉子詩賞析 臺北 文史哲出版社 1988 年 11 月 頁 133—134

661. 李瑞騰 〈徹夜不熄燈火的長巷〉 七十四年詩選 臺北 爾雅出版社 1986 年 4 月 頁 263—264

662. 張 默 蓉子／〈小舟〉 小詩選讀 臺北 爾雅出版社 1987 年 5 月 頁 31—34

663. 古遠清 〈小舟〉 看你名字的繁卉——蓉子詩賞析 臺北 文史哲出版社 1988 年 11 月 頁 20

664. 朱 徽 〈小舟〉 青鳥的踪跡——蓉子詩歌精選賞析 臺北 爾雅出版社 1999 年 3 月 頁 129—131

665. 仇小屏 談幾種章法在新詩裡的運用〔〈小舟〉部分〕 國文天地 第 181 期 2000 年 6 月 頁 90

666.〔沈花末主編〕 〈山〉賞析 鏡頭中的新詩 臺北 漢光文化公司 1987

年7月　頁59

667. 三　皮　悠悠鄉愁寄晚秋——讀臺灣女詩人蓉子的〈晚秋的鄉愁〉　文學知識　第53期　1987年8月　頁29

668. 古遠清　〈晚秋的鄉愁〉　看你名字的繁卉——蓉子詩賞析　臺北　文史哲出版社　1988年11月　頁84—85

669. 李旦初　〈晚秋的鄉愁〉賞析　中國新詩鑑賞大辭典　南京　江蘇文藝出版社　1988年12月　頁1039—1041

670. 戴　達　鳴響在秋風裡的思鄉的弦——蓉子〈晚秋的鄉愁〉品賞　寫作　1990年第7期　1990年7月　頁27—28

671. 朱　徽　〈晚秋的鄉愁〉　青鳥的蹤跡——蓉子詩歌精選賞析　臺北　爾雅出版社　1999年3月　頁161—164

672. 張漢良　〈孔雀扇〉　七十六年詩選　臺北　爾雅出版社　1988年3月　頁34—35

673. 古遠清　〈青鳥〉　看你名字的繁卉——蓉子詩賞析　臺北　文史哲出版社　1988年11月　頁9—10

674. 朱　徽　〈青鳥〉　青鳥的蹤跡——蓉子詩歌精選賞析　臺北　爾雅出版社　1999年3月　頁1—3

675. 蕭　蕭　〈青鳥〉鑑賞與寫作指導　中學生現代詩手冊　臺南　翰林出版公司　1999年9月　頁109—112

676. 古遠清　〈寂寞的歌〉　看你名字的繁卉——蓉子詩賞析　臺北　文史哲出版社　1988年11月　頁11—12

677. 古遠清　〈為尋找一顆星〉　看你名字的繁卉——蓉子詩賞析　臺北　文史哲出版社　1988年11月　頁13—14

678. 陳義芝　〈為尋找一顆星〉賞讀　為了測量愛　臺北　聯合文學出版公司　2006年6月　頁101

679. 古遠清　〈三光〉　看你名字的繁卉——蓉子詩賞析　臺北　文史哲出版社　1988年11月　頁15—16

680. 古遠清　〈笑〉　看你名字的繁卉——蓉子詩賞析　臺北　文史哲出版社　1988年11月　頁17

681. 朱　徽　〈笑〉　青鳥的踪跡——蓉子詩歌精選賞析　臺北　爾雅出版社　1999年3月　頁19—20

682. 古遠清　〈楫〉　看你名字的繁卉——蓉子詩賞析　臺北　文史哲出版社　1988年11月　頁18—19

683. 古遠清　〈晨的戀歌〉　看你名字的繁卉——蓉子詩賞析　臺北　文史哲出版社　1988年11月　頁21—22

684. 朱　徽　〈晨的戀歌〉　青鳥的踪跡——蓉子詩歌精選賞析　臺北　爾雅出版社　1999年3月　頁4—7

685. 古遠清　〈覓尋〉　看你名字的繁卉——蓉子詩賞析　臺北　文史哲出版社　1988年11月　頁23

686. 古遠清　〈是你的聲音在呼喚〉　看你名字的繁卉——蓉子詩賞析　臺北　文史哲出版社　1988年11月　頁24—28

687. 古遠清　〈生命〉　看你名字的繁卉——蓉子詩賞析　臺北　文史哲出版社　1988年11月　頁31

688. 朱　徽　〈生命〉　青鳥的踪跡——蓉子詩歌精選賞析　臺北　爾雅出版社　1999年3月　頁159—160

689. 古遠清　〈告訴我〉　看你名字的繁卉——蓉子詩賞析　臺北　文史哲出版社　1988年11月　頁32

690. 古遠清　〈澄〉　看你名字的繁卉——蓉子詩賞析　臺北　文史哲出版社　1988年11月　頁33—36

691. 古遠清　〈雨〉　看你名字的繁卉——蓉子詩賞析　臺北　文史哲出版社　1988年11月　頁37—38

692. 古遠清　〈我寧願擁抱大理石的柱石〉　看你名字的繁卉——蓉子詩賞析　臺北　文史哲出版社　1988年11月　頁39—40

693. 朱　徽　〈我寧願擁抱大理石的柱石〉　青鳥的踪跡——蓉子詩歌精選賞析

臺北　爾雅出版社　1999 年 3 月　頁 141—143

694. 古遠清　〈水的影子〉　看你名字的繁卉——蓉子詩賞析　臺北　文史哲出版社　1988 年 11 月　頁 41—42

695. 朱　徽　〈水的影子〉　青鳥的踪跡——蓉子詩歌精選賞析　臺北　爾雅出版社　1999 年 3 月　頁 40—42

696. 古遠清　〈平凡的願望〉　看你名字的繁卉——蓉子詩賞析　臺北　文史哲出版社　1988 年 11 月　頁 43—44

697. 古遠清　〈為什麼向我索取形象〉　看你名字的繁卉——蓉子詩賞析　臺北　文史哲出版社　1988 年 11 月　頁 45—46

698. 李元貞　從「性別敘事」的觀點論臺灣現代女詩人作品中「我」之敘事方式〔〈為什麼向我索取形像〉部分〕　中外文學　第 25 卷第 7 期　1996 年 12 月　頁 22—23

699. 朱　徽　〈為什麼向我索取形象〉　青鳥的踪跡——蓉子詩歌精選賞析　臺北　爾雅出版社　1999 年 3 月　頁 8—10

700. 古遠清　〈菊〉　看你名字的繁卉——蓉子詩賞析　臺北　文史哲出版社　1988 年 11 月　頁 47—48

701. 朱　徽　〈菊〉　青鳥的踪跡——蓉子詩歌精選賞析　臺北　爾雅出版社　1999 年 3 月　頁 100—102

702. 古遠清　〈不願〉　看你名字的繁卉——蓉子詩賞析　臺北　文史哲出版社　1988 年 11 月　頁 49—50

703. 古遠清　〈愛神〉　看你名字的繁卉——蓉子詩賞析　臺北　文史哲出版社　1988 年 11 月　頁 51—52

704. 古遠清　〈日曆〉　看你名字的繁卉——蓉子詩賞析　臺北　文史哲出版社　1988 年 11 月　頁 53

705. 古遠清　〈小詩〉　看你名字的繁卉——蓉子詩賞析　臺北　文史哲出版社　1988 年 11 月　頁 54

706. 古遠清　〈大海〉　看你名字的繁卉——蓉子詩賞析　臺北　文史哲出版社

1988年11月 頁55—56

707. 古遠清 〈三月〉 看你名字的繁卉——蓉子詩賞析 臺北 文史哲出版社 1988年11月 頁59—60

708. 墨 人 新詩欣賞——〈三月〉 鱗爪集 臺北 水牛出版社 1970年4月 頁277—279

709. 古遠清 〈白色的睡〉 看你名字的繁卉——蓉子詩賞析 臺北 文史哲出版社 1988年11月 頁61—63

710. 李元貞 臺灣現代女詩人作品中的語言實踐——簡明婉約的抒情語言〔〈白色的睡〉部分〕 兩岸女性詩歌學術研討會論文集 臺北 中國詩歌藝術學會主辦 1999年7月4日 頁10—12

711. 李元貞 臺灣現代女詩人作品中的語言實踐〔〈白色的睡〉部分〕 臺灣詩學季刊 第29期 1999年12月 頁111—112

712. 李元貞 臺灣現代女詩人作品中的語言實踐〔〈白色的睡〉部分〕 女性詩學 臺北 女書文化公司 2000年11月 頁289—292

713. 古遠清 〈七月的南方〉 看你名字的繁卉——蓉子詩賞析 臺北 文史哲出版社 1988年11月 頁64—69

714. 古遠清 〈碎鏡〉 看你名字的繁卉——蓉子詩賞析 臺北 文史哲出版社 1988年11月 頁70—71

715. 古遠清 〈亂夢〉 看你名字的繁卉——蓉子詩賞析 臺北 文史哲出版社 1988年11月 頁72—75

716. 陳義芝 臺灣女性詩學的建立〔〈亂夢〉部分〕 臺灣現代詩經緯 臺北 聯合文學出版社 2001年6月 頁65—66

717. 陳義芝 女性詩人：臺灣女性詩學——從女性詩說起〔〈亂夢〉部分〕 現代詩人結構 臺北 聯合文學出版公司 2010年9月 頁197—198

718. 古遠清 〈我們踏過一煙朦朧〉 看你名字的繁卉——蓉子詩賞析 臺北 文史哲出版社 1988年11月 頁76—77

719. 古遠清　〈夏，在雨中〉　看你名字的繁卉——蓉子詩賞析　臺北　文史哲出版社　1988 年 11 月　頁 78—79
720. 陳耀中　〈夏，在雨中〉賞析　世界華人詩歌鑑賞大辭典　太原　書海出版社　1993 年 3 月　頁 163—165
721. 朱　徽　〈夏，在雨中〉　青鳥的蹤跡——蓉子詩歌精選賞析　臺北　爾雅出版社　1999 年 3 月　頁 150—152
722. 古遠清　〈看你名字的繁卉〉　看你名字的繁卉——蓉子詩賞析　臺北　文史哲出版社　1988 年 11 月　頁 80—81
723. 朱　徽　〈看你名字的繁卉〉　青鳥的蹤跡——蓉子詩歌精選賞析　臺北　爾雅出版社　1999 年 3 月　頁 21—24
724. 古遠清　〈我們的城不再飛花〉　看你名字的繁卉——蓉子詩賞析　臺北　文史哲出版社　1988 年 11 月　頁 82—83
725. 朱　徽　〈我們的城不再飛花〉　青鳥的蹤跡——蓉子詩歌精選賞析　臺北　爾雅出版社　1999 年 3 月　頁 65—68
726. 李標晶　蓉子的〈我們的城不再飛花〉　20 世紀中國文學通史　上海　東方出版中心　2003 年 9 月　頁 578
727. 古遠清　〈今昔〉　看你名字的繁卉——蓉子詩賞析　臺北　文史哲出版社　1988 年 11 月　頁 86—87
728. 古遠清　〈井〉　看你名字的繁卉——蓉子詩賞析　臺北　文史哲出版社　1988 年 11 月　頁 90
729. 古遠清　〈為什麼〉　看你名字的繁卉——蓉子詩賞析　臺北　文史哲出版社　1988 年 11 月　頁 91—92
730. 古遠清　〈親愛的維納麗莎〉　看你名字的繁卉——蓉子詩賞析　臺北　文史哲出版社　1988 年 11 月　頁 97—98
731. 古遠清　〈肖像〉　看你名字的繁卉——蓉子詩賞析　臺北　文史哲出版社　1988 年 11 月　頁 99—100
732. 古遠清　〈維納麗莎之超越〉　看你名字的繁卉——蓉子詩賞析　臺北　文

史哲出版社　1988 年 11 月　頁 101—102

733. 古遠清　〈偶然的假日〉　看你名字的繁卉——蓉子詩賞析　臺北　文史哲出版社　1988 年 11 月　頁 103—104

734. 古遠清　〈未言之門〉　看你名字的繁卉——蓉子詩賞析　臺北　文史哲出版社　1988 年 11 月　頁 105—106

735. 朱　徽　〈未言之門〉　青鳥的踪跡——蓉子詩歌精選賞析　臺北　爾雅出版社　1999 年 3 月　頁 118—121

736. 古遠清　〈詩〉　看你名字的繁卉——蓉子詩賞析　臺北　文史哲出版社　1988 年 11 月　頁 107—108

737. 朱　徽　〈詩〉　青鳥的踪跡——蓉子詩歌精選賞析　臺北　爾雅出版社　1999 年 3 月　頁 87—90

738. 古遠清　〈阿里山有鳥鳴〉　看你名字的繁卉——蓉子詩賞析　臺北　文史哲出版社　1988 年 11 月　頁 119—121

739. 朱　徽　〈阿里山有鳥鳴〉　青鳥的踪跡——蓉子詩歌精選賞析　臺北　爾雅出版社　1999 年 3 月　頁 31—35

740. 朱　徽　〈阿里山有鳥鳴〉詩評　橫笛與豎琴的晌午　臺北　三民書局　2005 年 2 月　頁 147—150

741. 蕭　蕭　〈阿里山有鳥鳴〉　天下詩選 1——1923—1999 臺灣　臺北　天下遠見出版公司　1999 年 9 月　頁 207—212

742. 古遠清　〈雖說傘是一庭花樹〉　看你名字的繁卉——蓉子詩賞析　臺北　文史哲出版社　1988 年 11 月　頁 124—125

743. 朱　徽　〈雖說傘是一庭花樹〉　青鳥的踪跡——蓉子詩歌精選賞析　臺北　爾雅出版社　1999 年 3 月　頁 112—114

744. 古遠清　〈傘的變奏〉　看你名字的繁卉——蓉子詩賞析　臺北　文史哲出版社　1988 年 11 月　頁 126—127

745. 古遠清　〈復活〉　看你名字的繁卉——蓉子詩賞析　臺北　文史哲出版社　1988 年 11 月　頁 128

746. 古遠清　〈時間的旋律〉　看你名字的繁卉——蓉子詩賞析　臺北　文史哲出版社　1988 年 11 月　頁 131—132
747. 古遠清　〈歲月流水〉　看你名字的繁卉——蓉子詩賞析　臺北　文史哲出版社　1988 年 11 月　頁 135—136
748. 古遠清　〈時間列車〉　看你名字的繁卉——蓉子詩賞析　臺北　文史哲出版社　1988 年 11 月　頁 140—142
749. 古遠清　〈當眾生走過〉　看你名字的繁卉——蓉子詩賞析　臺北　文史哲出版社　1988 年 11 月　頁 143—144
750. 古遠清　〈當眾生走過〉賞析　臺港現代詩賞析　鄭州　河南人民出版社　1991 年 3 月　頁 70—71
751. 陳所巨　〈當眾生走過〉賞析　世界華人詩歌鑑賞大辭典　太原　書海出版社　1993 年 3 月　頁 165
752. 朱　徽　〈當眾生走過〉　青鳥的蹤跡——蓉子詩歌精選賞析　臺北　爾雅出版社　1999 年 3 月　頁 139—140
753. 古遠清　〈祝福〉　看你名字的繁卉——蓉子詩賞析　臺北　文史哲出版社　1988 年 11 月　頁 145—147
754. 古遠清　〈礁石〉　看你名字的繁卉——蓉子詩賞析　臺北　文史哲出版社　1988 年 11 月　頁 148—149
755. 古遠清　〈鄉愁〉　看你名字的繁卉——蓉子詩賞析　臺北　文史哲出版社　1988 年 11 月　頁 150
756. 朱　徽　〈鄉愁〉　青鳥的蹤跡——蓉子詩歌精選賞析　臺北　爾雅出版社　1999 年 3 月　頁 25—26
757. 古遠清　〈黃昏〉　看你名字的繁卉——蓉子詩賞析　臺北　文史哲出版社　1988 年 11 月　頁 151—152
758. 古遠清　〈非詩的禮讚〉　看你名字的繁卉——蓉子詩賞析　臺北　文史哲出版社　1988 年 11 月　頁 155—157
759. 朱　徽　〈非詩的禮讚〉　青鳥的蹤跡——蓉子詩歌精選賞析　臺北　爾雅

出版社　1999 年 3 月　頁 52—55

760. 古遠清　〈蟲的世界〉　看你名字的繁卉——蓉子詩賞析　臺北　文史哲出版社　1988 年 11 月　頁 158—159

761. 李敏勇　〈蟲的世界〉作品導讀　青少年臺灣文庫 2——新詩讀本 4：我有一個夢　臺北　國立編譯館　2008 年 12 月　頁 129

762. 古遠清　〈你的名字——獻給祖國的詩〉　看你名字的繁卉——蓉子詩賞析　臺北　文史哲出版社　1988 年 11 月　頁 160—162

763. 古遠清　〈駿馬〉　看你名字的繁卉——蓉子詩賞析　臺北　文史哲出版社　1988 年 11 月　頁 163—164

764. 古遠清　〈陽光道路〉　看你名字的繁卉——蓉子詩賞析　臺北　文史哲出版社　1988 年 11 月　頁 165—166

765. 古遠清　〈回歸田園〉　看你名字的繁卉——蓉子詩賞析　臺北　文史哲出版社　1988 年 11 月　頁 169—170

766. 古遠清　〈街頭〉　看你名字的繁卉——蓉子詩賞析　臺北　文史哲出版社　1988 年 11 月　頁 171—174

767. 古遠清　〈廟街和玉〉　看你名字的繁卉——蓉子詩賞析　臺北　文史哲出版社　1988 年 11 月　頁 175—177

768. 朱　徽　〈廟街和玉〉　青鳥的蹤跡——蓉子詩歌精選賞析　臺北　爾雅出版社　1999 年 3 月　頁 82—86

769. 陳大為　街道微觀——香港些到的地誌書寫〔〈廟街和玉〉部分〕　中國現代文學理論季刊　第 18 期　2000 年 6 月　頁 263—234

770. 古遠清　〈鹽竈下〉　看你名字的繁卉——蓉子詩賞析　臺北　文史哲出版社　1988 年 11 月　頁 178—180

771. 朱　徽　〈鹽竈下〉　青鳥的蹤跡——蓉子詩歌精選賞析　臺北　爾雅出版社　1999 年 3 月　頁 78—81

772. 古遠清　〈回去臺北〉　看你名字的繁卉——蓉子詩賞析　臺北　文史哲出版社　1988 年 11 月　頁 181—182

773. 古遠清　〈石榴〉　看你名字的繁卉——蓉子詩賞析　臺北　文史哲出版社　1988年11月　頁183—184

774. 朱　徽　〈石榴〉　青鳥的踪跡——蓉子詩歌精選賞析　臺北　爾雅出版社　1999年3月　頁132—134

775. 古遠清　〈忙如奔蝗〉　看你名字的繁卉——蓉子詩賞析　臺北　文史哲出版社　1988年11月　頁185—186

776. 古遠清　〈每回我走過〉　看你名字的繁卉——蓉子詩賞析　臺北　文史哲出版社　1988年11月　頁187—188

777. 古遠清　〈紫葡萄的死〉　看你名字的繁卉——蓉子詩賞析　臺北　文史哲出版社　1988年11月　頁189—191

778. 朱　徽　〈紫葡萄的死〉　青鳥的踪跡——蓉子詩歌精選賞析　臺北　爾雅出版社　1999年3月　頁135—138

779. 張百蓉　蓉子〈紫葡萄的死〉　文學與人生——文學心靈的生命地圖　臺北　三民書局　2005年8月　頁313—314

780. 古遠清　〈倦旅〉　看你名字的繁卉——蓉子詩賞析　臺北　文史哲出版社　1988年11月　頁192—193

781. 向　明　〈黑海上的晨曦〉　七十九年詩選　臺北　爾雅出版社　1991年2月　頁127—129

782. 朱　徽　〈黑海上的晨曦〉　青鳥的踪跡——蓉子詩歌精選賞析　臺北　爾雅出版社　1999年3月　頁182—185

783. 李慶福　〈霜降〉賞析　世界華人詩歌鑑賞大辭典　太原　書海出版社　1993年3月　頁162—163

784. 陳所巨　〈白露〉賞析　世界華人詩歌鑑賞大辭典　太原　書海出版社　1993年3月　頁166

785. 鄭明娳　蓉子〈海棠紅〉　活水詩粹　臺北　活水文化雙周報社　1993年10月　頁19—20

786. 李瑞騰　〈悲愴兩帖〉　八十年詩選　臺北　爾雅出版社　1995年4月

頁 29
787. 李漢偉　反思都會的亂象與掙扎〔〈回去大海——迷途幼鯨的悲歌〉部分〕　臺灣新詩的三種關懷　臺北　駱駝出版社　1997 年 10 月　頁 199
788. 朱　徽　〈夢裡的四月〉　青鳥的蹤跡——蓉子詩歌精選賞析　臺北　爾雅出版社　1999 年 3 月　頁 11—14
789. 朱　徽　〈雪是我底童年〉　青鳥的蹤跡——蓉子詩歌精選賞析　臺北　爾雅出版社　1999 年 3 月　頁 15—18
790. 朱　徽　〈那些山、水、雲、樹〉　青鳥的蹤跡——蓉子詩歌精選賞析　臺北　爾雅出版社　1999 年 3 月　頁 27—30
791. 朱　徽　〈那些山、水、雲、樹〉詩評　橫笛與豎琴的晌午　臺北　三民書局　2005 年 2 月　頁 120—122
792. 朱　徽　〈獅頭山〉　青鳥的蹤跡——蓉子詩歌精選賞析　臺北　爾雅出版社　1999 年 3 月　頁 36—39
793. 朱　徽　〈山和海都在期待〉　青鳥的蹤跡——蓉子詩歌精選賞析　臺北　爾雅出版社　1999 年 3 月　頁 47—51
794. 朱　徽　〈旭海草原〉　青鳥的蹤跡——蓉子詩歌精選賞析　臺北　爾雅出版社　1999 年 3 月　頁 56—58
795. 朱　徽　〈一條河〉　青鳥的蹤跡——蓉子詩歌精選賞析　臺北　爾雅出版社　1999 年 3 月　頁 59—63
796. 朱　徽　〈白日在騷動〉　青鳥的蹤跡——蓉子詩歌精選賞析　臺北　爾雅出版社　1999 年 3 月　頁 69—73
797. 朱　徽　〈城市不衰〉　青鳥的蹤跡——蓉子詩歌精選賞析　臺北　爾雅出版社　1999 年 3 月　頁 74—77
798. 朱　徽　〈藝術家〉　青鳥的蹤跡——蓉子詩歌精選賞析　臺北　爾雅出版社　1999 年 3 月　頁 91—94
799. 朱　徽　〈紫色裙影〉　青鳥的蹤跡——蓉子詩歌精選賞析　臺北　爾雅出

版社　1999 年 3 月　頁 95—99
800. 朱　徽　〈舞鼓〉　青鳥的踪跡——蓉子詩歌精選賞析　臺北　爾雅出版社　1999 年 3 月　頁 103—105
801. 朱　徽　〈舞鼓〉詩評　橫笛與豎琴的晌午　臺北　三民書局　2005 年 2 月　頁 13—14
802. 朱　徽　〈小詩選〉　青鳥的踪跡——蓉子詩歌精選賞析　臺北　爾雅出版社　1999 年 3 月　頁 123—128
803. 朱　徽　〈薄紫色的秋天〉　青鳥的踪跡——蓉子詩歌精選賞析　臺北　爾雅出版社　1999 年 3 月　頁 153—155
804. 朱　徽　〈寒暑易節〉　青鳥的踪跡——蓉子詩歌精選賞析　臺北　爾雅出版社　1999 年 3 月　頁 156—158
805. 朱　徽　〈紙上歲月〉　青鳥的踪跡——蓉子詩歌精選賞析　臺北　爾雅出版社　1999 年 3 月　頁 165—168
806. 朱　徽　〈揮別古老的漢城〉　青鳥的踪跡——蓉子詩歌精選賞析　臺北　爾雅出版社　1999 年 3 月　頁 173—175
807. 朱　徽　〈日本古城印象〉　青鳥的踪跡——蓉子詩歌精選賞析　臺北　爾雅出版社　1999 年 3 月　頁 176—177
808. 朱　徽　〈圖騰的回音〉　青鳥的踪跡——蓉子詩歌精選賞析　臺北　爾雅出版社　1999 年 3 月　頁 178—181
809. 林聆慈　〈傘下世界〉　中央日報　1999 年 5 月 8 日　22 版
810. 陳清俊　童詩中的月亮〔〈月〉部分〕　國文天地　第 184 期　2000 年 9 月　頁 8—9
811. 陳寧貴　〈芸芸眾生〉　臺灣新生報　2000 年 10 月 3 日　15 版
812. 蕭　蕭　〈長日將盡〉編者按語　八十九年詩選　臺北　臺灣詩學季刊雜誌社　2001 年 4 月　頁 193
813. 孫家駿　〈沙漠輓歌〉點評　中國詩歌選 2001 年版　臺北　詩藝文出版社　2001 年 6 月　頁 256

814. 陳沛淇　〈墾丁公園〉隨詩去旅遊　風櫃上的演奏會——讀新詩遊臺灣（自然篇）　臺北　幼獅文化公司　2007年6月　頁101—103

815. 林菁菁　〈礁溪的月色〉隨詩去旅遊　風櫃上的演奏會——讀新詩遊臺灣（自然篇）　臺北　幼獅文化公司　2007年6月　頁115—116

多篇作品

816. 陳寧貴　悄悄通過大寂寞〔〈上午的西門町〉、〈哀印度〉〕　鍾山詩刊 1985年第5期　1985年3月　頁7—19

817. 蕭　蕭　〈白露〉、〈霜降〉編者按語　七十二年詩選　臺北　爾雅出版社　1985年6月　頁168

818. 李元貞　臺灣現代女詩人的自我觀〔〈我的粧鏡是一隻弓背的貓〉、〈維納麗莎〉部分〕　中外文學　第17卷第10期　1989年3月　頁31—32

819. 潘亞暾　再談蓉子詩〔〈時間〉、〈太空葬禮〉、〈駿馬〉〕　藍星詩刊 第23期　1990年4月　頁110—116

820. 潘亞暾　再談蓉子詩〔〈時間〉、〈太空葬禮〉、〈駿馬〉〕　永遠的青鳥——蓉子詩作評論集　臺北　文史哲出版社　1995年4月　頁441—448

821. 潘亞暾　再談蓉子詩〔〈時間〉、〈太空葬禮〉、〈駿馬〉〕　蓉子論 北京　中國社會科學出版社　1995年4月　頁124—130

822. 古遠清　「聲諧而句警」——蓉子詩三首賞析〔〈古典留我〉、〈傘〉、〈當眾生走過〉〕　文訊　第58期　1990年8月　頁77—79

823. 古遠清　「聲諧而句警」——蓉子詩三首賞析〔〈古典留我〉、〈傘〉、〈當眾生走過〉〕　永遠的青鳥——蓉子詩作評論集　臺北　文史哲出版社　1995年4月　頁457—464

824. 古遠清　「聲諧而句警」——蓉子詩欣賞〔〈古典留我〉、〈傘〉、〈當眾生走過〉〕　蓉子論　北京　中國社會科學出版社　1995年4月　頁131—136

825. 鮑善本　　蓉子詩（二首）的藝術美〔〈晨的戀歌〉、〈鄉愁〉〕　臺港與海外華文文學評論和研究　1991 年第 1 期　1991 年 4 月　頁 37—38

826. 郭玉文　　反射心靈的明鏡〔〈我的粧鏡是一隻弓背的貓〉、〈清明相思〉〕　中國語文　第 415 期　1992 年 1 月　頁 93—98

827. 郭玉文　　反射心靈的明鏡〔〈我的粧鏡是一隻弓背的貓〉、〈清明相思〉〕　永遠的青鳥——蓉子詩作評論集　臺北　文史哲出版社　1995 年 4 月　頁 449—455

828. 蕭　蕭　　略論現代詩人自我生命的鑑照與顯影〔〈一朵青蓮〉、〈青鳥〉部分〕　臺灣詩學季刊　第 1 期　1992 年 12 月　頁 72—76

829. 蕭　蕭　　略論現代詩人自我生命的鑑照與顯影〔〈一朵青蓮〉、〈青鳥〉部分〕　評論十家　臺北　爾雅出版社　1993 年 12 月　頁 184—196

830. 王一桃　　春的神韻和綠的色彩——臺灣著名女詩人蓉子近作賞析〔〈水流花放——1993 秋末冬初記事〉、〈山和海都在期待——瓊島一瞥〉〕　名作欣賞　1995 年第 1 期　1995 年 1 月　頁 106—109

831. 鍾　玲　　追隨太陽步伐——六十年代臺灣女詩人作品風貌〔〈一種存在〉、〈邀〉部分〕　臺灣現代詩史論——臺灣現代詩史研討會實錄　臺北　文訊雜誌社　1996 年 3 月　頁 229—232

832. 侯　洪　　蓉子詩歌的文本互涉——關於一組「傘詩」的解讀〔〈傘〉、〈雖說傘是一庭花樹〉、〈傘的變奏〉、〈傘之逸〉〕　文訊　第 138 期　1997 年 4 月　頁 7—10

833. 侯　洪　　蓉子詩歌的文本互涉——關於一組「傘詩」的解讀〔〈傘〉、〈雖說傘是一庭花樹〉、〈傘的變奏〉、〈傘之逸〉〕　從詩中走過來——論羅門蓉子　臺北　文史哲出版社　1997 年 10 月　頁 271—279

834. 侯　洪　　蓉子詩歌的文本互涉——關於一組「傘詩」的解讀〔〈傘〉、

〈雖說傘是一庭花樹〉、〈傘的變奏〉、〈傘之逸〉〕 中外文化與文論 1997年第2期 1997年 頁222—230

835. 司徒杰 〈看你名字的繁卉〉、〈晚秋的鄉愁〉賞析 臺港抒情短詩精品鑑賞 河南 河南文藝出版社 1996年11月 頁144—147

836. 侯 洪 蓉子詩歌的文本互涉——關於一組「傘詩」的解讀〔〈傘〉、〈雖說傘是一庭花樹〉、〈傘的變奏〉、〈傘之逸〉〕 燕園詩旅——羅門・蓉子詩歌藝術論 武漢 長江文藝出版社 2000年4月 頁233—242

837. 焦 桐 夢與地理——臺灣女詩人的想像空間〔〈揮別古老的漢城〉、〈進入奧地利〉部分〕 文訊 第149期 1998年3月31日 頁25—28

838. 樊洛平 謬斯的飛翔與歌唱——海峽兩岸女性主義詩歌創作比較——夏娃的覺醒：女性主義精神的激揚〔〈維納麗莎〉、〈樹〉、〈平凡的願望〉部分〕 兩岸女性詩歌學術研討會論文集 臺北 中國詩歌藝術學會主辦 1999年7月4日 頁4

839. 王 泉 詩人心中「神祕的海」——蓉子〈海戀〉、〈海語〉賞析 中國海洋文學大系——二十世紀海洋詩精品賞析選集 臺北 詩藝文出版社 2002年4月 頁220—221

840. 陳幸蕙 〈傘〉、〈蟲的世界——蚱蜢的畫像〉芬多精小棧 小詩森林——現代小詩選1 臺北 幼獅文化公司 2003年11月 頁69

841.〔林瑞明選編〕 〈生命〉、〈溫泉小鎮〉、〈當眾生走過〉賞析 國民文選・現代詩卷1 臺北 玉山社出版公司 2005年2月 頁253

842. 向 陽 〈我的粧鏡是一隻弓背的貓〉、〈傘〉賞析 臺灣現代文選・新詩卷 臺北 三民書局 2005年6月 頁55—57

843. 陳幸蕙 小詩悅讀（六家）——蓉子〔〈小舟〉、〈白露〉〕[39] 明道文藝 第369期 2006年12月 頁38—40

[39]本文後改篇名為〈〈小舟〉、〈白露〉向星輝斑斕處漫溯〉。

844. 陳幸蕙　〈小舟〉、〈白露〉向星輝斑斕處漫溯　小詩星河——現代小詩選 2　臺北　幼獅文化公司　2007年1月　頁66

845. 陳幸蕙　壯美及其他〔〈小舟〉、〈白露〉〕　人間福報　2007年7月17日　15版

846. 蕭　蕭　新詩創作技巧八通關——第二關應用美的譬喻展開新的世界〔〈傘〉、〈小舟〉〕　明道文藝　第371期　2007年2月　頁24—29

847. 落　蒂　理想的追尋——析蓉子「小詩兩首」〔〈小舟〉、〈為尋找一顆星〉〕　大家來讀詩——臺灣新詩品賞　臺北　文史哲出版社　2012年2月　頁23—25

848. 古繼堂　臺灣短詩鑑賞〔〈傘〉、〈晚秋的鄉愁〉部分〕　古繼堂論著集　臺北　文史哲出版社　2013年7月　頁319—320

849. 陳滿銘　蓉子詩「篇章意象」所呈現的「真、善、美」境界——以〈溫泉小鎮〉與〈我們的城不再飛花〉為例作探討　國文天地　第349期　2014年6月　頁77—83

作品評論目錄、索引

850. 蓉　子　作品評論引得　蓉子自選集　臺北　黎明文化公司　1978年5月〔3〕頁

851.〔蓉子〕　蓉子作品評論索引　聯珠綴玉——十一位女作家的筆墨生涯　臺北　文訊雜誌社　1988年7月　頁85—87

852. 蕭　蕭　蓉子作品評論索引　永遠的青鳥——蓉子詩作評論集　臺北　文史哲出版社　1995年4月　頁543—551

853.〔編輯部〕　《羅門蓉子論》書目（十五種）　燕園詩旅——羅門・蓉子詩歌藝術論　武漢　長江文藝出版社　2000年4月　頁397—398

854. 夏聖芳　蓉子作品評論輯要　蓉子詩研究　南華大學文學研究所　碩士論文　李正治教授指導　2002年6月　頁158—161

855.〔吳達芸編〕　閱讀進階指引　蓉子集　臺南　國立臺灣文學館　2008年

12 月　頁 142—143

856.〔封德屏主編〕　　蓉子　臺灣現當代作家評論資料目錄（六）　臺南　國立臺灣文學館　2010 年 11 月　頁 4031—4072

857. 蓉　子　　蓉子研究檔案　我的詩國（下）　臺北　文史哲出版社　2011 年 1 月　頁 893—905

國家圖書館出版品預行編目資料

臺灣現當代作家研究資料彙編. 74, 蓉子 / 洪淑苓編選.
-- 初版. -- 臺南市 : 臺灣文學館, 2015.12
面 ; 公分
ISBN 978-986-04-6397-2 (平裝)

1.蓉子 2.傳記 3.文學評論

863.4 104022660

【臺灣現當代作家研究資料彙編】74

蓉子

發 行 人 陳益源
指導單位 文化部
出版單位 國立臺灣文學館
地 址／70041 臺南市中西區中正路 1 號
電 話／06-2217201 傳 真／06-2218952
網 址／www.nmtl.gov.tw 電子信箱／pba@nmtl.gov.tw

總 策 畫 封德屏
顧 問 林淇瀁 張恆豪 許俊雅 陳信元 陳義芝 須文蔚 應鳳凰
工作小組 白心瀞 呂欣茹 陳欣怡 陳映潔 陳鈺翔 莊淑婉 張傳欣
編 選 洪淑苓
責任編輯 陳鈺翔
校 對 白心瀞 呂欣茹 陳欣怡 陳映潔 陳鈺翔 莊淑婉 張傳欣
計畫團隊 財團法人台灣文學發展基金會
美術設計 翁國鈞・不倒翁視覺創意
印 刷 松霖彩色印刷事業有限公司

經銷展售 國家書店松江門市（02-25180207）
國立臺灣文學館—雪芙瑞文學咖啡坊（06-2214632）
三民書局（02-23617511） 五南文化廣場（04-22260330）
台灣的店（02-23625799） 府城舊冊店（06-2763093）
南天書局（02-23620190） 唐山出版社（02-23633072）
草祭二手書店（06-2216872）

初版一刷 2015 年 12 月
定 價 新臺幣 440 元整
第一階段 15 冊新臺幣 5500 元整 第二階段 12 冊新臺幣 4500 元整
第三階段 23 冊新臺幣 8500 元整 第四階段 14 冊新臺幣 5000 元整
第五階段 16 冊新臺幣 6000 元整
全套 80 冊新臺幣 24000 元整

GPN 1010402158（單本） ISBN 978-986-04-6397-2（單本）
1010000407（套） 978-986-02-7266-6（套）